青藏铁路

QINGZANG TIELU

徐 剑 著

青海人民出版社

图书在版编目（CIP）数据

青藏铁路 / 徐剑著． -- 西宁：青海人民出版社，2023.6
　ISBN 978-7-225-06487-1

Ⅰ．①青… Ⅱ．①徐… Ⅲ．①报告文学—中国—当代 Ⅳ．① I25

中国国家版本馆 CIP 数据核字（2023）第 039310 号

青藏铁路

徐剑　著

出 版 人	樊原成
出版发行	青海人民出版社有限责任公司
	西宁市五四西路 71 号　邮政编码：810023　电话：（0971）6143426（总编室）
发行热线	（0971）6143516 / 6137730
网　　址	http://www.qhrmcbs.com
印　　刷	陕西龙山海天艺术印务有限公司
经　　销	新华书店
开　　本	890 mm × 1240 mm　1/32
印　　张	12.875
字　　数	300 千
版　　次	2023 年 6 月第 1 版　2023 年 6 月第 1 次印刷
书　　号	ISBN 978-7-225-06487-1
定　　价	68.00 元

版权所有　侵权必究

目 录
MULU

西藏，一座座神山与那条铁路　　　　　　　　1

上行列车　第一站　北京零公里　　　　　　　5

　　冻土学家千里青藏追堵领导　　　　　　　5

　　林兰生生逢其时　　　　　　　　　　　　13

下行列车　第一道岔　铁鞋青藏　　　　　　　20

　　慕生忠第一次带队探测青藏铁路　　　　　20

　　丹心一片青藏缘　　　　　　　　　　　　30

　　横亘莽昆仑　　　　　　　　　　　　　　43

上行列车　第二站　饮马大荒原　　　　　　　52

　　拙于言辞李金城　　　　　　　　　　　　52

　　天降大任于斯人　　　　　　　　　　　　61

　　安得猛士镇荒原　　　　　　　　　　　　66

下行列车　第二道岔　天路英魂	73
青藏公路总指挥——慕生忠将军	73
上行列车　第三站　生命禁地	88
年轻工程师之死	88
唐古拉的死神之翼	96
院士之风山高水长	103
第一座医用高原制氧站崛起风火山	112
在高原，夜间撒尿也非小事	119
卢春房报告北京，施工队伍站住了	125
上行列车　第四站　柔情莽昆仑	131
寻夫上昆仑	131
一条青藏铁路和一家人的昆仑	141
力拔昆仑舍我其谁	155
下行列车　第三道岔　滇藏青藏	164
青藏冰河入梦来	164
滇藏铁路一度遥遥领先	173
奔走二十载，梦里几回青藏	182
上行列车　第五站　可可西里	192
可可西里的诱惑	192
楚玛尔河，夫妻咫尺天涯	200

青藏铁路指挥长的气度，请媒体监督　　　　　209

上行列车　第六站　爱到雪山上　　　　　　　218

　　爱情海拔在无人区飙升　　　　　　　　　　218

　　魂枕昆仑听列车长鸣　　　　　　　　　　　230

上行列车　第七站　穿越莽苍　　　　　　　　241

　　无人区里的天地男儿　　　　　　　　　　　241

　　三根火柴点燃生命篝火　　　　　　　　　　249

　　寒山黄河拴在马背院士的鞍上　　　　　　　256

下行列车　第四道岔　风火山的日子　　　　　266

　　一位老人与一座冷山　　　　　　　　　　　266

　　父子两代人的风火山　　　　　　　　　　　274

　　风冻的感情炽烈如焰　　　　　　　　　　　281

上行列车　第八站　哀兵必胜　　　　　　　　289

　　血书赢得一座寒山　　　　　　　　　　　　289

　　置之死地而后生　　　　　　　　　　　　　296

　　羞涩的勇士　　　　　　　　　　　　　　　302

　　况成明终成正果　　　　　　　　　　　　　311

上行列车　第九站　越岭之战　　　　　　　　314

　　救火队长段东明　　　　　　　　　　　　　314

　　香巢筑在唐古拉最高处　　　　　　　　　　323

3

轮椅上的父爱重如唐古拉　　　331

　　　唐古拉上的无名雕像　　　340

上行列车　第十站　走向巅峰　　　348

　　　唐古拉之南空降101　　　348

　　　首席冻土科学家与十二名指挥长博士生　　　354

　　　青藏铁路高原病零死亡　　　362

　　　年轻少帅为青藏铁路画下历史句号　　　369

上行列车　第十一站　融入荒野　　　378

　　　一草一湖总关路　　　378

　　　神山灵物父女缘　　　385

　　　藏羚羊轻灵跃过莽原　　　393

铿锵的旋律穿越在诗里　　　402

西藏，一座座神山与那条铁路

我正向苍莽青藏的终点站——日光城拉萨驶去。

不过，此刻我不是坐在驶向西藏的第一趟列车上，而是在走向圣城的青藏铁路的文学之旅之上。

北纬30度，这片人类最后的秘境，这块只属于太阳与月亮山神的雪域边地，总是有许许多多无法破译的地理之谜，宗教之谜，风情之谜，历史之谜。走向青藏，其实就是冥冥之中走近一份虔诚，一种境界，一片诱惑，一缕前尘。

我一直就被这种前尘的缘定诱惑着，今夜依然如此。我没有觉得自己身在皇城，只想着青藏的寒山暖月。

这是一种宿命，一种属于西藏的宿命。

记得2002年9月13日，我就是在与今晚一样的秋风明月之夜，手执着一张站台票，一张中国作家协会与铁道部联袂发给我的书写国家重点工程的站台票，登上了西行的列车，从北京的零公里出发，开始了历时四年的青藏铁路的采访和写作。也就从这一天起，我的耕耘的犁铧，我的感情的触点，就一刻也没有离开过西藏这块莽苍的芄野。从9月13日进入采访,一直等到10月中旬从拉萨回到北京,我将手中采访的素材暂时搁了下来,因为青藏铁路从破土动工到全线铺通,历时四载,正式运营,则需六载,我只有等待。唯有等待,在一种遥望青藏,仰望昆仑,仰望唐古拉的等待中,等待青藏铁路所有的参与者创造出一部与巍巍昆仑一样雄浑和悲壮的大作,然后,再用古老的方块字将其记载下来,刻成碑碣般的文字,镶嵌在地球隆起的城墙之上。

就在远远仰望的等待中,我用这样一部书,终结了自己,也终结了别人,因为再没有可能有人写这部书了,甚至连我也觉得吃惊。四载年华,我在等一部书,一座神山,与一条天路的约见,为自己,为给中国作家协会一个承诺,为青藏铁路那些不为人知的普普通通劳动者,为一个永不了情的西藏的缘定。2004年9月13日杀青,没有任何的刻意,采访的时间与写作终止的时间竟如此契合,仅仅是因为我前定的西藏宿命。

人世间有许多事情是无法理喻的,可是唯独在西藏这片土地上,就可以找到注脚,可以用前尘的约定来诠释。

20世纪90年代的第一个夏天,我刚从一场命运炼狱的冥界中浮了出来,便随着阴法唐中将第一次去西藏,由青藏公路入藏,从格尔木出发的日子是1990年7月19日凌晨五点半,我作为替代秘书,就与阴法唐中将和夫人李国柱同坐一辆车,穿越极地。

时隔十四年后的2004年9月30日,我只身一人在格尔木采访青藏铁路工程,83岁的阴法唐老人和夫人李国柱带着两个女儿进藏参加江孜抗英百年纪念,最后一次走青藏公路,为的是看一看他奔走了20多年的青藏铁路。令我惊愕的是,并非刻意安排,事先也未有过约定,接待也属于两个单位,可是我却与他们一家同住到了格尔木金轮宾馆的同一层楼上，相隔不到五个房间。翌日拂晓时分，我起床为老人上山送行，到西藏驻格尔木办事处前分手，合影留念时，昆仑山上的晓风圆月，恰好照在我命运的头顶之上。

又见昆仑月圆，两年采访两度中秋，我都是在昆仑山下度过的，却是一夜无眠。

第一个昆仑中秋之夜，是三上昆仑未逾，重返格尔木市。吃过晚饭后，早已忘却今夜中秋月圆，后来是和一同上昆仑的作家一起喝茶赏月，才记起这个夜晚的圆月不再属于昆仑，而属于中国，属于千家万户。也许当晚喝茶太多，也许一天上下昆仑的车马之劳，心脏与脑袋却高速旋转，凌晨三时许，仍无睡意。

又见中秋月圆，是 2004 年 9 月 28 日，我又出现在昆仑山下，中秋月晕从昆仑关河的罩门中浮出来了，彩虹却不再，我看着中铁一局职工在南山口青藏铁路零公里处载歌载舞，一起欢度中秋。天上宫阙，我离天宫最近，那轮昆仑山下的中秋月，又圆又低，欲摘下来再赠人间，却手握一把月水苍凉，蓦然间十面凄寂，尤野无风，戈壁如海，明月照我情与何堪？！我陪着坐在我对面四位轨排航吊上的女工流尽最后一滴乡愁的泪水，也洗却了我的最后一点轻狂和浅薄。风花雪月，红尘诱惑，在这横空出世的莽昆仑之前，就显得渺小和矫情，虽然我不会再浓烈地抒发这种感激，却记下了今夜的感动。一个只有走过青藏高原的人，才会有的这种特殊感动。

这一年初冬的一个黄昏，我又一次气沉丹田地坐到电脑前，在青藏铁路一书界面上敲下了"西藏，一座座神山与那条天路"的序篇。几天之后，中国人民大学邀请我去参加有关"西藏——美丽的家园"的讲座，有一位同学问我，你为何会一而再、再而三地走进西藏，我同样用前尘约定来解释这份西藏的情结和宿命。我告诉他，因为到了西藏这块净土圣地,进藏一次人生会顺畅一次。如果你的命运之兆走了背字时,如果你陷于人生的低谷时,如果你在罹患了一场灾难走不出痛苦时,快到西藏走一趟吧,回来了,就会一帆风顺了。

台下的学生一片愕然,我却峰回路转。说这绝不是唯心至上。而是当一个人走进西藏,直面青藏高原的雄浑博大,人的胸襟自然开阔了,天下小了,视野空阔辽远了,青藏高原矮了,人生的境界高了。直面一座座神山,一个个湖泊,浮躁之心就会沉静下来,冷静地去思考,陡生敬畏,仔细地去做事,每个环节都在掌握之中,每个细节都在预料之内,人生和事业岂不顺焉?!

学生给我报以热烈的掌声。

掌声响起,人在旅途,灵魂依然在边地,仍然在漫长的文学苦旅上跋涉,这部书其实是我专业写作生涯中最艰难的一次远行。不仅仅因为采访的艰辛,多数的采访都是在大脑缺氧迟钝的地方进行的,前前后后采访了300多人,混沌地记下了厚厚的五大本笔记。等这些采访本最终合上的时候,我仍然对自己写作的激情、才情,差点在青藏铁路线废了武功而记忆犹新。

终章的休止符,早在我孤独的周遭戛然落下,沉睡的十里长街上,又碾过车轮的轰鸣,划破了秋夜的静寂,可是今夜我没有睡去,冷山千重我独行,仍然在走向圣城的途中。

那一座座神山和一条穿越莽苍的天路,一如天梯,将人间与天堂连接在一起,成了我前世今生的约定。

上行列车
第一站　北京零公里

世界中央的须弥山呀，
请你坚定地耸立着，
日月绕着你转，
绝不想走错轨道。
　　　——六世达赖喇嘛仓央嘉措情歌

冻土学家千里青藏追堵领导

冻土学家张鲁新不时抬腕看表，他有点坐立不安了。

离中午开饭时间仅剩半小时，前边还有几位专家正在向孙永福副部长汇报工作，轮到自己，恐怕时间不多了，他不能再等了，20多年潜心研究冻土，毕其功于一役，成败就在这一刻，孙副部长亲自听青藏高原冻土研究的汇报，在他的记忆中还是头一次。他知道自己话语的影响力，更清楚领导在青藏铁路决策中的分量。

2000年7月底，在兰州铁道部科学研究院西北分院（现中铁西北科学研究院）的张鲁新听到一个消息，孙副部长将率考察组上青藏高原，对进藏铁路进行可行性调研，心中遽然一动，20多年的高原冻土研究的漫漫苦旅，终于等到最后的出口了。那天晚上，他早早地回到了家里，从来不做饭的他做了一些菜，给在省邮电局当总会计师的妻子李郁芬打了一个电话，今晚务必谢绝一切应酬，回家吃饭。妻子匆匆赶回家时，只见饭桌上摆满了佳肴美酒，张鲁新解下围裙等待女主人归来。一看这阵势，妻子半是激动半是疑惑地问："鲁新，我们家今天一定有特大喜事！"

"别问！先喝酒！"张鲁新诡秘一笑，给妻子倒了一杯红葡萄酒。

"好！都在酒中！"妻子与丈夫碰杯，一饮而尽。

"鲁新，你虽然不会做菜，可是今天的菜真好吃。好久没有品尝你的厨艺了。"夫妻相视一笑，一切尽在不言中，"我们难得有这样的家庭温馨。"

"郁芬，做丈夫，我是不够格的。"张鲁新歉疚地说。

"不说这些，鲁新。我一直以拥有你为荣。"妻子毫不掩饰自己的感情。

"谢谢！"张鲁新在妻子的手背上拍了拍。

晚餐过后，张鲁新突然伸手揭去盖在钢琴架上的红布，对妻子说："我给你弹一曲《莫斯科郊外的晚上》！"

"不！我喜欢听你边弹边唱！"妻子执拗地说。

"好！"张鲁新手触键盘试音，行云流水般地弹出悠扬的旋律。前奏过后，他引吭高歌，一曲影响了一代人的50年代的前苏联老歌在房间里余音绕梁。

妻子坐在沙发上不能自已,眼眶里泪水盈动。一曲又一曲歌罢,妻子喃喃说道:"鲁新,还有最后的压轴戏啊。"

张鲁新有点懵了:"什么压轴戏?"

"我弹琴,你吟诵《钢铁是怎样炼成的》!"

张鲁新心里一热:"知我者,爱妻也!"

妻子坐到了钢琴前,纤手拂过琴键,突然弹起了丈夫70年代中期初上青藏高原亲自作词谱曲的《科考队员之歌》的旋律,张鲁新手扶钢琴,深情地凝视着妻子,用磁性的男高音,朗诵起《钢铁是怎样炼成的》片段:"秋雨淅淅沥沥地洒在人的脸上。天空中,灰云密布,它们低低地游动着,缓慢而沉重。已是深秋季节了,森林里剩下的是光秃秃的树枝。……小车站孤单地躲在树林里,小车站只有一个装卸货物的石头月台。一条新建的路基从这里直通森林,人们像蚂蚁一样在新修的路基旁紧张地忙碌着……"

一幅幅森林秋雨,保尔·柯察金和战友们的筑路画面在脑际掠过,张鲁新一口气就背了书中2000多字的片段。曲终音落,妻子一边鼓掌一边深情地询问:"鲁新,该告诉我是什么喜事了吧?"

张鲁新哽咽道:"青藏铁路要上马了!"

"真的!"妻子惊愕地凝视着丈夫。

张鲁新点了点头:"孙副部长这些天正在青海考察,过两天就要上昆仑山。他主管铁路基本建设和计划,孙副部长出马,说明青藏铁路前期准备已进入程序了。高原的冻土事关青藏铁路的成败,我研究了一辈子,终于到了有用武之地的时候了。"

"原来如此!好事多磨,磨了半辈子,终于盼到这一天。"妻子也喜极而泣。

"我要找组织去。"张鲁新怆然地说,"我们就像几只孤雁,单飞了大半辈子，终于可以大雁成群、有组织接纳了。明天我就赶往格尔木，争取堵住孙副部长，向他汇报西北铁道研究所这批搞冻土的人是怎么走过这十几二十年的……"

翌日下午，张鲁新登上了西行列车，千里追青藏铁路之帅，只为一个埋在心中的千年梦想。

那天上午的汇报持续了很长时间，先是科研，后是运输，再是当地政府，盼了千年，等了一个世纪，要说的话自然很多。张鲁新频频看表，轮到自己怕是该到吃饭的时候了。内敛谦和的书生性格似乎与他无缘，尽管为自己猖狂清高的个性付出过沉重代价，但是他仍然不改秉性，像一匹黑马似的杀了出来，横戈道上，突兀地向领导提出："部长，我就讲半个小时，谈你最关心的冻土问题。"

"没有关系。"领导的脸庞舒展着和畅的笑靥，"你慢慢说，把这30多年的研究成果都讲出来，把你们科学家在高原生活的酸甜苦辣都讲出来，你们科研能够坚持30多年，我听几个小时还不行吗？不听完你的汇报，我们不散会，不吃饭！"

"谢谢！我有一种找到了组织的感觉。"张鲁新优雅地一笑，心里一阵暖流涌动，"20年了，虽然青藏铁路三上三下，但是我们的几代冻土专家却始终坚守在青藏高原之上，艰苦困厄，几经弹尽粮绝，却也大有所获，在区域冻土、冻土物理和力学、冻土工程方面的科研上，取得了堪与世界比肩的成果。比如我们西北研究所从60年代初就在海拔4800米的风火山上设立了观测站，日复一日，年复一年，30多载不间断地观测、搜集数据，有1200多万个，青藏铁路如果上马，对于跨越550公里的冻土地段，将是一笔巨大的科学资源。"

领导眼前遽然一亮，搁下手中的笔："鲁新同志且慢，你详尽地给我讲讲冻土是怎么回事。"

领导一语点到了张鲁新事业的兴奋穴位上。他将一生所著的几部皇皇巨著化作了简单的几句话："认识和决策青藏铁路沿线高原冻土，三种情况是不能忽略的：一个是从冻土分布看，有岛状的、大片的和多类融区三种之分；再一个是从冻土的地温上看，也有两高两低四种情况，即高温极不稳定区，高温不稳定区，低温基本稳定区和低温稳定区；第三点就从冻土的含冰量上看，有少冰、多冰和高含冰量之说，这是认识冻土，进行铁路路基施工的基础和前提，舍此无他。"

"我明白了！"领导轻点下颌，目光突然犀利起来，如一道飞虹射来，"不过，张教授，我有一个问题请教！"

"您太客气了！"对于领导的礼贤下士，张鲁新心中泛起了感动。

"据我所知，冻土是一个世界难题。"显然领导也是有备而来，"世界上的几个冻土大国如俄罗斯、美国、加拿大等国都为解决冻土作出过艰辛的努力。我想知道，中国搞了几十年，与这些先进国家站在一条水准线上了吗？"

"应该说我们的冻土研究比美国、俄罗斯等大国起步晚，但绝不落后，这并非妄自尊大。"张鲁新对中国的冻土科研了然于心，"改革开放之前，我们几乎是以俄为师，始终没有走出前苏联冻土科研的影子，但是80年代之后，突然发力，做了许多开创性的科研，凭借青藏高原这个最大的世界冻土宝库，可以毫不讳言地说，中国的冻土研究绝不逊于世界先进水平。从世界已建成的冻土铁路看，运营百年的西伯利亚铁路的病害率为38％，建成于20世纪70年代的第二条西伯利亚铁路的病害率是27.5％，而我们的青藏铁路一期西宁至格尔木段的病害率是31.7％，相差无几。"

"如果我们修建青藏铁路二期格拉段,铁路的病害率能不能降到10%以下?"领导显然是铁路建设的专家,对铁路建设的指标了如指掌,"在解决冻土地段的问题上有哪些可行性办法?"

"我觉得可以!"张鲁新胜券在握地答道,"我们在室内开展的通风管路基、片石路基结构和遮阳棚模拟实验,都取得了很好的效果。为到冻土地段开展试验提供了重要理论分析、数值模拟和工程设计参数。不过就单纯从降温角度考虑,热棒效果最好,其次是片石通风路基和通风管路基,碎石护坡,还有遮阳棚等技术。"

"热棒技术?"领导对这种新技术了解不多,关切地询问,"有成功的先例吗?"

"有,美国的阿拉加斯加输油管线工程,共用了112000根热棒,安全运行了20年,美国、俄罗斯和加拿大的冻土地区输电线塔、房屋、公路、铁路也都广泛采用了这种技术。"

"噢,有如此之好?"

张鲁新点了点头,详尽地介绍了热棒技术的原理。

时间如昆仑山上吹来的季风,一晃而过。张鲁新冻土问题的汇报,一谈就是近两个小时,直至下午一点半才结束。

"谢谢你,"领导站起身来,紧紧地握住张鲁新的手,"给我们上了很好的一堂冻土技术课,对于破解这道世界级的难题,上马青藏铁路,更有信心了。"

"领导什么时候离开格尔木?"张鲁新突然追踪起领导的行程来了。

"明天早晨上山,我很想到你说的风火山观测站看看。"

"好呀!"张鲁新起身告辞之时,一个强烈的念头陡然而生。回到酒店,顾不上吃午饭,就和同来的王应先副院长张罗着找一辆跑长途的出租车。助手疑惑不解："张教授，你要打出租车，长途返回兰州？"

"不！"张鲁新摇了摇头，"是上风火山。"

"上风火山，什么时候走？"助手诧异地追问。

"今天深夜动身！"张鲁新远眺着莽昆仑的雪盖，心似乎已飞到了风火山之巅，"我们必须在领导抵达之前赶到风火山观测站。"

"有这个必要吗？冻土研究，你在会上讲了一个多小时，我看已经说服了领导。"助手说道。

"当然有呀！"张鲁新深情地说，"我们西北研究院的几代人在风火山守望了40多年，他们的价值和奉献，理应让北京来的领导知道。再说，作为老人，风火山试验段的情况目前也只有我能说得清楚。"

见张鲁新如此执着，助手心里一阵感动，跑到街上挥手去拦出租车，然而环顾格尔木市这座牦牛驮来的城市，出租车的窘状令人无法想象，最好的车辆就是天津夏利了，且已经跑了一二十万公里，车况堪忧。

"张教授，只能委屈你坐夏利上山了。"助手苦笑道。

"能坐夏利已经很不错啦。"张鲁新知足地说，"当年我们跨越昆仑，翻越唐古拉山，可是坐大解放的车厢啊。"

助手感慨万千："今非昔比。车这么破，别掉了链子，将我们扔在五道梁上，哭爹喊娘也无人应啊！"

"不会的。青藏路上的司机都留有一手。"

"但愿！"

是日，上苍之手将时光拨到昆仑山子夜的临界线上，张鲁新就披着高原寒夜的星空出发了。奔驰起来的夏利出租车浑身颤动，撞破了夜霭，犹如一叶黑湖中颠簸的轻舟，闪烁的车灯如两只萤火虫儿的亮点，沉落在莽昆仑山和空阔无边的可可西里的夜幕里。300多公里的路程，夏利出租车跑了5个多小时，拂晓初露，就赶到了风火山观察站。

上午十时许，当考察车队出现在风火山铁路试验铁基前时，张鲁新已经带着风火山观测站的人员迎上来了。领导惊愕地问道："张教授，你怎么会在风火山，该不是空降吧？"

"哪里，昨天晚上连夜打车赶上来的。"张鲁新如实招来，"我在等领导！好给您汇报风火山试验段的详情。"

"真服了你啦，张教授，工作可是做到家了。"领导感叹道。

"你是看高原冻土科研的第一位共和国部长嘛！"张鲁新认真地说，"我们奔波了几十年，总算找到家了。"

"哈哈……"领导笑了。

"您站在风火山上有高山反应吗？"张鲁新关切地询问。

"有！"领导连连点头，"我登过最高的地方海拔只有4000米，这里多高？"

"海拔4900多米！"

"难怪，我明显感到有点头晕、气短和心跳加快。"

"那里的海拔已经到了5013米！"张鲁新指着风火山垭口，"过去这些山头一到夏天就有滚地雷，一个接一个的火球从山顶霹雳而下，人要躲避不及，就会赔上性命。"

"哦！"领导连连点头，询问道，"现在还有滚地雷吗？"

"几乎绝迹！但是领导在这里不能多待！可以简单参观一下。缩短行程！"张鲁新引领着领导一行，详尽地踏勘讲解了半公里铁路试验段每个项目，将后来大量运用于青藏铁路冻土段的片石路基，碎石护坡、遮阳棚技术一一做了介绍。领导在风火山上停留了将近一个小时，才挥手辞别，往沱沱河长江源方向绝尘而去……

张鲁新伫立在风火山，远眺着一群灰头雁排成一个巨大的雁阵，追逐着渐次缩小成为黑点的车队，他突然感到，雁翅之上，一个冻土学家生命的春天姗姗来临了。

他听到了盘旋苍穹之上的孤雁归队的雁鸣。

林兰生生逢其时

就在党的总书记对青藏铁路批示的第二天早晨，兰州城里的太阳照常升起，慵懒地搁在皋兰山之上，染成一片血色清凉。黄河滩上芦荻蒌草铺上了薄薄的清霜，晨曦沉落在泛着古铜色的波涛里，水雾氤氲，穿越兰州城蜿蜒而过，逝者如斯，默默流走了每个壮烈抑或平常的日子。

这天早晨，铁道部第一设计院副院长林兰生匆匆走出家门，乘车上班。车轮碾碎了一个沉寂的清晨，也开始了他在兰州城里日复一日的生活。坐在小卧车里往外眺望，大街小巷开始像黄河的惊涛一样奔涌喧腾起来，如果不是后来将这天发生的两件事情连接在一起，林兰生并不觉得今天与昨天、明天有什么两样。

可是2000年11月11日这天，注定会镶入青藏铁路的皇皇青史。

远在京华，江泽民总书记昨晚审阅的青藏铁路报告和三页纸的批示，一大早便传到朱镕基总理的办公桌上。在宽大书案上摞成小山的文件中，共和国总理第一眼便看到了这份批件，睿眸掠过，朱总理一点也不陌生。5月份，国务院分管大型立项的中国国际工程咨询公司董事长和孙永福副部长从青藏高原考察归来，专程来汇报情况；8月初，领导考察回来也有信函送来。进藏铁道的调研论证已紧锣密鼓地展开。挥就世纪初年的中国大手笔，中央决策层似乎早有了共识和默契。

朱总理挥毫写下了批示，请国务院领导和有关部门抓紧工作上报。寥寥数语，无疑是一道时间的令牌。青藏铁路的兴建正式按下了启动键。

林兰生是十几天后知道这个决策内幕的。但是这一天，仿佛都与青藏铁路连在一起了。

轿车缓缓驶入铁道部第一设计院的大门。跨出车门，仰望秋空，兰州城里最具50年代建筑风格的办公大楼雄镇金城，古拙雄浑，欲与皋兰山试比肩，以咄咄逼人的气势，俯瞰苍生，也将一副沉甸甸的担子压在他的肩上。

林兰生拾级而上，迎面而来的目光温婉而热忱："恭喜林院长，什么时候请客！"

"请客，喜从何来？"林兰生有点惊诧。

"当我们的领导了，焉能不喜！"

"是吗？"

"林院长明知故问吧。"

"我真的不知！"

林兰生将信将疑地走进办公室，刚刚落座，老院长便匆匆敲门而入，手执一份任命通知书："兰生，祝贺你！"

老院长的话无疑印证了走廊上不胫而走的消息。接过任命书一看，确实是铁道部任命林兰生为铁道部第一勘测设计院院长的红头文件。

"有点突然吧？"老院长笑着说，"我和书记一致推荐了你。"

"谢谢老院长抬爱！"

"也是众望所归。"老院长感叹地说，"43岁的设计院长，青春年少，英姿勃发，在我们铁一院的历史上还是第一次。"

"深感惶惑，恐难当此任！"林兰生真诚地说。

"林兰生，兰生，真是生逢其时啊。"老院长目光充满了信任，"青藏铁路上马在即，铁一院也准备内迁西安，几代人盼了五十年的大事情，都让你一肩挑了！担子不轻呀！"

"请老院长放心！"林兰生紧紧握着老院长的手，"我当殚精竭虑，不负众望，不辱使命！"

"这一点我毫不怀疑，年轻人任重道远，一路走好！"新老院长的手紧紧地握在了一起。

"老院长可要扶上马，送一程啊！"林兰生优雅地说。

"哈哈！"

几天之后，林兰生奉命进京到铁道部开会。休息时，先被领导召进了办公室，口头传达了中央领导的批示，叮嘱他未雨绸缪，要有充分的思想准备，一俟中央批准青藏铁路立项上马，铁道部第一设计院毫无疑问是要当主力，打头阵的。因为那时千军万马就等铁路设计和图纸了。随后，主管基建的蔡庆华副部长又将他找去，面授机宜，凭经验和直觉，青藏铁路启动已进入最后倒计时，要他返回兰州后，立即着手调集精兵强将，组建勘察和设计队伍，秣马厉兵，只要中央一声令下，就踏破昆仑之巅。

可是，仰望昆仑，此时唯有漫天飞雪，林兰生觉得也许只待来年春天了。

11月26日，林兰生踏上西去列车返回兰州。车过长安城，沿当年的丝绸之路逶迤西行，躺在软卧包厢里，手机突然响了，林兰生倚着身子接听，听筒里响起了蔡庆华副部长的声音："林院长，我现在正式电话通知你，国务院已经正式作出决定修建青藏铁路，最迟明年6月份就要举行开工典礼，回去后马上组织队伍上山，进行路线的勘测和设计。"

"好的！"林兰生从软卧上一跃而起，放下电话，林兰生再也睡不着了。倚窗远眺，旷野里一片极目的枯黄，古老的丝绸之路纷纷与车窗擦身而过，千重浪翻滚地退却，轮轨铿锵，从豪迈的交响中依稀可辨唐蕃古道驼队远逝的铃声，只是很快被激昂的旋律覆盖了。

车过天水，凝视着这片当年曾经下过乡的土地，林兰生的脉管倏地奔突一股血热，心灵之翼掠过黄土地，扶摇直上世界屋脊，飞向一代代铁一院的勘测者铁鞋丈量过的青藏铁路。心突然沉寂下来，那是一场大战揭幕时的暂时寂静。

伫立在窗前，俯视着这片神秘的土地，林兰生一点也不孤独。铁一院的几代勘测大师曾经三上三下青藏线，在生命禁区镌刻了壮烈的诗行，也留下了一笔无法估量的勘测资源和智慧。

智慧不能断裂。第一个念头在林兰生的脑际一掠而过，轰然如大河冰裂，惊涛拍岸。今天从昨天岁月的深处蹒跚而来，老一辈勘测大师的心血，决不能像各拉丹东的长江水一样，默默流逝。自己所熟悉的第一代勘测大师庄心丹、曹汝桢已年近九旬，当顾问显然是顾不动了，只能让他们颐养天年。可是像第二代勘测大师吴自迪等老人身体尚好，应请其出山，担纲专家咨询组长，发挥余热。

跨越莽昆仑，谁能领衔出任青藏铁路的线路总体呢？林兰生昂首问天，也问自己。如今的线路总体已年逾五十，无论身体还是学识，恐难撑起一片青藏铁路的高天，中途换将在所难免。但是谁能在青藏路上横刀立马呢？李金城的名字突然飞掣而入，一脸憨厚的铁一院兰州分院副院长似乎站在眼前来向他报到，未曾开口，便羞涩一笑，口拙无语，却有内秀于胸，1984年从上海铁道学院毕业之后，几乎参与铁一院担当的所有铁路设计，赞坦铁路改造时，他曾担任过线路总体，举重若轻，其吃苦精神和才干，在铁一院的少壮派中堪称一流。青藏铁路线路总体，非他莫属了。正好与当年踏勘的线路总体倒了个个，李金城当青藏铁路的线路总体，而那位老同志调整做他的副手。

冻土队队长仍由楼文虎担任，虽说也有工农兵大学生背景，但是一线经验丰富，关键是配合他的副手，张昭脱颖而出，自然成了林兰生最中意的人选，他是中科院冻土研究所的研究生，学术底蕴丰沛，刚到而立之年，生逢其时。这样凡是上山的队伍的领导班子里，都有一个年轻的少壮派，一旦老同志身体顶不住，他们便可以挺身而出，笑傲大荒原。

"通知资料科，马上将青藏线历次勘测的资料入院！"在火车上下达第一道命令后，林兰生躺在卧铺上舒了一口气，眼睛投向列车的终点站兰州，旋即又陷入一种莫名的两难痛楚之中。铁一院万余人之众，冗员实在太多，漫漫五十载一路走来，人们似乎早已习惯在一种惯性体制下生存，野外与家里、干好与干坏，都拿一样的钱，生存的压力很小。这种局面必须彻底改变，才能轻装上青藏铁路，林兰生将拳头重重地擂在了软卧之上，他必须背水一战，不给自己留下退路。

踏上兰州城，疾步匆匆走进铁一院，长长的走廊上掠过一阵清风，也给这座老院刮起一股海啸般的飓风。数日之后，打下林兰生烙印和主政风格的举措出台了，对中层以下干部进行民主测评，竞聘上岗，免了6个副处长，劝退了6个副处级干部，诫勉谈话了6名副处级干部，18名混事的处级干部第一次觉得前途岌岌可危。但是在岗的干部职工收入却平均增加了900~1000元，最多的到了2000元。

　　院办主任朱旭这几天心情越来越沉重，一脸的怅然挥之不去。林兰生当处长时，刚从北京交大毕业的朱旭便被选去当秘书，跟院长多年了，他一直被林兰生的才干和魄力所倾倒，然而，院长位置尚未坐热，队伍还未上山，就实施如此峻急的改革，会伤及林院长的事业和他本人。

　　朱旭脸上的阴霾似乎早被林兰生窥透了。下班的时间早已经过了，林兰生还在伏案工作，刚好朱旭来请示问题，谈完后，他刚想转身离去。林兰生站了起来："朱主任别走，我早看出来你有话要说！"

　　朱旭欲言又止。

　　"当初做秘书时，我不就交代你有什么问题及时提醒我呀！"林兰生诚恳地笑着说。

　　"那时你是处长，现在却是大院长了。"朱旭的话里多少有点情绪。

　　"别给我绕弯子。当院长的林兰生和当处长的林兰生，并没有任何改变。"林兰生格外真诚。

　　"当然有改变！起码脾气大了。"朱旭笑道。

　　"好了，别给我弯弯绕，打擦边球了。我想听真话。"林兰生依然灿烂地笑道。

　　"好，那我也不妨直说！"朱旭多少有点激动，"这样下去，会把人得罪完的！"

　　"不得已而为之！"林兰生怆然道，"你以为我愿这么干吗，下岗的职工都是我的兄弟姐妹，但是如果我不得罪人，把青藏铁路的事办砸了，那我林兰生就是罪人，就会愧对中央，愧对西藏和全国人民。"

"院长，我懂了！"朱旭默默地点头。

朱旭走出去了。林兰生坐在办公桌前，摊开一摞摞已经褪色的勘探资料，西藏的山地风拂去了岁月的尘埃，一个世纪的皇皇铁路大梦清晰地浮现：革命先行者孙中山，东方巨人毛泽东遥望昆仑，欲将铁路修到达旺，公路修到阿里，修过喜马拉雅的世纪梦想和昆仑身影在视野中巍然屹立；还有那个在青藏高原叱咤风云的慕生忠将军，带着铁一院的几代总师踏遍黄河青山，冷山寒雪，留下了一曲惊天动地的浩歌。

下行列车
第一道岔　铁鞋青藏

那一片草坡上，
有无数的羊群、
但我神圣的羔羊，
怎的不见了呢？
　　——六世达赖喇嘛仓央嘉措情歌

慕生忠第一次带队探测青藏铁路

慕生忠将军的嘎斯吉普在铁一院门口戛然停下。

虽然已是冬季，但将军的心情像悬在皋兰山上的太阳一样红灿，刚刚过去的八一建军节，中国军队第一次授衔，陕北红军出身的慕生忠以18军独立支队政委、中共西藏工委组织部部长的身份，1955年被授予少将军衔。比起那些永远倒在通往新中国路上的同乡，尽管身上穿了21个枪眼，但慕生忠觉得自己是一个幸运者。

将军身材伟岸，性情豪爽，有着陕北那块土地遗落的少数民族的遗风。一脚跨出吉普车的门，昂首一片苍天，铁一院号称兰州城里的西北第一楼，气势宏伟，有一股泱泱气度。将军操着一口陕北土话："这楼哩，不愧是西北第一楼，像站在黄土塬上高亢秦腔。"

铁一院的门卫见一位少将伫立在门前感慨万千，连忙上来打招呼："将军贵姓，您有何公干？"

"慕生忠，"将军一阵大笑，"什么公干，小同志，我是来招贤纳士的。"

门卫愣怔了，原来是兰州和整个大西北大名鼎鼎的青藏公路之父慕生忠将军啊，连忙说："慕将军，请稍等，我去请勘测设计院的领导来迎接将军。"

"繁文缛节，就免了！我是来要人的，拜访你们院长吧。"慕生忠脚下生风地往走廊走去。

闻讯而来姓慕的院长早已迎了出来，惊呼道："啊呀，慕将军，幸会，幸会，是哪阵风将您吹来的？"

"当然是青藏高原的季风喽！"慕生忠幽默地答道，"无事不登三宝殿，我来要人呀。"

"要人！"院长怔然。

"是啊，一笔写不出两个慕字来，你可要做个顺水人情啊！"慕生忠紧紧握住慕德高的手说，"青藏公路通车后，彭老总很高兴，请我们吃饭，说我是青藏公路的第一功臣，我说老总啊这个虚名我不敢当，真正的第一功臣是那些为修青藏公路，永远躺在了昆仑山、五道梁、不冻泉和唐古拉山的官兵和民工。我向彭总汇报说，西藏的战略支援，光靠公路不行，得有铁路，彭总非常赞成，还特意汇报给总理，给我批了一笔钱。我回格尔木前，碰上了铁道兵司令兼政委王震，王胡子说，铁道兵在抗美援朝战场上建立了一条炸不烂打不垮的铁路线，现在是和平年代，一定要把铁路修到巴山、天山、昆仑山，一直修到喜马拉雅。王胡子肥水不流外人田，这样的大活，总不能老让王胡子拔了头筹。你给我几个人，随我到青藏高原上走一趟，看看能否修铁路，我也好向总理和彭老总交代。"

院长吁了一口气："我当什么事，铁路踏勘也是我们院的主要工作。慕将军要几个人？"

"至少3个吧！"

"就这么几个人呢，只要将军一声令下，要多少给多少。"

"哈哈，慷慨！"慕生忠一笑，"探一探能否修铁路，要那么多人去打狼啊。"

"这也是我梦寐以求的事啊。"

"那就说定了，让他们回家收拾一下，明天随我去香日德。"

"遵命，将军，明天早晨准时到位。"慕院长爽朗地作了回答。

第二天上午上班时间刚到，慕生忠的吉普车早已在勘测设计院楼前等候了。慕院长带着勘测工程师曹汝桢、刘德基、王立杰和司机薛兴才一一走了出来。一看慕将军身着皮大衣，倚在车头前等候，惶恐地说："慕将军，不好意思，让您久等了。"

"学生等先生，理应如此！"慕生忠哈哈大笑，"我行伍出身，是个粗人，与你们这些大知识分子打交道，就一个字，诚！"

刚见其人，便被他的性格磁石般地深深吸引了。开始面对眼前站着的一位魁伟的将军，曹汝桢等三人还面面相觑，有几分拘谨，一闻此言，紧张的情绪一下子就放松了。

"这就是我们带队的曹工。"慕院长指着曹汝桢说，"中央大学土木建筑系毕业的,专学选线的工程师,参与修过国民党时代的湘桂黔铁路,解放后到我们西北铁路工程局设计院,参与过天兰线、兰青线和包兰线的选线。"

慕生忠热情的大手伸了过来:"好啊!三十出头,正当年。欢迎你们跟我去青藏高原走一趟,任务嘛,就一句话,待下山之日,你们就告诉我,青藏高原能不能修铁路,我好给彭老总和总理有个交代。"

三个人会意地笑了。慕生忠走过去,帮着他们将行李和仪器搬到嘎斯吉普车上。马达轰鸣,挥手别过金城,中国进藏铁路的第一个选线小分队,跟着慕生忠将军踏上了青藏高原,时间是1956年的早春时节。

嘎斯吉普车沿着黄河河谷,驶离兰州城,坐在后排座上的曹汝桢蓦然回首,队伍中的嘎斯吉普又多了几辆,便问慕将军,如何弄了这么多辆车。

慕生忠自豪地说:"总理特批的!"

"总理给的?"曹汝桢惊讶诘问道。

"当然!"慕生忠有几分得意地笑着说,"去年12月青藏公路通车之日,主席和总理特别高兴,听彭老总说,得知青藏路和川藏路同时通车那天晚上,主席特意对厨师长挥了挥手,上杯茅台,工作人员不解,问主席有何喜事,主席一饮而尽说,高兴啦。去年授衔之后,我到彭老总那里立下军令状,要为修建青藏铁路探探路,老总报告给总理,总理说这回不能让慕生忠再赶胶轮大车上青藏路了,给他几辆车吧。所以我们就可以以车代步了。"

曹汝桢顿生敬意:"可是慕将军,我们选线工程师就是走路的命,靠的就是一双铁脚板。"

"哈哈！痛快。"慕生忠笑道，"那好，我就做你们后勤部长，你们说到哪里，我就将你们送到哪里。"

"将军，整个选线期间，您一直跟着我们？"曹汝桢问道。

"那还用问。如今我们捆绑在一辆车上了，有福同享，有难同当了。"

"谢谢！"曹汝桢一片肃然。

此时，兰青线的勘测和设计正在进行。早春的西部仍旧一片白雪皑皑，冰封千里，慕生忠带着曹汝桢一行出兰州城，沿着当年的唐蕃古道，进西宁城，过湟源，翻越日月山，一路踏勘，逶迤而行。到了文成公主扔碎宝镜、瞭望长安的地方。一条道是继续溯唐蕃古道，往东南方向，走共和，过玛多，入玉树，越过青藏边界唐古拉山，抵达西藏的聂荣索县，最终进入当时藏北的总管府黑河，然后沿念青唐古拉、当雄草原直抵拉萨，这是一条古老的驿道，当年凡从西北入藏，均从此出入。

可是站在日月山顶上的慕生忠，却远眺着青藏公路方向，挥了挥手说："走青海湖北！"

曹汝桢一看地图，诧异地问道："慕将军，这意味着铁路得穿过德令哈，从百里盐湖上驶过。"

"是的！"慕生忠点点头，"曹工，既然公路已经建成，修铁路就该以公路作为支撑。"

曹汝桢敬仰军人的战略目光，但是他不无担心，过德令哈，就有巨大的柴达木盆地。前边还横亘着昆仑山和唐古拉山，这对于铁路的选线是前所未有的挑战，可惜他是第一次上青藏，前路漫漫，他不知等待自己一行的将会是什么。

到了香日德，天渐渐黑下来了。干裂北风裹挟着漫天的飞雪，不时从刚搭起的棉帐篷的门帘里吹了进来，慕生忠的司机和警卫员把捡来的干牛粪碾成粉末，用火镰将其点燃。锅里扑滋扑滋地煮着面条，日月山的海拔已逾3000米，没有高压锅是很难煮熟的。警卫员把水壶的盖子拧开，递给了慕生忠将军。

"来一口！"慕生忠痛饮一口，将酒壶递给曹汝桢，"暖暖身子。"

曹汝桢摇了摇头："将军，医生说禁止在高原上喝酒。"

"信他那个蛋。"慕生忠突然露出军人粗犷的一面，"高原上不喝酒，哪叫男人？喝！"

"好，喝！"曹汝桢被将军的豪迈感染了，选线工程师的冷峻和严谨中也掺入了男儿的雄性，接过来仰头喝了一口，便干咳了开来。

慕生忠躺在被褥上哈哈大笑："好样的，有了第一口，就有一千口、一万口，能练成酒仙。"

刘德基和王立杰也传着喝开了。

"慕将军，我一直琢磨不透，当初你选青藏公路的线路时，为何舍近求远。不走古代的唐蕃古道，而走青海湖湖北，穿越柴达木，上昆仑，翻唐古拉。"

"哈哈，曹工，白天瞧你眉头拧得紧紧，我就寻摸着你会追问。"慕生忠抿了一口酒，"其实现在的青藏公路也是一条驼道，当年的喇嘛进藏学经，都从那里走。1950年，我作为西北工委进藏时的政委，带了几千峰骆驼走过文成公主进藏的唐蕃古道，地势相对平坦，但沼泽太多，湖泊星罗棋布，成年雪山浓雾笼罩，自然不便汽车通行。"

曹汝桢终于明白慕将军为何舍唐蕃古道，而选莽昆仑之路了。

"慕将军，据说你麾下的官兵在选青藏公路线路时，是遵您的叮嘱,赶着胶轮大车跨越昆仑,过唐古拉的?"

慕生忠摇了摇头:"赶胶轮大车走青藏高原不是我的创意,应归功于彭德怀元帅。1953年冬天,彭老总从朝鲜回来,我去看他,那时我兼任西藏运输总队的政委,由西北局和西藏工委一直兼管。有26000多峰骆驼,可是从西北到西藏送一次货回来死了一大半。我对彭老总说,川藏路一时还修不通,西北方向仅靠骆驼运输不是办法,得有公路,我想赶着木轮车上青藏高原,探探在荒原能否修一条公路,直抵拉萨。彭总说,好呀,不过赶牛车过青藏高原,人家会说你是拆下来抬着走的,没人会相信,还是胶轮马车上山,胶轮车过去,大卡车就可以行驶。我顿时茅塞顿开。"

"慕将军,您也像这次一样跟着走吗?"曹汝桢认真地问道。

"我没有去,派的是西藏运输总队的副政委任启明带队,我的翻译顿珠才旦,汉名叫李德寿,也参加了,他是30多人队伍中唯一的藏族人。"慕生忠沉吟片刻,"他们赶着50多峰骆驼,20头骡子,三匹马,两辆胶轮大车从香日德出发的,就是走我们今天这条天路。一边走一边用锹平地、垫路,绕湖北行,上德令哈,过大柴旦,一马平川地越过盐湖,到了格尔木,沿南山口上昆仑山时,被一条两三米宽的沟壑挡住了去路,好在探路的队伍中有位石匠,用了三天架了一座桥,才得以过去,随后沿纳赤台,上西大滩,直至昆仑山垭口,过了雪水河,极目远眺,真是莽莽荡荡的可可西里。有一天突降大雪,三米之内见不到人影,任启明和顿珠才旦押后,与队伍走散了。摸了一个多小时,找到几捆干红柳,点燃起来,在雪地中过夜,两个人背靠背,被一群荒原狼团团围住,人与狼对峙,看谁能坚持到最后,如果他俩一旦睡着,就会成为饿狼的夜餐,一直对峙到天亮,被闻讯赶来的同伴们救走。到了五道梁头痛欲裂,那种感觉就是哭爹又喊娘，难以忍受了。过了风火山，更是气喘吁吁，可是他们仍然执着地往前走，走喇嘛进藏时的那条路，只有到了长江上游的沱沱河，赤脚蹚过冰河，那雪水彻骨的凉。然后在风雪迷茫中往唐古拉山走去。翻越唐古拉便证明路完全可以走通，到了安多，再往下万里羌塘，1954年1月23日，到了黑河，见到了黑河分工委书记侯杰同志，任启明给我拍电报时说路可以走通时，你们不知道那晚我有多么高兴，痛饮了一夜，一醉方休，好久没有那么醉过了。"

慕生忠将军和他麾下官兵的故事，就像一部西北传奇，听得曹汝桢、刘德基和王立杰扼腕长叹，击节而歌。以后每到晚上睡在棉帐篷里，雪风掠空敲打着帐篷，仰视深邃天穹，几颗寒星如格萨尔王金鞍上银钉闪耀，眯缝着狡黠的眼睛，再听慕将军边啜烈酒，边讲战争传奇和西部故事，成了青藏高原每天晚上的帐篷盛宴。要是慕将军某天晚上酩酊大醉不能讲时，第二天小分队踏勘时便会觉得失落了什么。

沉醉在慕将军高原故事中，曹汝桢三人一路踏勘选线。铁路的走向和弯道大多选在离公路不远的地方，终于走进格尔木这座汽车驮来的小城，慕生忠挥了挥手说："放假三天，采购物资、补充食物，恢复体力！"

仅仅在格尔木休整了两天，慕生忠又带着曹汝桢他们上路了。爬上莽昆仑，海拔渐渐升高了，曹汝桢和两位工程师每走一段都要下车目测，选线，画地形草图。在极地高原，别说每天要走许多路，登高望远，涉水过河，纵是躺着也犹如下炼狱一般。

越过可可西里和雪水河，冻土两个字突兀地占据了曹汝桢的脑际，令他困惑不已。青藏高原的地貌对于修铁路毫无影响，如果不是高原缺氧,其工程的难度远远不及内地的高山大江。但是冻土难题不攻克,却是一道无法逾越的禁地,越往前行,更是白茫茫一片,分不清是冰河,还是雪野,抑或公路。有一次车陷薄冰和泥淖之中,车轮打滑,怎么也冲不上土坎,慕生忠将军一跃跳下车来,脱下自己的棉皮大衣,垫在了车轮底下,大声喊司机:"踩油门,加大档位,往前冲。"

嘎斯吉普的发动机吼叫着,终于冲上了路面。望着慕将军的军大衣上溅满了泥垢,曹汝桢于心不安,慕将军拍了拍他的肩膀:"曹工,没有关系,太阳出来时,晒一晒,掸掸土就好了。"

越过沱沱河,靠近唐古拉,就没有那样幸运了。有一天傍晚,吉普车突然陷进了沼泽地里,无论慕将军使出浑身解数,都无法将铁骑从深陷的泥泽之中拉出来,脑袋壳胀痛得快爆裂了。敢在青藏高原上横刀立马的慕将军此时已没有脾气了,一筹莫展地摊了摊手说:"曹工,待在车里别动,养精蓄锐,保持体力,唯有静静等待!"

"等待,慕将军,我们在这待下去,不是等死吗?"曹汝桢不无忧虑地说。

"没事,等待救援。"慕生忠笑了。

"将军,冰天雪地,茫茫荒原,谁会来救我们?"曹汝桢看着芜野,只有一只孤独的神鹰在飞翔,一片茫然。

"会有军车通过的!"慕生忠望着凝结着自己心血的青藏公路,一派大将风度地挥了挥手,"警卫员!"

"到!"警卫员跑了过来,"首长什么指示?"

"马上到公路上去,有军车路过给我截下。叫他们过来救援,把陷下去的车拖出去。"慕生忠胸有成竹地布置。

左顾右盼,空寂的大荒野上并没有兵车出现,唯有野狼的长啸,在风雪中长一声短一声地传来。几束跳动的绿光,一步一步地向他们逼近,让人不寒而栗。警卫员操起枪来,准备射击。

"打个球!"慕生忠踢了警卫员一脚,说,"给我省点子弹!野狼别看它凶,人不伤它,它不伤人。"

于是一群人只能蜷曲在车上,胆战心惊地看着野狼巡弋而过。

直至深夜,半山坡突然有一晃灯火一闪一亮的,像南方夏夜村场上的萤火虫,慕将军一跃而起,大声喊道:"有救了!"

一队兵车渐次逼近,最终发现了他们,才将踏勘小分队救了出来。

半个月后,车进拉萨城,最后一段铁路线路的初选勘测结束了,慕将军忐忑不安地询问曹汝桢:"曹工,请告诉我结果吧。"

曹汝桢历数了一大堆冻土难题,似乎尚未触及结论性的话题。慕生忠有点沉不住气了,单刀直入地说:"曹工,我是个粗人,不知道那个冻土理论,别给我绕圈子了,长话短说,你就告诉我一句话,青藏高原上修铁路到底行还是不行?"

"行!"曹汝桢斩钉截铁地回答。

"好!我就要你这句话。"慕生忠激动地弹了起来,"今天晚上我请你吃羊肉烩面。"

曹汝桢一行三人返回兰州后,口头向院长汇报,初步勘测结论——青藏高原可以修铁路。随后又写了考察报告。

2002年9月15日下午三时,我在兰州铁一院的曹汝桢家里采访,已经耄耋之年的曹老慈眉和祥,脸上密布的老年斑似乎每个都隐藏着风雪高原的故事,可是他谈得最多的仍然是早已故去的慕生忠,吁嚱嗟叹:"慕将军可是一个豪爽之人,嗜酒,海量啊,身上的血性与酒一样清醇刚烈。可以说他是青藏公路和铁路第一人,功不可没，我们不该忘记哟。"

丹心一片青藏缘
——第一代线路总师庄心丹

我正走进一部中国铁路建设的皇皇青史，可资阅读的是一位老人。

庄心丹老人仙风道骨地坐在我对面，平静地讲述如烟的往事，其禅定的神色仿佛在讲别人的故事，似乎与己无关。斯时，他已87岁高龄，一捋雪白的长须直垂胸前，瘦削的瓜子脸仍然烙印着江南的痕迹，一点也未被西北酷烈的漠风所洗磨。我伫立房间，很难寻到一个立锥之地。30.59平方米的住房塞满了破旧的家具，房间里光线昏暝，漫溢着一股属于高龄老人特殊的气味。

这天傍晚，时针指向2002年9月16日的黄昏，最后一抹残阳将西天的云彩烧成了炭黑，映在天边的晚霞正壮烈地投入黑夜的深渊。狭窄的小屋沉落在一片即将涌入的黑潮里，唯一让小屋蓬荜生辉的是女主人涂玉清，她不时地走到我们中间倒水或插话，提醒丈夫叙述时间和事件准确记忆。我偶尔凝望，惊愕不已，老太太虽已年届八旬，仍冰清玉洁，皮肤保养之好，令每天擦资生堂化妆品的女性汗颜，腰不弯背不驼，额头上也不见一丝皱纹，挽了一个髻，花白的头发梳得一丝不乱，让人感叹岁月虽然无情，却攫不走一个女人与生俱来的典雅和高贵，一颦一笑，言谈举止，不经意地显示出见过大世面的娴熟之美。命运真的会一视同仁，庄心丹出身豪门，少年时一掷千金，晚年落寞孤寂，但上苍却慷慨地赐予他一位倾城之色的夫人，历经战乱和政治风雨，相伴永远。或许这正是他可以在赳赳血性世界中，永远仰着男人高傲头颅的缘故。

我对庄心丹的关注始于昨天一场集体采访，匆匆之中，惊奇地发现，他那凸露的手掌，曾触摸过中国历史的敏感体位，可折射在他头上的命运罩门却那样诡谲、滑稽和怆然，于是，我预约了今晚的采访。一个已被时间和公众遗忘的老人，突然间因青藏铁路而重新被人记起，且有个从京城来的作家虔诚地听他叙述，仿佛天涯孤旅遇上了一个同路。老人清晰的讲述和记忆，让我惊叹生命的顽强。

曹汝桢随慕生忠将军从青藏高原探路回来后，上书院里，郑重建议可在青藏高原上修建一条进藏铁路。慕生忠挟着这份报告，陈书西藏工委、西北局和彭老总，1957年初夏，铁一院便接到在青藏高原格拉段进行铁路线路初测的任务。

谁担任线路总体？铁一院院长的棋盘上浮出了许多人名。曹汝桢、张树森还是嫩了一点，谁能压得住阵？那个吴语款款的民国政府时代的副总工程师庄心丹的谦卑形象跃然而出。

"军中无大将，廖化打先锋。"院长长叹一声，"青藏铁路勘线的总体，非庄心丹莫属。"

下属感叹道："庄副总工程师现在在兰新线上当总体，正与苏联专家踏勘欧亚大陆铁路的中国出口。现在仍然在新疆。"

"立即将他召回，委以重任。"老革命出身的铁一院院长突然毕现军人豪气的一面。

踏遍天山南北的庄心丹欲随队前行阿拉山口时，一个无线电报拍过来，召他这个铁一院西宁分院的副总师回兰州，另有任务。

半个月后，庄心丹回到了兰州古城。仍然忐忑不安，不知自己何故被召回，不知会是幸运还是不幸降落自己身上。匆匆走进院长办公室，见到院长时心情如履薄冰，诚惶诚恐地说："院长，我刚在兰新线通往欧亚大陆的走线出口提了十个方案，从中筛选了三个方案：一个是南疆喀什，一个是北疆塔城，一个是阿拉山口。最终苏联专家采用了我的阿拉山口方案。"

"干得好，庄副总工程师！"院长拍案称道，"兰新线的总体暂告一段，院里准备委你以重任。"

"我能担当重任？"庄心丹似问院长，也在问自己。

"当然可以，西藏工委和西北局报请中央修建青藏铁路。"院长将一份青藏铁路格尔木—拉萨段《勘测报告书》和《踏勘工程地质说明书》推至庄心丹跟前，"文件已经下了，初测和定测马上就要上去，苏联老大哥的航测也一并跟进，院里决定让你担任青藏铁路线路总体。"

庄心丹的嘴唇有些颤抖："院长，你说的是真的？"

"军中无戏言。当然是真的！"

"谢谢！谢谢！"庄心丹的眼圈湿润了，"知遇之恩，心丹当肝脑涂地，鞠躬尽瘁，死而后已。"

"庄总可不能言死啊！"院长幽默地笑了，"青藏高原是生命的禁地，但是我们却盼着你们安全凯旋。13人的队伍已经组建完毕，马万义做你的地质工程师。准备几天马上出发。回来时一个人也不能少。否则，我拿你是问。"

"好的，院长！"

庄心丹沐浴着黄河大道上的万家灯火回家了，凝视着倒映在黄河水中默默流淌的灿烂，他第一次感觉到了自己的人生竟如此炫目。

其实，被西北风撅埋了的庄心丹的昨天，本身就是一幕壮烈辉煌的大戏。

辛亥革命后的第四个夏天，庄心丹呱呱落地在上海奉贤县庄航镇一个大世家，从小对工科感兴趣的庄心丹就读于浙江之江大学土木工程系，1936年大学毕业时，分到海南岛修建中亚铁路，刚干了三个月的助理工程师，日本占领了香港，向华南腹地挺进，中亚铁路匆匆解体。当时的选择只有两条路，要么去战时补习学校，投笔从戎，要么回故乡奉贤县躲避战乱。然而最后一个夜晚，他与十七八名热血男儿登上一条船，环南中国海岸线，漂泊到了杭州，恰好与淞沪会战战败撤退的李宗仁军团相遇，被桂系第17集团军收留，成了后来安徽省主席李平西麾下的一个司书。辗转于军旅，抄抄写写。跟随桂系参与了台儿庄会战，九死一生，打出了中国军人的血性与雄气。

台儿庄会战结束后，白崇禧受命指挥武汉会战。有一天桂系一位高参与庄心丹聊天，获悉他曾经是之江大学的高才生，却谋了一个小小的司书，未免大材小用了，便问他："心丹老弟，你想不想重操旧业，干土木工程？"

"岂能不想！"庄心丹怅然道，"我做梦都在做土木工程，可是山河破碎，哪有工程师的用武之地？"

"好，老弟既有此话，我帮你谋一肥缺。"高参拍了拍他的肩膀，"国防部长江上游江防线工程处正在招兵买马，我写一封推荐信，你去找我的老朋友另谋高就吧。"

"谢中将！"拿着高参的介绍信，庄心丹来到了宜昌，果然谋得一个肥缺，任长江上游防线工程处的工程师。一干就是好几个年头，在宜昌期间，他遇到了一段战时浪漫爱情，相识了后来成为他夫人的涂玉清。

涂玉清是在躲避战乱中寻找到爱情归宿的。她1921年出生在汉阳一个小商人的家庭，6岁时父亲暴病而亡，那年母亲只有25岁，在祖母面前发誓绝不再嫁,祖孙三代相依为命过着清苦的日子,只为供玉清读书。武汉会战拉开序幕,奶奶担心在湖北省女子一中读初三、有校花之誉的涂玉清遭遇不幸,给她几十块大洋,让她跟着同学流亡宜昌,或到战时的湖北省会恩施。可天有不测风云,就在她离开武汉的第二天,母亲又不幸罹难,祖母也不知流落何方,一夜之间,花季少女成了天涯孤女。唯一依靠的就是同班女同学彭小姐了。在巴东湖北联中上学期间,彭小姐经常给哥哥长江上游工程处的彭登仁写信,一来二往,她突然萌生一个念头,为女同学涂玉清找个最后的归宿,征得同意,她便将涂玉清的照片寄给了哥哥,让他帮忙物色一个郎君。

彭登仁一看妹妹的同学长得如此水灵,冰清玉洁,便找来此时仍是王老五的庄心丹,将照片往跟前一放:"心丹兄,你说这个女孩漂亮吗?"

庄心丹一看照片,呆了:"岂止漂亮,简直是倾城倾国,沉鱼落雁。"

"没有想到,你打的分如此之高呀!"彭登仁愕然,"不过,我倒想到一个问题。"

"但说无妨!"庄心丹坦诚道。

"庄兄,介绍给你做女朋友如何?"

"我不是在做梦吧?"庄心丹的脸马上红了,"若得此女,心丹此生足矣,功名利禄统统可以抛之脑后。"

"好,这个媒我做定了。"

一言定终身。彭登仁写信告诉妹妹,女友的终身大事已定,他是长江上游江防工程处工程师庄心丹。

涂玉清羞涩地点头同意后,不久便收到庄心丹的第一封信,说的是发生在峡江附近的故事，神农尝百草，文采飞扬，情至深处，一下子便把憧憬文学的涂玉清的魂魄掳走了。

于是战时的三峡深处，巴东与宜昌就开始了鸿雁传书。确定了恋爱关系后，虽然区区百里之间，庄心丹与涂玉清却无法见上面，但是每月领工资之后，他却雷打不动地给女友寄上五十块大洋，供她读书。这一供就是六年之久。涂玉清于1941年考上了国立女子师范学院，先搬迁至四川江津，后到了陪都重庆。这时战乱中的女大学生大多失去了生活来源，纷纷投进了高官和将军的怀抱，大多成了抗战夫人、沦陷夫人。一次舞会上，一个国军高级将领一眼便相中了天生丽质的涂玉清，先礼后兵，开始伪装成翩翩君子，请涂玉清和一位哥哥是国民党农行行长的女同学吃饭，软硬兼施，投之桃李，唯有一个目的，就是要把这只金丝雀关进金笼。可是涂玉清就是不上钩，她忘不了那个从未谋面，却一个月不落地给她寄生活费的未婚夫庄心丹。

涂玉清名花有主，而这时庄心丹却在云南边地的滇缅丛林里修建铁路，打通大后方最后一条战略动脉，取代空中驼峰航道，1942年已在中缅接壤的镇康待了三年，可是日本军队还是从曼谷湾登陆，合围了热带雨林中的中国远征军。庄心丹跟着杜聿明和战死的戴安澜残部，从八莫野人山里逃了出来，幸好撤得及时，像一只亡命鸟一样，搭上汽车跑到了腾冲，而这时龙陵的路已经不通了，他们将汽车推进了怒江，仓皇逃至保山，回到昆明巫家坝机场，在陈纳德将军的飞虎队当了一名机场工程师。

未曾想到，一个鹧鸪鸟鸣春的早晨，涂玉清突然从女同学哥哥处拿到一张飞往昆明的免费机票。远走云南行，去会相恋六载却未谋面的恋人庄心丹了。

精心打扮一番的涂玉清穿着旗袍，跨下舷梯，举目四望，寻找自己倾心相许的人，左顾右盼，觉得接机的人中没有一个像自己梦中的白马王子。

"玉清，是……是你吧！"一句绵软的吴语从人群中飘来，一个个子矮小，说话结结巴巴的瘦削男子朝着她冲了过来，脸上泛着灿烂的红云，"我是庄心丹！"

涂玉清瞪大美丽的眸子，怎么也不敢相信眼前这个其貌不扬，比自己矮几分的男人会是庄心丹，错愕地问："你就是庄心丹？"

"那还有假！"庄心丹没有在意未婚妻的失望，"我不是庄心丹，谁是？"

涂玉清点了点头，又摇了摇头："我凭什么相信你！"

"凭你的照片！"庄心丹突然将一张涂玉清的照片展现在她面前，背面写着"庄心丹收藏"几个字。

这熟悉的字眼每次信上都潇洒写就的。涂玉清闭上美丽的双眸，不知是失望还是幸福。

此后三天，她突然被属于上海男人的温婉和父爱包裹了，从小失去父爱的涂玉清骤然沉醉。一个春风吹醉的傍晚，他们一同去了昆明古刹圆通寺，嗅着寺院里飘来的玉兰花浓烈的清香，在佛陀前磕了三个头的涂玉清站了起来，微笑着对庄心丹说："心丹，我要做你的新娘。"

"真的？！"庄心丹突然朝着佛祖顶礼膜拜，心里默默祝祷，"佛祖在上，我庄心丹何能何德，上苍会赐给我玉清这样冰清玉洁的姑娘。我发誓，一生一世爱她、呵护她！"

翌日，在战乱的大后方昆明，不时有日本飞机狂轰滥炸，一个烟柱冲天而起，他们却牵手走进了教堂。

第一道岔　铁鞋青藏

抗日战争的硝烟刚寂静下来，庄心丹和涂玉清东去上海，参加龙华机场的建设。不久这对年轻夫妇在南京购置了一栋两层小楼，以为可以结束颠沛流离的生活，但是龙华机场的谋生之道却由于内战烽火四起而断了后路，夫妻又匆匆南逃广西，参与湘桂黔铁路修建。庄心丹当了七分段长，蛰伏于穷乡僻壤，女子师范毕业的涂玉清无书可教，成了地地道道的筑路家属，在寂寞无望的日子里，她在广西桂县一连生下了两个孩子，过着相夫教子的平静日子。

终于迎来了新中国成立。庄心丹没有跟着国民党撤离大陆的船，驶向孤岛，他知道那一盈海水相隔的台湾，没有铁路工程师的用武之地。忐忑不安地遥望着青天白日旗在南京总统府缓缓坠落，看着一个蒋家王朝和一个时代的终结，等着人民解放军前来接管。

衡宝战役落幕了，南京的铁路署没有一点消息。1949年12月，军代表来了，宣布林境工程处肢解方案，一分为四，一部分人进京，一部分人西去成都，一部分人南行武汉，还有一部分发配西北。庄心丹属于最后一拨，已经习惯漂泊的日子，无论十里洋场还是边隅之远，但是出身江南豪门的他未曾料到自己会根系黄土高原，魂牵西藏。一声令下，涂玉清跟着丈夫抱一个，拖一个，牵一个，带着三个孩子来到甘肃天水的西北铁路工程局，参与了包兰线和兰新线的设计，为他后来当青藏线上的第一代线路总体，做了铺垫。

1957年仲夏，庄心丹带着铁一院13人的初测和定测队伍上路了。所走的线路是德令哈—泉吉—格尔木—昆仑山—风火山—沱沱河—雁石坪—唐古拉—安多—那曲，再沿当雄草原，直抵拉萨。

这时青藏高原上正在经历一场风暴，一场叛乱像狂雪一样落下，因为经历得太多，庄心丹反倒一点也不担心，他知道身后有一个强大的祖国，队伍刚开出兰州城，便有两个排的人民解放军负责警卫。

从德令哈开始，庄心丹一行13人的初测队伍每到一地，两个警卫排的官兵马上占领制高点，派出流动哨，设点在山头垭口布卡，将踏勘的每个地域实施里外警戒，围成铁桶，甚至不让一只飞鸟而入。而负责初测和定测的工程师和技术人员，每人一匹马，一支枪，跃上藏马，便可以测量，晚上收工时，再骑着马返回营地。每换一个新宿地，不管多晚多忙，搭好帐篷后，就开始挖工事和掩体，以防止晚上叛匪来袭。还专门安排了岗哨，每两个小时换一班岗，在整个青海境内一直安然无恙。

从格尔木上了莽昆仑后，海拔骤然升至4700米以上，到了晚上九点多钟，广袤的可可西里仍旧擎着一轮红日，像一个红色的彩球往地平线的尽头滚去，初测走线之中，庄心丹最爱看莽原落日，绚丽的七色光柱中，岚气袅袅，夜的帷幄缓缓升腾，诡谲奇妙的云彩中，就像藏民族记忆中的英雄格萨尔王，骑一匹白色骏马御风而来，长风掠过草原，寒剑倚天，一道炫目的光带凌空划过，将太阳头颅一剑砍下，将之攫拿入囊中。天色骤然黑了下来，夜里躺在帐篷里，仍然可以看到深邃的天幕上，星星垂得很低，似乎就在帐篷的门上，伸手便可以摘下，童年的幻想和憧憬变得越来越近。

可是，一觉醒来，又是另一个世界。一夜之间，楚玛尔平原下起纷纷扬扬的大雪，天亮了，睡得深沉的官兵和勘线的工程技术人员都醒来了，睁眼一看，帐篷不知何时被积雪压倒了，被子、大衣等都被埋在雪窝子里边，每个人的眉毛、胡子上都结了一层厚厚的冰凌花，大家站起身，抖落身上的积雪，互相打趣着，看人世间唯有的"冰霜花展览"。庄心丹走出帐篷，听到了雪落的响声，远眺着空阔无边的莽原，白雪连天，如万顷雪涛涌，他被这种壮丽倾倒了。贪婪地大饱眼福，孩子般地在雪窝子里嬉戏，由于没有高原生存的经验，结果得了雪盲，眼睛又红又肿，只好在五道梁一带休息了三天，才跃然马上，向沱沱河、雁石坪方向推进。

第一次青藏铁路的初测和定测，一直是按照苏联航测的无线抄平的线路，紧贴着青藏公路一侧的山野，一个木桩一个木桩连成一线，铁鞋昆仑，朝着唐古拉山方向迈进。翻越唐古拉之后，庄心丹决定不再沿公路而行，而是进入万里羌塘无人区，在唐古拉山麓的南坡，第一次见到了惊天动地的滚地雷。原本还是万里无云的晴空，苍穹蓝天的眩目，倏地乌云翻滚，像大海里的战舰滚滚驶来，猛然一记雷声从远天传来，一道蓝光锋刃般地划破天幕，一个巨大的火球从唐古拉顶上席卷而下，无形的光环像一条巨龙一样逶迤而来，直逼在雪原上初测的工程人员，大家纷纷卧倒在地，将头埋在雪野里，被青藏高原自然奇观吓得目瞪口呆。滚地雷散尽，在萋萋野草上留下一条燃烧成灰烬的黑道，庄心丹站起来清点人数，所幸无一人伤亡。

躲过一场天灾劫难，却也有战祸不时擦肩而过。翻过唐古拉之后，西藏境内的叛匪队伍便时隐时现，有一天在无人区的沼泽里初测，有一个技术人员说棱镜里有几个黑点晃动，像是马队朝着这边飞驰过来。

"不可能！"庄心丹率队走进无人区后，已经有半个多月不见人影了。

黑点渐次变大了，朝着他们越来越近，已经翻过山头，往河谷里走来，那个技术人员惊呼："庄副总师，不好了，真的是叛匪。"

警卫连长也从望远镜中捕捉到藏马上流窜的叛匪，大声喊道："一排长，打马过去，看清楚了，究竟是自己人还是叛匪，千万小心。"

"是，连长！"一排长抖动缰绳，策马冲向河谷的沼泽地带。

一排长的战马径直地往沼泽地里狂奔,想靠近那群在沼泽地一边缓缓而行的人,谁知事与愿违,突然扑通一声,战马掉在泥泽里,动弹不得。那边叛匪开枪了,雨点般的子弹嗖嗖射了过来,在一排长战马前溅起一片片水花。

"全体注意!"连长站在土坎上挥手,"压住敌人的火力,狠狠地打,掩护一排长后撤。"

经历过战争的庄心丹倒没有惊慌失措,他很专业地卧伏在地,射击的子弹也纷纷射向叛匪。也许是部队和勘查队员手中的钢枪比较先进,射程远,打得准,沼泽地那头的叛军纷纷夺路而逃。

灰头雁的翅膀载着冬季的冰雪远去了。庄心丹一行沿当雄草原初测而下,穿越羊八井,步入拉萨河谷,穿着蓝色铁路制服的队伍出现在红宫脚下,闪亮登场拉萨城。第一次看到胸前一排工字路徽铜扣,戴着大盖帽的铁路工程人员,八角街一片轰动,贵族、农奴驻足相望,其围观场面绝不逊于当年18军阔步进入拉萨城。

西藏工委专门接见了庄心丹一行。望着从内地进来的铁路同志脸上染上了高原红,铜色的肌肤透着青藏高原的阳光亮色,操着一口湖南话的张代表笑着迎了过来:"欢迎,欢迎,从你们铁路工人进拉萨城的脚步里,我听到了火车进藏的铿锵旋律,广大农奴期盼火车驶入西藏的日子不会久了。"

在新中国第一位红色封疆大吏面前,蛰伏荒原已久的庄心丹反倒显得拘束不会说话了。

"说吧,有什么要求尽管提。"张经武和蔼地说,"你们是为西藏人民办好事的。"

"我,我们想参观一下布达拉宫。"庄心丹不知何故,对历代达赖的寝宫如此感兴趣,"当然,还有一个重要的请求,设计院交代我们到山南、林芝一带看看,探一下今年能否将铁路修过去……"

"哦!"张经武沉吟了一下,"参观布达拉宫不成问题,下午就让工委交际处的同志带你们去。至于去山南,最近有点乱,得去噶厦政府办发一张通行证。"

"通行证!"庄心丹惊诧道,"您是中央代表、西藏工委书记,说句话一言九鼎,在西藏畅通无阻。"

"哈哈。总工程师同志,此话差矣!"张经武仰天长笑,"西藏特殊情况呀,整个地方行政管辖依旧是达赖喇嘛的噶厦政府,西藏工委现在只管统战、外交和国防,不能越俎代庖呀。"

"啊,明白啦!"庄心丹为自己的失言而感羞赧。

"不知不为过!"张经武哈哈一笑,"不过,山南方向近来有康区窜入的恩珠仓的叛乱分子活动。有些乱,千万要小心,警卫分队必须加强!"

"谢谢!"庄心丹起身告辞了。

一直等了好几天,终于有消息了。西藏噶厦政府的通行证办下来了,中央代表为安全起见,除警卫小分队外,还特意增派了两名公安、一名翻译和一名从贵族家里逃出来的饲养员,陪着庄心丹所带着的人马从拉萨出发,沿墨竹式卡、工布江达,溯泥羊河而下,直抵林芝。一路上不断地停车,目测铁路能否通过,拐弯的半径是否达 600 米,抵达林芝后,又骑马溯雅鲁藏布江逆行而上,探究山南地区修筑铁路的可能性,再拐到日喀则,画了一张张铁路走向图。幸好,此行没有与叛匪遭遇,一路安然,一个月后,顺利返回了拉萨。

恰好,张国华中将从内地回来了,听说铁路设计院的同志走过青藏,又在前藏绕了一大圈,测勘路线,特意请大家吃了一顿饭。

西北局派进藏的 18 军独立支队支队长范明,此时身任西藏工委副书记，听说大西北来人，有一种地域的亲近感，特意将庄心丹召去下象棋，激战犹酣时说："我是西藏这个棋盘上的一个棋子，你们也是。小卒过了昆仑、唐古拉，就可以唱大戏了。"

庄心丹自然读不懂范明的潜台词，抓起小卒，毅然过河，一直拱到军帐腹地，一将军，把老将给将死了。

范明推盘认输，尴尬地笑了。

初测归来，庄心丹调回第一研究院总体组当了组长，1964年至1966年又再度上山定测，可是当风起云涌的"文革"风暴席卷神州一隅时，有着复杂社会背景的他从此落寞了，几经打倒，几经牛栏岁月，最后在资料室为自己的青藏铁路生涯画上了句号。

……

我走出庄心丹的陋室时，已近深夜。秋夜的寒凉浸淫肌肤，身在抖索。攥在手中的庄老赠的古体诗抄却炙热无比。诗行之中镌刻着青藏高原的壮美，也奔突喜马拉雅造山运动的烈焰，心丹已老，丹心却在，烈焰不灭，一怀报国之志最终付与苍山无限。不过将近五十年后，作为第一代青藏铁路总体踏遍青山的线路终于被人重新记起，庄心丹觉得是三生有幸了，可以在人生的大幕最后落下之时，看到一条横亘世界屋脊的国之动脉骤然崛起，跨越昆仑。悲耶喜耶壮哉幸哉，唯有诗以言志。

走过庭院的浓荫树下，霜风掠过，有枯叶纷纷落下，撞地而亡，开至荼终有时，我突然想起了伫立在斗室的窗前向我频频招手的庄心丹老人。

横亘莽昆仑
——第二代线路总师吴自迪

到了秋天,兰州城里的日子开始变短了。

西斜的秋阳伸手掀开窗帘,悄然泻进屋里,阳光灿烂,屋里暖暖的,宽敞而整洁。进屋,吴自迪便迎了上来,他个子不高,身体瘦削,斑白的头发染了一头青霜,儒雅而又风度翩翩。操着乡音未改的南昌口音,连声说:"欢迎,欢迎,我们家从来没有这样热闹了。"

故事便从毛泽东与尼泊尔国王比兰德拉谈过话之后开始。有一天,铁一院院长脚下生风地走进副总工程师吴自迪的办公室。兴奋地说:"吴总师,你瞧我风风火火地找你,猜一猜是什么任务。"

吴自迪粲然一笑:"如果我没有猜错,是不是青藏铁路要第三次上马?"

"嗅觉很灵敏嘛。"院长感叹地说,"吴老,真的服了你。"

"嗨,其实是院长的表情泄露了秘密。"吴自迪风趣地说。

"哈哈!"院长一笑,"既然吴总师也窥破秘密,我想征求一下意见,上青藏铁路定测,谁最适合做线路总体?"

"吴自迪。"吴老拍了拍自己的胸脯,"我已经等得太久了。一头青丝都快等白了。"

"哈,吴老举贤不避亲。"铁一院院长感慨道,"英雄所见略同。"

"是吗?"吴自迪兴奋地问道。

院长点了点头:"青藏线的总体这第二代,非请吴老出山不可呀!"

"谢谢组织信任,能在青藏铁路上尽点绵薄之力,三生有幸。"

1974年仲夏时节，吴自迪带着勘测队伍昂然踏上昆仑。回望紧随其后的车队，第一年上山的人数比较少，只有十几个人，青藏铁路的勘测已经二度上马下马，1957年至60年代初，庄心丹作为线路总体，进行了第一次初测和定测。三年困难时期过后，又于1964年和1966年组织了定测。屈指之间，已经十年过去了。而吴自迪此行任务，就是按照历次留下来的踏勘资料，熟悉由昆仑通向日光之城的线路。

　　然而，那个年代最好的汽车便是四处漏风的北京吉普了。吴自迪驱车穿越可可西里，在一片浩瀚的荒原没有路的地方，蹚出一条路来。北京212吉普驶过大荒原，前边藏羚羊和藏野驴驰骋左右，平行的与一匹铁骑欲比高低，第二代线路总体惊呆了，那些高原精灵在蓝天白云下划出一道空灵的弧线，似天马凌空，如飞天飘逸，将车轮滚滚的铁骑一次次地抛至身后，然后站在一片高地上，向踏进它们的天堂的人类挑出妩媚的诱惑。一个个龇嘴而笑，似乎在说："加油啊，人啊人！"

　　"加大马力，追上去！"素来处变不惊的吴自迪却在这个迷人的动物王国里沉醉了，欲化入其中，大声喊道，"融入它们之中！"

　　北京吉普司机一脚将油门踩到了底，铁马轰地加大马力往前方奔放而去，一会儿便将那群凌空而跃的精灵抛在了身后，可是仅仅是刹那之间，遽然清醒过来的藏羚羊又展开奔逸的双翼，只见晃动的影子纷纷掠过海水浴过的天幕，又一次将铁马丢在了后边。然后再悠然一笑："谁主青藏高原的沉浮，藏羚羊！"

　　踏勘队伍被这样神秘的动物吸引了，一个回合一个回合的比赛，最终北京吉普陷到了泥泽地里，无法动弹，才最后罢休。他们沉醉在可可西里的动物天堂里，不自觉地将自己与世界屋脊生物圈链条融为一体。

"太美了，我们有责任保护这群天使！"吴自迪跳下车来，自言自语道。刚才融入精灵的世界里，有点忘乎所以。接下来却是上苍和精灵的报应了。所有的人都跳下来推车，可是陷得太深了，使出浑身解数，依旧岿然不动。这时苍苍茫茫之中突然出现一群牦牛，不知谁说了一句有救了。

"有了什么？"吴自迪扭头回望，远处仍然是一片亘古的死寂。

"请藏胞的牦牛帮着拖啊！"

"好主意！"

于是带着翻译循着牛群走了过去，说明来意。藏族是最纯朴的民族，没有丝毫的犹豫，便赶着经常驮牧包的牦牛过来，于是在70年代青藏高天上，便有了传奇的一幕。三头牦牛的驮鞍上，拴上一根粗大的麻绳，放牧者一声哞哞地吆喝，三头牦牛一齐朝一个方向使劲。终于将深陷在泥泽里的吉普车给拽出来了。

又可以沿着当年初测的线路上路，可是走到五道梁时，车轮噗地没有气了。停在路旁的荒野里毫无办法，备胎也没有气了。

"还有什么办法？"吴自迪总工焦急地问道。

"什么办法也没有，唯有截一辆车，到格尔木补备胎吧。"司机喃喃说道。

"有打气筒吗？"吴总师突然问了一句。

"有啊！"司机答道。

"那就打气！"吴自迪斩钉截铁地说。

"可是，可这是给自行车干的事情呀。一个汽车轮胎不知要打多少时候。"司机无奈地说。

"一样的道理。"吴自迪倒有自己的主见了。

于是，所有参与勘测的人员都轮换着来给汽车轮胎打气，累得气喘吁吁。

在海拔 4800 多米的五道梁，用了将近一个多小时，吴自迪总体所带人员轮番弓身打气，终于将轮胎充满，得以向风火山方向驶去。

这一年的冬天姗姗来迟，吴自迪所率十多人的勘测队伍，按图索骥，走完了曹汝桢、庄心丹初测的全程，并将 600 米的拐弯半径扩大到了 1200 米，为次年全线上山铺开奠定了基础。

第二年的春雪还未融尽，1700 人的队伍就上山了。吴自迪仍旧是线路总体，可是在他的麾下却荟萃了科研队、冻土队、钻探队、中科院冰川所等众多的队伍。刚上到昆仑巅，天突然阴沉下来，下起了小雪，再往前走，纷纷扬扬落下鹅毛大雪，狂风吹着尖啸的嘁啸，刺得人的脸上一片针扎地痛，蓦地，黯然的天空与飞雪浑然一片，一切都消失了。

但是勘测队员们仍然英姿勃勃地上山。铁一院原宣传部部长姜瑞生当时是位不满 20 岁的团支部书记，带着突击队员上山，由司机李戈送她和医生李惠英一起走的。路太颠了，汽车在搓板路上跳舞，自己携带的脸盆，翻来滚去，也不敢去扶了，瓷全碰掉了，简直就不敢相信是自己的了。

那天傍晚，他们要赶到楚玛尔河勘探队的，可是车过昆仑山垭口时，却不幸陷了下去。李戈跳下车来，抱石头，找土块垫，冲了好几回，却越陷越深，无望地看着天渐渐暗淡下来，那边的雪山顶上，三五成群的孤狼在踽踽独行，一步一步朝着他们靠近，姜瑞生心中一阵阵恐慌。这时，青海兵站部的一队老解放牌车恰好通过昆仑山垭口，她立即跑了过去，将车子截了下来，跃上驾驶室的踏板：

"解放军同志帮帮忙,将我们的车拉出来。"

兵车过昆仑,虽然都是重车,但是路遇险境,都会有人出手相援,几个年轻的战士纷纷跳下车来,找来了钢绳,挂在了李戈的车上,轰轰地拽了几次,深陷的汽车兀然不动,李戈打着火,几次配合着想将车开上来,却越陷越深。

眼看着远天斜阳多情地投向雪山怀抱。暮色四合,部队官兵要赶到五道梁兵站去,李戈挥了挥手:"瑞生,你带着李大夫跟着部队的车走,去找吴总师他们!"

"不!我们陪着你。"姜瑞生执拗地摇头。

"不行,这里的海拔4700米,女同志受不了。待久了会死人的。"只见几辆军车已经发动了,李戈催她俩走。

"李师傅,我们不怕,"姜瑞生很悲壮地说,"要死就死在一起。"

"胡说。"平时性格和蔼的李戈发脾气,"听话,赶快随部队的军车离开。"

"不!"姜瑞生摇了摇头,"我们不能丢下你不管。"

这时,总后兵站部的军车已经等得有点不耐烦了,开始按喇叭催她们登程。

"走啊!等着找死呀。"李戈此时已经暴跳如雷了。

"就不!"姜瑞生娇嗔地近似撒娇,作为一个共青团的支部书记,她不能扔下同事不管。

"走不走,再不走我拍死你们!"李戈急了,抡起手中的铁锹,朝着姜瑞生和李惠英奔了过来。

姜瑞生以为李戈在吓唬自己:"您不会的!"

"谁说我不会!"李戈真的抡着铁锹朝她俩拍了过来,姜瑞生连忙一把抓着李惠英跳了出来,怒嗔道:"李戈,您真的动手啊?"

47

"再不走，我拍死你们！"李戈此时已经血涌脑门，怒发冲冠了。

"好，好，李师傅，我们走！"姜瑞生的心中一阵酸楚，差点哭了出来，"您可要保重啊。"

"快走，少废话。"李戈仍然拉长了脸。不给她俩一点喘息的机会，"我是男人！"

姜瑞生和李惠英登车而去，回望深陷在昆仑山垭口中的李戈，孤零零地只剩下了一个黑点，泪水潸然而下。

兵车驶过楚尔玛草原，只见草原上依稀有钻塔的灯光在跳荡。姜瑞生连忙叫停车。挥手别过解放军战士，两个人往草原深处去寻找钻塔，这时西边天幕的碎霞已坠落莽原之上，雪山如血，一点一点燃烧成了黑色，暮霭渐渐落了下来，笼罩着阒静的大荒野，一种摄人心魄的寂静蛰伏于周遭。

"我的妈呀！"李惠英突然一声惊叫。

"惠英，怎么回事？"姜瑞生冲了过去，一把扶着她，安抚问道。

"老鼠，一群老鼠在乱窜，往我裤管里钻。"李惠英吓得快哭了。

"天啦！不是老鼠，是旱獭！"姜瑞生环顾左右，草原旱獭就像蝗虫一样，人的脚步一走便四处乱窜乱蹦，不顾一切地往身上钻。雨点般地落下，留下一片簌簌声响。

"旱獭？你说的是真的！"李惠英声音近似哭腔地追问。

姜瑞生点了点头。

"不得了啦？医学书上说这种旱獭会传染鼠疫！"李惠英厉声说。

束手无策之际，姜瑞生突然想起了自己行囊里的一根绳子，连忙找了出来，用小刀一拉四截，朝李惠英扔了过去："李大夫，给！"

"做什么用？"李惠英已经被眼前的草原旱獭吓傻了。

姜瑞生将自己的裤管扎了起来，大声喊道："还愣着干什么，快把裤腿扎起来，旱獭就钻不进裤管里去了。"

"哦，明白！"李惠英连忙将自己的裤脚扎了起来。这时，姜瑞生找来一根棍子握在手中，在前开道，每走一步先跺跺脚，然后再用杆子朝着地面搅动，轰开旱獭，然后再朝前迈步，让李惠英跟着自己的脚印走。两个年轻的女性往草原深处走去，匆匆的脚步和手中的棍杖，惊动了蜷缩草莽之中的旱獭，纷纷逃之夭夭，密密麻麻如黑色的冰雹一样落下。夕阳之中，俯视着一片旱獭跳跃，仿佛整个草原都在跳动。

一场惊魂甫定，可是姜瑞生、李惠英茫然四顾，不见那草原中的钻塔。却有另一场大自然的天火惊雷吓得她们心惊胆战，只见夜幕即将四合的天穹上，突然一阵闷雷响彻云霄，一道道蓝色的弧光撕破天际，如金蛇狂舞，摇摇欲坠，迅速飞掣钻入前边的半山坡上，一个火球接一个火球地霹雳滚下。

"妈啊，天火，火球，朝着我们滚来了。"李惠英又一声惊叫。

姜瑞生打了一个寒战，她有点后悔听了李戈的话，不然三个人守在一起，起码还有一个男人做主心骨，这回好了，找不到吴总师他们的队伍，却又遇惊雷四起，这与汉地老家的打雷完全不一样，一个接一个火球滚滚而下，在她们的身边炸响，然后燃起一片青烟，焦煳的味道从风中飘来。

姜瑞生连忙将李惠英搂在怀中，互相壮胆："惠英，别怕，这不是天火，如果我没有记错，就是当年上高原老同志常说的滚地雷了。"

"滚地雷？"李惠英惊诧地问道。

"是的，老同志说，在楚玛尔平原和风火山上一带特别多。但是还未听过伤人的事。"姜瑞生安慰道。

霹雳火雷舞过大荒原，从天地接壤的地方，滚滚而来，朝着平缓的山丘掠过。燃成一片余烟袅袅，然后第二个回合接踵而来。

一阵接一阵的火球掠过。天色骤然黑了下来，两个女人手挽着手仍然往荒原深处走去，夜色迷茫之中，像只惊惶小鹿的李惠英突然惊呼："篝火，前边有灯光和篝火！"

姜瑞生朝着李惠英指的方向望去。不远处有几座帐篷，灯火从帐篷的门帘里露了出来。

"终于到家了，是我们的队伍！"姜瑞生如释重负。两个人再也不顾旱獭的乱窜，一路小跑地朝着帐篷冲了过去。掀开门帘，不是铁一院的勘测钻机队，而是中科院冻土队的工程师。

望着穿过夜幕而来的两个不速之客，男人都惊呆了："你们真胆大，这荒原上可有群狼出没，没有将你们叼走，真是万幸。"

姜瑞生嫣然一笑："狼倒是没有吓着我们，却被旱獭和滚地雷差点吓破了胆。"

"哈哈！"冻土队的男人粲然地笑了，风趣地说，"帐篷很小，委屈你俩，今天晚上你俩可要在'男窝'里熬一夜了。"

"狼窝，哪里有狼啊？"一场荒原惊魂，李惠英已经变得草木皆兵了。

"满地都是呀！"对方仍在戏谑地说。

李惠英浑身吓得颤抖了："真的？"

"没事！没事！"姜瑞生一看对方想幽默一把，反倒大方起来了，"有你们这群老哥在，我们就有胆量和靠山了，管它'男窝'一个，还是群狼满地。"

"哈哈！"一群儒雅的书生被两个弱女子的荒原奇遇和豪气震

撼了。

那天晚上，姜瑞生和李惠英挤在科学院冻土队的男人帐篷里，蜷曲成一团，安安稳稳地睡了一夜。

第二天天亮，她们终于找到了钻塔，开着一辆大卡车，去找陷在昆仑山垭口的李戈，才知那天晚上他一夜无眠。找出千斤顶，将深陷在泥沼里的车轴顶了起来，轰鸣着越过泥泽，把车开了出来，而他的裤管上都结了一层冰，人却毫发无损。

吴自迪总师从电话中得知他们三人安然无恙时，长长地舒了一口气，叹道："是昆仑雪山女神在佑助我们！"

时隔28年后，陪着我们采访的姜瑞生偶然谈起这桩往事，仍咯咯地笑个不停，仿佛在讲别人的故事。

上行列车
第二站　饮马大荒原

洁白的仙鹤,

请把双翅借我,

不会远走高飞,

到理塘转转就回。

——六世达赖喇嘛仓央嘉措情歌

拙于言辞李金城

2000年11月30日那天,是铁一院院长林兰生从北京回来的第三天,给兰州分院副院长李金城打了一个电话,让他速到铁一院院长办公室。

李金城刚率队伍从青藏高原初测下来,尽管只隔几条马路,他还是一路驱车匆匆而来。气喘吁吁地走进林院长办公室,林兰生不动声色，先将一支烟向自己面前的"大烟鬼"扔了过去，只说了两个字："抽烟！"

李金城点燃香烟，贪婪地吸了一口，过足了烟瘾，才操着变了味的安徽六安口音问道："院长召我而来，总不会只为抽烟吧？"

"今天就谈抽烟！"林兰生王顾左而言他，"是不是上青藏线的人都爱抽烟！"

李金城一笑："院长，你也上过青藏线，感受肯定比我深，不过今年我们兰州分院上去定测时，大家确实印证了一条颠扑不灭的真理，在青藏高原，越是抽烟的人，肺活量越大，也越容易适应高原生存！"

"真有这种说法？我怎么没有听医生说过呀。"林兰生击桌叹道，"这么说，烟瘾越大，在青藏高原上工作越没有问题？"

"当然了。比如我的肺活量就很大，就很适应啊。可惜不知能否像老前辈一样，在青藏高原上唱一出大戏。"李金城此时已经不木讷了，话说得非常顺畅。

"你真想在青藏高原上唱大戏吗？"林兰生反诘道。

"何止大戏，我甚至还想在世界屋脊上写一部格萨尔王一样的史诗。"李金城将历史学博士夫人的真传抖了出来，"可惜没有这个机会呀！"

"兄弟有气魄，你的机会来了。就冲着你这句话，青藏铁路的线路总体，非你李金城莫属了！"林兰生终于亮出了今天召李金城而来的底牌。

"青藏铁路真的要上马了？"李金城追问一句。

"那还用说。你们已经辛辛苦苦地初测半年多了。前天我从北京返回兰州的路上，铁道部蔡庆华副部长已正式通知我了，大局已定，进藏铁路走青藏高原。"少年老成的林兰生终于笑了。

"太棒了！"李金城从沙发上一跃而起，"五十年一梦终于成真，铁一院的机遇真的来了，不过，院长我想多问一句，我们什么时候正式上去？"

"过了元旦就上青藏高原！"林兰生又恢复了院长的冷静，"过去一直是倪平做总体，我这次要启用年轻的，你们俩换个位，你为正，他为副。"

李金城突然谦虚起来了："倪总可是比我资历老呀！"

"青藏铁路非同一般，就得上年轻体壮、专业好的。"林兰生感叹道，"我给你配了五个副总体，倪总只是其中之一啊！"

"谢谢院长抬爱！"李金城感动地说。

"别谢我，首先谢吴自迪大师吧，老人家第一个就推荐了你！"林兰生笑着说，"实践证明，是你的努力和奋斗，走到这个位置上的。马上回去组织班子，定测、设计一起上，我估摸明年夏天就会开工，我们只有不到半年的时间了。"

"院长放心，金城不会让院领导失望！"

"我相信！"林兰生伸出手来与李金城告别，"希望你用行动来佐证我的眼睛不浊！时不我待，5月份，铁道部就要在北京招标，屈指一算，做设计出图纸只有一百多天。"

"我会抓紧的，按着时间节点完成好。"李金城告别了院长，走出铁一院机关的大门，匆匆赶回兰州分院，把历次勘测的图线和报告调出来看了一遍。正式履行青藏铁路总体的职责，这一天，他刚好38岁，已经参与并担任过昆玉线、包兰线、侯月线、教柳线、西南线、宝兰线、黎钦线的线路总体设计和尼日利亚970公里的既有线路的改造，厚积薄发，已经到了在青藏铁路施展抱负的时候了。

傍晚时分，初冬的斜阳沉落到了漫延东流的黄河里，夕阳无限，一抹金黄，与泛着古铜亮色缓缓流淌的黄河水融为一体，跳荡着一个民族千年的沉重和悲壮，他拨了夫人高士荣的电话："今晚别做饭了，我请客！"

妻子在电话中揶揄道："李公子，太阳从西边出来了，今天晚上如此大方！"

"去！"李金城戏谑地回敬，"亏你是我爸爸的硕士生了，连我的大方都不知道。"

高士荣快人快语："喂，我是你爸爸的学生没错，如果不是我当年与你的前任女友贪吃你妈妈的好饭，也不会成为李家的媳妇，知道吗，李金城，我高士荣是心地善良，代人出嫁！"

"哈哈！"李金城在电话中说道，"夫人真是哪壶不开提哪壶呀！"

往事如兰州的另一个雅称金城一样，在岁月的风尘中兀立着，依稀可辨。

20世纪70年代末期，毕业于山东大学历史系的兰州大学教师李蔚终于否极泰来，第一批被评为副教授，一洗了几十年地主家狗崽子的政治泥污水，可以扬眉吐气纵横学界和三尺讲台了。其实令他最为高兴的事情，就是在乡下那个大字不识的糟糠之妻办了跳龙门的手续，欢天喜地地跨入兰州城了，而他在大别山宿松县乡下读书的爱子李金城也五子登科了。来到兰州后，虽然条件不行，但是凭着他在安徽上学的教学质量，足以读大学。

父亲的愿望是让他子继父业，学历史，他偏偏没有兴趣，选了上海铁道学院作为自己青春的最后归宿。毕业后常年在荒山野岭进行户外踏勘，找对象成了一个老大难。他让老爸一个学生，历史系的班长曹海科，帮忙物色女友。常年的野外工作，使本来就肌肤黧黑的他显得更黑了，挟着田野的泥土气息，李金城跟着曹海科到女生宿舍转悠，希望能捕捉一个目标。

"李公子来了！却一脸青春痘，黑不拉叽的。"女生们窃窃私语，虽然李金城身材魁梧，但比他老爷子的博学多艺、风流倜傥，真是逊色多了。

不知是否一眼就锁定了目标，后来成为他妻子的高士荣发现，李家公子到女生宿舍里转悠最多的是她与女友的宿舍。既然是系主任李蔚大公子来了，个个笑脸盈盈，人面桃花，让李金城怦然心动。在那些华英奇葩之中，他忽然看上一个女生，就是妻子高士荣同宿舍的好友。恰好 1986 年 5 月，老父亲招硕士生时，高士荣和女友，一起就读于父亲的旗下，读硕士研究生。

经曹班长领着转悠后，回到家中，他突然对父亲说："老爸，我看上你一个女研究生了！"

"哦！儿子，是谁呀？"父亲没有想到，儿子真是肥水不流外人田，连媳妇都找自己学生。

"经常与小高在一起的那个女生。"李金城兴奋地说。

"好吧，我尽力想办法促成此事。"历史教授兼系主任的父亲点了点头，"不过你妈妈也得配合！"

"我配合！"妈妈呢喃说道，"你们都是大知识分子，我一个家庭妇女，能做什么事？"

李教授哈哈一笑："请客吃饭呀！"

"请客没有问题！"妻子恍然大悟，"只要能捞一个儿媳妇！"

"以后每个周末，就把小高她们俩请来吃饭！联络感情。"李主任交代道。

从此，每逢周末，女友叫上自己最好的朋友高士荣到导师家打牙祭，有时候因为忙来不了，师母会亲自做好可口佳肴送来。

一吃就是一年半载。两个女硕士已经意识到，教授家的饭绝不会是"免费的午餐"。总有一天，要与导师的公子情定终身。

高士荣与女友在导师家吃了许多顿饭，虽然开始感觉自己只是一个电灯泡，可是后来却发现这个灯泡不能再黯然下去了。女友一夜之间移情别恋，从小就仗义的她深深过意不去，觉得有点对不起导师一家人。两个人中间总得有一个人嫁啊。

可是没过多久，李金城和家里作为重点培养对象的那个女友因为导师的关系，被留在了兰大，而高士荣却被分到了社科院的民族研究所。可是不久女友便另有所爱，悄然退却了，把一道难题抛给了高士荣。

姐妹易嫁，既然女友拍拍翅膀而去，不肯下嫁导师的大公子，只有她上了，挺身而出"牺牲"自己。

1986年夏天的时候，李金城终于感觉到那个自己锁定的女友已另攀高枝了，失落之余，便将高士荣作为自己倾诉的对象。漫步黄河岸边的长堤下，热风拂过，夏日浓烈情更浓。冥冥之中，两个人才发现对方相知恨晚却是彼此。当李金城将高士荣揽入怀中时，他们已经情定今生。

鸿雁传书半年后，两个已经不再年轻的恋人决定牵手走向婚姻的殿堂。

那年冬天，第一场大雪覆盖了金城兰州，却不见金城风雪夜归人。敢爱敢恨的高士荣扯了一张结婚证，便登上南去的列车，千里寻夫，跑到了彩云之南的昆玉公路勘测工地，喜结良缘。

高士荣和女儿在饭店中翘首等待。

太阳沉到皋兰山后边了。左顾右盼，终于看到李金城挟着一丝寒风走进饭店。羞涩一笑："夫人，对不起，来晚一步！"

"晚了就该罚酒！"高士荣铜铃般地一笑，"当然，只要有爱，永远不会晚。"

李金城坐定，让服务员拿过菜单，照着妻子和女儿最爱吃的菜点了起来。一会儿的工夫一桌美味佳肴端了上来。

高士荣和女儿俯首一嗅："真香，金城，好久没有吃过这样的菜了。"

"我不在家，你们娘俩总爱凑合。"李金城将葡萄酒倒进杯子里，"来，博士老婆，犒劳一下！今天是大喜的日子。"

"干没有问题，不过金城，你得告诉我，喜从何来？"高士荣笑道。

"猜猜！"李金城故作深沉。

高士荣摇头："猜不着，别卖关子了，到底有何喜事？"

"我被任命为铁一院的线路总体了！"李金城害羞说道。

"哦，这倒是一件喜事。"高士荣点了点头，将酒杯与丈夫一碰，"哪条线的？"

"青藏铁路！"李金城吐出了四个字。

"今年你不是刚下来，怎么又要上。"高士荣一怔，手中的酒溢了出来，"看来，我们又得当牛郎织女了。"

李金城摊了摊手："今年是初测，明年则要上大队伍定测设计了。估计三年五载下不来了。对不起老婆，嫁了勘测汉，就得做织女牛郎。"

高士荣的眼眶一红："去吧，我不会拦你的。这种日子，从走进你们李家门就已经习惯了。"

"谢谢！"李金城一饮而尽。

元旦的钟声刚寂静下来。李金城麾下的第一支队伍就出发了，由岩土处副处长、冻土科研队长楼文虎率领20人，中国科学院寒旱所的3位专家加盟其中，驾车往格尔木方向驶去。到了德令哈，由于气温太低，面包车和客货两用车便打不着了，拖了400米才发动起来。1月3日抵达格尔木，第二天早晨准备上山，可三菱吉普因为天寒地冻放电太多，发动机又打不着了。

终于领略到青藏高原冬天的淫威了。楼文虎只好减员，先率18个人开三辆车到常年冻土第一块分布地西大滩展开踏勘，下车往冻土地带走去，猎猎朔风呼哨般尖啸掠过，拿出图纸记录时，手稍微不慎，图纸就被北风掳走，轻飘直上九重。于是只好几个人围成一团，将风挡住，保证一个人记录，留下一组组数据。因为天气太冷，所有的人都将皮帽的护耳放下，眼镜滤尽雪光，却难挡高原之寒。当天傍晚踏勘到不冻泉后，又重返格尔木过夜。

1月7日，所有的车辆都维修好了，楼文虎再度率队上山，从前些天踏勘的终点不冻泉下车，朝着去年夏天初勘线路打桩地方调查冻土的走向和范围。风肆虐地刮着，如利刀割脸一样生疼，图纸还没有展开就被风撕成两截，最后无可奈何，只好倒着走，到了下午两点才走了4公里，上了公路。晚上住在"哭爹又喊娘"的五道梁，头痛胸闷，好不容易睡着了，第二天刚七点就被冻醒了，昨天晚上生得很旺的炉子已结上了冰棱，挂在烟囱上的毛巾冻硬了，就连热水瓶也冻在地上，撬都撬不动，室内的温度仅有零下10℃。

最揪心的是除院里买的进口越野车外，其他几台国产车都发动不起来，哼哼了几声便熄火了。想尽办法，用火烤，浇开水，几个人又是推又是拉的，折腾到了中午，仍然有一台面包车打不着火，只好请人拖回格尔木修理了。所有人继续往风火山、沱沱河、唐古拉山推进。以后为了不让汽车发动不着误事，三菱车司机孟智元和客货两用车司机齐新平，每隔两个小时就爬起来发动一次汽车。

那年的春节仅过了两天，李金城就带着大队伍上来了。临出发前，林兰生院长便将各路诸侯调到院里的一层会议室作出部署，兰州分院的三队、六队和十三队队员300人全上来了，分配的任务是2月25日至5月10拿下格尔木至昆仑山垭口的定测和设计图纸，5月27日至10月30日决战尺曲至安多；西安分院负责五道梁到沱沱河方向的踏勘和设计；乌鲁木齐分院则负责了安多至桑利段，横穿宽阔无边的羌塘草原。

李金城回望了身后的队伍，手里握着铁道部的紧急命令，4月底前必须拿出格尔木到纳赤台的铁路设计图纸，这就意味着3月底所有勘测都必须结束。时间节点在一次次地拧紧，5月份招标，如果铁路的图纸不出来，那就会成为一个国际笑话。可这又是一个非同一般的设计，青藏铁路遇到三大世界级的难题，高原缺氧、冻土和环境保护，都得要他这个线路总体融入几代人苦苦探索的科研成果和技术对策。必须将五十年青藏高原学研究的所有学科都纳入自己的视野，李金城第一次感觉到肩上的担子沉甸甸的。

然而，大部队上山的第一天便开局不利，兰州分院六队当天就有6个人因高山反应躺倒了，当天傍晚连夜送下格尔木市治疗。教导员莫维邦忧心忡忡地向李金城诉说。李金城却处变不惊："没事，让他们在格尔木适应一下再上来，如果不行，再送下去，反复与青藏高原过几次招，摸准了神山圣湖的脾气，就会适应了。"

李金城坦诚地笑着，心里却一点也轻松不起来。

天降大任于斯人
——青藏铁路指挥长卢春房

北京春天的脚步总是有点急促,姗姗走来,匆匆而逝。

早晨,儒雅的建设司副司长卢春房刚踏进铁道部大院,只见满天杨絮舞春风,袅袅而起,纷纷而落,落在十里长街上,也落在这幢彰显着50年代建筑风格的老楼前,有点春天易逝的哀婉。

刚跨上台阶,计划司副司长顾岷迎了过来,朝卢春房诡秘一笑:"卢司长,祝贺啊!"

"祝贺?顾司长,有什么好事可贺?"卢春房一头雾水。

"你当真不知?"顾岷追问道。

卢春房摇了摇头。

"一份美差,取鄙人而代之。"顾岷长叹道,"让你到青海、西藏两省区为傅部长上青藏铁路考察打前站。"

"不会吧!"卢春房有几分惊讶,"不是一直听说你去的呀?"

"此一时也,彼一时也!是傅部长和蔡部长点的将。"顾司长坦然笑道,"老卢,这可是一种预兆啊,你可要做好上青藏铁路担大任的准备啊。"

"我可没有想过!"卢春房也戏谑地说,"顾司长,是不是把难啃的骨头,都扔给我了!"

"哈哈,卢司长,是青藏降大任于斯人!"

走进办公室,一向有容乃大的卢春房倒有些微澜惊心了。青藏铁路于2001年2月7日经国务院批准正式立项,几乎走遍神州角落,唯独没有去过青海和西藏的卢春房,不禁顿生憧憬,有一天对刚从西藏归来的主管建设司的副部长蔡庆华说:"蔡部长,下次再去西藏,别忘了也带上我!"

蔡庆华哈哈一笑:"等青藏铁路正式开工,有的是你去的时候。"

他不知道蔡部长话里已暗藏玄机,仍然执着地说:"那我就先给部长挂号了!"

"春房,你等着吧!"蔡庆华副部长与卢春房握手约定。

岂料这一天真的来临了。那天下午,太阳暖暖的,照在刚刚绽放的迎春和玉兰树上。蔡庆华副部长下楼准备登车出门,突然看见个子高挑的卢春房从院子里走了过来,便向他招了招手:"卢司长,你来一下。"

"部长,有事吗?"卢春房疾步走了过去。

"你不是挂号想跟我上青藏线吗?"蔡副部长说,"这回机会来了,傅部长让我给你打个招呼,做好到那边干的准备。"

卢春房有些不解:"我过去做什么?"

"第一步打前站,协调青藏两省(区),将傅部长上青藏铁路考察时要定的事情铺垫好。后一步,铁道部准备成立青藏铁路有限公司,你去负责。"蔡部长显然是与部里的领导早已商量好了,"前者,部里看重你的协调能力,至于后者嘛,青藏铁路有限公司的操作模式,你是始作俑者,当然部里更看重你做过不少筑路指挥长的经验。"

"可我运输经验不够啊!"卢春房觉得有点突然。

"在战争中学习战争,在运营中学会运营。"蔡副部长笑道,"你到青藏铁路有限公司当法人代表,既管建设,又管运营,不是可以补上这一课吗?"

"嗨!"卢春房仰天长叹。以前挂号只想去徜徉西藏独特神奇的自然景观和民族风情,没有想过要一直待在那里。但是青藏铁路毕竟不是谁想去就能去的，领导点将，从另一个侧面佐证了自己在这座大楼中的潜力和分量。因此他的回答非常有余地，并未将话说死："蔡部长，我服从组织的分配，不过容我想想！"

蔡部长伸出食指："春房，只给你一个晚上。明天答复我！"

卢春房伫立原地点了点头，看着蔡部长登车而去，卢春房蓦然觉得自己积淀了浓浓的青藏情结。2001年早春二月，青藏铁路正式立项后，蔡庆华副部长让建设司研究青藏铁路的建设和管理模式，他带人进行了几轮的论证，大家的认识已趋于统一。那就是不能再袭用国内公益性铁路的建设模式了，应该引进项目法人责任制，成立青藏铁路有限公司，负责青藏铁路的建设和管理，把建设和运营整个统筹起来，既建也管，考虑长期的质量问题，这样对建成世界一流的高原铁路大有益处。

"好呀，体现了创新精神！"卢春房所在建设司将讨论的结果上报，领导和蔡庆华两位副部长立即同意，并将签报文件呈铁道部的有关领导审阅，但是他没有想到自己会成为青藏铁路公司新机制的筹备组长。

晚上下班回到当年的铁道兵大院宿舍。卢春房将上青藏铁路的事情告诉了夫人朱英爱。夫人沉吟了片刻，忧心忡忡地问："春房，你可不可以不去？"

卢春房摇了摇头："如果领导定了，就没有商量的余地！"

朱英爱喟然叹道："其实你在建设司日子过得挺安稳的，一旦上青藏高原，我们就天各一方了，我的身体又不好，最好别去！"

"我再考虑考虑！"那天夜里，一向有大将风度的卢春房彻夜未眠，望着京城大街上的灯火辉煌，心似乎驰骋得很远，青藏铁路这样的世界级工程可谓百年一遇，作为当年从铁道兵队伍里走出来的筑路者，改革开放以来曾担任过中国大动脉许多标段的指挥长，在大秦、内昆、京九、南昆都留下自己的足迹，从最小的指挥长到最大的指挥长，一步一步走到了铁道部建设司副司长的岗位上。而青藏铁路则是他梦寐以求的地方，一个男儿若能加盟其中，跨越地球之巅，将是一件幸事，一生光荣与梦想的幸事。待人生日暮黄昏的时候，回首往事，将会在自己的生命之旅中留下一段壮怀激烈的记忆。偌大一个铁道部，想到青藏铁路施展才干的大有人在，而被领导相中者却寥寥无几。仰望夜空，心驰神往，卢春房突然想起当年走出西南交大的校门时，自己填过一首词——"报国寺前图报国，峨眉山下疏峨眉。"还有什么犹豫的，男儿壮志当报国，如今真的到了饮马大荒，在青藏高原上唱一出人生大戏的时候了。

第二天上班，卢春房走进了蔡庆华副部长办公室。一见卢春房从容之状，蔡部长便知道结果了，笑吟吟地说："春房，看来是想通了！"

"是的！一切听组织的安排！"卢春房坚定地回答。

"好！"蔡庆华从高背椅上一跃而起，"我就要你这句话！"

"不过……"卢春房谦逊地说，"运营可是我的弱项啊！"

"春房，我觉得上青藏铁路对你是个好事。"蔡庆华副部长非常了解自己的麾下，"基建是你的优势，协调各方面关系也是你擅长的，而运输管理这一课，我想通过到青藏铁路公司的历练，你会如虎添翼！"

"谢谢部长厚爱！"卢春房答道，"青藏公司尚未揭牌，我已有一种如履薄冰、寝食不安的感觉了。"

蔡庆华点了点头，说："生于忧患，死于安乐，修建和管理这样世界级的铁路，就得有这种危机感。"

数日之后,卢春房便带着一班精干人马,踏上西行的列车,往青海省省会西宁铿锵而去,为傅志寰部长上青藏线考察,就青藏铁路沿线的征地、迁移、石料开采、民工使用和医疗后勤保障,具体与地方政府进行协商。傅志寰部长到了西宁之后,卢春房已万事俱备,又带上打前站的队伍,匆匆飞往拉萨,在布达拉宫脚下与西藏自治区的领导具体商谈。等所有的事情办妥之后,傅志寰部长的车队已于早晨五点从格尔木出发了,青藏苍茫,一千里路云和月,到了第二日凌晨顺利抵达了日光之城。

随后三天,卢春房一直陪着傅部长考察和拜访。等整个行程接近尾声时,有天傍晚吃过晚饭后,傅志寰部长突然起身,将卢春房悄然招到一旁,和蔼地询问:"春房,青藏高原之行适应吗?"

"没问题!部长。"卢春房对自己的身体一直很自信,"每个零件都运行正常。"

"这就好!"并不轻易夸耀部下的傅部长击节叹道,"我的反应就很大!所以青藏铁路这样的宏图伟业就要靠你们这些年轻人了!"

"部长,我已年过不惑了!"卢春房叹道。

"正当年啊!"傅部长的话切入正题,"铁道部党组成员碰过了,决定让你担任青藏铁路有限公司筹备组组长。留在这边干。我这就算征求意见了,有什么困难和问题需要部里解决?"

卢春房摇了摇头:"只觉得欠缺铁路运营经验,怕有负部党组的厚爱。"

傅部长笑着说:"青藏铁路这么大工程,许多人都想上去干,但并不是每个人都干得了。实不相瞒,部里在选将时也是反复权衡,慎之又慎,觉得你是最合适的人选,好好干吧,青藏公司这个担子,既是对你能力的一次检验，更是培养。"

"感谢部党组的信任，我一定会尽心尽力。"卢春房在拉萨，一个并不正式的地方接过了执掌青藏铁路的令旗。回到北京后，他马不停蹄地展开了青藏铁路有限公司的筹备工作。

6月23日，领导找卢春房和兰州铁路局选调的张克敬等二位副组长谈话，要求马上投入工作，并就机构如何设立、人员怎么调配，与铁道部工管中心成立的青藏铁路指挥部是一种什么关系，作了具体的界定。末了，领导抬起头来："春房，你随我上山。"

"部长，有新任务？"卢春房十几天前刚从拉萨回来，仍然挟着雪域风尘。

领导谦和一笑："准备拉萨方向的开工仪式，中央已决定格尔木方向由朱总理主持，拉萨派邦国副总理去。"

卢春房笑了："终于可以从陆路登上青藏高原了！"

"春房，今后有的是跑的！"领导感慨地说。

"哈哈！"

在拉萨布置完了青藏铁路开工典礼拉萨会场的所有工作，领导飞回北京，请刚从国外回来的吴邦国副总理，而卢春房则坚守在拉萨城里检查落实每个细节。

6月29日这天，当朱镕基总理和吴邦国副总理在昆仑山下南山口和日光城里剪下了青藏铁路开工的红绸时，一段恢宏的历史将在卢春房生命之旅中揭开新的一幕。

安得猛士镇荒原

已是人间四月天了，大江南北一片柳绿莺鸣、春江水暖，可是昆仑山仍旧蜷曲在冬季的冰点之下，尚未醒来。

夜行列车正朝着格尔木方向驶去，中铁建二十局青藏铁路指挥长况成明却无法入眠，不知是渐次升高的海拔让他有些亢奋，抑或长眠在这片苍凉土地上有二十局前身的铁道兵十师官兵的英魂在与他夜语。扬腕看了看表，按行程该过关角隧道了，他觉得一个个窥望大荒的雄魂在审视着自己。

"风火山之战，只能成功不能失败！"况成明望着夜色中的大漠独语，不知是说给铁轨线上的英魂听的，还是说给自己。他本来在宝天线上任局指常务指挥长干得好好的，一听到青藏铁路上马，便心动了。在宝天线上，三番五次地向二十局集团董事长余文忠请缨，要求上青藏线，余总在问他为何这般热衷，他说为自己，为命运，更为二十局一代铁兵后人未了的夙愿。余总被这位年轻人的激情和热忱感动了，问他如若上青藏铁路，你准备投哪一个标段。当然是风火山了。况成明不假思索地答道。余文忠不动声色地问为什么？况成明说当年青藏一期西格段，我们铁二十局的老前辈们选了最难啃的骨头关角隧道，虽然历经坎坷，但却是一曲威武悲壮的浩歌，青藏铁路格拉段，世界最高隧道在风火山，而且我们这个局的老兵们就曾经二上二下风火山，因此，风火山最高隧道和北麓河段，非我二十局莫属。

经余文忠董事长提议，集团公司党委研究决定况成明同志担任青藏铁路二十局的指挥长。

西行列车穿过铁幕紧锁的长夜，穿云带雨，将那些喜悦的乃至不堪回首的旧事，抛在黑暗之中，终于驶至夜的尽头，遥远的地平线惊现一个血球，冉冉浮起，朝晖洒落在柴达木盆地的湖面上，似乎还想与晓风缠绵，与盐湖相吻，在晨雾岚气中烙下一片殷红的唇印。

踏上格尔木火车站的月台，太阳挂在钻天杨上，却没有一点暖意，雪风寒渡，朝着衣服钻了进来，响起尖啸的呼哨。

"适应三天，再上风火山。"况成明曾询问过当年上过风火山的老兵，人家告诉了他一条上高原的经验，阶梯式地往上走，方能渐次适应。虽说格尔木海拔只有2800多米，却也杀机四伏。不敢疾步而行，稍微爬几层楼梯便气喘吁吁，未见风火山，已经开始领教昆仑山下的分量了。

到了第四天，况成明租了三辆出租车，带着考察投标的十几个工程技术人员和医生，朝着生命极地登高而去。车过昆仑山口，前方一帧帧绝尘风景迎面撞来。雪水河静静躺在暖暖的太阳之下，一江春水向东流，横穿楚玛尔空寂的旷野，藏野驴悠然散步，荒原的空阔和死寂让人顿觉生命的渺小。融入这片大荒，第一次踏上地球之巅的况成明发现，楚玛尔荒原西高东低，过了五道梁，山势渐渐隆起，他带来的人员到了这里个个嘴唇发紫，而二十局的投标地段就是北麓河到风火山。跨出车门，一个个头重脚轻，如踏羽毛，脑子反应迟钝，眼前一切景象都出现了失真的幻觉。随身带的几瓶"氧立得"无济于事。他们第一次驱车来到了风火山试验观察站，爬上了20多年前铁十师的官兵留下的风火山半里的铁轨路基，开始寻找风火山世界第一高隧的进口和出口，在以桥通过的沼泽地跳跃而过，不知会不会成为自己命运的一片陷阱，况成明叩问自己，也在默默地叩问浮在风火山的白云。

到了下午五点半钟，最终确定了指挥部和各个处的帐舍的定位，才匆匆告别风火山垭口，沿途返回。一天的劳累，坐上车之后，他们才感到头痛欲裂，有一种马上脱离苦海的渴望，逃得越快越好。出租车跑得很慢，整整往山上走了六个多小时，才返回格尔木市，这时已经是凌晨一点钟了。况成明一点食欲也没有，想躺倒在床上安安稳稳地睡上一觉，可是他竟意外失眠了，脑子格外兴奋，像一个高速运转的过山车无法停下来了。

接下来的几天就在编写投标的标书。铁二十局选了第七标段，北麓河到二道沟36.06公里，穿越风火山。拟定标书内容时，况成明最大的担忧是中了标怎么办，虽然二十局的职工有冲天的豪情，但是生命的极限是无法超越的。他思考最多的是用一种什么样的精神和人文关怀，让风火山的筑路大军不致溃败，在残酷的生存环境中坚守下来。

就在这个时候，况成明与母校的同乡师兄余绍水在昆仑山下不期而遇。

37岁的十二局指挥长余绍水也是安徽人，1985年毕业于石家庄铁道兵学院，比况成明高一个年级，是他的学长，少年得志，出道早，几乎一夜成名，29岁就当了十二局施工技术处副处长，33岁当了楚大公路局指的指挥长，在云南通往缅甸的国际大动脉上干了七八年，为十二局西南指挥部每年30多个亿的产值立下了汗马功劳。

2001年阳春三月，余绍水已被集团公司任命为科技部部长了，这意味着大保高速公路一落幕，他就得回太原机关上班，毕业十多年一直在野外跑惯了的余绍水反倒不习惯，任命下来之时，本是晋职提升，可他心里反倒空落落的，似乎英雄已没有演出的舞台。恰好这时，青藏铁路上马的消息在广播、电视和平面媒体里，集束炸弹似的在神州大地造成了一阵阵的新闻冲击波。晚上坐在电视前，余绍水觉得自己施展才华的机会来了。

那年春天的一个傍晚，恰好十二局集团公司董事长金普庆来大理巡视施工工地，余绍水陪着他走过永平的标段，突然开玩笑地说："董事长，听说青藏线要上了，我想上！"金普庆不动声色，眼睛凝望着前方说，"这哪能成，这边的摊子谁来收拾？"余绍水恳请道："让我挪个窝吧，公路我搞了六七年了，彩云之南的高原阳光都将我晒成一个云南土著了。"金董事长摇了摇头说："不能回机关，再给我坚持半年。"

领导将话说得这么死。余绍水觉得没有戏了，也不再争辩。毕竟他们曾经都是铁道兵，服从命令的天职早就沉淀在血脉之中了，可是命运的改变往往就在一夜之间。

过了几天的一个早晨，余绍水在永平的一家早餐店吃米线，金普庆突然打来电话说："绍水，你去青藏线当指挥！"余绍水愣怔了，说："领导，你不是开玩笑吧？"董事长说："你看我像开玩笑吗？军中无戏言，咱现在虽不是军人了，也是铁道兵出身啊，岂可儿戏。昨天晚上，集团公司报来几个去青藏线当指挥长的人选，年龄都大了，坚持不下来。你上次不是请战了吗？！十二集团公司青藏线的指挥长，就你余绍水了。"余绍水搁下米线碗，也不吃了，连声说谢谢！一向温和的金普庆这时反倒严肃了，说："你先别激动，当年还在铁道兵部队就听说过，青藏线非同小可，有人睡着睡着就再也没醒来，第一道难关就是高原病。我送你三句话，第一，不准高原病死人；第二，夺到了标段就得造世界一流的高原铁路，别给老铁道兵丢脸；第三嘛，我等着收真金白银，别给我玩亏了，否则拿你是问。"

"保证完成任务！"余绍水响亮地说。金普庆吩咐道："马上交接一下，明天跟我去北京！"余绍水脸上的表情凝固了，惊讶地说："这么急啊！""当然急，招标很快开始，这次是面向全国，僧多粥少，竞争很激烈。不打无把握之仗，得去摸摸底牌。"金普庆的大将风度一露无遗了。

余绍水立马驱车赶往昆明，登上飞往北京的航班。飞机穿破云层，扶摇直上九天，祥云如雕，机翼之下浮现出一个天上宫阙，余绍水心中突然有了一种知遇之恩的感动。从石家庄铁道兵学院毕业后，17载在野外工地施工，有幸跟了三位良师。一个自然是自己现在的董事长金普庆了，1985年大裁军兵改工时，他是铁二师七团的政治处主任，改工后当二处处长，他当指挥长时，既懂政治，又通业务，在他身上学到了军人的干练、大气、豪迈、果断、坚定，更有大企业家的超前谋略、严格管理和精确计算。仗未开打，便知道自己能胜。一个是集团公司的副总经理陈汉彪，待人特别好，浑身漫溢着儒家文化营养的宽厚中庸，为人和悦。而最后一个良师则是在云南这六七年间担任人事处长的瞿观鄞，他将用人管人之术的精粹，潜移默化地传给了他。

青藏铁路则是余绍水展翅高飞的一场大战。考察投标之时，金普庆并没有让余绍水单独担纲，而是让党委书记胡莫愁带队，包了两台车，一辆车一万元，瞄准了可可西里两个标段，当时十二局、十七局和大桥局等四家在争。十二局考察组出发时，金普庆已经交代了，有备而来，将投标书各个环节都考虑周到了，他们每天早晨从格尔木出发，两个多小时上到山上，啃面包，喝矿泉水，将一期的48公里和二期的25公里常年冻土地带一步一步地踏勘，晚上再回格尔木住，来回往返，搞了好些天。对营地如何设，队伍怎么放，材料怎么来，制梁厂设在昆仑山下什么位置，技术报价方案都理得非常清晰。

况成明与余绍水匆匆见面时，刚从风火山狼狈下来的况成明像打了一场败仗。余绍水问他还上去吗，况成明摇头说："基本情况已经摸清了，没有上去的必要了。"余绍水犹有意味地说："青藏高原的地质学有许多谜，就是皓首穷经，终其一生，有时也搞不明白呀。再说我们的标段有四个强大的竞争对手，不能不细呀！"

况成明哈哈一笑，这时他才得知，中铁建和铁路工程总公司的少帅刘登科、董献付、韩立民都上来了。安得猛士镇大荒原，投标会必是一场不见硝烟的"血战"。

标落谁家？终会是有人哭来有人笑。

青藏高原不相信眼泪，余绍水知道，谁笑在最前，亦笑到最后！

下行列车
第二道岔　天路英魂

心魂已经被她夺去，
问她愿否永作伴侣，
她说："若不死别，
决不生离！"
　　　　——六世达赖喇嘛仓央嘉措情歌

青藏公路总指挥——慕生忠将军

慕生忠在格尔木搭起了第一个帐篷。

牵着两万多头骆驼追随他给西藏送粮的民工说："慕司令，你不是说格尔木是一座城吗，城在哪里？"

慕生忠环顾左右，戈壁一片苍凉，远处的昆仑山白雪如盖，他指着自己的帐篷，说："是啊，格尔木城在那里，那不是吗，我的帐篷在那里，那里就是格尔木城，这就是城市的原点，我们要在柴达木盆地建一座花园般美丽的城市，再栽上几万棵树。"

从甘肃、宁夏招募来的民工笑弯了腰，说："慕将军，你牛皮吹到昆仑山顶上了。简直是白日做梦！"

"有梦就有希望！"慕生忠认真地说，"十年、二十年后钻天杨长大了，城郭崛起。我们就是格尔木的祖先。"

"祖先？"民工茫然不解说，"我们看不到这种希望。"

"希望就从现在脚下挖坑栽几万棵白杨开始。"慕生忠指着帐篷旁边的一片戈壁说。

民工毕竟是朴实的。2000人真的一个个去挖坑，栽下了一排排钻天杨。等他们栽完钻天杨之后，便对慕生忠将军说，我们跟着你已经一年多了，树种完了，该放我们走了吗？

慕生忠说你们走，我不能走，你们给我开一天荒，我要在这里种菜。

牵骆驼的民工说这小事一桩。你吩咐吧。于是，他们组织90个人，10个人一块地，每块地三亩。一天就开出来了。这是格尔木最早的27亩菜地。

第二天，慕生忠又将那些牵骆驼的民工召集在一起说："有人说在青藏高原不能劳动，一干活就会死人，可是昨天每人开了三分地，活儿不轻呀。谁个儿病了，谁个儿死了？说明在这里能劳动嘛。大伙跟我送了几趟粮了，任务没有完成。把粮食丢在半路上，打道回府，那不是军队的开小差吗，逃兵一个。昨天我收到任启明拍来的电报，说他们已经走通了青藏高原，到了黑河和聂荣了，好啊，我决定把这条路修通。用卡车将粮食运到拉萨。你们好样的都给留下来，跟我去修路。"

民工们一片哗然。低头私语一阵，一个宁夏民工突然挺身而出，说："我不留，我是招来牵骆驼的，不是修路的。我们想活着回去，就图一个老婆孩子热炕头。"

慕生忠一愣，如果让这种局面闹下去，一旦民工散去，自己就是光杆司令了，因此他想给他们来点军阀作风，镇住这帮民工。大声喊道："把这闹事的家伙给我捆起来。"

警卫员一听慕司令员有令，像虎狼一样扑了过来，手执麻绳，轻轻一提，便将那个带头闹事的民工捆了起来。

慕生忠意在敲山震虎，只是想吓一吓，没想到警卫员真的将那个民工捆了起来。一时没有台阶可下，他只好漠然背过身去。那民工呜呜地哭开了，说，"慕司令，给我留一条活路呀。我们村里来的伙伴，第一趟跟慕司令过昆仑山，在沼泽就死掉了十几个人，我还有父母、妻子儿女，给我一条活路吧。"

被捆的民工弯下腰，哭得伤心欲绝。

慕生忠此时的心肠突然变得坚硬起来。他知道宁夏的民工说的是什么事情，第一次运粮到西藏，他们拉着从西北购来的两万多头骆驼驮着粮食翻越昆仑山，进入黄河源的泥泽地带，驼铃声声在风中飘摇，驼队一个跟着一个朝前走。可是走进沼泽段，却一头接一头地陷了下去。牵骆驼的人连滚带爬，却怎么也爬不出来。有的深陷其中，当天损兵折将，一下子死了十多个人。死亡之翼掠过生灵的天空，让许多民工一想起那个黑色的日子便不寒而栗。

"放了他！"慕生忠挥了挥手，对警卫员说，"民工兄弟们跟着我上高原，出生入死，也不容易。"

"慕司令，不杀一儆百，难以服众。"警卫员急红了眼，愤愤不平地说。

"杀个屁！都是亲兄弟。"慕生忠走了过来，亲自给那个宁夏民工松了绑，脱下自己的皮大衣，说，"对不起，兄弟。我是一个粗人，脑子简单，动作大了一些，请你多包涵。现在你可以走了。我没有别的可送你的，穿上这件皮大衣吧，路上挡挡风寒。"

那个宁夏民工陡然跪下："慕司令，我不走了！"

慕生忠一把将那个宁夏民工扶了起来："兄弟，为啥？"

"不为啥！"那民工将皮大衣还给了慕生忠，诚恳地说，"你一位打江山的老红军都能在青藏高原上干下去，何况我们这些平头百姓，我跟你去修路！"

"好兄弟，谢谢！"慕生忠紧紧握住那个民工的手。

"慕司令，我们跟你干！"牵骆驼的民工都围过来了。

慕生忠举起右手，向站在自己面前黑压压一片的民工行了一个庄重的军礼，热泪盈眶地说："我慕生忠谢过大家啦！"

清点过人数，发过遣散费，慕生忠留下1200名身强力壮的民工，站一个方阵，朝昆仑山方向的南山口而去，他除了身后这群纯朴憨厚的西北汉子外，只有一个科班出身的工程师，再就是兜里揣着彭老总拨给他的30万元的修路经费。

1953年末，慕生忠派出的运粮总队副政委任启明带着一行人，赶着一辆胶轮大车经过70多天的风雪之旅，沿着昆仑腹地一路走过，经可可西里、五道梁、风火山、通天河、沱沱河，翻越唐古拉山，穿过安多，抵达藏北重镇黑河，欣喜若狂地给慕生忠发来了电报，说青藏高原已经走通了，可以修路行车。

"好啊！"慕生忠手执电报，对身边警卫员说，"拿酒来！"

"首长，这里海拔高，不能喝酒！"警卫员说。

"谁说的？这么大的喜事，岂能没有美酒庆贺！"慕生忠接过警卫员的酒壶，拧开盖，咕咚咕咚地喝了几大口，说，"马上给彭老总发电报：慕生忠所率的西藏运粮总队，按老总的吩咐，赶着胶轮大车，已将青藏路走通了，待回京时，特来具体汇报。"

1954年元旦的钟声刚刚敲响，慕生忠去了北京，彭老总已经从朝鲜战地回国了，卸下志愿军司令员的职务，由杨得志代理。慕生忠见到彭老总说，我来给您报喜来了。

彭老总不露声色地问，喜在何处。慕生忠说，您交代的赶着胶轮车走青藏高原的任务，我底下的人已经实现，车可通拉萨。

是吗？彭老总惊讶地问。

慕生忠点了点头，将探路走向的地形图摆在了彭老总眼前，详尽地汇报了青藏高原的地形和筑路前景。彭德怀站在那张巨大的军事地图前，凝眸着苍茫青藏，那双指挥千军万马的元帅之手，手指沿着从甘肃南部到西藏北部那旷无人烟的地带悄然划过说，"生忠啊，这一带全是空白啊！"

慕生忠眼睛遽然一亮，彭老总是要自己在那里补空白，在空阔无边的莽昆仑上写下历史的诗行。

"老总，我干！带着牵骆驼的民工和士兵先把可可西里的300公里搞通。"慕生忠在彭德怀面前拍胸脯说，"然后视情况一段段往前推进。"

"好啊！这是一件功德无量的事情，历史会记下你慕生忠的。"一般不表扬人的彭老总脸上掠过一丝不易察觉的笑靥说，"还有什么问题需要我解决？"

"老总，我现在是光杆司令，既无钱，也无兵，只能靠那群民工了。"慕生忠说，"你得往我兜里装点钱，一千来号人，吃喝拉撒，我都得管啊。"

彭德怀沉思片刻说："你写个报告吧，我转呈总理！"

慕生忠回到下榻之所，将彭老总说的话转告当时仍在北京西藏工委的领导人张国华、范明他们，当即向周总理写了报告。3月23日，中央财委和交通部正式通知，周恩来总理、邓小平副总理和军委已经批准修筑格尔木到可可西里段，拨款30万。

"老慕，总理已将修路的报告批下了，钱已到位了，你就带人去干吧。"彭老总凝视着这个干将说，"还有什么困难，让军委帮你解决？"

慕生忠欲言又止。

"说吧，这可不是你慕生忠的性格。山上困难，各种问题都要想到。"彭老总催促道。

"彭总，我怕你说我狮子大张口。"慕生忠犹豫地说道，"能不能拨给我十辆十轮卡车，十个工兵，再给一辆中吉普。"

"我当什么呀！没有问题，满足你的要求！"彭德怀未经思索便爽快地同意了说："由西北军区给你。"

慕生忠觉得自己已很奢侈了，有点按捺不住。低头卷茶几上的地图时，抬头对彭老总说，"这一带的地方都荒无人烟，山名地名人名，以后地图上的名称，是不是由我们来取？"

"那还用说！"彭德怀笑了笑说，"你们不起名，谁来起？"

彭德怀将授名权都给了慕生忠。

1954年5月11日，慕生忠带着1200名牵骆驼的民工站到了昆仑山下的零公路处，他用红的火钩在一把铁镐木柄上烙了"慕生忠之墓"的几个字，往地下一插，说："青藏公路就从这里开始吧，如果万一我有什么不测，这就是我的墓碑，生不是青藏人，死亦做青藏鬼雄呀。"

慕生忠的壮举，令解放军战士和民工深深感叹。可是漫漫青藏千余里，而他的麾下只有一个姓邓的工程师，听说队伍里叫宋建伯、何畏的在国民党军队的工兵团担过军官，懂一点工程，他就大声喊道："宋建伯、何畏出列！"

两个已换上民工服的中年人跑步出列，气宇轩昂地站到了慕生忠跟前，他走了过去，朝他俩的胸脯上擂了一拳，说："好样的，还有军人做派，你们过去干过什么，我既往不咎，带着民工队给我修路吧，不要怕丢面子，也不要像正式工程那么干，三通一平，先通车，后测量，再重建，我要的是汽车驶到拉萨，将给养送上去。公路修成了，我重赏你们！如果公路修坏了，责任在我，不在你们！"

"是，长官！"宋建伯、何畏啪的一个立正，答道。

"没有长官了，叫同志吧！"

"是，长官！"

"嗨！"慕生忠摇了摇头说，"昆仑山好移，本性难改呀，看来几十年的习惯，要你们一下子改过来也不容易啊！"

队伍解散了，民工分成六个队，开始往昆仑山下的南山口的戈壁修了过去。

开始真是一马平川，在茫茫戈壁上只要填一填平，垒起几堆行车的标识，就呼呼地一天几十公里地往前推进。干完雪水河的工程，慕生忠将第一个工程队的马珍队长叫了过来，说我给你二十天的粮食，你带着民工队伍，往昆仑山以南，朝着可可西里修，要修170公里。到时我们会师。

马珍受领任务，朝骆驼队挥了挥手，驮上粮食，走了。慕生忠站在高台上望他远行，他蓦然回头道："20天以后见！"

但是进入昆仑山腹地，顺着河谷往上修，遭遇的第一个硬仗便是雪水河前的一个深壑，格尔木河水从昆仑山里奔涌而下，形成一个冲积扇河谷，可是到这里，雪山水像一柄剑刃似的从天而下，剑气如虹地劈开了一道深罅，宽不过8米，深有30多米，曲里拐弯的，纵横绵延一公里多长，站在崖上，朝下俯瞰，黑咕隆咚地深不见底，却有万马奔腾的呼啸飞浪逼来。筑路队的民工站在悬崖上望崖兴叹，慕生忠将邓工程师叫到跟前，交代道："我不管你用什么方法，20天之内必须通车，不然我前边的队伍，就得饿肚子。"

邓工程师伫立在崖上苦思冥想，终于想出一个简单易行的妙方，选一个最狭窄之处，在两岸的崖上打出石槽，架木桥通过，随后派人从兰州运来九根桩木，同时再打掉石嘴。等桩木运到时，离与马珍约定时间还剩最后三天了。慕生忠下了最后的通牒："三天内必须修通，不然我的前边的队伍就要死人。"

没问题。邓工程师连夜组织人干，将木桩一根挨一根地放在石槽里，打掉石嘴子。桥终于通车了，前边的队伍已一口气修过昆仑山口。慕生忠拉着粮食赶了过来，上了万山之祖的昆仑山口，只有十二步之宽，他就说叫十二步山吧，到了马珍的帐篷前，他出来咧着嘴笑了："慕司令，我们已经超额完成你定的170公里了。"

"同志们挨饿了吧？"慕生忠关切地问。

"没有！"

"为啥！"

"我每顿饭都克扣一点粮，怕你一时运不上粮来，还剩了三天的粮。"

"好啊，马珍也不是赳赳武夫嘛，变得有勇有谋了。"

青藏公路朝着五道梁方向推进了。冯玉祥的老部下、后任胡宗南少将师长的齐天然被慕生忠任命为运输总队五道梁站长，慕生忠让他陪自己去正在修建的公路巡视，朝前走了 100 多公里，车呼呼地驶了过去，见有一个地方黑乎乎的，慕生忠也不停车，扭头对齐天然脱口而出说："这里有煤，就叫乌丽吧！像乌黑金子一样美丽的地方。过前边道班时，叫他们将帐篷搬过去，挖煤取暖，远比牛粪强。"

齐天然摇了摇头，心中一阵嘀咕。世界上还有这样主观主义的，车也不下，又是起地名，又是叫挖煤的。

第二天从前边返回时，道班工人已将煤挖出来了，堆成了一座小山，往炉子里放，火苗很旺，齐天然一片惊异，说："慕司令，我请你喝酒。"

"为何请我喝酒？"

"你太神奇了！"

"我神奇！"慕生忠浑身上下看了自己一圈，有些不解，"我没有觉得自己神奇啊！你今天是不是有点发烧？"

"你知道，我这些人虽然被打断了脊梁，可心气还是挺高的。"齐天然端着酒杯，一饮而尽，"但是今天我真佩服你了，过去知道你胆大，有魄力，现在看你也是一个能人。"

慕生忠击节叹道："你既然佩服我，我就要给你这个国军前少将师长分一个任务。你敢不敢接？"

"惭愧！败军之将不言勇。"齐天然低下了头，"什么任务？"

"把公路从格尔木修到敦煌！"慕生忠趁热打铁。

"敢！"齐天然军人血性的一面突然爆发出来了。

慕生忠自饮了一口，用手抹了一把嘴唇，说："我给你一辆卡车，20 个民工，你从敦煌边走边修，车开到格尔木，就算完成任务。哪儿通不过，你死在哪儿，我另请高明。"

"一言为定！"齐天然举起酒杯与慕生忠一碰，一饮而尽。

晚上，有点微醺的慕生忠刚躺到帐篷的地铺上，一位老部下走了过来，好心地劝慰道："慕司令员，我跟了你大半辈子了，有句话不知当讲不当讲。"

躺在地铺上的慕生忠挥了挥手："可可西里一路平川，没那么多弯弯绕，有屁就放，有话就讲。"

"你重用国民党旧军队的少将师长，可要三思而行！"

"咋了？"慕生忠一跃而起，说，"你指齐天然，不错，他是胡宗南的老部下！重用他怎么了？担心他会哗变？"

"哗变不会，担心人家说你招降纳叛！"

"哈哈！"慕生忠一阵狂笑，说，"此言差矣。当年在辽沈和淮海，许多国民党的被俘官兵在看过一场《白毛女》，经过一次政治教育，不就调转枪口为新中国冲锋陷阵吗，那才是最大的招降纳叛。"

"可齐天然是胡宗南的少将师长啊！"

慕生忠又抿了一口酒："英雄不问出处，管他胡宗南、李宗南的，只要给我修通了敦煌到格尔木的公路，我就重用他。"

那个部下摇了摇头，悻然而去。

穿过楚玛尔平原，青藏公路朝着空阔无边的大荒原急速推进，一平三填，再往公路两边堆上行驶的标记，一天就可以修10多公里，而慕生忠一路在地图上给一片空白的可可西里赋予诗性的浪漫地名。过了清水河大桥，有五道山梁蜿蜒伸向远方，他便说此处就是五道梁了。见路旁一处露天煤矿，就叫乌丽吧。而登上一处高地，有灰飞烟灭的焦土痕迹，滚地雷从山顶上霹雳而舞，慕生忠手一指，此地起名风火山，唐玄奘和徒儿路过此处，孙猴子在此烧焦了屁股。穿凿附会皆成妙语。到了沱沱河，第一次送粮时辗转了半月不渡，而这年夏天残雪化尽，冰河解冻，灰头雁浮在空中，翼上掠过一片片白云。鱼翔浅底，伸手下去便一条一条抓起来。慕生忠说，开百鱼宴，吃够了，再往前修路，心情舒畅，也不想家了。于是前边苍茫一片，就叫开心岭吧。

一路高歌猛进，三个月推进了1000公里。到了唐古拉山，是慕生忠遇到的一场硬仗。唐古拉之上30公里，海拔平均逾5000米，来回几趟送粮，两万多头骆驼在山下死了一半，六个工程队分段施工，斜坡、垭口处有许多石坎、石崖，铁镐撬不动，就放炮眼炸，在唐古拉山上抡大锤，头重脚轻，嘴唇发紫，许多同志吃不下饭，人瘦得如麻秆，皮肤干得可以擦着火柴，有的晚上睡着睡着就过去了。

正在这生命攸关之际，突然接到了电报，说上级工作组要来检查运输总队的问题，让慕生忠下山去说清楚。

"姥姥的！"慕生忠一声骂，将电报扔到了地下，"老子现在还顾得上这档鸟事。警卫员，走！"

慕生忠驱车上了唐古拉山，与民工一起比赛抡大锤，前边的人躺下了，后边的跟上。年轻人一口气抡八十下，他也抡八十下。民工一看，惊呼道："慕司令，你的眼睛都红了，老红军也抡大锤，跟咱一样，佩服，佩服！"

也许因为慕生忠守在唐古拉山下督战，工程进展十分顺利。10月20日下午，在白雪皑皑中打通了唐古拉。

兵车驶过唐古拉，慕生忠立即口述了一封电报，发给彭老总转中央，他激动地说："中央，我们已战胜了唐古拉，在海拔5700米（当时的气压表测得的数据，未修正）以上修路30公里，这可能是世界上最高的一段公路了，我们正乘胜前进，争取早日到达拉萨！"

彭老总将电报报给周恩来总理。总理当即命令交通部和青海省，组团上唐古拉慰问慕生忠和他的那群民工。

　　翻越唐古拉以南,青青的牧场霜雪洗后一片金黄,万里羌塘一览无遗。11月11日青藏公路修过那曲,20天前进了300公里,然后沿着念青唐古拉两边的雪穿山峡谷而过,穿越风景如画的当雄草原,10天之内挺进了200公里。到了羊八井,进入拉萨城尚有八九十公里,峡谷地带绝壁屹立,乱石横空,河水湍急,困难横亘在前方。此时慕生忠再度向彭老总求援,要了1000辆卡车和两个工兵团,喋血激战羊八井雪山峡谷,保证1954年12月底与川藏公路会师拉萨河畔、布达拉宫之下。

　　西藏军区从康藏公路调来了两个工兵团,驻守在拉萨附近的18军主力团155团也一起调到了羊八井,两个工兵团自然是一支筑路尖兵劲旅,携着钻探的空压机,短短的20天就将石峡打通了。1954年12月15日,青藏公路修到了拉萨,慕生忠掐指一算,花了七个月零四天,1300公里。当然此时也只是初步通车。

　　12月26日,川藏公路和青藏公路举行通车典礼,这个日子恰好是毛主席的生日,这是两条天路上的英魂忠烈,献给共和国主席的一份寿礼,欣闻通车消息,毛主席那天特意喝了几杯茅台酒,一生在马背上做大手笔的他,三盅两杯下肚,突然有种微醺的感觉。

　　翌日,齐天然的电报也来了,他带领的二十个人,也修通了敦煌到格尔木的公路。

　　"彭总,我来交差了!"慕生忠走进了国防部大楼,1955年早春的残雪刚消融而尽,庭院内的玉兰花绽出新芽。

　　望着脸色黧黑干瘦的慕生忠,彭德怀心里泛起一阵酸楚,有点不敢相信,问道:"你们真的将路修到拉萨了?"

慕生忠点了点头："我坐着车上去了，开进拉萨，又坐着车回来的。"

"好！好！"彭德怀连连点头，"人生做事就要有这股劲！"

到了吃饭的时候，一向简朴的彭老总喊道："拿瓶茅台来！"

拧开瓶盖，彭老总亲自为慕生忠斟上，慕生忠低头一嗅："老总，好酒，比我那老白干强！"

"美酒敬功臣！"彭老总举起杯来，"青藏公路和川藏公路的筑路官兵和民工是中华民族的英雄啊，我敬你们！"

慕生忠是嗜酒之人，可是第一杯，他却泼到了地下。对彭总说："老总的这杯酒我不能喝，配得上喝彭老总的酒的是那些倒在青藏路和川藏路上的士兵和民工们。"

"牺牲得很惨烈？"彭老总问。

"是的！"慕生忠哽咽了，"青藏公路好一些，死了百人。川藏路很惨，几乎是一公里一个人的代价，铺到了拉萨。"

"我再敬你们一杯！"彭老总心情也沉重起来。

慕生忠仰头酣然而下。随后干脆将茅台酒拿到自己跟前，一连喝了好几大杯。

"你这酒鬼！"彭德怀看着慕生忠的豪饮，有点不认识自己的老部下了，把酒瓶抢了过来说，"士别三日，当刮目相看，慕生忠你酒量大长啊。"

慕生忠说："老总，没有办法啊，那山上太冷，晚上唯有喝酒御寒！"

"那也不能再喝了，再喝就醉了！"彭老总劝道。

"谢谢彭总，我已经喝好了！"慕生忠果然不再喝了。

……

我见到慕生忠将军时，他已没有了当年大碗喝酒的豪情和豪气。

20 世纪 80 年代中期，当代中国西藏讨论会在成都召开，阴法唐将军指着会议桌前的一位老人，对我说，他就是慕生忠。我陡然一惊，这就是大名鼎鼎的慕生忠将军啊，当年青海长云，万里风尘，敢在莽昆仑横刀立马，雪风未将这位血性军人卷走，可是寒凉的政治风雨，却将这位老人变得祥和而平静了。华发染霜，佝偻着背，默默坐在会议室一隅，木讷无语。他引起了我无限的好奇心。

我约好了对他的采访。

慕生忠淹没在宾馆的沙发里。一双凸露着青筋、瘦削的手，放在了冰冷的扶背上。

"喝茶吧！"慕生忠给我沏了一杯茶，复又蜷曲到沙发上去了。

"你让我谈青藏公路？"老人突然止住了咳嗽，喉咙里语言的残片一下子化作长江大河，声如洪钟，却始终渗着黄土地的泥汁，迷离的眼睛蓦地一亮，腰板陡然挺直起来，顷刻之间，仿佛生命的灵旗又将军人之魂招了回来。眼神里跳荡着机警，瘦弱的躯壳深埋着坦荡和威严，一种天然的控制和把握人的力量重新被激活了。

凝视着这块秦俑般的脸庞，许久，我心里突然冒出了这么一个念头："这是一部大书，一本值得军旅作家们大书特书的战争传奇。"

这传奇的语言，便是戎马倥偬镌刻在躯壳上的印痕，前胸后背上的几十处刀痕、枪眼和伤痕。每个逗号、句号、感叹号似乎都是一个惊天动地的故事。英雄的乐章自然是前胸后背上的贯通伤，这是保卫延安的战役落下的；左腿上缺一块肌肉，那是在百团大战中拼刺刀时，小鬼子赠送的；背上手上的刀痕，那是红军西征时抡大刀时留下的。

一个没有了英雄的时代，我们在苦苦地寻找英雄。可是英雄就与我面对面地坐着，英雄就是这个不同凡响的小老头，可是他的领导、同级、战友、亲人，乃至包括他自己，从不这么认为他是英雄。

但这丝毫不影响我对他的敬重、尊重、景仰，我被他那特立独行的人生一次次地打动、感动、激动，尤其是在一个感动缺席的矫情年代。

他走过的桥比我们走过的路多；

他见过的死人比我们认识的活人还多；

他亲身经历的战争比我们参与的演习和看过的战争大片还要多得多。

那瘦削的身体经历了一次次生命的万劫不复，却一次次九死一生；那刚毅的性格经历了一回回命运的沉浮，灵魂的真身却永远站着而没有跪倒；那种猝然临之而不惊，泰山压顶而不崩的泰然、坦然、淡然、恬然、自然，却是一些人一生想学，装腔作势，涂了许多金粉，总也学不会的，总也假冒不了的。

凝视着他，我似乎觉得是在触摸一段正在被遗忘的历史，翻阅那些被战争的冷灰尘封的褪色故事。一缕血缘亲近的热流在奔突，陡生了一种英雄情结和一种灵魂的皈依感。那是军旅文学魂魄脉冲的重新归零啊！突然间，连我自己也深感愕然。

在飞往北京的班机上，我就试图将他那零零碎碎的故事残片连缀起来，拼凑成一个完整的慕生忠。

上行列车
第三站　生命禁地

口也渴极了，
水也喝足了。
但初解渴的泉源，
请印上心版，
永莫忘掉。
　　——六世达赖喇嘛仓央嘉措情歌

年轻工程师之死

魏军昌将玉珠峰前勘察的留影封好后，投进了信箱。未曾想到，这居然成了留给妻子的最后的绝笔和遗照。

再过两个月，他就要当爸爸了，新婚妻子一朝怀胎，十月分娩在即。从 2001 年 2 月 25 日跟着铁一院兰州分院进入昆仑山腹地之后，他所在的三队一直担负昆仑桥至西大滩的铁路走线的定测任务。5月下旬青藏铁路就要招标，6月29日举行开工典礼，铁一院的勘测钻探的时间一再被压缩，林兰生院长跑到前方来督战，线路总体李金城下了最后的通牒，3月底必须拿出格尔木到纳赤台70公里的定测技术资料，图纸设计人员已进驻格尔木市的鑫苑宾馆，随时展开路基工程设计。尹春发只好将六队从西大滩调了下来，加强三队，把中线横断面和桥跨样式做出来了。同时，调来了54台钻机，25天突击完成了任务。

一切都在按时间节点全线铺开。魏军昌从西南交大毕业五年多了，学的是地质，一直是队里勘测的中坚。自从南山口进入了昆仑山谷地后，手机没有信号，与妻子的所有联系都中断了，在茫茫雪野里没日没夜地勘测到了5月10日，最终完成了第一阶段的攻坚任务，他们才撤到格尔木休整15天，准备第二阶段攻坚土门至安多无人区，跟随青藏线路总体李金城作最后的突击。

那天到格尔木市里，顾不得两三个月没有洗澡理发，他就急不可耐地寻找街边的IC电话，拨通了妻子的电话。已将近三个月没有丈夫消息的年轻妻子哽咽了，喃喃地说："军昌，孩子在肚子里踢我，在悄悄喊爸爸呢！你听到了吗？"

"听到了！"魏军昌听到妻子的第一句话，泪水唰地流了出来。

"想我和肚子里的孩子吗？"

"想死了！"

"可我看不到你呀！"

"我在玉珠峰前拍了照片，常年白雪皑皑，铁道就从山峰之下通过，玉珠峰像个美神一样俯瞰着铁路，就像你深情地注视我一样。"

"军昌，你真好，寄一张给我行吗？"

"好！"魏军昌在电话中答道。

可是当照片最终冲洗出来时，离第二阶段上唐古拉山，挺进无人区只剩最后一天了。

寄走照片，魏军昌带着几分眷恋走回了鑫苑宾馆，不知怎的，突然松弛下来了15天，夜里睡得又晚，他觉得身体极度疲惫，未曾想到会为高原病埋下了祸根，病殁天路。

27日天刚拂晓，勘测队伍出发了。兰州分院三队担任的是唐古拉越岭地带土门至安多无人区的勘测。

整整走了一天的路程，上风火山，过长江源，越开心岭，翻唐拉山，到安多时已近落日黄昏，枯黄的草原在雪风中泛起片片绿色的波涛。远处的雪山仍然白雪如冠，沉落在血色苍茫之中，而海拔由2700米陡升至4700米，已是生命的禁区。过去曾有人想在这里种树，却无一棵生存，旷野无树，却有干涸的雪风袭来。魏军昌压根没有想到这里竟然成了自己最后的天堂。

靠前指挥的兰州分院原本要住电力宾馆的，可是一个月四万元的租金，让他们觉得花得冤枉，便租借宾馆对门的安多县粮食局的房子。安营扎寨之时，也许体力消耗过大，魏军昌觉得浑身疲乏，话也不愿多说，眼睛呆滞地眺望着远方，似乎在想自己的重重心事。

"小魏，你怎么了？"队长刘思文询问。

魏军昌的反应迟缓，说头昏沉沉的，一点精神也没有了。

4月30日那天，三队队长刘思文和副队长刘松见魏军昌和另外两个病人精神萎靡，饭也没有吃，便带他们到沈阳市定点援建安多县的急救中心看大夫，内地援藏的大夫显然缺乏高原病防治的经验，仅仅说是高原反应，先打打针吸吸氧就会有改善的。一种潜伏的危机并未引起足够的重视，没有及时往海拔低的格尔木医院下送，结果生命中最宝贵的时间给白白耽误了。

晚上九点多钟，一分院副院长尹春发抵达了安多，连夜召集询问上山后的安营情况，刘思文说队里有三个病号，特别提到了魏军昌。

"严重吗？"尹春发也不敢有丝毫怠慢。

"急救中心的医生说是高原反应。正在打针吸氧。"

"千万不可掉以轻心。安多不比昆仑山，这是最不适宜人类生存之地。"

刘思文点了点头，说："我们会密切观察的！"

或许高原病暗藏的杀机和恐惧，注定是要以一个大学生之死来作为高昂的代价，4月30日这一天又被忽略了。

下午，正在安多的尹春发副院长接到指挥部的电话，说铁道部建设司顾聪司长到安多检查工作，看望一线定测的干部职工。放下电话，尹春发还专门安排顾司长到三队时，去看看魏军昌，他们都是西南交大的校友。有可聊的话题。

翌日中午，顾聪司长抵达安多县城，吃过中饭之后，就赶到三队驻地探望，此时已经下午两点三十分了。他一个宿舍一个宿舍地看望职工，走进魏军昌的房间，他正躺在床上吸氧，"小魏，顾司长来看你了！"尹春发站在一旁道。顾司长伸出手去，握着这个年轻校友的手，问他是西南交大哪一届毕业的，关切地询问了他的病情，勉励他在羌塘无人区镌刻下西南交大人的痕迹。

魏军昌只是默默地点了点头，说话有气无力。此刻他反应近乎迟钝，虽然吸着氧，但眼前却是一片混沌，灵魂飞扬得很高，朝着唐古拉山麓踽踽独行，前方似乎有一个雪山女神荷衣袂袖，飘飘而上，往一个雪地天堂翩跹而去。

当时青藏铁路的大部队尚未上去，人们还未了解到，患了高原病的人一般分为两种类型：一种是狂妄型的，病发之时显得格外地兴奋，烦躁谵语，有酒徒的高亢吟啸；另一种却是抑制型的，沉默寡语，表情呆滞木讷，两只眼睛一点神儿也没有，像被一场寒霜打蔫的叶儿，耷拉着脑袋，抑郁而不可终日。

那天见顾聪司长，是魏军昌见到的最后一个高官和校友，可是他一点说话的兴致和精神也没有，神色漠然，高原病魔已遏制住他的生命之魂，俯瞰尘世中人匆匆走过，仿佛灵魂已剥离了自己的躯壳，唐古拉山上风马旗招魂的灵幡，朝他发出诱人的微笑，他要顺着印在经幡上六字真言的颂诵"唵嘛呢叭咪吽"，雪风卷起，幡动着十万遍的吟诵，搭成了一个天梯，将自己送入天国。

顾聪司长离开仅仅一个半小时，四点钟，刘思文就给尹春发打来电话，焦急地说："小魏病情加重了！情况不妙。"

"一个多小时前见顾司长，不是还好好的？"尹春发猝然一惊。

"如今已说不出话了！"刘思文焦急地说。

"马上送下山去，格尔木市有解放军22医院，条件比较好。"尹春发交代道。

"我们队上没有车！"

"用我的三菱指挥车送，朱惠强教导员在格尔木，让他照顾小魏。"尹春发答得果断而又迅速，但为时已晚。

撂下电话，尹春发一步跃出门去，大声喊自己的司机刘可智，神色一片惶然："可智，快开车到三队，接上魏军昌，将他送到格尔木去！"

"有医生吗？"刘可智多问了一句。

"没有随队医生，三队派一位搞地质化验的女同志与你一起送，好一路照顾。"尹春发交代自己的司机。

刘可智驾着车驶到了三队的门口，进屋将魏军昌抱上了车的后座，由一位女化验员陪着，风驰电掣般地朝着唐古拉山方向驶去。

尹春发看了看表，此时正好是四点十二分。

或许，当时若有人略懂点预防高原病常识的话，应该力主送往那曲、拉萨方向，而不是格尔木，那小魏可能还有几分获救的概率，因为从安多县城重返格尔木，沿途要经过5231米的唐古拉山和5010米的风火山，两座貌似不高的山麓犹如高原病两道生死冥界，逃过了第一劫，还有第二劫在悄然等待。

果然，魏军昌就在唐古拉这道地狱冥门前魂飞九天，他死在了青藏铁路尚未开工前。

傍晚七点半钟，西藏的天空暮色未至，可是乌云已开始涌向这座高原小城，西边天际的彩霞燃尽了最后一息，渐成炭黑，扇扑着黑之翼的昏鸦从天葬台上吃饱了，悠闲地在旷野里散步。尹春发无暇欣赏高原小城的血色苍茫，坐立不安地来回踱步。这时，室里的电话突然响了，传来了驻雁石坪定测地段十二队教导员张各格焦急的声音："尹院长，魏军昌病情非常非常重，医生抢救了一下，让立刻往山下送。"

"我这就联系沱沱河兵站，请他们做好抢救准备！"尹春发此时已焦急万状，"你马上跟过去，停止所有生产，全力抢救！"

尹春发摇通了沱沱河兵站教导员的电话，请兵站医院全力帮助抢救。

刘可智的三菱指挥车八点半钟到了沱沱河，他仍然第一个跨出车门，抱着小魏到了沱沱河兵站医院，抢救了五十分钟后，瞳孔已经放大了。但是他们仍然抱着最后一线希望，往格尔木市人民医院送，尹春发接到小魏不行了的电话，但他仍然给格尔木医院打电话，请他们派救护车从昆仑山下迎上来，进行最后的抢救。

然而，所有的努力为时已晚。到了晚上九点钟，虽然送魏军昌的车驶离长江源，往风火山、五道梁的方向疾驰而去，但他已经越不过第二道生死之劫了。正在这时，尹春发已经得到了小魏生命已乏再生之术、无力回天了的消息。他眼含悲泪地郑重宣布，魏军昌已经去世了。并派总工张学伏带着杨红卫科长住到队上去，安慰大家。指挥部所有的人都上工地，他坐依维柯下山去处理善后。沿途工点上的病号都带下山去。

晚上九点十分，安多天穹上的黑帷渐渐落了下来，尹春发带汽车队长李永庆、三队队长刘思文登上一辆依维柯，翻越唐古拉，往格尔木市匆匆赶去，为魏军昌安排善后。车驶出安多县城，沿途公路上狂雪飞扬，一场罕有的大雪覆盖唐古拉山以南无边的旷野。冷雪飞舞之中，能见度已降至最低点，等车缓缓驶上唐古拉山顶上，公路与山坡沟壑连成了一片，行驶5分钟就得停下来，擦挡风玻璃的冰雪，铁一院公安段的侦察员岳利新干脆跃出车门，走到车灯前边探路，以身体为向导，赶到雁石坪，已经是深夜十二时了，他们敲开十二队的临时帐舍，一一询问有没有病号，吩咐大家注意，凡有病者，都跟收容车下山。可是有几个生病的职工，却不愿下山，说要为最后的决战奉献绵薄之力。

尹春发在雁石坪停了半个小时之后，又匆匆往沱沱河方向赶去。

此时仍在旅途中的魏军昌已经气息全无，心脏完全停止了跳动。送他的车子在不冻泉与格尔木市人民医院的救护车相遇，急诊医生上车继续抢救，凌晨两点抵达格尔木市医院时，护送他的司机刘可智，边哭边抱着他冲进急救室，发现小魏已经僵硬在自己的怀里，一点生命体征都没有了，哽咽着说："军昌，我抱你上车时，你可是好好的啊，兄弟，你要挺住，你就要出世的孩子需要你，砸锅卖铁供你读大学的老母亲需要你，马上就要开工的青藏铁路更需要你啊！"

格尔木市医院的专家抢救了40分钟之后，放弃了最终抢救。

疾驶在天路上的尹春发还在默默等待着奇迹发生，赶到西大滩时，已是凌晨四点，两位女化验员郭向前、魏春梅见了他，号啕大哭，他这时才真正意识到年轻的工程师之死，对这支队伍所造成的震荡和阴影。

一路狂奔，一路安顿军心，到了次日上午十一点，尹春发的车才赶到了格尔木市。他在给副指挥长李让平报告时，怆然泪下，大哭道："指挥长，对不起组织的信任，我损了一名干将，一个年轻的勘测工程师啊！"

晌午空气清冷，天一边阴着一边晴着。尹春发的心灵如天上涌动的阴霾，他率队走进格尔木市人民医院抢救室，发现躯体上已卸下了抢救器械的魏军昌赤裸地躺在手术台上，生死之间竟然如此相似和重复，前尘已经注定，赤身裸体地来去，二十几载短暂如梦，又一丝不挂地去，什么都没有带走，却留下了亲人骨肉永远的离痛。他觉得愧对魏军昌的家人，一种沉重的负疚感在心中涌动。他挥手叮嘱身边的人道，"马上去格尔木买最贵的皮鞋和名牌西装。"

"尹院长，请别激动！"陪他而来的医院贾院长说，"中国有一个传统，人死了，是不能穿毛的、用皮的，只能买棉的东西。"

"军昌，委屈你了，我的兄弟！"尹春发扑了上来，抱着魏军昌赤裸的遗体泫然涕哭。

唐古拉的死神之翼

尹春发将辞职报告递到铁一院院长林兰生的办公桌上。

出师未捷,唐古拉山上先损一位年轻大学生,他有一种无法洗抹的负罪感,觉得愧对黄土地上靠自己的血汗供出一名大学生的乡下母亲,请求院里免除自己的指挥长之职。

"胡闹!"林兰生操起电话将尹春发臭骂了一顿,"尹春发啊,你以为就只有你会自责,就你知道心痛。6月1日晚上,我也一夜无眠,期望小魏第二天早晨能够醒过来,回到我们中间,可是人死不能复生。现在不是问责板子该打到谁身上的时候,而是要稳住山上的队伍,按时完成定测,设计出施工图纸,保证6月29日青藏铁路正式开工,眼下最要紧的是处理善后。我当过知青,一个甘肃农村家庭,培养一位大学生多不容易,我们应当为他们办点实事。"

"我明白了,林院长!"尹春发在电话中答道。

撂下电话,林兰生倚在大班椅上呆呆地出神,心中挥之不去的刚才那句话,一个农村家庭培养一个大学生多不容易。因为他曾经当过知青,参加过高考,深知西北农村的贫瘠和艰辛。

那个初冬的深夜,林兰生从甘肃陇南徽县的知青点连夜赶回天水敲开工厂大门报到,成了老磨工师傅曹友生的关门弟子,第一天上班,与几个徒工在露天清理产品,此时户外北风萧萧,气温降至冰点以下,霜风露白,滴水成冰,这在他当知青的农村,冬天修梯田干活是寻常之事。可是一位女工师傅突然心疼地跑了出来,对他们喊道:"快到房子里待一待,天太冷了,别冻坏了!"

一句久违的温婉之语,从一位工人师傅的口里说出,如一条巨大的瀑布骤然落在了林兰生早已干涸龟裂的心域，轰地敲击着他的心弦，一泓热泪唰地涌了出来。

"林兰生，你咋流泪啦？"一位学徒问道。

"北风吹的！"

到了中午开饭的时候，林兰生第一次可以吃一顿饱饭了。这比他在农村里六分可管一顿饭，喝一肚子玉米糊糊，简直是天壤之别。

令林兰生一生难忘和感动的还有一件事，那就是到工厂一年后，荒芜了十年的高考得以恢复，他听后欣喜若狂，跑回家中找来了一大堆复习资料，晚上回到宿舍时，他与三个工人同住一屋，因为生活单调枯燥，工人师傅都在宿舍打扑克，赢一局可以赚一元钱，许多人趋之若鹜，宿舍里喧嚣不已。林兰生只好用一块床单将自己和工友们隔开，独自复习。有一天晚上师傅曹友生突然闯进来了，一本正经地交代学徒说："打牌，我不反对，反正晚上没什么事，以牌解忧，但我得给你们立个规矩，打牌时不准出声，让小林考状元！"

几个徒工视师傅的话为金科玉律，从那以后打牌时一句话不吭。谁洗牌手重了，弄得有响声了，便嘘一声提醒对方，动作不要太大，影响了小林复习考大学。

第二天早晨，师傅就把林兰生叫到自己跟前说："小林，本想为你请复习假，但思来想去，厂里不会开这个先例，我唯一能帮你做的，就是每天上班签到时，你来一下，就可以走，你的活儿，就让师兄弟干吧！"

"谢谢，师傅！"林兰生的眼眶湿润了。

"谢什么，常言道，一日为师，终身为父。"曹友生感慨地说，"只要你能考上大学，那是师傅的骄傲啊。"

"师傅放心，我会的！"

林兰生就这样三更灯火五更鸡地苦读了三个月。高考之日，3000多人的工厂，有200多人参加考试，最后发榜之时，只有林兰生和一位姓刘的工友考上了大学。

"小林，好样的！"报到前几天，曹友生特意花四元钱为林兰生买了一个当年最时髦的塑料铅笔盒，将六个徒弟叫到家里，切了一碗萝卜丝，咕咚咕咚把老白干倒在瓷杯里，举杯同庆，"师傅敬你，我们厂的状元。"

"兰生老弟，我们也敬你！"几个师兄齐齐举杯。

"学着点！"曹友生发话了，"有了小林这个高足，从今以后我就关门不收学徒了。希望你们也和师弟一样，上大学去，师傅没有文化，但是喜欢文化人，一个国家要发展，有知识的人得当老大，而不是老九啊。"

"是，师傅！明年看我们的。"众学徒齐声答道。

那天，师傅喝醉了，林兰生也第一次喝醉了。

由林兰生开了一个好头，六个徒弟果然不负曹师傅的厚望。翌年有两个考上大学，第三年、第四年又各考上了一个，最后剩下了两个上了电大。

知青生活的艰辛和工厂的温情，似乎影响了林兰生后来的人生观，使他对底层永远怀有一颗悲悯之心。他知道，甘肃陇南那贫瘠的山村，如果能供出一个大学生，那是积几代人之德，举一家人之心血啊。

可是，魏军昌却在刚能给乡下的父母一点荣耀和回报之时，竟然撒手唐古拉，灵魂随经幡飘然上了天国。

林兰生觉得愧对魏军昌的母亲，眼前一片混沌。"文革"中，爸爸被专政，全家人靠糊火柴盒度日，考上大学去报到，母亲摸了摸兜，塞给了他十元钱，这就是她最大一笔钱了。由自己的母亲推及魏军昌的母亲，城里尚且如此，何况贫困的乡下。两个母亲的影像重叠在一起，让他感到无比的沉重。

也许知道院长心中的隐痛，办公室主任朱旭蹑手蹑脚地走了进来，将魏军昌的遗像、生平和悼词放到院长书案之上。

"小魏的亲人都到了吗？"林兰生从沉思中醒来，声音低沉地问道。

"据兰州分院电告，是昨天晚上七点钟赶到的。"朱旭答道。

"来的都有谁？"

"小魏的父母、舅舅、叔叔和哥哥弟弟。老岳母也来了。"

"安排他们和小魏见最后一面了吗？"

"昨天晚上，小魏的哥哥、弟弟、舅舅、叔叔和老岳母说连夜赶往德令哈了。由院里孟磊书记和一分院的工会主席陪着去的。"

"德令哈？"林兰生有点惊讶，"格尔木市没有火葬场？"

"没有！"朱旭摇了摇头，"就连小魏的遗体运到了德令哈也一直放在殡仪车里。"

"哦！"林兰生点了点头。

"林院长，需要去看看小魏的母亲吗？"朱旭建议道。

林兰生喟然叹道："我暂时没有这个勇气，我无法面对小魏的白发老母啊，她让我想到了自己的母亲。失责啊，唯一的补救，就是给老人家和未出世的遗腹子多做点实事。"

"铁道部傅志寰部长上青藏路考察，已经到了格尔木，要不要向他报告无人区高原病死人的情况？"朱旭在为自己的领导出主意。

"当然要报告，不过得等小魏的善后处理完了。"林兰生感叹道，"我担心山上有的职工会谈高原病色变，走不出死人的阴影。"

林兰生目光忧虑地投向唐古拉山。铁一院兰州分院三队一位年轻地质工程师之死,造成心理威慑和恐惧是灾难性的,死神黑色之翼似乎巡弋在生命的天空,三队干部职工情绪低落,一蹶不振,有8个人下山到了格尔木,不告而别,14个人住进了那曲地区医院,卧床不起,人心散了,停工整整20天。6月11日在安多为魏军昌开了追悼会,可是仍然有不少职工指责领导对职工的生命漠不关心。

"这种状态绝不能再继续下去了!"林兰生拍案而起,"仅仅壮烈了一个人,就溃不成军,如果走不出高原病死亡的阴影,兰州分院难以担当起实现几代铁一院人青藏铁路的大梦。"

于是,组织调整的方案率先出台了。三队队长刘思文和教导员朱惠强被撸了,由杨红卫科长代理队长,公安段的科级警长叶利新被任命为书记,技术开发科科长岳立新当了副队长。

在研究副队长刘松的去留时,兰州分院的一位领导意见也一并拿掉。尹春发挺身而出承担责任说:"如果要拿掉刘松的副队长,那就先拿掉我算了,抢救失误最大责任在我,而不在下边,一切责任都由我来担着。"

尹春发作为前线指挥长说话仍然有分量,刘松最终保下来了,继续当副队长。

再就是队伍暂时后撤,三队先从唐古拉山顶上撤下来,先完成雁石坪到温泉相对平缓的一段,缓一步再挺进无人区,什么时候准备好了,什么时候进去,不打无把握之仗。

最大举措是消除职工心理上的阴影,给每个队都配备有高原病专业知识的医生,请高原病专家、格尔木市人民医院内科主任张学峰上山讲高原病预防知识,铁一院医院派出医疗小分队在安多设点,层层防护,御高原病于身体和队门之外。

队伍的情绪渐渐稳定下来了。

"该向傅志寰部长报告魏军昌之死的情况了!"6月9日到了拉萨,在下榻的宾馆里,李宁副院长详尽地汇报了魏军昌患病、送下山抢救、病殁途中和留下一个遗腹子的情况。

说到悲怆之处,李宁哽咽无语,傅志寰部长也不禁热泪纵横。

共和国部长为一个年轻工程师之死,黯然神伤。沉默了片刻,傅志寰部长对随行的铁道部考察官员长叹说:"我们交了一笔沉重的学费,魏军昌同志壮烈殉职,死得其所,生命之躯预先给我们敲响了警钟。6月29日开工后,大批的队伍很快上来了,能不能站得住,关键要看预防高原病卫生措施是否到位。我有一个课题要拜托各位,青藏线可否做到不因高原病死一个人!"

"青藏铁路不能因高原病死一个人!"共和国部长已为上青藏的队伍定了一个生命海拔的标尺,不死一个人。这对刚折损了一位年轻工程师,而卫生医疗条件仍不完善的勘测队伍来说,无疑是一个巨大的挑战。

铁一院三队新任队长杨红卫越来越不想吃饭了,魏军昌病逝后,队里职工情绪仍旧不稳,他每天都跟着队伍上工,翻山越岭,越涧过溪,一天要在海拔4800米的山岭上走15公里,中午啃的是冷馒头,身体素质降低到了零点,胃病的老毛病犯了。又极度缺氧,一天走下来,几乎不想吃什么东西,身体极度消瘦,突然发生了胃出血,一连便血三天。最后一天出去定测之时,杨红卫突然晕倒了,瘫倒在荒野云天里,被职工们抬了15公里送回来的。

尹春发到三队去看杨红卫时,他正躺在医务室里输液。从西宁人民医院聘来的向大夫伫立病榻前,见到尹院长,连忙呼吁:"杨队长病情危重,要赶快下山,多待一分钟,就多一分危险!"

"马上送！"尹春发有魏军昌的前车之鉴，不能再重蹈覆辙，连忙派人陪着杨队长下山，让他们找格尔木人民医院内科张学峰主任救治。

下午四点钟，车驶进了医院，杨队长一下车就栽倒在地。医院下了病危通知书，让领导来签字，尹春发匆匆赶来了，恳求张学峰主任说："兰州分院不能再死人了。无论如何，你都得给我抢救，不论花什么代价，我只要一个活人。"

"尹院长，我不妨直说，杨队长的病很危险。"张学峰坦诚地说，"不过，我会日夜守在病床前。"

"谢谢！"尹春发紧紧地握着张学峰的手，说："等着你妙手回春。"

经过一天一夜的抢救，杨红卫脱离了危险。听到此消息，尹春发紧绷的神经也松弛了下来。

可是无人区仍然险象环生。那天，尹春发正好在无人区里指挥最后突击，一个从山下带上去的民工突然晕倒了，不省人事，原来是潜隐多日的高原病未被发觉，从西宁人民医院聘来的胡大春就地抢救，民工表情冷漠，神志委顿，生命体征一点反应也没有了，从未见过如此阵势的胡大夫见了尹春发不禁号啕大哭，尹春发安慰他说："你是医生，关键时刻，只有你镇静，才不会乱了方寸，你全力以赴抢救，出了问题，我们担着。"

胡大夫终于镇静下来了，按高原病的方案进行抢救。这时，通过卫星接通了电话，安多县医院的救护车也赶来了。

那个民工最终得救了，但是巡弋在唐古拉之上的死神的翅膀，确实让大队伍还未上山前的勘探队员们一片心悸。

偌大的工程，似乎在等一个人，一个人的青藏高原和他的传奇

院士之风山高水长

第一次听到吴天一院士的名字，是 2002 年 9 月 12 日。

中国作家协会派作家采访国家四大工程，要我担纲四大工程之首的青藏铁路。那天下午，作协党组副书记王巨才和创联部主任孙德全到铁道部为我们壮行，领导作了专题介绍，谈及青藏铁路的人文关怀时，他列举了一个近似美国大兵打仗追求零伤亡的例子，说青藏线施工队伍上山后迄今没有因为高原病死过一个人，而这一切，除了铁道部和各指挥部全力保障之外，中国唯一一位高原病学院士吴天一教授功不可没。

就在那一刻，我记住了吴天一的名字，也为他的学识在青藏铁路创造的奇迹肃然。

但是第一次上青藏铁路采访，却与吴天一失之交臂。我们一行直奔金城兰州，在铁一院、西北铁道研究所和中科院的寒旱研究所采访了三天后，随行的摄影家早已等得不耐烦，妥协的结果，9 月 16 日傍晚登车直驱格尔木，没有在西宁停留，自然也就无缘拜谒吴教授了。可是到了格尔木之后，每每谈及青藏铁路的医疗卫生保障，高原病学专家吴天一院士的名字不绝于耳。等登上莽昆仑，在可可西里，风火山之上，长江源头，中铁二十局指挥部医院院长丁守全，铁三局指挥部医院院长段晋庆，总是怀着一种敬仰之情谈起了吴天一的传奇，言语之中，似乎印证了一句古话："云山苍苍，江水泱泱，先生之风，山高水长。"

青藏归来，关于吴天一的形象、传奇猜想等，一直萦绕于我的心中。随后，我伏案写一部关于西藏边境战争江山版图的长篇作品《麦克马洪线》，直至沉落于那场让中国人谈"非典"色变的非典劫难落幕时，才落下最后一个句号，自然也就痛失再次进藏采访的机会。

2004年上半年，我参加中宣部和中国作家协会举办的第二届中青年作家高研班，7月中旬结业时，一直与铁道部青藏领导小组联系上山采访事宜，但是这次采访却是我十年专业作家写作生涯中最艰难的一次，个中原因不堪回首，一腔苦涩唯有默默咽下。一直在等待中度过，带着家人从新疆回京后，仍无消息。等到9月中旬依然无望，我便舒展潇洒轻羽，到河南云台山中国作家创作基地亲近山水，一洗红尘烦恼丝，沉迷涧溪流云，忘忧忘情忘却生命不能承受之重。9月24日上午，我正在晋代名士嵇康放纵灵魂的红石崖上徜徉时，突然接到铁道部文联秘书长赵奇克的电话，要我次日飞西宁上青藏铁路采访，只有一天的准备时间，时光匆匆，只好连夜返回北京。

9月26日登上飞往西宁的航班，倚在舷窗旁，翼下白云飘浮着青藏之梦，醒来脑际间跃出的仍是吴天一的名字。下榻青藏公司金轮宾馆，放下行囊，我便请青藏公司办公室徐主任联系采访吴天一的事情。一听说采访，吴天一便婉言相拒了，说我与记者谈得太多了，就不谈了吧。

慕名而来，眼看采访就要泡汤，我从床上一跃而起，唯有露出自己的底牌，以期最后的争取，我接过徐主任的电话，恳切地对吴教授说："我是中国作家协会派来采访青藏铁路的作家，是第二炮兵政治部创作室主任，不是小报记者。我知道您接受过许多记者的采访，但是作家的视角和写作模式，与记者迥然不同。"

"哦！"吴天一教授有几分诧异。

我从语气中感觉到了吴天一院士并非拒人千里之外，于是换成了他最感兴趣的话题，谈起了自己最初对高原的恐惧之状，说："吴教授，您知道吗，我第一次走青藏路是跟随原西藏自治区第一书记阴法唐，还在格尔木适应了几天，可是上山的头天晚上，我却一夜无眠。"

吴天一院士笑了，问我："紧张什么？"

"那紧张和恐惧感就像上刑场，担心自己一去不复返，壮烈在唐古拉山上。"

"呵呵。"吴天一院士在电话中笑了，"真有这么恐怖？"

"真的，一点也不夸张！"我回答说。

"是有这种情况，许多人第一次上青藏路心理负担都太重。"吴院士似乎认同我当时的感受。

我话题一转："吴院士，我曾经采访过青藏公路总指挥慕生忠将军，川藏公路总指挥陈明义将军。您可是我心仪已久的专家，青藏铁路一书，如果没有您的出场，就会缺少应有的魅力。"

"你今年多大岁数？"吴天一突然对我的话感兴趣了。

"46岁！"

"好，你来吧，我接受你的采访！"吴天一告诉我他家所在的小区和门牌。

青藏公司办公室徐主任执意要送我去吴天一院士家。

气喘吁吁爬上六楼，按门铃之际，连忙扶着门框，倚着身子，而蹦蹦乱跳的心脏已蹿到嗓子眼了。西宁的海拔只有2200米，颇像一个道谋和法力很深的老者，其貌不扬，却在平淡中蛰伏淫威，让我在拾级而上中领略了杀机四伏。

铃声未尽，吴天一院士开门而现，身着一件枣红色的开衫羊毛衫，脸庞上染着高原的铜色，头已谢顶，戴着一副眼镜，颇显儒雅之气，与内地专家学者并无异样。

晌午的秋阳暖暖的，泻进客厅里。吴天一院士倚在沙发上，笑眯眯地凝视着我。当我开启谈访大门时，蓦然发现自己走进一部历史、一个传奇。

惊天发现竟在无意之间。我问吴天一教授，你是本地的汉族吗？

"不是！"他摇了摇头说，"我是塔吉克族。本不姓吴，我的塔吉克父名叫依斯玛依尔·赛里木江！"

这下轮到我惊异了："你是塔吉克族，叫赛里木江，那怎么又会姓吴氏呢？"

"说来话长！"吴天一望着天上云彩，映在他家的玻璃窗上，那段被岁月烟云湮没的往事，从青海长云里浮雕般地凸现。

20世纪30年代初，在新疆迪化（乌鲁木齐）通往西安的西域之路，有一个叫依斯玛依尔·赛里木江的塔吉克族青年，跟着几位维吾尔族的世家子弟，骑着骆驼，赶着马车，在新疆枭雄盛世才卫队的护送下，出迪化城，穿越吐鲁番、哈密，入甘肃柳园，踏入了西北王马步芳控制的河西走廊，他们兜里揣着国民政府中央大学的文学系录取通知书，最终目的地是秦淮河边。

而这个叫依斯玛依尔·赛里木江的青年人，便是吴天一的父亲，他回首朝戈壁尽头的地平线眺望，故乡远在天山之南的喀什，早已沉落在大漠孤烟直的远天里，前边祁连山上残雪点点，阳光折射在戈壁上，岚气氤氲，缥缈，浮冉，青烟锁成一片蔚蓝的海，一座海市蜃楼在沙海中漫漶崛起，真的是自己理想王国中的海市蜃楼吗？依斯玛依尔·赛里木江在问自己，也在叩问浩瀚戈壁。

蒋介石政府的统治权杖伸到边域后，为笼络少数民族首领，培植心向汉地的青年才俊,特意在中央大学开设了少数民族班,将新疆、西藏和云南地区的土司、贵族和部落长老子弟招来学习,依斯玛义尔·赛里木江成为其中一名赴中央大学文学系学习的塔吉克族世家子弟。此去经年,他欲学成后再回到南疆报效自己的部落和人民。谁知抗日战争的爆发,他再也回去不了,取汉名吴中英,迷恋烟雨江南,对小桥流水情有独钟,娶了一个叫吕胜华的苏州师范毕业生,编辑了中国第一部塔汉语言大辞典,成了一名著名的塔吉克族的语言专家。但是金陵城的平静日子很快消失了。淞沪会战后,南京陷落前,夫妇俩跟着南迁的大学跑得快,才躲过了南京大屠杀的喋血之劫。1937年在南迁的路上,生下了大儿子,取名吴天一,而他的塔吉克族名为依斯玛依尔·赛里木江。

依斯玛依尔夫妇在兵荒马乱的年月里一路南迁,长沙、湘西、贵阳、昆明,最后辗转到陪都重庆。七载烽火梦断,终于迎来了抗战胜利,满卷诗书喜如狂地迁回金陵故都,这时他们已经有了四个孩子。为养家糊口,依斯玛依尔·赛里木江成了银行的职员,妻子成了一名小学教员,过了两三年的平静日子,内战兵燹又起。而这时吴天一已考入了中央大学附中,读初二,操一口款款吴语。塔吉克语如碎片似的残留在与脐血相连的乡愁里。

1949年的人间四月天,王谢庭前的燕子似乎随着一个王朝的覆灭而远遁,最终成为一种遥远的记忆,再不会有四月天的温婉和亲情。

那个周末,吴天一从附中回到家中,只见地上一片狼藉,寥寥无几的细软衣物都收进了几只皮箱。爸爸妈妈的脸上一片焦急,待他走进门来,母亲一把将他拽进怀中说:"天一,快点收拾一下,咱们晚上就走。"

"走！往哪走？"吴天一一头雾水。

"解放军就要兵临城下，你爸爸随银行迁往台湾。赶快收拾一起走，今天晚上我们就从下关上船。"妈妈也一脸无奈的神情。

"我不走，我的同学们都不走。"吴天一的口吻很坚决。

"为什么？"妈妈显然有些不解。

"我们的学校很好啊，到了台湾，再不会有这样的好学校了。"吴天一认真地说，"老师同学都要留下，说迎接解放军进城！"

"随孩子吧！"站在一旁的父亲吴中英吴语喃喃地说，"天一已经长大了！"

"大什么，他才13岁呢！"母亲在一旁说道。

"我们天山上的雏鹰总是要离巢的。"吴中英叹道，"只是国破山河碎，飞得早了一点。天一大了，由他自己选择吧。"

妈妈转过身去，双肩抽动着哭了。

晚上，扬子江上江雾迷茫，站在下关码头上，挥手辞别父母亲和弟弟妹妹的一瞬间，吴天一的泪水突然涌了出来，离乱之世，他没有料到会是一个家庭永久的别离，隔着一湾浅浅的海水，隔着一个遥远的大洋，这种血浓于水的睽隔和等待居然这么漫长，从少年等到青年，从青年等到了壮年。且站在了高高的青藏高原上，他思念的目光投向流云飞渡，却不知亲人流离何方。

不过，他最先等到了人民解放军进城，一队穿着布鞋的士兵冲进了总统府，远望着青天白日旗缓缓坠落，站在迎接解放军进城的人群中的吴天一听到了蒋家王朝崩溃碎裂的声响。五星红旗冉冉升起，伴着紫气东来的扬子江面的朝霞喷薄而出，他跳着蹦着喊着欢呼着，13岁的少年不知为谁而歌而哭。

激动过后，拭去少年离泪。吴天一周末回到曾经住过的那条老街,才发现家已不在,偌大的大陆,没有一个可通家书的亲人。踯躅街头,断鸿声中,倏地有了一种不知归处的茫然。两年过后,当朝鲜战争的战火烧到鸭绿江边,许多热血青年纷纷登上东去的专列,投身到抗美援朝的激流中时,年仅15岁的吴天一热血被点燃了,毅然投笔从戎,胸戴大红花,唱着"雄赳赳气昂昂"志愿军战歌,只身走向战场。然而,这批莘莘学子刚到鸭绿江边,就被志愿军后方司令部扣下了,一锅端到了东北的中国医科大学军医班,学制六年。抗美援朝牺牲的惨烈,让志愿军高层的将领清醒意识到太需要受过正规学历教育的医疗骨干了。

吴天一在中国医科大学读了六年。医大毕业之时,恰好是一代年轻人被理想和激情所诱惑的年代,他踏上西行列车,到了青海省一家部队医院当军医,开始了策马昆仑的人生之旅。他走遍青藏高原的一座座高山,一顶顶帐篷,一跃成为中国唯一一位高原病院士。

等了漫漫的四十年,走到了新世纪的零公里,在青海湖畔的吴天一突然听到了一个惊天消息,青藏铁路要上马了。那天晚上回到家里,饭菜已经上桌了,他突然对自己大学的同学、出身江南的妻子说:"来杯酒吧!"

"天一,你可是很少喝酒的。"妻子操着侬侬吴语说道。

"就一杯红酒。"吴天一毫不掩饰地说,"人生有喜须尽欢!我今天高兴坏了。"

"我们家还有什么值得高兴的事情?"妻子环顾左右,嫣然一笑。

"我们在青藏高原待了一辈子,委屈你了,不过终于有了用武之地。"吴天一端起红酒杯啜了一口。

"你是说高原病学将有大发展?"妻子已觉察出丈夫的喜从何来。

"是千载难逢的机会！"吴天一感叹地说，"青藏铁路要上马了，大批兵马就要上山。新闻媒体报道说青藏铁路有三大难题——冻土、生态和高原缺氧。依我之见，其实就是两大难题，一个是生态，一个是卫生保障问题。后者，我有发言权，应该给国家陈策献言。"

"好啊，天一，这杯酒该喝！"妻子与丈夫碰杯，也轻轻地啜了一口。

"干了！"吴天一深情凝眸着妻子。

"好，天一，干！"妻子眼眶里的泪水涌了出来。

吴天一怀杏林术，终于等到了在青藏铁路这个巨大平台上，助佑苍生的时候。

孙永福副部长第一次上青藏线考察，途经西宁，第一个要见的专家便是吴天一。

那天，召开座谈会，他特意邀请吴天一参加，可事情却偏偏那般凑巧，吴天一在来开会的路上，突然遭遇车祸，住进了医院，一时无法直接向铁道部领导陈策预防高原病的方略，当天领导派秘书到医院探视吴天一，转告孙部长的话说，部长祝您早日康复，等您病愈之后，专门请您到北京面谈。

腿脚刚能下地活动，吴天一便蹒跚入京了。

领导紧紧握着他的手说："吴院士，对您可是心仪已久啊。青海之行，失之交臂，这回专门将您请到北京，给我们上上高原病专业的课，你放开讲，只要能够保证青藏铁路不因高原病死一个人，什么医疗设备和卫生保障手段，我们都可以上。"

"好啊！苦苦等了四十年，终于找到知音了。"吴天一噫吁感叹。

在医学专家座谈会上，他以中国第一位高原病学院士的身份郑重献策，青藏铁路两大课题，一个是生态，一个是人的卫生医科保障问题，绝对不能掉以轻心。尤其是后者，我想将重话说在前头，以免后患无穷。

"但说无妨！"领导抬起头来，鼓励地说，"吴院士，知无不言。你尽管说。"

"好！"吴天一集一身高原病所学，谈了自己的六点陈策。说："第一，卡住队伍上山前的进人关。什么人能进来，什么人不宜进入，包括将来列车开通时的旅客。什么人不能上去，就得树起一块高原禁忌证的牌子，患有下列疾病的人不能上山，如冠心病、心肌梗死、心脑血管病、高血压、代谢性的糖尿病、慢性气管炎、肺心病、肝肾明显病变、溃疡症、消化道大出血、过度肥胖等是不能上去的，怎么把好这个关，那就是体检。第二，进山要循序渐进，阶梯式地适应。第一个阶梯西宁三天，第二个阶梯格尔木三天，逐步地适应习服（一个新造的名词，习服就这样出现在青藏铁路之上）。第三，进行高原卫生教育，从心理上消除高山恐惧症，战略上蔑视，战术上重视。第四，做好劳动卫生保障。人的劳动强度是随着海拔的升高而增高的。每1000米就升高半个等级，行走在2000米的地方为中劳动强度，而到了4000米则是重劳动强度，因此，要尽量实施机械化施工，减小劳动强度。在海拔4000米以上的地方，吃什么都是不香的，饮食营养，睡眠，住什么样的房子，甚至就连撒尿，都要考虑到充分保暖，不然，在零下20℃的地方，晚上起来撒泡尿，就可能发生肺水肿，因此，建议将晚上睡觉撒尿问题作为一个问题来研究。第五，建立医生巡夜制度，晚上最易出问题，稍有干咳，乃至精神萎靡不振，嗜睡的，都容易发生脑水肿和肺水肿，发现得越早就越有抢救的希望。第六，制定青藏铁路卫生保障制度。所有施工单位都按此实施。"

"说得好啊！"领导率先站起来给吴天一教授鼓掌。

吴天一的六点陈策，对青藏铁路卫生保障至关重要。随后，他参与修订了青藏铁路的卫生保障措施，为上山前的医务人员讲授高原病的预防知识。

一位院士和他的高原病学，为青藏铁路在生命禁区里施工，筑起了一道生命的安全屏障。

第一座医用高原制氧站崛起风火山

况成明没想到队伍第一天上风火山就兵溃大荒。

2001年6月20日上午九时，况成明带中铁二十局的十台车和50名弟兄，上风火山去安营扎寨。他特意让办公室主任买了很多鞭炮，动土之日，要驱祛风火山的魔咒，祈求雪山女神保佑施工平安。

在山下人员的壮行声中，他们一路奔驰而去，下午四点接近风火山时，50名兄弟开始东倒西歪了。一队、二队、三队和局指帐篷布点在不同的地点，他得下车安排，与各队的领导一起踩点，走了两个小时，到傍晚六时整个大队伍上来时，他发现已溃不成军，一个个下车后，面色苍白，嘴唇发紫，抱着氧气袋躺在车里吸氧，不到二十分钟，就吸光了，而氧气瓶的阀门歪了，放不出来，憋得一个个气喘吁吁，躺在车上就不愿动弹。

那天况成明的身体也很难受，头重脚轻，带人察看现场布点整整走了两个小时，几乎耗尽了他的体力，睥睨荒原，冷雨夹着雪花呼啸而来，迷茫在整个风火山地域，再过一会儿，天就要黑下来。帐篷和晚饭都没有着落，他招呼职工来搭帐篷，可是他们连站起身来都很艰难，甭说干活了。

"找风火山道班的帮我们搭！"况成明已无法选择，晚上没有栖身之处，这50名弟兄就会倒下。

风火山道班的职工来了，一听说搭一顶帐篷只给30元，转身就要离去。

况成明唤住他们说："先别走，你们说多少钱？"

"300元！"道班一个工人伸出了三个指头。

"这不是讹人啊！"况成明摇了摇头，"搭一顶帐篷300元，整个中国都没有这个收费标准。"

人家诡黠一笑，说："这就是风火山的收费标准,爱干不干随便。"

"三百就三百吧！"况成明挥了挥手说，"天黑之前一定得干完。"

何须等天黑，道班的员工早已经熟悉和适应风火山的气候和海拔高程，仅仅干了一个小时，便揣着近千元人民币潇洒地走了。

暮色苍茫，炊事员费尽心力用高压锅将面条做好了，可是50个人躺在帐篷里一点食欲也没有，犹如一班败军之将，狼狈不堪。

况成明叫医生来一一检查身体，可是就连医生也抱着氧气袋，这时他不能不惊叹慕生忠将军当年是如何率领一群民工，让青藏公路穿越风火山的。他最担心的是军心不稳，他一个一个地找职工谈话。一直谈到晚上十一点，才回到自己的床铺上，躺着时心脏怦怦乱跳，一点睡意也没有。神思在天穹飞扬，如风火山垭口的灵旗，迎风猎猎，身体却兴奋不已，脑子如坐过山车样旋转，快到天亮了，他才迷迷糊糊地合上了眼，似睡非睡，似醒非醒。

第二天早晨天刚刚亮，况成明头痛欲裂，他睡的帐篷里突然涌进六七个人，说："况指挥，派车送我们下山吧！"

"下山，往哪里走？"况成明一怔，问道，"昨天刚上来，怎就要下去?"

"这鬼地方不是人待的。"一个人喃喃说,"再待下去,小命都不保。"

"忍耐几天,我们会改善卫生条件,一切都会好起来。"况成明苦口婆心地劝道。

"再好,也不适应人类生存。派车送我们走吧。"个别人有点急不可耐。

"我们二十局可是老铁道兵的后代。"军人出身的况成明试图挽留大家,"当年铁十师三上风火山,没有一个逃兵,你们这样一走,可是丢了前辈的脸。"

"别拿逃兵的帽子乱扣,我们只想换种活法。"人群中不知谁说了一句。

"换种活法?你们有的人可是三番五次找领导才上来的,回去可就要息工了。"他将最后结果摊在七个人面前。

"息工也走,总比将一把骨头扔在风火山上好!"七个人去意已决。

"走吧!"况成明挥了挥手,并对拥到他帐篷前的职工问道,"还有谁想走?"

伫立在帐篷前的员工没有一个吭气。

车开时,那几个人抱着氧气袋跟着走了。望着面包车绝尘而去,况成明转过身来,眼眶有些发热,说:"留下来的都是好汉,我们将无愧于风火山,也无愧于铁十师。"

站在帐篷外俯瞰风火山,这是况成明命运中决定性的一战,远处风火山垭口经幡猎猎,雪落大荒,天气一天几十变,让他开始领略这座神山的淫威。天空一会儿阴,一会儿晴;一会儿狂雪飞舞,

下行列车
第三站 生命禁地

一会儿晴空万里；一会儿阴风四起，一会儿静如处子，垭口处的海拔达到了5010米，与唐古拉山垭口，只有十多米的差距。而其他地域平均是4910米，如果没有氧气，他和他的施工队将寸步难行。

就在他忧心忡忡之际，医院院长丁守全突然找来了，说指挥长，北京科技大学的刘应书教授上山来了，专程来拜访你。

况成明摇了摇头："老丁啊，图纸还未到，我现在最需要的不是穿越风火山的科技，而是氧气，让人能待得下来工作，能睡得着觉的氧气。"

"刘教授就是来解决高海拔制氧的。他有一个很不错的专利。现在招标的六家单位，唯有他的小型制氧机制氧率高，效果好。"丁守全介绍道。

"余亮指挥长和王书记什么意见？"况成明单刀直入地问道。

"余指挥长和王书记表示同意，叫征求你的意见。"

"是吗？"这正中了况成明的下怀，"快请！"

北京科技大学刘应书教授在格尔木待了好些天了。他一直在等中铁二十局的指挥长况成明，2001年只有况成明和他这支队伍站在了青藏铁路的最高点上，他挟着高原制氧的专利从北京而来，就想在风火山上一举试验成功，然后向世人佐证，这套装置在海拔4910米的风火山上经过严酷的考验，是世界上最先进的，可令刘应书教授扼腕长叹的是，专利技术放在抽屉里很久了，一直没有相识相知的伯乐和知音，他将宝押在了风火山之上，押在了况成明身上。

刘应书见到况成明就先声夺人："况指挥长，我知道现在找来推销制氧机的厂家很多，但依我所见，这些制氧机在内地都没有问题，但在风火山上，能大容量稳定制氧的寥寥无几。"

"英雄所见略同！"况成明点了点头，前些天一个厂家送了一台上来，机器咔嚓咔嚓地响，制氧量不足 30%，根本无法满足需要，他满目希望凝视着刘教授，"你有解决的良方？"

"当然！我们已经研究了好多年，设计思路和机理独成一家。"刘教授摊开图纸向况成明介绍。

"有样机吗？"况成明抬起头来问道。

"只有小型的，大型高原制氧机投入太大。许多单位望而却步！"刘应书实话实说，"所以我想与中铁二十局指挥部联合开发，成果共享。"

"先期投入要多少钱？"

"至少 70 万！"

"没问题，我马上签协议！"况成明爽快地答应了。

这反倒让刘应书愣怔了，心头轰然一热，感动地问道："况指挥长，你为什么对我们这样有信心？"

况成明仰天大笑，然后指着合同书说："说白一点吧，我对北京科技大学这块牌子有信心，对你们校长当合同书的第一法人有信心，你们过去就是搞制氧的，如果中国大学解决不了这个高原制氧难题，舍此还有谁？"

"谢谢，况指挥，士为知己者死。"刘应书感动地说，"如此厚爱，我们决不会让你失望！"

"什么时间给把机器运上山来？"

"三个月！"

"三个月，太久了，黄花菜都凉了。那时我的人该下山了。三十天如何？"

"好！我竭力去做！"

送走了刘应书，况成明问医院院长丁守全："守全，我们订的那些医疗设备什么时候到货？"

丁守全说大队伍上来时全部到齐。

"要快！"况成明摇头道，"没有完善的医疗设备，我们在风火山就稳不住阵脚，会不战自败！"

"我明白！"丁守全点了点头，作为青藏铁路为数不多的几位卫生保障专家，他曾参加过全国职业病标准的审定和铁道部的卫生保障条例的起草和修改，深知铁道部党组和青藏铁道公司的意图，那就是要将执政为民的理念，融入对筑路职工的人文关怀里去，在卫生保障上要不惜血本，傅志寰部长、孙永福副部长不止一次地强调，青藏铁路沿线施工队伍，不能因高原病而死一个人，大队伍未上山之前，年轻的工程师魏军昌之死，就是前车之鉴。他用青春之殇，树起了一面生命的灵旗，引起了上上下下对高原病的重视，两位部长下了最后通牒，青藏铁路不能因高原病死一个人。铁道部卫生司专门行文，要求每个指挥部购置了高压氧舱、高级彩超、X光机、手术室全套抢救设备等医疗设备。

况成明起初对这些卫生举措有点愕然，以前在内地施工，卫生保障皆是由沿线的地方政府承担，有了病号和伤员往沿途的地、县甚至乡镇医院一送，便万事大吉。而这一回连医生护士都得自己带上山来，还要购一千多万元的医疗器械，毫无疑问会增加整个风火山工程的投入，但是出师不利，无论鸣放再多的鞭炮也驱逐不了风火山上潜伏的生命之魔，他不得不退而求助于最有效的医疗卫生保障系统。

时隔不久，刘应书教授研制的第一台高原制氧站运到了风火山上，第一次试车便大获成功，制氧率达到了80%。况成明让丁守全一下子购买数百个大氧气罐，每间宿舍和帐篷里都配齐，职工们下班回来，随时都可以吸氧，恢复体力。青藏铁路上第一台高原制氧机在风火山上兀然崛起了。

凝望着队伍可以在风火山待下来了。北麓河的试验段也陆续开工，但风火山的图纸到了秋凉时分才送达，况成明有一天突然对丁守全说："守全啊，风火山是世界第一高隧，如今职工回到帐舍可以吸着氧睡觉了，我们渡过了能在风火山上待下来的第一道难关。今年的隧道工程不会停工，洞里空气含氧量不到40%，别说干活了，就是躺在那里也受不了啊！"

"我和刘教授商讨过了，可以在风火山进口和出口各设一台高原医用制氧站，将输氧管接往洞中，在隧道里建一氧吧车，或者在掌子面上弥散式供氧！"丁守全答道。

"能成？"况成明反诘道。

"理论上和操作上都不是问题。"

"这是一个好主意！"况成明喟然叹道，"风火山开通之日，你们可是大功臣啊！"

"应该说青藏铁路独此一家！"丁守全不无骄傲地答道，"我们与北京科技大学商谈好了，作为一个重要科研成果立项，风火山隧道建成之日，作为一个重要的课题和科研成果上报。"

"好！世界一流的铁路，须有一流的科研。"

2001年的冬季，中铁二十局风火山隧道掘进是整个青藏铁路工程唯一不停工的一家，在滴水成冰的12月底，两个进出口掘进了100多米后，一台特殊的供氧氧吧车，推进了坑道里，掘进的工人觉得累了，便可以停下来，到氧吧车里吸上一阵，头脑清醒了，体力恢复过来了，再接着干。从外边出口的医用制氧站的管道输入了大量的氧气，直接弥漫在工作面上，在世界第一个高隧中形成了一个氧气浓烈的地带。

一座高原医用制氧站兀立在世界屋脊上，天下无双。

在高原，夜间撒尿也非小事

余绍水伫立在昆仑山垭口，眺望空阔无边的可可西里，旷野苍茫，一簇簇云团低垂在地平线上，千古如斯守望着楚玛尔荒野，心中升腾出一种莫名的得意。

中铁十二局确实太幸运了。2001年6月初北京青藏铁路这场招标，竞标清水河一期工程的有十二局、十七局、铁三局和大桥局等四家单位，而最强劲的竞争对手是同为铁道兵出身，同住在太原城里的十七局，无论是西格段一期进藏的历史渊源，还是天时地利和早期上山准备，不冻泉和楚玛尔河南边六标段，非十七局莫属，而且在标书的另外几个项目中也是人家遥遥领先，可是在最后决定性的报价中，十七局却以多出自己100万的报价而落败，痛失了第一期的竞标工程。

十二局的职工笑了，十七局的职工却哭了！

而在随后的第二期竞标中，十二局幸运地拿下了可可西里楚玛尔河至五道梁之间的第十一标段，这样北起昆仑山口以南的不冻泉，南至五道梁，全长74公里的地段，全部纳入十二局的囊中，两个标段之间相距不远，指挥部设在清水河，可两头兼顾，这样建设帐舍钱便节省了一大笔，余绍水岂能不笑。

在可可西里的标段来回走了不知有多少趟了，余绍水一眼就看中离楚玛尔河不远的这个地方，十二局指挥部设在这里位置居中，紧倚青藏公路，居中而栖，东瞰不冻泉的第六标段，西止五道梁前的第十一标段，离格尔木市也只有200多公里，隔着一座莽昆仑，上山下山极为方便。

春风暖暖的，瀚海泛绿了。个子高巍壮实的余绍水站在清水河一片荒原上，测定了一个中心点，望着亘古的寂寞，前方几只黄羊在悠然漫步，他用脚在地下画了一个圆圈，说："十二局指挥部的中心桩就钉在这里，我们要建青藏铁路上一流的施工宿舍，将各种人文关怀的因素都考虑进去，在这上边多花点钱，不会有错！"

"余指挥，小心将银子白花花地扔到清水河里去！"一位工程师不无忧虑地说。

"何出此言？"神色严峻的余绍水扭头问道。

那个工程师凝视着脚下的荒原说："这里的海拔将近4600米，是一片多年冻土地带，夏天热融，冬天冻胀，地质极不稳定。在这上边建房要充分考虑地质因素，小心房子盖好了，地基下沉了，或者被冰锥拱翻了。"

"哈哈！谢谢提醒。"余绍水翻开了建房的图纸，指着画在房屋地下一排排通风管道，说，"这个问题，早考虑到了，这也是预防冻土的良方之一。"

此前，余绍水早已沿着昆仑山以南的地区，一路考察过去，过清水河，越五道梁，翻越风火山，在已有四十多年历史的风火山观测站，房基地下的一排排通风管道引起了他的强烈兴趣，他询问观测站站长，"这房子脚下一排空心管道另有何用场，不仅仅是一种装饰吧？"

"余指挥有一双慧眼。"观测站长笑着说，"一下子便能洞穿！"

"哈哈，过奖，我是搞铁道线下工程的，总有相通之处。"余绍水眼睛里充满了强烈的兴趣,"不过,究竟有何用处,但请说来无妨!"

"一句话,给冻土降温!"观测站站长介绍说,"这也是我们中铁西北研究院搞的一个科研项目,只要冻土温度始终保持不变,就不会热融和冻胀,将来穿越冻土的路基也采用这项技术。"

"效果如何?"余绍水指着房子问道。

"这还是 70 年代铁道兵十师上来盖的,已经快 30 年了。还经历过青藏高原上几次大地震,没有出现大的裂纹。过去青藏公路道班上的房子,也都是建在冻土上的,刚盖起来不到三五年,不是下沉,就是裂罅倒塌,后来采用我们通风管的技术后,一劳永逸地解决了这个问题。"风火山观测站站长不无骄傲地说。

"哦!"余绍水有几分惊讶,也就那一刻,他决定,十二局在清水河指挥部的帐舍采用通风管道技术。

太阳渐渐西沉,朝着与远处雪山接壤处坠落。刚才还寂静的楚玛尔平原蓦地狂风四起,掠过刚刚泛绿的荒野,卷起万顷青波。风中似乎万千兵马的军阵从远方奔腾而来,蹄声如雨,长啸如雷,那慑人的气势惊天动地。余绍水的目光从远处聚焦而回,感慨地叹道,楚玛尔平原的天气诡谲多变,我们必须建设一个安全保暖的居住环境。既要保暖安全,还要预防荒原野狼的贸然入侵。于是,在指挥部营盘的构造上,前后几排房子地基采用风火山的通风管道,并有封闭式长廊纵横相接,加筑高墙,自成一方格局和天地。

数日之后,一幢幢整洁、坚固、美观的职工宿舍在可可西里拔地而起,地基由一排排通风管道支撑着,红瓦砖墙,纵横交错的内走廊镶着玻璃窗,将前后三排房子连成了一体,集体供热的暖气管道,伸入每个房间,有效地防止因屋内生炉子而引起的缺氧和煤气中毒。每个房间，都摆着从格尔木运来的大氧气瓶，下班回来随时可以吸氧。食堂吃的东西，都是从格尔木市指挥部的加工基地运来蒸好的馒头、包子、花卷等半成品和拣好的净洁蔬菜，减少了运载途中的浪费和耗损。

余绍水一炮打响。在青藏铁路的施工帐舍建设上舍得投入，仅后勤保障先期就投入了700万元，一流的样板房蔚成风景，给铁道部和青藏指挥部领导留下了深刻的印象。

时光之轮旋转到了青藏铁路的第一个夏天，队伍陆续上来了。晚上的可可西里气温骤降至零下10℃，每天晚上，余绍水都要带着医生到指挥部帐舍巡睃，看看有没有身体不舒服的人，他要带着大夫形成一种巡夜的制度，把高原病死亡率永远凝固在零的刻度。

到了工地医院和项目部的卫生所，有十几个人在躺着打点滴。余绍水俯首询问，清一色的感冒，是高原上最忌讳的病症，极容易引起肺水肿而致死亡。

余绍水的脸色陡然一变，前些天在西宁拜访高原病院士吴天一时，吴教授曾经告诫过他，青藏高原上最忌讳的是感冒，一点小小的感冒也许会丢掉一条命，千万不可漠视。

"这是什么原因？"余绍水有些惊愕，转身询问随他一起巡诊的指挥部医院院长刘京亮，"固定宿舍是集中供暖，民工的帐篷，每四个就有一台七万多元的高原暖风机，室内的温度不低啊，为何病号频出？"

刘京亮院长也有点茫然。

"马上查清患病的诱因！"余绍水的胳臂从空中划了下来，凝固成一个坚定的感叹号，"把医生都集中起来，我带着你们，沿着不冻泉到五道梁十二局所有项目部，每个宿舍和帐篷都必须走到，给我查个水落石出。"

夜已经很深了，夏夜的可可西里繁星点点，坠落在草丛之中，傍晚肆虐的阴风停歇了，大荒原上死一般的寂静。余绍水率领22名医生分头驶向十二局六标段所有项目部，一个帐篷一个帐篷地询问，一个宿舍一个宿舍地查找，感冒的原因很快归结出来了，就四个字：夜间撒尿！

"呵呵，真是没有想到！"余绍水手掌在桌子上拍了又拍，感叹地说，"晚上起来撒泡尿，也会患感冒，到底是青藏高原啊，夜间小解也非小事一桩。"

坐在一旁的院长刘京亮解释道："余指挥，这个问题该打我们的板子，是我们考虑不周，职工们晚上睡得热烘烘的，夜里起床撒尿，户外零下二三十度，冷风一吹，不感冒才怪呢。"

"该打板子的是我这个指挥长。"余绍水自责地说。

"万幸没有出现肺水肿！"刘院长宽慰地说。

余绍水摇了摇头说："不能有侥幸心理，躲得过一时，躲不过三年五载，这个问题得马上解决！"

把撒尿致感冒的事弄清之后，东方地平线上裂罅出一道灰白晓色，在可可西里常常失眠的余绍水就这样度过了高原的这个夜晚。

时隔几天，余绍水从格尔木飞往北京开会，萦绕在脑中的仍然是高原上职工撒尿的小事，他担心感冒的病号统计数值是不是又飙升了。

倚着舷窗冥想高原，机翼下的京城黑点渐次放大，泱泱成一片。飞机近地，伸展巨大的羽翼，往着宽敞的跑道俯冲而下。这时一辆摆渡的移动舷梯缓缓驶过来了，余绍水恍然一怔，拍了一下航空软椅子的扶手，说，有了！

同行的人问，余指挥长你有什么了？

"移动厕所！"余绍水似乎还沉浸在高原病的病患之中。

"什么啊余指挥长？"同行的人一头雾水。

"呵呵！"余绍水歉意地说，"不枉北京之行，我终于找到解决职工感冒的良策了。"

下了飞机，余绍水没有赶往下榻的宾馆，而是去一家研究所，提出了研制移动性保暖厕所的方案，晚上可直对着宿舍门口，白天拉到指定地点冲洗，一个奇妙的构想。

数日之后，一个个移动式的厕所运载到了可可西里的十二局驻地，夜间使用后，感冒概率骤降了60%。此举筑起了一道预防高原病的安全屏障。

高原上，晚上起夜也非小事。吴天一教授听说了移动厕所的事情，大为称赞，说这是一个了不起的发明。

孙永福副部长来可可西里检查工作，看过了十二局的移动厕所后，大加称赞，欣慰地说："厕所的革命里有人文关怀的因素，从这点小事情上，就可以看出青藏铁路对高原病防治和人的生命的重视，我在北京可以睡着觉了。"

中铁十二局指挥部的房子也成了可可西里的一道风景。

四个月过后，这道极地风景经历了一场天惊地裂的七级地震袭击，却我自岿然不动。

那是2001年11月，在离可可西里不远的昆仑山腹地，一道蓝光划过荒原，莽昆仑颤然抖动，奔突的烈焰在万山之祖的躯壳里如脱缰野马，横冲直撞，纵横捭阖，从昆仑山南口裂开一条宽一米深不可测的沟壑，瞬息之间，青海省在昆仑山口塑的一块巨大昆仑石碑拦腰折断，化作残碑断碣，倒在了两只雪山雄狮跟前，相距只有100多米的索南达杰墓也未能幸免，那道蓝光一直朝着可可西里划过，抖动的颤变也波及了清水河不冻泉一带，地声尖啸，震得在那里施工的十二局和铁五局的职工天旋地转，无法站立，一个个趴在地下任由青藏之神施展淫威，劫尽余波，道班的房子大都裂了，坍塌了，化作一片残垣断壁，唯有十二局盖在通风管道上的指挥部的房子却安然无恙，一点裂缝也没有，通风管道再一次显示出了非凡的力量。

余绍水为自己的杰作高兴，更扼腕长叹四十载冻土试验的硕果。

卢春房报告北京，施工队伍站住了

卢春房的心一直悬在天路之上。

2001年6月29日，朱镕基总理和吴邦国副总理同时站在高原太阳下，在格尔木和拉萨手执剪刀，剪下了青藏铁路开工的红绸后，数万名筑路大军西去荒原，踏上昆仑山、风火山，过沱沱河，在唐古拉山以北摆开了战场。

送走了吴邦国副总理和孙副部长后，卢春房于7月3日从拉萨飞回西宁城，在铁道宾馆开始了他作为青藏铁路有限责任公司负责人的重要角色。此时，距青藏铁路有限责任公司的正式挂牌还有待时日，以西宁铁路分局为主体的筹备人员已陆续到齐，他身兼组长，西宁分局副局长张克敬等两个副组长已经就位。

卢春房环顾左右，青藏公司蛰伏在铁道宾馆狭小房间里，办公环境简陋，多少有点人单力薄，可是他深知这个公司的重要性，堪称中国铁路建筑史上第一次大胆尝试，集建设经营为一体，不仅要管现在的建设，还要管将来的运营，巧妙地将工程组织、监督、检查和资金控制很好地融在一起了，颇有点现代公司的意味。

伏案起草好公司成立章程和管理条文，卢春房的目光已投向了莽昆仑。7月20日下班前，他对青藏公司筹备组副组长张克敬说："克敬，我们晚上乘车上格尔木，然后上昆仑山去看看！"

张克敬有些不解，说："卢司长，我们青藏公司就管投资控制和运营，建设方面的事情，也可以过问？"

"当然！"卢春房的回答干脆又坚定，"部党组确定设立青藏公司，就是要在建设的初期就全方位地介入，全程掌控，不但要控制投资，监督质量，还要将今后的运营一管到底。"

"我明白了！"学运营出身的张克敬连连点头。

当天晚上，夜行的列车往昆仑山方向驶去。

车轮滚滚，与铁轨坚硬地摩擦着，铿锵的旋律响了起来。驶向天路的卢春房难以入眠，这是他第一次从陆路踏入青藏高原，夜色如水，一路苍茫，冥冥之中，他仿佛看到了坚守在铁路两旁的铁兵英魂在审视着自己。

那久别的军号仿佛又在山野里响彻起来。

1974年底，燕赵大地上下了一场罕见的大雪，卢春房穿上一身国防绿，从故乡保定蠡县出发，踏上了南下的军列，迈出了改变人生命运的一步，成为朝鲜战场上炸不断、打不烂的钢铁洪流铁道兵一师的一员。

……

青藏高原的夏夜越来越冷了，软卧车厢放起了暖气。西去格尔木的列车犁开夜幕，驶入关角隧道。撩起窗帘，一轮青藏冷月悬在天幕上，铁路沿线隆起的土丘荒冢似成百上千的雄魂，睥睨列车驶过，卢春房心中泛起一种莫名的酸楚，那是原来铁道兵第十师和七师修青藏铁路一期遗落下来的英烈吧，在杏黄色的圆月下踽踽独行，远眺着江南的三月桃花雪，北国的人间四月天。

上青藏路之前，卢春房专门在自己住的当年铁道兵大院，拜访了铁兵七师和十师的老人，了解修建青藏铁路一期时高原病对年轻士兵身体的戕害。身为青藏公司的主要负责人，他深知青藏铁路一役如同部队的大决战，成败就在于卫生保障能否到位，沿线职工在山上能否待得住。

到了昆仑山下的南山口，第一站便是铺架基地的中铁一局，给卢春房留下了深刻的印象，原来28节的普通车厢被装成了豪华宾馆，为了保暖，车壳加厚了，所有的椅子拆除了，每节车厢隔成了十个房间，每个房间住两至三人，不仅设了指挥间、会议室、餐厅、娱乐室，就连医院也跟着上来了，装配了高压氧舱、最现代的测量血压和血红素的仪器。

卢春房开怀地笑了，环顾周遭，有雪山野狼出没，再给每个房间配一个电棍，万一遇到狼可以捅它一下，以保全自己。

随后，卢春房朝着昆仑山北坡一路走来，过纳赤台、三岔河、西大滩、玉珠峰，铁一局、中铁十四局、铁五局的卫生保障各有千秋，越过昆仑山口后，卫生保障印象最好最深要数余绍水领导下的中铁十二局以及风火山的中铁二十局和沱沱河的铁三局。铁二十局投资800万，与北京科技大学一起研制了世界上独一无二的大型高原医用制氧站，每小时可以制氧气42立方米。不仅氧气管道可以直接接到职工的帐篷宿舍，下班回到室内可以随时吸氧，就连风火山的进出口也各设了一个大型制氧站，24小时不间断地向世界第一高隧里供氧，弥漫到了掌子面和氧吧车里。

"好，有气魄！"卢春房对铁二十局的卫生保障大加称赞。

走下风火山，虽然他的嘴唇发紫，气喘吁吁，但是仍然驱车前往沱沱河。由刘登科领军的铁三局丝毫也不逊色中铁十二局和铁二十局，他们投资了数百万巨款，率先在青藏铁路沿线第一家上了高压氧舱，一次可进去四个高原病人，还购置了彩超、心电监护仪器。其硬件水准已经达到了二级医疗保障水平，加上院长段晋庆又是高原病的防治专家，可作为青藏铁路一个重要的医疗站点了。

卢春房高悬在天路上的心渐渐落下来了。但心中仍掠过一丝忧虑，沿线的职工卫生保障自然没问题了，那么跟随上山的民工的卫生保障又会如何？

也许出身农家之故，除了自己和一个哥哥出来工作，其他的兄弟姐妹都在乡下过着清贫的日子，所以卢春房对民工这些弱势群体有一种与生俱来的感情。拖着疲惫之躯，他一定要看看民工的卫生保障情况。

辗转每个帐篷，吃住都无可挑剔。青藏公司每天给民工补助生活费，医疗和吃药都予以免费，但是每个民工是否按时吃了保健药，卢春房要亲自摸一摸底。

在唐古拉山越岭地段，海拔已经到了5000多米，在二处的最高点上吃过饭后，卢春房已经太累了，每走几步都气喘吁吁，但是他还是坚持巡查民工住宿和卫生保障情况。步履艰难地走进一个甘肃民工的棉帐篷，室内收拾得很整洁，被子都是项目部统一买的，叠得整整齐齐，床头边放着氧气，可以随时吸氧。

民工看到卢春房来了，纷纷站了起来。

卢春房摸了摸被褥，挺厚的，御寒没有问题，坐在床铺上拿起一瓶抗缺氧的药物瓶子，关切地问："每个月都按时发吗？"

民工们羞赧一笑，说非常按时，每个人都有一份。

卢春房欣然地点了点头,一一地追加问道:"你们都坚持服吗?"

站在帐篷里的民工几乎异口同声,大家都服用了。其中一个民工的脸色微微一红。

卢春房从那民工稍纵即逝的愧疚和尴尬中察觉到了实情,走了过去,拍了拍他的肩膀,问道:"兄弟,你吃药了吗?"

"卢总,我……我……吃了!"

"真的?"卢春房有点不相信,见他叠的被子有点鼓鼓囊囊的,顺着一摸,在被罩和棉絮之间有好几个瓶子。他又和颜悦色地说:"将被子藏的东西抖出来我看看。"

那个民工脸唰地红了,拉开被罩的拉链,一下子抖落出了好几瓶"三七"药瓶,包装盒还没启封。

"兄弟,你为何不吃?"卢春房有些不解,"唐古拉山越岭地段太高了,人躺在这里都受不了,何况你们还要干活,同志,身体最紧要的,有了身体才有一切。"

"卢总,对不起!"那民工眼眶红了,"我老母亲在家得了贫血病,听说三七能养血,我就悄悄留下了,想带回去给老母亲吃。"

多好的民工兄弟!卢春房听了后心里一阵酸楚,沉默了片刻,喃喃说道:"这个药,我们能保证,一定要吃,身体要紧啊!"

那个民工点了点头。

卢春房交代随行的医生说,你们要督促检查,看着他们服下去。

离开唐古拉山的时候,卢春房觉得越岭地带的医药费显然不够用,立即决定给十七局和十八局每年补20万元,并再拨发一些医药器械。

回到西宁,卢春房给北京的铁道部领导报告,青藏铁路沿线的卫生保障十分到位,施工队伍站住了,这一仗,我们赢定了。

北京那头的领导听了后会意地笑了。铁一院上山早期，一位年轻的工程师之死，引来了青藏铁路一场卫生保障的革命，这笔学费交得值。

上行列车
第四站　柔情莽昆仑

在那西面的峰峦顶上，

朵朵白云在飘荡。

我那益增旺姆啊，

给我点起祝福的高香。

——六世达赖喇嘛仓央嘉措情歌

寻夫上昆仑

湘妹子黎丽琴千里追夫到了格尔木。

下车伊始，已精疲力竭的她找到一个出租车司机，说："我的未婚夫在昆仑山上，你送我去吧。"

司机可是很现实的，说："你出多少钱？"

黎丽琴说："你要多少钱？"

司机说:"我的费用不高也不低,没有二百元我不会上去。"

黎丽琴牙一咬,说:"二百就二百,虽然这是我一个月的下岗生活费,但为了我的夫君,我去。"

司机摇了摇头:"钱我赚了,但是我没有见过你这样的女人。"

黎丽琴说:"我这女人么子样,红眉毛绿眼睛吗?"

出租车司机噗地笑了,说:"像个辣妹子,一半是水一半是火。"

"你算说对了,"湘妹子呵呵一笑,"你还算一个男人,一下子就读懂了我们湘妹子。"

于是,在一个下午,日子恰好是2002年的六月天,黎丽琴跟着出租车司机远上昆仑。他们从格尔木城出发,朝着南山口而去,风从家乡吹来,风从雪山吹来,将湘妹子的长发吹得飘了起来。她望着天穹上飘来的白云,那白云是从故乡湘西的沅江上空飘来的。

倚在窗前,她倏忽在想她的白马王子,那个叫王成的男生,与《英雄儿女》的王成同名同姓的男人,上天真慷慨,居然在故乡的秋天里,将那个一表人才的小帅哥赐给了自己。

其实认识他纯粹是一个偶然。那天傍晚,在溆浦的向警予和蔡和森老家的江边上,黎丽琴与同乡大哥在小摊上吃田螺。因为厂里的生产不景气,她已经息工了,只领二百元的生活费。日子过得很凄惨。看着她愁眉不展的样子,那大哥说:"丽琴,你这样寂寞,还不如找个男友把自己嫁了。"她说:"找么子哟,哥哥,我一个下岗工人,谁要?"

那大哥是铁五局四处的一个施工队长,说他的老处长的儿子,正在他的队上,小伙子长得好酷,一表人才,就是没有女友。问她愿不愿意考虑终身大事。她说可以啊,帅不帅倒不在乎,只要能养活自己和孩子就行。

大哥说:"当然,我那小兄弟搞铁路建筑的。一个月2000多元的收入总有嘛。不过,嫁了铁路郎,就得活守寡啊。"

她说:"守什么寡呢,都什么年代了。我可以陪他去。恩恩爱爱,哪怕吃糠咽菜也愿意。"

于是就在那个傍晚,江风徐徐,一缕晚风拂来还有一点冷。王成被大哥一个电话叫来了。一见到他,才觉得他的帅气绝对不亚于电影里那个英俊小伙王成。黎丽琴脸一红,有点怦然心动,多像她梦了多年的白马王子啊。

王成坐了下来。他的队长说:"兄弟,我今天正式给你介绍一个我们溆浦小城里的美女,她叫黎丽琴,你们认识一下吧。"

黎丽琴大大方方地将手伸了出去,紧紧地握住他的手,她发现王成有点害羞,脸唰地红了。她一笑,男孩也会羞涩啊。

他们就在一个秋风清凉的晚上相识了。

也许是秋风吹得幡动,一对钟情男女的心已动了。可是刚认识一周,王成就远上昆仑山了,去修青藏铁路。

那天早晨,黎丽琴到了溆浦车站去送他,他说:"丽琴,如果我去了昆仑,你还会爱我吗?"

她点了点头,说:"当然!"

王成的眉头蹙得很紧,说:"我一去可是六年啊,你会等我吗?"

"会!"黎丽琴斩钉截铁地说。

"如果我一时回不来你会怎么样?"王成问。

她说:"我会千里寻夫上昆仑。"

"真的?"王成的眼泪唰地涌了出来。说:"我好幸运,上苍把一个最美最好的湘妹子赐给我了,这是我上辈子修的福啊。"

黎丽琴用手帕给他拭了泪说:"你妈妈虔诚信奉佛祖为你修的

福啊。所以你遇上了我。"

王成拭去泪痕，欣然登车，跟着铁五局四处的施工队朝着横空出世莽昆仑而去了。

此去经年。竟然一点信息也没有了。电话不通，写一封情书，三个月也回不了一次。八千里路云和月，他们的爱情在千山万水的相隔中变得遥远而陌生。因为懂得，所以相爱。因为惜缘，所以黎丽琴不想让他一个人在昆仑雪山里独守天涯。她要千里寻夫，找到他，嫁给他，陪伴着他度过寒风凛凛的青藏岁月。

从湘西千里迢迢地赶来了，黎丽琴事先没有告诉他，只想给他一个意外的惊喜和浪漫。这个纵情滥欲的年代，人们已经远离了浪漫，可她的心里祈盼这种大浪漫，所以她要远上昆仑，在属于一个女人的蜜月里，留给昆仑，也让昆仑留下他们亘古不变的爱情。

一个湘女子独行昆仑山。黎丽琴只知道王成在修昆仑山隧道，却不知他居住何处。一个多小时后，坐着出租车过了纳赤台，到了三岔河，看到架桥的中铁四局的工人了，她便想离自己的未婚夫不远了。铁四局过了，应该就是铁五局，我下车打听。工人师傅告诉她铁五局还在上边。

"上边多远的地方？"她问。

"当海拔升到4680米的时候，就能找到中铁五局。"好心的师傅告诉说。

她问："这里的海拔多少？"

"3600多米。"

黎丽琴吓得瞠目结舌，远上昆仑之前，她读过许多关于青藏的书，说人类家园的海拔4000米，就是生命的禁区，不适宜生存的。而王成他们驻地的海拔已经超过了4680米，显然是不宜生存之地了。我这次来就是要试试,在这样的极地真的不适合个体生命的存在吗?

车过了西大滩,玉珠峰的雪山之景美妙绝伦,让她惊叹万分。一年四季积雪的雪山放晴了,从小在湖西长大,祈盼下雪只是一种奢侈,如此极地美景,生平还是第一次看到。玉珠峰就是一个冰肌玉骨的雪山之神,沐浴在晚霞之中,展露着女儿的羞涩。有点像她这个跃跃欲试的新嫁娘,想为自己的青春赌一把,只要王成答应,她马上与他去格尔木办结婚登记手续,永远地陪伴在他身边,陪伴在昆仑山上,精心照顾他每一个平淡的日子。

黎丽琴被玉珠峰的雪景沉醉了,如果能天天与王成厮守在玉珠峰的雪山美景之中,他们就是一对昆仑仙眷了,这趟青藏路没有白走。

出租车在离昆仑山主峰不远处停了下来。一幅大字标语展现在黎丽琴的面前,写着四个醒目大字:中铁五局。她千恩万谢地谢过了送她上山的出租车司机。

那司机也厚道,说:"你谢我啥,二百元够多了。瞧你这妹子对爱情这般拧巴,我就只要你一半。"说着退给她一百元。

她问为何么子做?

司机说:"你感动了我。天下还有你这样痴情的女娃,千里寻夫上昆仑。我就收个成本费了。"

黎丽琴说:"你下山拉不到人,会亏的。"

"不亏,不亏,"那出租车司机说,"我心中有数。再说拉一趟你这样的姑娘,挣个成本就行了。"

"谢谢!"黎丽琴觉得西部的男人豪爽大方,一点也不斤斤计较。

出租车绝尘而去,将黎丽琴放到了中铁五局指挥部门口。她提着沉重的行囊,步履蹒跚地走到了值班室,刚才还乱窜乱跳,一下子便觉得头晕耳鸣了,开始有点高山反应了。

"姑娘,你找谁?"见黎丽琴站在门口徘徊,一个值班的干部走了出来。

"王成!"

"王成是谁?"也许工程大了,中铁五局几千号人上昆仑,并不是每个人都认得。

"就是与电影《英雄儿女》名字一模一样的王成啊。"

"英雄儿女?"对方笑了,说:"我们中铁五局的热血男儿站在昆仑之巅,个个都是英雄儿女。"

"不,不,我说的中铁五局四队的王成!"

"嗨,你咋不早说啊。四项目部可是在昆仑山隧道脚下。"值班的同志操起电话,拨通了四项目部的电话,问,"你们那里有一个叫王成的人吗?"

"有啊!是队里的施工统计员。"对方在电话里问道,"找他什么事?"

"有一个女孩从湖南追到昆仑山找他来了!"

"还有这等事情!等着,马上让他下来。"电话啪地挂断了。

那天傍晚,王成刚从隧道施工的入口回来,队长找来说,刚才局指值班室来了电话,说有个女孩看你来了。

王成摇了摇头,说:"不可能,天荒地老的,谁吃饱了撑的,跑来昆仑山上看我。"

"少废话。"队长说,"坐车下去看看嘛。一个女孩子跑这么远,爬这么高,山高水远,只会为情而来。"

王成半信半疑,挥手叫了队里一辆小车,朝昆仑山主峰下河谷台地上的局指驶去。

白天向黄昏伛下了腰肢，斜阳缭绕着岚烟坠落到昆仑雪山里，染成一片血红，莽昆仑此时少了粗犷，更似一个静如处子的女神。跨出车门，他还没有想到自己心中的女神会兀立在昆仑山下。刚走进局指值班室，他就问："谁找我啊？"

"我找啊！"黎丽琴一跃而出。

"丽琴，怎么会是你啊！"王成惊讶地望着自己的恋人，神色一片怔然，女友的突然出现，让他有点始料不及。

跑了几千里地的黎丽琴突然扑到了王成的怀里，说："想死你了，这么久也不打个电话回来。"

王成拍了拍她的肩："车子一过南山口，中国移动就没有信号了，我没法打啊。你上昆仑山，为何也不告诉我一声。"

"我到哪里找你啊，只想给你一个突然袭击，一个突然的惊喜。"黎丽琴说道。

王成将黎丽琴揽入怀中，也不顾旁边有人，说："丽琴，我真的觉得很突然，很惊喜，不会是做梦吧？"

"那你就当做了一个昆仑梦吧。"黎丽琴在未婚夫脸上留下雨点般的吻。

"今天住一个晚上，就下格尔木吧。"王成将黎丽琴的行囊往车上一放，拉她回队里。

"你不喜欢我了？"黎丽琴有点急了。

"不是！"

"你有别的女孩子了？"

"也不是！"

"那是么子事吗？我刚来就赶我走。"

"这里海拔太高了，不适合生存！会影响你的身体的。"

"你都在这里生活一年了，每天还上班干活，你能待得住，我也行。"

"听话！"

"不，我就是来陪你的，不准撵我走！"黎丽琴小鸟般地依在了未婚夫的怀里。

黎丽琴犹如一只南来的归雁，在昆仑山上栖息下来了。队里是清一色的男人，突然有了一个女人出现，甚是感动，专门将跟王成同住的一个工友搬走了，把那间不到八平方米的小屋，作了他们的爱巢，黎丽琴来到昆仑山的第二个月，趁王成下格尔木轮休，两个人到民政局领了结婚证，终于解了他们"先上车后办证"的窘况。

王成的工作多数在营地里，负责队里的各种人员、车辆和施工进度的统计工作，经常要上两公里以外的昆仑山隧道，每次出门，黎丽琴都要将他的安全帽戴好，将他搂在怀中亲吻一下，然后总忘不了叮嘱一句话："路上注意安全，进隧道眼观八方，早点回来，我等着你！"

一个女人的新婚燕尔就在昆仑山的枯寂守望中悄然流逝。黎丽琴在队里几乎无事可做，无须做饭，两人吃的是队上的食堂，一顿六七个菜，伙食显然比在内地施工强多了，衣服很少洗，因为这里吃的水都是从纳赤台拉的，一两个月轮休的时候，她可以陪着丈夫下到格尔木去洗个澡，购买点女人的用品，更多的时候，是她独自一人坐在小屋的火炉前，守着那台十八英寸的小电视，也守着属于自己的小日子。晚上丈夫下班回来了，年轻的工友便会挤到他们的爱巢里，一起打扑克，到了很晚才散去，因为小屋里弥漫着一个女人的体香，而这些会让恪守昆仑山枯寂日子的男人的心变得温馨而宁静。

一场狂雪过后,天空昏暝,雪水融化了,地上一片泥泞。我走进他们小巢的时候,有几个小伙子在他们的小屋里看电视,见我进来,纷纷知趣地起身告辞。

我坐下来环顾小屋,只能放一张高低床,一张桌子,小电视放在桌子上,上铺摆着两个人的什物。一米宽的下铺就成了他们的婚床,床头前放着一个氧气罐。让人难以想象的是他们居然在一米宽的下铺度过半年多的昆仑山蜜月。

男主人王成不失巴蜀之地男生的英俊清癯,而女主人黎丽琴则有湘西女孩的温婉和热烈,白皙肌肤被昆仑雪风吹得染上了一团团高原红。

在问过了他们的相识相爱和千里寻夫上昆仑的经过之后,我对另一个话题也不能不问了。别的施工单位对在高原上过夫妻生活都很在意,海拔4000米似乎是一道坎,据说高原上曾有过过性生活而猝死的个案。因此,青藏铁路的各指挥部似乎作了一个不成文的规定,不准来团聚的夫妻住一屋,免得引起不测。

于是,我有点窥探别人隐私之嫌,问道:"你们在这昆仑山上,可以过夫妻生活吗?"

黎丽琴羞涩一笑,将一个羞红的脸埋在了飘飘的长发之中,然后便是咯咯的笑声。

"过啊!"王成倒一点也不害羞,说,"我们新婚蜜月不过夫妻生活,让资源闲置,我们家丽琴还不休了我。"

"打你,打你!"黎丽琴的拳头像雨点一样落在了王成的肩上。

"你听说青藏高原上过夫妻生活猝死的事情吗?"我继续这个话题。

"听说过啊。"王成很自豪,说,"这种事情不会在我们身上发生,瞧我们体力多好,再说还有这么一大瓶氧气啊。"

"呵呵!"我也仰昆仑而笑,为这对小夫妻的幸福和甜蜜。

黎丽琴深情地依偎在王成的肩上,脸上飞过一抹羞意。

"你们就这样在昆仑山上过小夫妻的生活,不想举行一个隆重的婚礼?"我问。

"想啊!"黎丽琴莞尔一笑,说,"再过五天。"

"五天,在哪?"我开始好奇了。

王成热情自豪地说:"就在昆仑山隧道贯通那天。"

"啊,这倒是一个有意义的婚礼,一生都难忘。"我感叹道,"可惜我已经越过了昆仑山,走向楚玛尔荒原,参加不上了。"

"作家,我们邀请你来参加婚礼啊!"王成热情邀请我。

"谢谢!可惜我在青藏铁路采访的路上,不能目睹你们在昆仑山隧道里的婚礼了。"我不无遗憾地说。

王成小夫妇有点失望。

"我会在电视里边看的。祝福你们,昆仑雪山见证了你们的爱情和婚礼,你们会白头偕老,一生厮守的。"我起身告辞。

"图作家的吉言。我们会的!"小夫妻俩将我送到了门口。

2002年9月26日上午九时十九分,我乘坐的4700牛头吉普在可可西里驶往五道梁的路上,飞驰在倒淌河汩汩的大荒上,美丽的藏羚羊精灵般在草原悠然信步,一边吃草,一边惶恐张望侵入它们领地的人类,当我们那群激情飞扬的摄影家试图靠近时,它们像高原太阳的光带一样,一闪而过,跳跃着奔向远方,在我们的视线里渐行渐远。

此刻在远离可可西里60多公里的昆仑山隧道里,青藏铁路总指挥、儒雅的领军之帅卢春房按动电钮，喊了一声，起爆！

只听一声轰隆巨响，一阵烟雾腾起，全长 1686 米穿越昆仑山海拔 4600 米至 4800 米、多年冻土区的昆仑山隧道全线贯通了。

中铁五局的两支施工队伍也顾不得高海拔的禁忌，互相拥抱着、跳跃着，把他们头上的安全帽扔向空中，一泓男子汉的泪水潸然而下。

简短而热烈的欢庆过后，在领导和众工友的祝福声中，西装革履的王成牵着白色婚纱披身的新娘黎丽琴，款款地走进了昆仑山隧道贯通之处，在莽昆仑的腹地，先拜天地，向巍然的昆仑一鞠躬，再向远在沅水之边的父母二鞠躬，然后向昆仑山隧道的建设者三鞠躬，最后夫妻对拜。在众目睽睽之下，新郎新娘热切拥抱长吻，随后，王成抱着自己的新娘，一步一步走出了昆仑山。

横空出世莽昆仑。见证了铁道建设者与它比肩的铁骨雄魂，也见证了一段美丽的爱情。

一条青藏铁路和一家人的昆仑

王福红从枕轨车间的航吊上走了下来。

五月天的昆仑南山口天气暖暖的，融尽冰雪的春风一片温婉。纤秀的王福红脚步有点飘，到了昆仑山下，因为太瘦，身体抵抗力差，她不时在感冒，却一次也没有旷过工。

制轨现场站着许多人，簇拥一位领导，显然是北京来了要员，不然不会如此隆重，因为在航吊上，她也看不清楚是谁。

铺架项目部经理发话了，让她下来，首长要单独接见她这第一朵昆仑山下的雪莲。

王福红觉得自己不配这个雅称，雪莲花多高贵，只在海拔4000米以上的雪线上绽放，傲霜卧雪，一枝独秀，越是冰天雪地开得越艳，羞煞天下的名卉奇葩。而她只是昆仑山下一根小草，青海长云，春雨润物，大莽原绿了的时候，母亲于1973年在青藏铁路一期哈尔盖一间破庙的半堵墙下生下了她。

王家真的与青藏铁路有缘啊。

父亲王国增是当年中铁一局的老职工，修青藏铁路一期格拉段时，带着母亲上了高原。不仅在海拔3000多米的青海湖边生下了自己，也将一双腿永远扔在了青藏铁路上。

浩浩乎莽莽昆仑，寒山万里。一条青藏铁路与一家人，等了整整三十载，等到老人步入生命的黄昏，王家兄弟姐妹过了而立之年，青藏铁路二期才正式上马，如今王家兄弟姐妹、姑爷媳妇全上来了，朝着昆仑山走来，一家人影映在长长轨道上的背影尤其悲壮。

王福红有点胆怯，朝着中央领导走来，这时她多祈盼看到一双双亲人的眼睛，哥哥嫂子、丈夫与弟弟，就站列在青藏铁路建设者中间，可是现在都不在现场，王家兄弟姐妹唯有她最幸运。

其实王家的幸运与不幸，都与这条青藏铁路血肉相连在一起。

那是2001年的人间四月天，咸阳城里一夜春风，吹开万树梨花，如雪如云一样飘浮在城郭之上，也纷纷飘落在中铁一局一栋老旧的职工宿舍的小径上。踏着周末西下的斜阳，退休老职工王国增摇着轮椅，驮着孙子从小学校往家里摇去，碾碎一地飞落的梨花白，留下了两道车轮印痕，他总怀疑这不是梨花，倒像是青藏高原上满天狂舞的雪花，让他有一种久违的感觉。最近这些日子电视里总在播青藏铁路二期格拉段上马的新闻，让老人热血沸腾，梦断青藏，魂系青藏，可惜人老了，一双腿扔在山上，再也去不了，只在一枕冷梦中，拥抱那一片寒凉的冻土。

轮椅摇进院子，老二王福营见俏皮的儿子王希凡骑在爷爷的脖子上，顿时火冒三丈，唬道："臭小子，滚下来，胆子越来越大了，居然骑到爷爷头上称王称霸了。"

"我喜欢！"王国增将小孙子从自己肩上抱了下来，瞥了儿子一眼，说，"我高兴！"

"都是您老宠的，宠到老人家头上动土了。"王福营有点不敢苟同爸爸太惯孙子。

可老爷子却有自己的道理，说："我过去修青藏铁路一期，将你们小哥仨扔在咸阳，放野马，没有尽到一点父亲的义务，如今啊就给孙子补上了。"

听着王福营与父亲在门外说话，二儿媳白振荣、女儿王福红、女婿袁胜安、小儿子王福礼都出来了。

父亲一惊，说："什么风将你们三家都吹回到我们老爷子老太太这里啦。难得，难得。"

老伴高秀玲端着热腾腾的饺子出来了，插了一句嘴："什么风，还不是青藏高原的山地风！"

"你们都要上青藏铁路？"老父亲似乎从儿女们的神情中嗅到了什么。

二媳妇白振荣快人快语："爸，我们老王家这次上五个！"

"五个？"老父亲神色愕然。

"是！"白振荣说，"我和福营、福红妹与胜安，还有小弟福礼都上去。"

"好啊，打虎要靠父子兵，修青藏铁路少不了我老王家，可惜我这身子废了，不然也跟着你们去，青藏铁路不通拉萨，是我们这代铁路人一生的遗憾啊。"老爷子感叹道。

"好什么,我又不是没有去过青藏高原,我担心这些孩子都是金窝银窝里长大的,吃不了那个苦。"母亲高秀玲不无忧虑地说。

"老太婆,我家这地方,什么金窝啊,狗窝一个!"王国增哈哈大笑,环顾四周,说,"我数了数,五个孩子三个与青藏高原有关,福营在库尔勒当过兵,守过西藏阿里海拔最高的机务站,那可是喀什昆仑啊!福红是在青藏铁路一期的哈尔盖生下来的,在娘胎里就在青海待过,胜安嘛也是在新疆库尔勒的部队干过,上过喀什昆仑,差一点的是振荣与福礼了,身体也没有问题。"

"是啊!"王福营感慨地说,"听爸爸一说,看来,这青藏铁路舍我王家其谁。"

"舍,舍,舍个啥?"母亲不满地说,"两口子都上去了,三个孩子扔给谁,我看三家男人上去就成,媳妇闺女都留在咸阳管好后方。"

"妈!"白振荣怕婆婆挡驾,恳切地说,"青藏铁路千载难逢,大的方面为国家,为西藏人民修条吉祥路,圆爸爸的青藏梦不说,收入也是内地的好几倍,我们想给孩子将来读大学攒笔学费。"

女儿王福红说:"是啊,妈,我和胜安,还没有房子呢。"

小儿子王福礼两口子没有正式工作,缄默了半晌,吐了一句:"我是队上的临时工,没有嫂子和姐姐的奢望,就一个养家糊口。"

母亲高秀玲听后一片怅然,儿女们说的都是大实话,上青藏铁路圆的是国家的大梦,也圆小家的梦,她没有理由阻挡,挥了挥手说:"去吧,三个孩子交给我和你爸。"

热腾腾的饺子端上桌了,为了给孩子们远上青藏铁路壮行,老伴特意做了几道热菜,坐在上席的王国增对老伴说:"拿酒来!"

高秀玲摇了摇头，问："医生不是让你不要喝酒吗，还要喝！"

"要喝！我高兴。"王国增将一瓶西凤烈酒拧开了盖子，给两个儿子与女婿各倒了一杯，说，"我做了一辈子铁路人，最大的愿望就是修通世界上第一条高原铁路。可惜当年国家不富，中途下马了，一双腿已经扔在了山上了，壮志未酬啊！不过有悲也有喜，你们兄妹几个再上昆仑，铺路架桥，帮爸圆了青藏铁路梦，好啊！干！"

"爸爸，干！"王福营与父亲碰了碰杯，眼噙热泪地说，"当年你送我当兵上喀什昆仑，我对你的青藏情结一直读不懂，这回儿子真懂了。"

王国增老泪纵横，说："儿子啊，懂就好，爸爸双腿都埋在青藏高原了，能不爱那条高原铁路吗？"

四个男人将酒杯碰得哐当响，一饮而尽。

高秀玲站在旁边，更有巾帼气派，说："他爸，哭啥，当年我在哈尔盖生福红这小妮子时，差点把命丢了，活过来时，你没有掉泪，你的一双腿截了，我哭成泪人，你未掉过一滴泪，现在几个孩子还未上昆仑，你反倒哭了，这不是在泄士气吗？"

"唉，老婆子，人老了就爱动感情。好，我不哭，不哭！把酒给我斟满。"王国增拭去眼角的泪痕。

"爸！你不能再喝了。"女儿王福红劝道。

"不，我要敬你们一杯。"王国增将酒杯端了起来，说，"长江后浪推前浪，一代更比一代强啊。我敢说，王家的儿子、姑娘、媳妇、姑爷上了昆仑，都不会是孬种，但是爸爸还是忠告你们一句，谁要是中途当了逃兵，就甭想踏进王家的门槛。"

"爸爸，干！"五个上昆仑的孩子都站了起来说，"爸爸妈妈只管放心，我们不会给王家门庭抹黑的。"

"好！干，我就要你们这句话。"一家人共饮壮行酒。

春风吹醉了咸阳城，有点微醺的王国增送儿女出门，仰望春天的夜晚，满天繁星镶嵌在深邃的天穹，夺目耀眼，有点像当年他在青藏高原上见过的格萨尔王金鞍上的宝石。远送着孩子们消失在夜幕里，消失在昆仑山的浮云里，他觉得五个孩子那颗纯朴的心，也像宝石一样纯净可爱。

20世纪80年代中期的一个秋天，中铁一局为老职工办好事，决定内招一批子弟当工人，王家得到了一个指标，而家里却有三个孩子待业，老二王福营，三女儿王福红，小儿子王福礼。

代表那个年代铁饭碗的招工指标到了王家，却让老两口犯愁了，手心手背都是肉，到底给谁呢。

二儿子福营毕竟是哥哥，首先表态，说："爸妈，我先出局，这招工指标我不要。"

父亲问："不当工人，你做什么？"

"我去当兵。"王福营早已经想好了自己的前途，"复员回来，就能正式分工作，把招工指标留给小弟。"

父亲点了点头，说："好，像我王国增的儿子，有男子汉气魄。"

是年秋天，新疆军区来咸阳招兵，事先就声明是驻守西藏阿里机务站的通信兵，吃不了苦的别去。许多报名的年轻人都望阿里而却步，转身离去，而王福营只有阿里一条路，说我去。毫不犹豫地跟着部队走了，在喀什昆仑的冰大坂，海拔最高的通信兵机务站守望了三年半，在千里冰封的银色世界里维护线路，半年之内大雪封山，不见一个行人上来，白天兵看兵，晚上看星星，半年之内将一辈子的话都说完了，从此沉默不语。本来性格开朗的王福营在喀什昆仑山待了三年半之后，成了一个木讷之人，连以前的熟人都不认识了。

那年秋天,二哥走了,王国增将小儿子王福礼叫到屋里,把一张表拍到他跟前,说:"填吧,填了后,你就有正式工作了,以后可以攒钱娶妻生子,养家糊口。"

王福礼摇了摇头,说:"谢谢爸爸,这张招工表我不能填。"

"为啥?"王国增一脸惘然,说,"你这娃,这可是你哥哥专门让给你的。"

"我姐呢?她也没有工作啊。"王福礼突然冒了一句。

父亲愣怔:"女娃家,总要嫁人,以后找个有工作的男娃嫁了过去。像你妈妈一样,当家庭妇女呐。"

王福礼不以为然,说:"姐姐那么漂亮,没有一个正式工作,一辈子就毁了。我是男人,还是我到社会上闯吧,招工的指标,让给福红姐。"

"你想好了?"

"想好了!从二哥走那天起,我就决定这份工作让给姐姐。"

"有种,像个男人。"

一份工作,王家的两个男人以不同的方式让给家里柔弱姐妹。

二哥福营远去阿里当兵,小弟福礼到社会上去摆摊,卖粮食杂货,娶妻生子后,夫妻俩都没有工作,最后到爸爸的老单位,当了一名与民工一样铺路架桥的临时工。

王家三兄妹与爱人都上了青藏铁路,在昆仑山下南山口的中铁一局铺架项目经理部,二哥王福营是铺轨架桥的施工队长,爱人白振荣与小姑子王福红在枕轨车间开航吊,妹夫袁胜安开救护车,随时待命于山上的铺轨架桥现场。小弟王福礼是一个普通的架桥工人。项目部对这些双双上昆仑的夫妻,给每家安排了一个小屋,到了轮休的日子，往昆仑山、可可西里、五道梁、沱沱河不断铺轨向前方的丈夫下山休息两三天，便可以得到久盼妻子温馨的滋润。这十几间的鸳鸯房，成了青藏铁路沿线最具人性化的一道风景。

二哥王福营与妹妹王福红的宿舍，只隔着一间房子。在这间仅能放下一张狭窄的双人床的小屋里，环绕着一排简陋的小沙发，一个取暖的炉子，一个很小的电视，最醒目的就是儿子那张照片，放了二十四寸之大，挂在了昆仑山下这个诺亚方舟的最中央。每次看到儿子的照片，白振荣便会涕泗滂沱，不能自已。王福营知道妻子这个心病，就用一件铁路制服将儿子的照片遮住了。而妹妹的房间里却挂着女儿袁琳的照片，远上昆仑，第一次离那么久，孩子成了一个母亲永远的牵挂和痛。

对于小姑子王福红来说，思女之痛，并不比嫂子轻多少。千重昆仑，两地相思，母女之间的思念之情，一怀牵挂在了莽昆仑之上。妈妈打电话说，小袁琳看电视时，一看到有昆仑山的镜头，就背过脸去，因为她怕昆仑山在，却看不见妈妈。等姥姥说电视屏幕上已经没有昆仑山的镜头时，她才转过脸来，红润的小脸蛋上落下了樱花雨。王福红听了，已泣不成声，这种思女的压抑终于因一条短信爆发了。有一天下午，刚下班回来的王福红走进小屋，突然发现手机的振铃突突响了两下，她打开一看，屏幕上突然闪现了一行字："妈妈，妈妈，我爱你，就像老鼠爱大米！"看着看着，一股母性的舐犊之情撞开了她脆弱的情感闸门，王福红哇的一声哭开了，那哭声挟着浓烈的乡愁凄厉云天，直上昆仑，将隔壁的嫂子白振荣惊动了，她不知小姑子出了什么事情，连忙跑了过来，询问怎么回事，王福红把女儿的短信递给了舅妈，不看则已，一看，白振荣强捺的思念也突然爆发出来。姑嫂两个抱头痛哭，那哭声纵使踯躅昆仑雪山之巅的孤狼听了也会流泪。但是王家兄妹依然觉得自己是幸运的，有深明大义的父母支撑在大后方，他们雄居昆仑，圆父亲一代铁路人的青藏梦，也向着自己拥有一套住房和为孩子攒一笔上大学的学费的梦想一步步走近。可是命运多舛，造化弄人，厄运神不知鬼不觉地敲响了王家的命运之门。

春节悄然来临了，咸阳城里时断时续响起过节的鞭炮声。从昆仑山基地和风火山铺轨现场下山的王家兄妹回来冬休了，两载昆仑岁月，他们确实有了不菲的收入，比那些一家人好几个孩子下岗的家庭，日子也红火了。三个孩子买了好多年货，来到父母家里，准备欢欢喜喜过大年，待到冬雪化尽，春暖三秦，他们就要三上昆仑了。然而就是这年休假，却发现了母亲一个惊天秘密。

母亲高秀玲颌下的淋巴一天比一天坚硬，自从孩子们第一年上山，就在隐隐作痛，但是她悄悄瞒着老伴，瞒着儿女们，后来淋巴肿得越来越大，她只好到医院开几片止痛片。冬天上昆仑的孩子们回咸阳冬休，一家人相聚时，她在脖子上挂一条围巾，遮住脖子上的肿胀之处。中铁一局职工医院的医生怀疑是淋巴癌，劝她赶快到西安确诊。

高秀玲摇了摇头，说："我不去西安！"

大夫不解，问为什么？

"我的病得真了，不是一万两万块钱得好的。"高秀玲道出了初衷，"我不能花孩子们的钱，那是血汗钱啊，是搭上小命上青藏线才换来的。"

"这病拖不得啊，越早治疗越好。"大夫建议。

"不，我都快70岁的人啦，拖过一天赚回一天。"高秀玲执拗地说，"唯一的心愿就是老天别早收我回去，再熬三两年，把孙子孙女带好,让儿女们干完青藏铁路。"

大夫听后欲说无语。有一天恰好遇上了王福红来医院看病,她将高秀玲的病情告诉了她。

王福红疯了似的跑回家里,不由分说地要解开母亲颈上的围巾。

"妮子,你干啥?"

"妈,你不能瞒我们了。医生全告诉我了。"王福红哭着说。

"嗨,这大夫,我可是与她有君子协定的啊!"母亲无可奈何,解开围巾,脖子上长了一个硬疙瘩,一触就痛,连吞咽都有些困难了。

三个孩子一看,围着妈妈暗自流泪。年也没有过,连忙赶到西安一家大医院做穿刺检查,结果很快就出来了,甲状腺癌。

王家兄妹愣怔了。大哥王福生也从上班的航天工厂赶过来了。二哥王福营将小妹王福红叫到跟前,说:"妈妈得马上做手术,大哥的孩子在读大学,厂里不景气,小弟虽跟着上了山,但只是民工待遇,媳妇没事做,一人扛着三张嘴,这钱就咱兄妹俩出吧。看来青藏铁路挣的钱,都得填进去。"

"哥,只要妈妈能好,没什么。"福红饮泣地点头。

大年初一,一家人都是在医院里度过的。

春天来了,小草像精细的绣花针脚一样,钻出了三秦大地。母亲做了甲状腺切除手术,经过几个疗程的化疗后,病情暂时稳定了,这时第三个年头上昆仑的时间也到了。王福营与妹妹商量,一家留下一个人来照顾母亲。

"都走!"躺在病榻的母亲突然撑着病躯下床了,说,"三个孩子交给我和你爸,安心上青藏铁路,老娘死不了。"

王家三兄妹硬被执拗的母亲赶上了昆仑山。

到了2004年的夏天,母亲的癌症仍未能控制住,转移到了淋巴上了，要做第二次手术。

　　大哥打电话来了，在电话中一片哽咽。王福红听着就哭了，嫂子白振荣是深明大义的女人，她说："别哭，我找你哥去。不做手术，婆婆会疼死的。"福红饮泣道："妈妈舍不得花我们的钱。"

　　"舍不得花？"嫂子惊愕道，"痛死都舍不得花这钱，要我们干啥，我们挣钱给谁？"

　　最后三兄妹商定，由王福红请假坐飞机赶回咸阳。

　　可母亲死活也不愿再做第二次手术，说："妮子，就让妈妈这样拖下去吧，上次手术花了一大笔，这可是儿子、姑爷、女儿、媳妇，从青藏高原上顶风冒雪挣来的，留着给希凡和袁琳将来读书吧。"

　　王福红蓦然下跪央求："妈，都说养儿为防老，可我们却在千里昆仑之外。你们苦了一辈子，好不容易将我们拉扯大，有个病痛，就该做儿女出钱出力啊。"

　　第二天，柔弱的王福红不由分说地将母亲送进西安的一家大医院，做第二次手术。那天从上午开始，福红就站在肿瘤科手术室的走廊上久等，主刀医生已有言在先，她母亲的情况非常不妙，手术风险系数很高，凶多吉少，剥离的癌细胞全部包裹在神经周遭，病人如不配合，或稍有不慎，轻则半身不遂，重则下不了手术台，让她有充分的心理准备。王福红忧心如焚，唯有祈求昆仑山巅飞扬的经幡和朝圣香客的虔诚护佑母亲。手术持续了十几个小时，到了傍晚时分，手术室的红灯终于变成了绿灯。大夫出来了，疲惫的脸庞绽开了微笑，说："这样的老太太真不多见，她用坚强创造了生命的奇迹！"

　　"真的啊！"王福红听了后，泪涕滂沱。

　　麻药散尽了，妈妈从沉睡中醒来了。虽然精疲力竭，却说："老天对我王家还算公道，没有收我走，如果我死了，这三个孩子怎么办？我在一天，你们就可以出去挣钱。"

手术后一周，母亲能下床了，就撵王福红走。可她是执意陪了母亲二十天，才回到昆仑山下，恰好暑假来临了，她执意将二哥孩子王希凡和自己女儿袁琳带到昆仑山脚的中铁一局的铺架基地，过一个有意义的暑假，让他们看看气势雄浑的青藏铁路是如何在妈妈的纤手航吊下，组合成一节节枕轨，再由舅妈吊装到轨道车上，由舅舅驾驶着，驶过已铺好的青藏铁路，上昆仑，过可可西里，越五道梁，翻过风火山，往长江源大桥驶出，看铁路是如何一段一段地铺向唐古拉，伸入万里羌塘。

小兄妹俩到了昆仑山南山口的铺架基地，早晨起床，只见一夜雨雾过后，昆仑七月舞狂雪，雪山之神岸然横空，一会儿太阳出来，融尽戈壁上的残雪，而山顶上却终年不化，让他们激动得又蹦又跳沉醉在儿时的童话王国里。哥哥王希凡见爸爸从沱沱河的铺架现场下来休假，非要跟着上，王福营与妻子商量，让小希凡上山去，亲身感受爸爸在高寒缺氧的地方指挥工人叔叔铺轨架梁，也许会影响他的一生。妻子点头同意，于是小希凡跟着爸爸，车入昆仑。玉珠峰白雪皑皑，让他留恋不已，等到了可可西里，看到草原上悠然走过的藏羚羊和藏野驴，更是高兴得手舞足蹈，可是一过风火山，他却受不了，一句话也不说，躺在爸爸的怀里，说头痛，说话也气喘吁吁。王福营将儿子抱到卧铺车里吸氧，渐渐缓解。小希凡在沱沱河待了一周，站在新铺的铁轨上看爸爸和叔叔们在风中雪中雨中一丝不苟工作。那六天时间，从此影响了一个少年的成长，下昆仑山之后，他突然觉得自己长大了，像一个小男人。他对妈妈说，等我长大了，总有一天我要与同学们再来青藏高原，告诉他们这铁路是

上行列车
第四站　柔情莽昆仑

爸爸妈妈参与铺设的,每钉每铆都有他们的汗水和心血。王希凡的自豪溢于言表。

"好儿子!"白振荣将王希凡搂在怀里。

妹妹袁琳跟着爸爸开的救护车到了楚玛尔平原,她最想看的就是藏羚羊,可是当爸爸将她拉到铁轨上观看铁道两旁奔放的小精灵时,她已经气喘吁吁,眼睛蒙眬,美丽的藏羚羊成了风中一片幻觉。

两个月的暑假如白驹过隙,转眼即逝。哥哥王希凡开学的时间到了,要先走,王福营和妻子白振荣打了一辆出租车去送儿子,一上了车,王希凡就眺望窗外的戈壁,一句话也不愿跟爸爸妈妈说,爸爸一再交代路上要小心,不能乱跑,不能随便下站。王希凡只是点头,却不回答。到了车站,他向爸爸妈妈说了一声再见,便背着书包,跑进卧铺车厢,爬到自己睡的上铺,将头埋进被子里,再也不肯下来,直至开车再也没有露过面。

白振荣一直站在月台上默默流泪,她以为开车铃响时,儿子会从上铺上下来,贴着车窗向爸爸妈妈说一声再见的。可是始终不见儿子的踪影。跟着缓缓驶出格尔木市的列车跑了一段,被丈夫一把拽住了。失望地凝视着列车消失在视线里,儿子被远去的列车驮走了,她刚走出几步,就蹲在地下,喊着儿子的名字哭开了。丈夫眼眶也红了,挽着妻子走出了格尔木站,钻进了一辆出租车,白振荣仍在流泪,一直哭到了昆仑山下。

小侄女袁琳走的一幕更让人揪心的痛。她在昆仑山下住到幼儿园开学时,也该走了,恰好有一个朋友要回咸阳去,王福红和丈夫袁胜安托人家把丫头带回去,因为孩子小,特意为她买了软卧,爸爸妈妈一起去送她,在车厢里坐到临开车的时候,连忙下到了站台,小姑娘贴着窗子,在喊妈妈,妈妈听不见,却看见女儿的泪水在车窗玻璃上如雨在下。妈妈拿自己的手机打了那个朋友的电话，女儿拿了过来，接听妈妈的电话，一边哭一边说那句话："妈妈，妈妈，我爱你，就像老鼠爱大米……"

天涯咫尺，咫尺天涯，母女亲情血浓于水却被一层玻璃车窗隔开了，女儿在车上哭，妈妈站在月台上哭，一对母女隔着车窗打电话的一幕，让天地为之动容，一对来青藏路上旅游的情侣，恰好坐在这间包厢里，也禁不住被感动哭了……

列车铿锵远去，在雪风中渐渐远成为一个黑点。

往事如风，却像电影一样，一幕幕地在王福红眼前闪现。可是今天她觉得昆仑山下的春风变暖了，她走进了被人拥簇的人流，只见一位中央领导同志向她伸出了热情的大手。她凝眸一看，是时任国家副主席的胡锦涛同志。

"这是我们中铁一局昆仑山上五朵雪莲的代表王福红同志。"中铁一局青藏铁路指挥部指挥长，在向锦涛同志介绍王福红。

"昆仑山上的雪莲，这个称呼好啊，迎风傲雪，雪中绽放，像我们筑铁女职工的性格。"国家副主席握着一个普通铁路女工的手，喟然感叹。

一条青藏铁路与一家人的昆仑。王福红觉得自己是幸运的，中铁一局青藏指挥部将最高的荣誉给了自己，国家副主席亲自接见了她，她要将这个消息告诉卧在病榻上的母亲。王福红觉得自己是不幸的，两口子还有哥哥嫂嫂们奔波四年四上昆仑，挣的钱都交给医院了，得之失之，失之得之，但是有了在昆仑山上的四年，有了一家人都上过青藏铁路的历史，如今手中所剩无几的她，蓦地觉得，自己是天下最富有的女人。

她已经想好了，等到青藏铁路正式通车那天，只要爸爸妈妈身体还好，一定带着全家坐火车到拉萨，她要亲口告诉爸爸妈妈和女儿，在昆仑山零公里通往拉萨1100多公里的铁道线上，每隔一段的枕轨，都是她与昆仑山上的另外四朵雪莲一起吊装的。

她从不认为自己是雪莲，但是她的一家是属于昆仑的。

力拔昆仑舍我其谁

到了9月下旬，铁道部建设司向部党组反映这个问题，觉得指挥体制不畅，还是交给卢春房来管可靠。他回北京开会，分管建设司的蔡庆华副部长看到他，说："春房，现在这个情况不顺。你把青藏铁路总指挥部指挥长的重担接过来干，环顾路内，唯有你最合适。"

"谢谢！"卢春房也毫不推辞，说，"不瞒部长说，在铁路建设方面，我当指挥长的经历倒还很丰富，大大小小的都干过。"

"呵呵，春房这回可是当仁不让了。"蔡部长笑了。

力拔昆仑舍我其谁？！第一次当指挥长时，卢春房只有29岁，他所在的铁一师已兵改工为十一局三处，那时他已是处里的副总工程师，1985年9月，北战大秦，他带着先遣队开进大秦铁路，组建了大秦铁路指挥所，当指挥长。翌年春天被任命为三处副处长，还未满30岁，开始站在2000多人的队伍前讲话时，手掌心里攥了一把汗，一场演讲下来，背上的衬衣都湿透了，渐渐地找到了做指挥长的感觉。也许是"文革"之后铁道工程科班出身，解决技术问题颇有招数，管理上又很泼辣，老同志和年轻同志，他都不怵，以一种诚信的亲和力感染对方，平时与下级相处随和平易近人，很少板着脸唬人，但是该下决断时，却断然出手。短短三年间，处里所承担的铺轨架桥提高了一个档次，工程质量和进程一直处在中国铁道建设总公司前列。可是私下里，他仍然怀疑自己的威信，这毕竟是当年抗美援朝炸不断钢铁运输线的杨连弟的老部队，与美国大兵的钢铁翅膀较量过，部队的传统就是谁胡子长，谁说话就有分量，论资排辈天经地义，更何况自己是三处领导班子中最嫩的一个，所以他对自己在群众之中的认可度打一个问号。1987年，局里对各处的领导班子进行考核打分，结果令他惊愕万分，他得了83分，在三处领导班子中最高的一个，得分比处长书记还高也是个问题，他有点惴惴不安。可是群众的拥护，让刚步入而立之年的卢春房更自信了，胆子也大了，十一局领导似乎已认准了卢春房此才可造，也一直给他提供一个更能展示才干的平台，充分施展抱负。从1987年开始，连续两年报他当处长，未能遂愿，便任命他当了常务副处长，主管生产，而他下属的科长、段长，兵龄都比他长，有的是他当兵时的排长、连长，但他没有禁忌，放开手脚去干，迎接更大的挑战。

80年代末，三处从大秦铁路撤下来了，住到了湖北十堰，手里只有一点地方工程，一时陷入窘境。工资发不出去，职工队伍不稳定，整体效益一度滑入低谷。恰好在20世纪90年代第一个春天，卢春房被任命为三处处长，不到35岁，一下子将几千人的命运担在了肩上。上任之始，他向局里和全处职工保证，一年打翻身仗，两年各项指标步入局里榜首，三年过后，谁超过三处我就辞职。

如此气魄，如此豪言，真有点初生牛犊不怕虎。其他几个处的处长资历都比卢春房老，人家在看他兑现施政演说，也准备看这位少年得志的书生，会不会悲壮地上演一场滑铁卢之战。

然而，命运之神似乎对卢春房格外厚爱。他当处长不久，恰好遇上了中国铁路大上马，南昆、宝中、大京九，一项项特大铁路工程纷至沓来，就看三处能否一下子攫拿在手。他很快就确立了改变三处面貌的目标，第一要发展，重点抓住铁路大上的机遇，多拿标段，扩大承揽地方工程的力度，拓宽路子。他是一个礼贤下士勤奋笃学的人，看到十二局、十八局在标前调研、编定标书、确定标数和答辩搞得好，就虚心学习别人的长处，有备而来，靠科学的答辩征服甲方，有些重要的标段，他亲自上去答辩。终于将南昆、宝中和大京九等一个个重大项目揽到了手里。有了任务之后，如果管理跟不上，前期的工作也会付之东流，卢春房从做第一个指挥长开始，就注重拟定施工流程，一个环节一个环节地抓管理，使三处的效益大幅度提升。还有最重要的一点凝聚人心。他最引以为豪的一点，便是不管到哪里工作，与人的团结都搞得好，以后他总结为领导就是要学会妥协，带领大家奋发向上。有趣的是过去处里告状的事情此起彼伏，他上任当处长后，一年内也发生了一起告状的事情，总是告处里的书记。卢春房茫然不解，火了，给局里的纪检办公室打电话，说："我们书记很辛苦的，这纯粹瞎告状，请局里来查一查，收拾一下告状人。"

这话不知如何传到告状人耳朵里去了。结果第二次告状时，人家将他也给捎上了。

"好啊，身正不怕影子歪，欢迎来查！"卢春房非常坦荡。

果然局里派人来一查，竟然查出了一个先进典型。卢春房上任不到两年时间，三处的变化可谓日新月异，核裂变式的效应。许多工作由过去的倒数第一，一跃成为局里状元，效益、利润达到了产值的10%，承揽任务第一，完成产值第一，实现利润第一，人均收入第一，上交局里资金第一。此后的两年间，局里没有哪个处能突破刷新他创造的五个第一。凭着这些骄人的成绩，卢春房成了中国铁建总公司的风云人物。1993年8月1日，兵改工十周年，他被评为局里的十大功臣。而这时，卢春房领导下的三处手中仍有六条线路在全线铺开。

1994年的四月天，中国铁道建筑公司总公司总经理、原铁道兵二师的老师长翟月卿越过局里，直接给卢春房打电话，说总公司对他的工作和能力十分认可，还有重大工程等着他，准备任命他为十一局副局长兼指挥长，负责大京九吉安到定南的铺轨任务。他未来得及到局里报到，也未参加谈话，直接去了吉安。这次任大京九指挥长的经历，让他学会和操练了组织大兵团作战的本领，在更高的层面提高了自己的指挥能力，并留下了一篇很有见地的学术论文《铁路工程铺架施工与管理》。

几乎是三年一个台阶，1997年年底，卢春房擢升为中国铁道建筑总公司副总经理，刚刚熟悉一些情况，翌年春天便去了内昆线，担任中铁建内昆线的指挥长，统辖中国铁道建筑总公司与中国铁道工程公司的所有建筑者，并出任党委书记，从最低一级的指挥长做到了最高一级的指挥长，这时他刚步入不惑之年。半年后，他调到铁道部建设司任副司长，从国家一个更高的法规和政策的层面进行战略性的思考，进行重大工程的协调，这无疑为在铁道工程建设一线当指挥长的经历，又添了宏观决策和指挥的一翼。

冬天悄然在人的周遭设下埋伏，一阵阵凛冽的寒风掠过，北方城郭里的树木脱去了夏天的盛装，赤身裸体地兀立在大街小巷的十字路口。远眺着村落里的炊烟，在莽昆仑上施工的队伍挟着冰冻后的乡愁回到故乡，沉浸到了温婉的亲情之中。

是年11月，卢春房从西宁城回到了铁道部大院的综合楼里。

那天在大院里恰好与建设司司长施德良不期而遇。两个人曾经在建设司共过事，一个是司长，一个是副司长，虽然施德良年长十多岁，但他仍然十分尊重比自己小的少壮帅才，一见面，卢春房便向施德良预约了，说："施司长，我们找个时间聊聊！"

"好啊，春房，我早就想找你了，青藏铁路那个委托管理，弄得工管中心心力交瘁，该想一个出路了。"施德良的话很真诚。

数日之后，施德良主动来到了综合楼的办公室，两个人聊了一会儿青藏铁路的情况，便单刀直入，说："现在的委托管理，谁都难受，改吧！春房，你将指挥部一锅端过去，由青藏铁路有限公司担起来。"

卢春房沉吟了片刻说："施司长，将你的指挥部接过来，我早有此意，这样比较顺，但是人不好管，工管中心是驻勤的，转到青藏公司来，这批人愿不愿意？"

"该调就调走！"施德良掷地有声地说了一句。

"好，就这么办！"两个人迅速达成了共识。

随后，卢春房去了孙永福副部长和蔡庆华副部长办公室，将他与施德良司长达成的协议作了详尽汇报，核心就是将一直由建设司工管中心管的青藏铁路指挥部交给青藏公司，由卢春房兼任总指挥。

"好，就这么办！"两个部长几乎异口同声地说，"写成一个文字的东西，呈报部党组批准。"

当天下午，卢春房正式起草了一份书面报告，将青藏铁路总指挥部交由青藏公司管理的缘由说得非常到位，让施德良审看之后，便正式报铁道部党组会议研究，形成了一个正式文件，2002年元月1日，青藏总指正式划过来了，卢春房任青藏铁路有限公司党委书记兼总指挥。

一并而牵全局。当酝酿之事尘埃落定之时，卢春房心情反倒轻松不起来，千重昆仑从此压到了自己的肩上。这个冬天，北京刚下过一场初雪，秋风梳理过的水泥森林般的城郭，沉落在雪浴过后的纯净之中。他对青藏公司组织部部长、从铁道部办公厅跟他去西宁的刘小雨说："我们上格尔木去！"

刘小雨不解，问："卢总，青藏高原此时已雪拥千山，天寒地冻，队伍都撤下来冬休了。您过去做什么？"

"稳定军心！"卢春房说，"越是冬季，越要让青藏铁路总指的同志们步入感情的春天，在明年开工之前，士气鼓起来，斗志昂扬起来。"

卢春房先飞到了西宁的青藏铁路公司，将所有的人员召集到一起，说铁道部赋予青藏铁路公司更大的功能，建设与经营融为一体，我的办公室地点要推到昆仑山下，希望大家都到建设一线去。18个员工被董事长的人格魅力所感染，写了18份申请。让卢春房有了坚强的后盾支撑。

日暮黄昏，他登车西去，直奔格尔木城里的青藏总指会议室。人来齐了，一个个却耷拉着脑袋，默默地抽烟，空气很沉闷，表态发言也很死板，显得十分尴尬。

卢春房站起来了，脸上溢着真诚说："我是青藏铁路有限公司党委书记身兼总指挥，绝不是来收编青藏总指的，也不是说前段大家干得不好，我带着一班人来取而代之，而是为了更好地整合资源，最大限度地发挥每个人的长处，加强协同。不存在我吃掉你，你吃掉我的事情。我这个人走过很多地方，从基层到机关，从铁道兵到铁道部，毫不自擂地说，最大的优点，就是与人为善，与人团结搞得好。虽然现在两家合为一家了，但是每个指挥长的职责权和待遇都不变。驻勤的同志愿留下的欢迎，工管中心来的同志隶属关系不变。我希望一个同志也不要走，青藏铁路这样世界级的工程，人的一生能遇几次，参与建设是我们每个铁道建设者最大的荣耀。虽然青藏公司在地理上不占优势，可是我们的事业却是举世瞩目的。我套用《钢铁是怎样炼成的》一书中保尔说过的那段话，当一个人回首往事的时候，一定会为参与青藏铁路建设而不枉为中国铁道人的一生。"

随后他又逐个找大家谈心。对常务副指挥长王志坚说："你当常务副指挥长，在前边大胆地干，有什么问题，我兜着！"

"卢总，我们跟你干。"王志坚的眼眶有点发热。

真诚撼动人心。除了个别驻勤的普通工作人员调离外，青藏铁路总指中层以上的干部一个也没有走。接着他又招募了一批人，扩大了队伍。

卢春房要在昆仑山和可可西里的冰雪解冻之前，以最短的时间完成磨合，齐心协力打好青藏铁路的大仗。

队伍稳住了，人心凝成昆仑。卢春房便将目光投向了青藏两省（区）。就在十几天前，青海当地有的包工头老板拿不到青藏铁路的采石工程，恼羞成怒，给青藏铁路总指下绊子，对匆匆路过铁路沿线的采访的媒体说，青藏铁路乱挖乱采，很快这个捅天的新闻便出现于中央一家电台很有名气的早间栏目，舆论一片哗然。卢春房出任青藏铁路总指指挥长后做的一件事情是，说我们不能拒绝媒体的监督。错不在媒体，是我们与新闻媒体的交流沟通不够，不必再去与人家叫板，弄个你错我对，重在引以为戒，有则改之，无则加勉。随后，他又一一拜访青藏两省（区）的国土资源厅，广泛征求意见，并一趟趟到格尔木市委和市政府请示汇报。市委书记很感动，说："卢总，你可是堂堂的正厅级，中央部委的大员，我格尔木市不过一个县级市，如此放下身段，我们很感动。说吧，卢总，有什么事情需要我们解决？"

卢春房一笑："没有什么，我只有一个要求，如果青藏铁路有什么事情，从地方口反映到你这里，请事先与我沟通一下。"

"见外了，卢总。修青藏铁路为我们格尔木人民引来致富路、幸福路，铁路的事情，就是我们的事，凡反映到我这里的，全能解决。"

"谢谢！"卢春房步履轻松地告辞出来。

卢春房的第二步棋，是理顺内部关系。他将施工单位的各个指挥长、监理部门和设计单位的负责人召集在一起，就强调一句话，树起青藏铁路的整体意识和精神。他说大家担纲的角色不同，工作也不尽一致，但是只有一个目标，只有一条通天大道，就是永远一路朝上，朝着昆仑山、朝着唐古拉、朝着拉萨，心连心，肩并肩地走过去，青藏铁路荣我荣，青藏铁路衰我衰。以后不论哪个单位，不能再有感情的隔阂，不能再发牢骚，对执行上级的指示软磨硬抗，大家平等协商，定了的事情就不能打折扣。设计、施工、监理和物资保障，都要环环相扣，成为一个整体。我有话在先，工作我放手让大家去干，出了问题，卢春房扛着，可是谁要是只顾小群体的利益而没有大局观念，办砸了青藏铁路的大事，那就走人，走队伍。

襟怀坦荡，恩威并重，说得入情入理，丝丝入扣。各位老总眼睛遽然一亮，我们遇上明白人了，跟着他拼命地干，没错。

干就得有章法。卢春房让青藏总指的各个部门将资料档案整理了一遍，有的文件只有举措却没有结果。他组织一班人将所有规章制度汇编成册，一下子制定了二十六七份文件新规。形成了照章办事、有章可循的新局面。

卢春房当了二十年大大小小的指挥长，他觉得自己最成功洒脱的一笔，就是拟定施工组织设计。青藏铁路第一年，一度让孙副部长说了重话，五大试验段不开工，就住在格尔木不走了，症结就出在没有一个清晰的施工组织计划和指导施工的大纲上。他亲自布置，一起论证，请技术专家参写出指导施工的大纲，然后一步一步地列出七年间的投资安排，重点工程安排，重点技术方案，质量、环保和卫生安排，每个施工流程，一编就是一二百天，每天做什么，落实到什么程度，进度图表上一目了然。

冷山千里我独行。做完了所有的事情，姗姗来迟的春天已经抵近昆仑山了。卢春房步履轻松地回到了北京，对青藏铁路领导小组副组长孙永福说："事情都处理好了，万事俱备，就等春天上山甩开膀子大干了。"

"还有哪些难题，需要我出面协调解决？"孙永福热情地问道。

"没有！都办妥了。"卢春房回答道。

"春房，办得好啊！"孙永福向这个青藏铁路和前线指挥官投去赞赏的一瞥。

下行列车
第三道岔　滇藏青藏

浓郁芳香的内地茶，
拌上了糌粑就最香美。
我看中的情人，
横看竖看都是俊美。
　　　　——六世达赖喇嘛仓央嘉措情歌

青藏冰河入梦来

张鲁新是我采访过的专家中最有性格的一位。

那天下午，昆仑山下秋阳暖暖的，斜照在青藏总指首席冻土专家张鲁新办公室。宣传部部长童国强将我引领进去。

"坐吧，我很忙，在搞一个冻土补墙设计方案。"张鲁新似乎对这种采访骚扰早已习以为常，看过我递过去的名片后，他站了起来，破例给我泡了一杯"青山绿水",说:"这是我的一个博士生指挥长,从四川给我带来的,有点苦,我喝不惯。"

"好茶!"我看着青山绿水嫩叶朝杯底沉淀,尽管味道有点涩滞,却始终是透明的,一如张鲁新的性格。

"我边干边谈!"张鲁新对着电脑液晶显示屏,头几乎没有抬起来。

我笑了笑,第一次见到一心两用的特立独行的人,既然电话已经约定,下午的时间就该属于采访,我在琢磨着他最感兴趣的话题,将他的注意力吸引过来。

"听说你收藏了五个版本的《钢铁是怎样炼成的》?"我想抓一抓他的兴奋穴。

"你怎么知道的?"他突然仰起头来,近视镜片后边仍然掩饰不住狷介清高的神情。

我诡谲一笑,说:"2002年我在兰州采访时就听说了!"

"哦!你觉得哪个版本更好?"张鲁新似乎在考察我这个作家的阅读面。

"中国青年出版社、人民文学出版社和工人出版社三家,我更喜欢人民文学出版社的。"我并不掩饰自己对这家国家级出版社的好感。

张鲁新点了点头,似乎有点昆仑山下遇知己的感觉。

"还能背吗?"我问。

"你喜欢哪段?"他似乎对昆仑山下谈保尔·柯察金更感兴趣。

"保尔在冷雨纷飞的莽林中遇冬妮亚那段。"我说了。

张鲁新放下手中的活,扶了一下眼镜,仰起头来,望着远处的昆仑山,以重金属般的清脆声音,吟诵起来:

"秋雨淅淅沥沥地洒在人的脸上。天空中，灰云密布，它们低低地游动着，缓慢而沉重。已是深秋季节了，森林里剩下的是光秃秃的树枝。……小车站孤单地躲在树林里，小车站只有一个装卸货物的石头月台……"

从年轻时代到晚年，张鲁新刻骨铭心的偶像只有保尔·柯察金。当年从唐山铁道学院毕业时，他为了追寻保尔·柯察金筑路的那片大莽林，穿越千山万水，大兴安岭秋雨淅淅沥沥之际，找到了一个静静的铁路小站，一个安妥他命运翅膀的森林之中的小站，大兴安岭加格达奇分局的一个小站，茫然四顾，秋霜过后的林间万山红遍，层林尽染，突然与"文革"年代那种喧嚣的躁动和狂热隔绝开了，他找到了一片远离尘世的寂静，一种像保尔·柯察金一样的命运。在这个大莽林中的小站上，他不仅遭遇了一段浪漫的旅途爱情，与正在大兴安岭的大连下乡知青李郁芬相识相知相爱，而且还在那里寻找到他毕生追求的事业的出发地——冻土。

1973年12月，已调到齐齐哈尔铁路局技术室的张鲁新参加了第一次冻土学术会议，解决大兴安岭铁路病害冻土，听中科院兰州冰川所的专家徐学祖讲课，他的知识视野里出现了一个陌生的名词：冻土。

也许是一种天意，抑或是青藏的神秘诱惑，两年之后，在青藏高原的无人区里，他居然与给自己讲课的老师徐学祖同住在一个帐篷。但是驱使他从遥远的大兴安岭，转道青藏高原，从此与青藏铁路再无法分开，却是毛泽东主席1974年接见尼泊尔国王比兰·德拉的一次谈话，沉寂了十多年的青藏铁路再度上马了。经历了十年浩劫，铁道部科学研究院西北研究所出现了人才断层，急需一批全国大专院校毕业的知识分子补充队伍，便在全国铁路系统选调。

青藏铁路冻土普查,张鲁新听到这个消息心动了,他不想在大兴安岭里当一个工程师了却一生。大名鼎鼎的西北研究所则令许多学子仰慕,他想归队,去圆一个踏遍青藏的工程师之梦。可唯有远去兰州,方能圆梦。

"我要去兰州!"张鲁新对女朋友李郁芬说。

"去兰州,做什么?"女朋友有点茫然,刚相识就要分别。她是大连下乡来的知青,当时张鲁新还在加格达奇的小站时,恰好与她的弟弟在一起,有一天她从知青点到站上看弟弟,竟然天缘相助,与张鲁新相识,进而相爱,长跑的爱情就像轨道一样,扔在了铁道之上。如今她刚从知青点上调来一家建筑公司当会计。一对恋人刚刚好团聚,却又要面临离别。

"到铁道部科学研究院西北研究所搞冻土。"张鲁新的心早已飞向皋兰山。

"大兴安岭不是有冻土吗?"女友仍然茫然。

张鲁新摇了摇头:"郁芬,大兴安岭冻土是我们国家高纬度地区的冻土,只是季节性的,这里已经有铁路,唯有西藏有世界上海拔最高的中纬度冻土,那里还没有铁路,才是世界最丰富的冻土。集数理化天地生为一体,复合学科啊!"

女友点了点头:"既然你喜欢冻土,就去吧,青藏高原天高地远,走之前,我们结婚吧!"

"结婚!"张鲁新有点愕然,继而对女友脉脉含情地说,"郁芬,我现在觉得自己是天下最幸福的人!"

女友莞尔一笑:"我们都老大不小了,该有个家,再说,你去了青藏高原,我不想再让你心悬在天上。"

"那我就悬挂在妻子心上。"张鲁新脸上溢着幸福之感。

"我喜欢这句话。"李郁芬幸福地依偎在张鲁新怀中。

匆匆忙忙地准备。12月2日结了婚，新婚燕尔的日子只甜甜蜜蜜地过了12天，12月14日，张鲁新便告别了新娘，踏上了西行列车，去了兰州，一去便是三年不见。可是到了兰州，他并没有去所调的单位西北所，而是直接被派到中科院的寒旱所工作，遇见了他最心仪的冻土专家徐学祖和其他赫赫有名的冻土专家。在青藏高原上调查行走了四年，开始了青藏铁路高原冻土分布特征的研究调查，并有幸和后来的院士程国栋住到了一个帐篷。而他所在的铁科院西北研究所，却抽出一百多人在风火山区域进行冻土、冻土力学、冻土热学、冻土路基、冻土桥涵、冻土房建的研究。那时，中科院的寒旱所则聚集着中国冻土研究方面的一流专家。第一代冻土研究专家童伯良先生，一个在烟雨江南长大的学子，毕业于莫斯科大学，专攻冻土。周幼吾、谢自梦两位冰川专家也是童伯良先生在莫斯科大学的校友，他们联袂在兰州开拓了中国的冻土研究。

张鲁新跟着冻土队伍上了青藏高原，三个多月收不到一封信，有一天他终于收到父亲寄来的一封信，说他的母亲得了绝症，时日无多，要他抽个时间回来看看，也许还能见上最后一面。读着父亲的信，张鲁新的泪水潸然而下，但很快便被朔风凝固了。母亲出生在济南一个大世家，可是自嫁了父亲之后，一直在颠沛流离中生活，带着四个孩子躲避兵荒马乱，解放后又在"文革"的政治风暴中担惊受怕，在恐慌中度过了自己的大半生，长期的压抑，终于罹患了癌症。恰好冬休了，冻土队伍要下山休整，他回到兰州开会，便坐车赶到济南，到母亲的病榻前侍候了20天，企望将一个孝子30年的反哺之情凝固在20天里。可张鲁新确实是一个读书人，在母亲身边的日子里，一有空便捧着清华大学编写的那部《工科俄文辞典》，执着地背了一个遍,然后俯首去啃莫斯科大学俄文版的《冻土文集》,躺在病榻上的母亲欣慰地点了点头,又摇了摇头,说:"鲁新,妈知道你很忙,心已经拴在了青藏高原上,既然有一个自己喜欢的工作,就努力去做,只要坚持下去,终会修成正果。可惜妈妈看不到你成功的那一天了。"

"娘!"母亲的话让张鲁新有点心酸。

母亲挥了挥手:"你放心走吧,娘没有事。"

"娘!"张鲁新的泪水唰地流出来了,男儿有泪不轻弹,张鲁新为了不让母亲看到自己的眼泪,蓦地扭头看泉城的冬天,天空灰蒙蒙的,斜阳如一个沉入水中烧红的火球,摇摇欲坠,朝着黑色暮霭渐渐升起的西天坠落。母亲得了直肠癌,已到晚期,医生打开后却原封不动地缝上了,一直将病情瞒着她,也许这是母子之间的最后一面了。

张鲁新待了20天便远离故乡而去。3月份队伍就要上山,他不能再耽搁了,但是走出家门那一刻,他的心中突然涌动一种莫名的伤感,也许母子从此天地相隔,只有在苍茫青藏,离天堂最近的地方,朝天呼唤一声亲娘了。

神色黯然地踏上西行之路,再上昆仑。那是青藏三月天,青藏公路两边仍是一片风雪莽荡,他们坐的是大卡车,几个人拥簇在一个炸药箱上,对岁数大的老专家的优待就是两个人坐在一只炸药箱上,最好的车子是一辆救护车。放眼四望,这支队伍中最年轻的是他了,搬东西扛大活,非张鲁新莫属。那天他们从格尔木出发时起得很早,第一个晚上,夜宿纳赤台兵站,海拔3600米,身体反应并不强烈。第二天过西大滩,上昆仑,跨过清水河,穿越一片白雪连天涌的楚玛尔荒原,下榻五道梁兵站,青藏路上有谚语云:"过了五道梁，哭爹又喊娘。"张鲁新是男子汉，不会爹啊妈啊地呻吟，却亦头疼欲裂，晚上躺在军人的大通铺上，只有一床薄薄的军被，既当垫的又作被子，又冷又难受，他从窗口遥望夜空，深邃的天幕上几簇寒星点点，脑海里不时掠过贺敬之的诗句《西去列车的窗口》和杜鹏程的小说《昆仑兵站》的画面，夜幕让银河如带，几颗寒星，无尽的诗意和浪漫突然涌起，驱走了躯壳暂时的苦痛。

　　一夜无眠，第三天在清风晓月中继续上路。越过风火山，入宿沱沱河兵站，张鲁新的痛感渐渐缓解了一点。此后几乎每个兵站一天行程，第四天雁石坪，第五天安多，第六天到了安多西边的西道河的最终目的地，这已是冻土地段最南的边界了，张鲁新看了看表，恰好是下午三点多钟。

　　刚跳下大卡车，狂飙四起，挟着涩雪飘飘扬扬，卷动着飘雪满天，如万幅白纱幕掠过莽原。张鲁新是冻土综合考察队南界分队里最年轻的队员，卸车任务首当其冲，他去扛东西，几次被大风掀得趔趄难行，天色渐渐黑了下来，唯有将棉帐篷搭起来，才能度过荒原上的寒夜。兰州大学的冰川学专家武光和年近七旬，也一起过来帮忙，整整干了四个小时，才将棉帐篷搭起来。那天晚上也许因为太累，或许是海拔相对低了，张鲁新匆匆吃了点东西便入睡，而且是睡得最香的一夜。第二天早晨，一阵朗朗的英语将他惊醒，已是八点多钟，荒原与天空接壤的云罅中泻下几缕天光，泻到了棉帐篷门口，他倚起身来一看，只见武光和坐在晨光中读英语了，那种久违的琅琅读书声让张鲁新泛起一种感动，那一刻，他的血突然热了，觉得终于在青藏高原找到了良师益友。他对武光和说，从明天早晨开始，你起来的时候推我一下，我跟着读。以后每天早晨他们就躺在被子里读一个小时的外语。八点半吃过早餐后，开始上路开展冻土普查，一只孤狼紧随其后，不近不远地跟着，伺机寻找下手的机会，弄得张鲁新心惊肉跳。

这一年从冻土普查安多以西的西道河开始，穿越藏北羌塘的无人区，溯唐古拉山而上，越岭朝北，探测至雁石坪，摸清300公里地域里的冻土分布情况。每天的日子枯燥而寂然，南界分队几十个人朝着空旷无边的无人区走进，分成两人一组，徒步几十公里，每隔一段挖一个两米深的坑，将冻了亿万年的冻冰抱出来，然后再装上炸药放炮，炸出深坑，测试各种数据。而没有安排民工帮忙，全部工作由考察队队员自己完成。

万里羌塘空旷无边，每天早晨都会将极地绝景变幻莫测地展现在他们面前。有一天早晨，武光和习惯地推了推睡得很沉的张鲁新，他伸出手来摸摸被子，一手冰凉在握，觉得诧异，睁眼一看，所有人都睡在大雪里，也不知道帐篷被吹到哪里去了。曙色未露，大荒原上一片死寂，人乏马困，只好继续睡觉，第二天天亮过后再去寻找，发现棉帐篷已被吹到一里多外的洼地里去了。捡回了帐篷，牛粪却点不着了，早晨的酥油茶烧不了，只有就冷雪，啃那冻成冰块的冷馒头了。

一步一步朝唐古拉方向踏勘而去，到了夏天，南界分队决定探险措那湖。可报名过后，公开宣布的探险名单里没有张鲁新，他急了，找到工宣队和军宣队的负责人说，我可是西北所的，代表着一个单位，第一次探险措那湖的队伍如果西北所缺席，不仅是历史的缺憾，我回去无法交代。领导见他说得有理，最终还是同意了他的请求。无人区探险，毕竟与生命攸关，他们站在红旗下宣誓，举起拳头，向着茫茫大荒、冰河青藏，似乎已将生死置之度外。与大本营留守的人员拥抱告别后，就向七八十里外的措那湖徒步而去。整整走了两天，精疲力竭之时，天边一湾湖水渐渐放大，犹如一瓢圣水从天而降，站在山冈上俯视，偌大一个圣湖，像一块蓝宝石镶嵌在草原之上，再往前走，一群天鹅从湖面上振翅而飞，白色的胸脯碰撞着蓝玻璃般的水面，像撞碎了一个沉睡千年的梦。季风吹过，卷起千重惊波，拍打着沙滩，张鲁新被措那湖迷人的景色所沉醉，漫步湖边的草丛中，数不尽的天鹅蛋，俯首摭拾，一会儿便拾了一筐，有的同事则用麻袋捕鱼，一会儿便网了一麻袋，点燃荒火而煮，那是他们到了羌塘最幸福快乐的一顿野餐。

激动过后，开始环湖踏勘，绘测措那湖的走向。二十多年后，青藏铁路绕措那湖而过，走的就是他们当年测得的线路。

漫漫冰雪之旅一年300公里路冰与雪。挖了425个坑，几乎是500米一个，一直挖过唐古拉进入雁石坪，已是深秋时节了，四处白雪覆盖。那天晚上，庆功宴是高压锅里放几听武昌肉罐头，好久没有吃过这样的晚餐了，张鲁新第一次有过年的感觉。

1975年的任务落幕了，雁石坪到昆仑山的冻土地段只待明年。张鲁新下山回到兰州，接到的第一份家书，竟然是母亲病危的电报。那天傍晚，他从黄河边沿上匆匆走过，滚滚东去的黄河水，载不尽一个游子无限的乡愁，仰首远眺皋兰山巍然兀立，挡住望乡的路，亲人不在。第一场冬雪纷纷扬扬，回到宿舍，他打开了手风琴，开始为自己写的一组《科考队员之歌》谱曲，边拉边哼，乡情乡思乡愁挟着青藏高原的冰雪漠风纷至沓来，寂寥的大荒，海水洗濯过的天幕，旷野上流动的白云，还有那一群群悠然信步的藏羚羊、藏野驴，像电影一幕幕在视野里浮现，一股怆然却又高亢的旋律撞击着他的心扉，情感的大潮从世界屋脊轰然落地，一行行五线谱跃然纸上："科考队员的帐篷，耸立在高原之上，暴风雪无情的袭击，那是给予丰富的营养……"

黎明从长夜中划过一片光亮时，张鲁新的最后一个音符戛然落地。第二天，他将手稿交给一位同事配乐和修改和声，便登车赶往济南，去送弥留之际的母亲最后一程。当他扑到母亲的床前喊道："娘，我回来啦！"母亲一句话也说不出来，却将最后的微笑凝固在脸庞上——永远留给了爱子。

列车铿锵，西去的张鲁新觉得悲怆的旋律是为自己哀叹。回到兰州城里，听着到处演奏自己的《科考队员之歌》，那悲壮忧伤的旋律，如一记黄钟大吕，遽然冲开了压抑已久的感情闸门，母亲逝世不久的张鲁新突然泫然涕泗，哽咽不已。

青藏冰河入梦来，他等着翌年春天再度上昆仑。

滇藏铁路一度遥遥领先

1976年早春的中国，天空一片阴霾。

张鲁新回到兰州城里，踏下火车，便听到了周恩来总理逝世的噩耗，随后邓小平历经第三次宦海沉浮，望着金城山雨欲来，不免忧心忡忡。早春二月的黄河尚未解冻，他就随中科院寒旱所上昆仑了，继续对沱沱河至昆仑山口的冻土分布情况进行实地勘探。铁一院几千人也在青藏高原上勘线，丈量着格拉段铁路的走向，可是未曾想到，四载冷山独行，踏遍青藏的心血和成果最终会在第二年的秋季，像远去白云间的黄河一样，付之东流。

1977年11月28日，铁道兵党委与铁道部党组联袂呈送的中南海一份文件，摆到了前中央领导人的书案上，抬头写的是国务院、中央军委，标题很醒目：《关于缓建青藏铁路格尔木至拉萨段、修建昆明至拉萨铁路的请示报告》。

历史的脚步还踯躅在昨天的秋雨里。

北京的天气已经冷了，这位中央领导戴上花镜，伏案阅读，铁道兵党委和铁道部对青藏铁路格拉段"有900公里经过海拔4000～5000米的青藏高原、有570公里多年的冻土地段"的报告心有余悸，郑重指出：我们缺乏在多年冻土上筑路的经验，科学技术层面不少问题尚未解决，修通后正式运营也会有不少困难。加之空气稀薄，高寒缺氧，每年只有半年的施工时间，即使投资、物资能适应需求，最快到1987年才能建成。从经济上看，沿线人烟稀少，矿藏资源尚未探明。目前，全线输油管路已铺通，公路正在铺设柏油路面，无论平时战时，运输问题都可以解决。因此，此段铁路宜推迟修建。

滇藏铁路第一次浮现在红头文件之中。报告郑重指出：昆明至拉萨的铁路沟通四江（金沙江、澜沧江、怒江、雅鲁藏布江）和四省（区）（川、滇、青、藏），贯穿东西大矿脉带，列车掠过的地方人烟较多，气候较好，大部分有公路可通，施工运营条件比较有利。沿线有丰富的林木和水利资源，树木生长周期短，开发量大，水流高差大，有大量的发电潜力；已发现有江达的铜矿、兰坪的铅锌矿等，经济上很有价值。当然，地质上可能会遇到很多困难，有待在修建中克服。

时隔二十多年后，重读这份文件，青藏铁路当时第二度下马已在情理之中，原因不外有三：一是550公里的永冻区，从铁道兵、铁道部的领导到专家学者，心中都没有底；二是海拔4000米以上的生命禁区有960公里让人谈虎色变，川藏路上一公里一个半英魂，青藏公路格尔木河边上的烈士园陵里也有不少忠魂睡卧其中，仅海拔3700米长4010米的关角隧道，就倒下了铁道兵十师55名子弟兵的生命之躯，高原施工这一关难以逾越；三是适应高原的燃气轮机机车和信号系统研究进展缓慢。再则输油管道和沥青路面的铺通，青藏公路的运输足可以保证物资供应。因此，青藏铁路下马，让位于滇藏铁路，但是对横断山脉险峻雄奇的估量远远不够。

随着中央领导手中之笔骤然落下，滇藏铁路突然在人们的记忆中清晰起来。

仅仅过了4天，铁道部便向铁道兵、农林部、水电部、国家地质总局和铁道部第二勘测设计院发文，请求派人"参加昆明至拉萨铁路考察组"。

那年年底，陈嘉珍刚从铁三师副总工程师调到铁道兵司令部作战处仅有10个多月。12月1日傍晚下班前，司令部领导将他和作战科副科长周振远叫进办公室，说："交给你们一个重要任务，带好保暖衣物，马上去成都报到。"

"到成都报到？"陈嘉珍有点愕然，询问领导什么任务。

"勘测滇藏铁路。"

陈嘉珍第一次听到滇藏铁路这个词。第二天他们就去了成都，向铁道部第二勘测设计院院长崔文炳、副总工程师胡惠泉报到。随后水利部、林业部和长江规划委员会的工程师也陆续到达。并从铁道兵襄樊和安康部队调过去的三台212北京吉普也在第一时间到位。铁二院又相继配了两台解放牌大卡车，专门拉着帐篷和防寒等物资。12月20日包括医生、司机和炊事员在内的28人的队伍，在崔文炳院长、院副总工程师胡惠泉带领下，从成都出发，向西南边陲重镇昆明挺进。12月22日车队抵达春城。一连三天与云南省有关厅级领导座谈，了解云南通向西藏的茶马古道、三江源地区的地理走向和工程。

当时仅仅在地图作业，昆明至拉萨的铁路有两个方向可驶往西藏境内，一个方向是以大理为中心点，西进六库，溯怒江而上，过福贡，越贡山，从丙中洛过云南与西藏交界之地，进入察隅。再一个方向仍然以大理为中转，入丽江，过中甸，进至三江并流的香格里拉地区，至德钦，沿古老的茶马古道，从梅里雪山脚下穿越而过，进入西藏昌都的盐井、芒康、左贡、邦达，而转入川藏公路方向。

地图上可以跑通，滇藏铁路勘测队先探走六库的怒江之路。27日经楚雄，一天跑到了大理，当晚听了当地军方介绍情况后，第二天早晨便匆匆辞别大理古城，西进六库，虽然重山巍峨，怒江如一条剑龙，劈山夺路而出，蜿蜒在千重万岭的莽荡之间。盘旋的车道紧贴着怒江向北，一会儿驶入白云缭绕处，一会儿缓缓进入河谷，不时停车踏勘，尽管千仞兀立，但仍然可以修铁路，只是工程量略显大了一些。过了六库，沿泸水北进，到了贡山，公路已经到了尽头。只有山涧铃响的马帮，赶着驮马沿着怒江陡峭的山崖走过，一周时间才能到达贡山脚下，而断了头的山道，皆是崇山峻岭，山外无限青山，有的地段唯有一条高山鸟道，马帮通过时要选择无风的时候，迅速通过那条羊肠小道，否则一旦起风，就会卷起碎石，朝下往马帮队伍砸来，连人带马卷进怒江。

崔文炳伫立在贡山的公路断头处望山兴叹。说："本想选一条最近捷的路，可上天无路啊。"

陈嘉珍建议说："请部队和民工来砍出一条小径来，再爬过去。"

崔文炳摇了摇头说："贡山矗立前方，不让滇藏铁路横穿而过，看来历史上没有路的地方，就过不去，只有走古老的茶马古道了。"

踏勘车队在公路断头处掉头，悻悻然地退回了大理，最终决定先是从剑川、维西方向前进，企图沿澜沧江越过云岭，到达滇藏边境不远的德钦，从金沙江穿越梅里雪山，翻越怒山到西藏。考察队伍在三江并流之处，踯躅多日，在澜沧江走了数日，这条捷径仍然不通，只好暂返丽江，从金沙江大拐弯处的虎跳峡擦身而过，直奔中甸，往横断山脉逶迤而行，踏上了茶马古道这条历史上入藏的古老驰道。到了中甸，已是寒冬腊月，白马雪山大雪封山，路上堆了一米多厚的积雪，车阻白马人不前。队伍里产生了分歧，铁二院一位副处长不想走了，说从未见过这样的鬼天气，队伍撤回成都，等春天冰雪化了再来，还有的提议回到成都坐飞机进到拉萨，从里边往外走。

"如果地方的同志视茶马古道为畏途，就让我们当兵的先探路！"周振远、陈嘉珍横刀立马，三辆吉普车的司机也跟着铁军走过千山万水，毫无惧色，默默支持两位从兵部机关来的领导意见。

崔文炳院长凝视着窗外的大雪，缄默不语。这年他已年届六十，一辈子踏勘过多少铁路，已经记不清了，蜀道之难，秦岭之高，成昆天堑，什么样的山路没有走过，却第一次领教了香格里拉的绝境，一点也没有失去地平线的梦幻和浪漫，车阻中甸，海拔已逾3000多米，气温骤降至零下20多度，令人束手无策。但是决心还得他下。在那个年代，人的意识里仍然是一副与天斗与地斗的铮铮铁骨，退缩无疑是逃兵。人文关怀的悲悯，在这个时候，往往会与胆怯同义。

"继续前进！"崔文炳最终痛下决心。他将周振远和陈嘉珍叫了过来，诚恳地说，"走这样的路，部队有经验，两位有何高见？"

周振远未加沉思，说："请军分区帮忙，用推土机推开雪道。"

"好！"崔文炳点了点头。

"到时候，我与周副科长走第一台车。"陈嘉珍说了一句，"给大家探路！我们铁三师的司机常年跑冰雪路，有经验。"

"好啊，这个时候方显解放军的顶天立地了，有两位在，队伍就有主心骨了。"崔文炳喟然感叹。

周振远和陈嘉珍找到了中甸军分区的政委，是一位藏族同志。当兵的相见，格外热情，说你们真的要过去？

"雪停了就走！"周振远坚定地说。

"好！我派推土机为你们开道！"

在中甸木炭火盆旁边等了三天，雪终于停了。晓风拂过，太阳宛如一个刚点燃的红灯笼挂在白马雪山上，茫茫雪野渐次清楚，白马雪山像一位火中涅槃的天神，骑着一匹高头白马纵横天际，四蹄踏火而行。队伍登车前行时，突然被大自然的诡异和神秘震撼了，几台推土机在前方雪道推开一米多深的积雪，一条盘旋于白马雪山上的公路现出雏形，整整推了一公里远，但是雪窝中的沟壑仍然是悬崖绝壁，仍然不为所见。

周振远在前方开道，缓纡而行，伸出头从窗口蓦然回首，推出来的雪堆积在公路两旁，像一条雪塑的峡谷，车行其中，已湮没了车顶。

雪路漫漫，横跨白马雪山，抵达德钦县城。住了一夜之后，考察队依依不舍地离开云南边境的绝地，进入西藏的芒康，斯时冬阳高照，虽然风中仍然凉飕飕的，但是满目青山，山的阴面沉积着残雪，天空蓝得眩目，一朵朵白云缭绕在雪山之上，身着藏东一带藏装的藏族妇女，每人背一个筐在背土搞农田基本建设，学大寨的痕迹遍及了滇藏边隅之地。

听说将来铁路要横跨白马雪山，从茶马古道横穿而过，芒康县当天晚上为滇藏铁路踏勘组举行盛大的锅庄晚会。广场上点起了一堆堆篝火，康巴的汉子和女人们，将家中最珍贵的水貂皮长袍、银饰嵌着绿宝石、绿松石的盛装穿在身上，围着篝火，跳起了雄浑壮美的锅庄舞，悠扬的歌声如天籁穿过夜空，久久萦绕不散，喝过一碗碗盛满银碗的青稞酒，考察队的工程师们醉了。

醉在茶马古道上乐不思蜀。

滇藏路入川藏过大雪山时，山垭口偶有积雪，但远比走白马雪山好得多。进入大香格里拉地区，由芒康而后左贡，而后邦达，驶入川藏公路，由八宿过然乌湖，穿越波密热带雨林，过古乡、102、通麦、排龙、东久，都是川藏线上最险的地段，沿着帕隆藏布江河谷而行，穿越古冰川，却是一条移动的公路，公路斜着深壑而行，树不大，山上却是雪崩和泥石流，如果行进之中不慎惹怒了山神，几公里长的雪崩和泥石流铺天盖地袭来。先到林芝，然后由工布江达沿尼洋河而上，到了拉萨过了1978年春节，西藏自治区党委第一书记任荣接待了全体勘测人员，称他们为"文革"结束后第一批踏进拉萨的选线人员。

从2月3日开始，滇藏铁路考察组蛰伏于拉萨迎宾馆中，绘制滇藏铁路纵面图、平面图、剖面图，分几个组撰写选线报告，2月16日傍晚，崔文炳突然接到成都军区运输部来的电话，让他们暂停2月20日出藏的计划，原地待命。

果然，第二天上午铁道部电话就挂过来了，告知待命的始末。原来这年春节，第三次复出的小平同志回四川故里过年，在成都金牛宾馆休息时，成都军区司令员、政委去拜访老首长，谈起正在勘测的滇藏铁路，说四川历史上就是援藏的依托和大后方，当年邓政委指挥十八军进军西藏，都是从四川进去的。巴蜀乃富庶之地，援藏物资几十年间都是从这里进去的，西藏军区又隶属成都战区，从来铁路都是以战区分局，现在进藏铁路改走昆明，舍近而求远，成都军区和四川省委百思不解，强烈要求进藏铁路改走四川入藏。

邓公默默地听着，很少插话表态。对于成都军区和四川省委关于进藏铁路由成都至拉萨的请求，他不置可否，只是说，可以考虑对川藏铁路进行勘探，然后再与滇藏线方案进行比较，优中选优。

有小平同志发话，成都军区和四川省委自然不会放过最后一搏的历史性机遇，力争将川藏铁路重新拿到中央决策层思考的天平上。于是，春节刚过完，他们马上商请铁道部，请铁二院接着考察川藏线方案。

"川藏线就从邦达考察起。"崔文炳与考察组的同志伏在1：5万的军事地图上看了半天，最后作出了决定，邦达以西的八宿、林宗、波密、通麦、林芝、拉萨，与现在的滇藏线方案重合。原班人员按原路返回，从邦达下至昌都，与成都军区有关部分人员会合后，从昌都翻越达马拉山，进入江达，过金沙江，沿德格、甘孜、炉霍、道孚，到康定，然后从雅安一路走回。两支队伍3月10日在昌都会师，17天后返回了成都，撰写考察报告。

再度回到成都，已经是4月了。周振远和陈嘉珍返回北京后，向铁道兵党委汇报了考察情况，无疑更倾向于走滇藏线。4月14日，铁道兵政委吕正操带着周振远等一行亲赴成都听取铁二院对滇藏线和川藏线的汇报。一代名将的决心已定，倾向滇藏线方案。

滇藏铁路露出冰山一角，此时，在青藏、川藏、甘藏四条线中呼声最高。

最后定案的时刻姗姗来临了。1978年7月3日，就在十一届三中全会召开前夕，铁道部部长段君毅、铁道兵司令员陈再道、政委吕正操联袂向国务院、中央军委上报了《关于进藏铁路的请示报告》，在介绍了青藏线、川藏线、滇藏线的利弊得失，以及昆明军区、云南省委、成都军区、四川省委和西藏的意见之后，倾向性意见落到了最后一句话：先修建滇藏铁路，青藏、川藏铁路何时修，视国家财力、物力再定。

报告送进中南海的第三天，小平同志就挥笔写下了批示，进藏铁路选滇藏线为好，青藏线应该放弃，建议国家计委专门审查，向中央作出报告，以便决策。当时的党中央和国务院的领导人华国锋、叶剑英、李先念、纪登奎、谷牧、康世恩都先后圈阅同意。

接到小平同志的批示后，8月12日，铁道部立刻电令铁一院，青藏铁路全面下马："桩子打到什么地方，就在什么地方停下。"此时他们离拉萨只有400公里了。

就在青藏铁路格拉段正式下马的第二天，独臂将军、国务院副总理余秋里主持召开了滇藏铁路的审定会议。中科院、民航总局、地质总局、云南省、西藏自治区、四川省、交通部、国家经委、铁道兵、铁道部的领导同志都到会发言。对走滇藏线大家并无异议，但是忧思也由此而起，中科院和地质总局忧虑的是滇藏铁路要横穿横断山脉，这是世界上最年轻的一个造山板块，而处在北纬30度的神秘线上，选线过后，科研若不走在前边，遇上了当年川藏公路鸽冰川的地段，后果将不堪设想。

这种忧虑引起了独臂将军余秋里的重视，当年他曾经组织过大庆石油会战，是一个通晓经济的行家。他知道若搞不清地质状况而仓促上马，滇藏线工程将后患无穷，于是他挥动着单臂，斩钉截铁地说："进藏铁路决定走滇藏线的方案不要再争论了，但是搞不清地质之前，绝不可以轻易上马。这是科学，不尊重科学，就会碰得头破血流。至于滇藏铁路何时上马，要视国家的实力而定，现在国家已经上了65000多个项目，投资3000亿，国库里没有那么多钱，正在清理，对国民经济发展起决定作用的坚决保，坚决上，不起作用的就得喊暂停，不要怕别人说下马风。这也是实事求是。"

独臂将军战争年代留下来的膂力，在空中画下了一个历史性的句号。滇藏铁路被搁置终结了。终结在中国国力不济的日子里，这对刚刚结束十年"文革"的中国，无疑是一件幸事。

奔走二十载，梦里几回青藏

阳光真好。

车队穿过五道梁后，从楚玛尔平原雪峰上冉冉升起的秋阳，如雪山女神殷红的热唇，吸纳了氤氲在可可西里莽原上的岚烟，苍穹如海水洗濯过似的，旷野无垠，目光投得很远，绝地风光迎面扑来，在高原的阳光下袒露无遗。

82岁的阴法唐老人坐在倚背椅子上，摘下鼻架上的茶色眼镜，扭头拉开随身手包拉链。坐在一旁的夫人李国柱连这个小细节也未放过，说："老阴你找什么？"

"墨镜！"阴法唐把手伸进包里。

"你手里不是有一副吗？"夫人有些不解。

"我找当年你在亚东蹲点时，托人从印度给我带来的那副水晶墨镜。"阴法唐喃喃说道，"怎么不见了，从北京出发时，我收了的啊。"

"在这！"李国柱从自己的包里，小心翼翼地将一副老式的天然水晶眼镜拿了出来，递给丈夫。

"我记得收进包里了啊，怎么会在你手里？"阴法唐有些不解。

李国柱嫣然一笑，说："我怕你丢了，就装进自己的包里了。知道你上了高原用得着。"

"怎么会呢，这可是你买给我的呀。带在身边快半个世纪了。"

"我知道！"李国柱脸上绽出幸福的笑靥。

阴法唐从夫人手里接过老式的水晶眼镜，咖啡色的塑料镜架，镶着一副不大的墨镜片，五十年间换镜架时磨过许多回了，但是水晶的石头纹路，仍然清晰可见。极地的风景一幕幕从视野里掠过，折射在晶石镜面上。

"国柱，还记得我第一次戴着这副眼镜走青藏路是哪一年？"阴法唐突然饶有兴趣，一副水晶眼镜将他带回了昨天。

"当然记得，是1957年7月，毛主席决定西藏民主改革六年不改，整个西藏大收缩，地厅级以上干部回内地参观。我们就从青藏公路下到西安的啊。"李国柱对于远逝的岁月仍然记忆犹新。

"是啊，弹指之间，46年过去了。我们都老啦。"阴法唐自言自语地感叹道，"这可能是我最后一次走青藏路了。"

第一次走青藏路似乎还历历在目。

那年阴法唐刚刚35岁，已在西藏江孜分工委当了六年的分工委（地委）书记。此前，毛泽东已承诺，西藏民主改革六年不改，六年以后是否还改，也要视情再说。于是西藏一度出现了大收缩，大批干部内调，阴法唐也与十名地专级干部，带着夫人一起回内地参观。时值夏天出藏，此时青藏公路已经通车两年，他们多是进藏后未出过藏，更未看到过青藏路，这次却是走的慕生忠带着一批民工修出来的青藏公路了。

7月中旬，阴法唐携夫人李国柱坐上配给江孜分工委的嘎斯吉普，经日喀则，于大竹卡渡过雅鲁藏布江，翻两座大山，两天抵达拉萨，与先期到达的几位分工委书记和西藏工委机关的领导会合，第二天早晨便从日光城出发了，过堆龙德庆，沿堆龙曲一侧新修青藏公路而上，穿过羊八井地热，进入美丽的当雄草原，七月间的念青唐古拉白雪如冠，融化的雪水沿着蜿蜒的小溪横穿当雄草原而过。牛羊成群，一片风吹草低见牛羊的美景再现。那天晚上，阴法唐与同行的人员第一次住在了当雄兵站，第二天从当雄往那曲方向而行，进入万里藏北草原，却是另一番风景，牧区的黑河与农区江孜大不一样。两边青山相拥，牧场连绵百里，路从念青唐古拉相拥的河谷里穿行，如履平川，这时他才觉得青藏公路为何能在半年之内就修通了，而川藏公路则历时五年。这天他们一口气跑了300多公里，在距唐古拉山100多公里的安多兵站住了下来，海拔接近4900米，风雪很大，睡觉远不及英雄之城江孜，刚入眠一会儿便被憋醒。第三天早晨匆匆上路，翻越5230米的唐古拉山口，晚上下榻沱沱河兵站，黄昏时分，李国柱挽着丈夫的手，说我们去看看长江第一桥吧。

阴法唐与夫人步出了兵站的大门，右拐朝青藏公路的方向走过去，再往右拐，便登上了沱沱河长江第一桥，夏天的雪水有点混沌。李国柱俯首河面，水势并不大，河面上露出沙滩，一湾流水夺路而过，她不解地说："这就是流经我们家门那条大江的源头啊。"

"怎么，与梦想中的长江源头有差距？"

"是！"李国柱纯净的眼睛有点失望，"它经过朝天门前，可是浩浩荡荡、一泻千里啊。"

"不成溪流，何以成江河，长江大河，就是由这点点涓流汇成，最后汹涌澎湃入海的。"

李国柱点了点头："说的也是。"

阴法唐眺望远方，沱沱河从远处的雪峰里流淌而出。他自言自语道："也许有一天，铁路桥会从沱沱河上飞架过去。"

"老阴，你不是做梦吧？"李国柱喟然叹道，"还不知道是猴年马月的事情。"

"呵呵！"阴法唐笑了，说，"有梦就有希望，人类就是从做梦开始的。我相信有生之年，我们能够看得到铁路穿越世界屋脊。"

翌日早晨离开沱沱河后，他们又在五道梁兵站住了一个晚上。然后下到了格尔木市，当时格尔木就是从西藏办事处发展起来的。阴法唐的六天青藏之旅，给他留下一个强烈的印象，青藏线横亘昆仑、唐古拉，貌似雄奇，但千里单骑，仍是一马平川，比从横断山脉里夺山而出的川藏线不知好走多少。

往事如风，弹指间就是近半个世纪匆匆而逝。

不知不觉，车队已越过不冻泉、风火山，朝着沱沱河方向驶去。

坐在高级越野车驾驶员副座上的保健医生扭过头来，问："阴书记，下边就是长江源铁路大桥了。还停车吗？"

"停！"阴法唐回答得斩钉截铁。

高级越野吉普车队沿着中铁三局修筑的公路，朝着半山坡上铁栏围起的纪念碑缓缓而上。保健医生担心刚才在风火山隧道口照相折腾了半天，82岁的阴法唐老人受不了，车刚停稳，她便跨下车来，欲搀扶他们的老书记。

"不用！"耄耋之年的阴法唐一跃跨下车门，轻捷的步履如同年轻人，让人吁噫感叹。

阴法唐伫立长江源纪念碑前，与夫人、女儿照了一张全家福后，又一一与从拉萨来接他的工作人员合影留念。

随后，他站立在纪念碑前，遥望前方的长江源大桥，不禁赞叹："修得真气派啊！"

"阴书记,还记得吗?"李国柱当着众人,总是称丈夫为阴书记,说明他们曾经是上下级的关系。

"记得什么?"青藏这片神奇的土地似乎早已经烙印和沉淀在一家人的血脉之中。

"当年我们第一次走青藏路时,你曾经预言过,有朝一日铁路大桥会飞架沱沱河之上。"

"呵呵!"阴法唐笑了,"这可有46年了,那时兰州铁一院的工程师好像刚开始勘线了。"

46年的青藏铁路大梦,梦了46载,阴法唐却奔走呼吁了整整20年。

1980年的春天,时任济南军区副政委的阴法唐因心脏早搏在军区总医院住院,济南军区司令员曾思玉和政委肖望东突然接到总政转来的中组部的电话,中央决定阴法唐进藏,担任西藏自治区党委第一书记。

第一次正式谈及青藏铁路是在1981年底的中央工作会议上,针对中印两国开始要对悬而未决的麦克马洪线上进行勘测,西藏上层和群众多有微词,他在会上挺身进言,将麦克马洪线问题由来说了个一清二楚,建议中央不能接受非法的麦克马洪线。最后一句重话,掷地有声地落在了勤政殿的中央工作会议上,解决边界问题,要照顾历史、现状及西藏人民的感情。

随后,阴法唐话锋一转,首次谈到了进藏铁路,从政治上看,对于沟通祖国内地与西藏少数民族地区的联系,密切藏族人民与内地人民的感情,克服离心倾向,大有好处。从经济上看,改变大型机械运不进西藏,矿藏、水利资源无法利用,6亿立方米的森林资源不能很好开发的状况。阴法唐列举了进藏铁路建设经费,说最多不超过40个亿，建议列入国家"六五"规划。

那天他的发言印成了中央工作会议的重要简报，小平和其他中央领导都看过了，以后关于麦克马洪线的问题，不再被提及。

这是治藏方略的陈策，也是对河山版图的进言，一位老西藏的心无不沉浸在了江山家国的忧患之中。

我的遐思闪回到21年前，阴法唐在中南海勤政殿的中央工作会议上发言时，事先会不会有所犹豫，是否曾经想过此话一出，会影响他的沉浮进退，其实这不仅仅是一个执政西藏自治区党委第一书记的一次普通发言，如果了解从50年代以来万人景仰的好总理在麦克马洪线的态度、思路和策略，如果知道中国与缅甸、朝鲜划界的真相内幕，如果知道进藏铁路几上几下的内幕，毋庸讳言，说这个话是需要何等的政治勇气，不啻给那个冬季沉寂的京城搅起了一池春水。

时光匆匆，进藏铁路的问题仍然毫无回声。1982年12月初来北京参加全国人大会议，阴法唐联袂西藏自治区的一位藏族女书记巴桑，再次给耀邦并剑英、小平、紫阳、先念、陈云同志写信，信中说：

> 毛主席、周总理等中央领导同志一直很关心把铁路修到西藏这件事。早在50年代初，当国家还处在经济恢复时期，进藏部队的十万大军遵照毛主席一面进军，一面筑路的指示，花费巨大的物力、财力，于1954年把康藏、青藏两条公路同时修到拉萨，使我们得以在西藏牢牢地站稳了脚跟。陈毅副总理、周总理、毛主席还曾对尼泊尔国王马亨德拉说，铁路不仅要通到拉萨，而且还要通到加德

满都。最近小平同志同金日成同志的谈话中也提到了西藏的铁路。联想到中央领导同志50年代以来许多关于西藏战略地位以及做好西藏工作对巩固祖国统一，加强民族团结，扩大对外影响等重大意义的谈话，更增加了我们趁中央几位老同志健在和进藏早一些的同志没有全部撤出西藏之前，一定要把铁路修通到拉萨的紧迫感和历史责任感。深觉如果这件事不能早日办好，解放三十多年了还没有铁路，实在无法向西藏民族的子孙后代交代，无法向党中央和全国人民交代。

这条铁路在经济上和国防上固然有重要意义，更主要的是在政治上有特殊的重要性。不仅对解决西藏的离心倾向有很大的作用，对尼泊尔、锡金、不丹等国的政治形势也有一定作用（从拉萨到这三个国家的首都汽车只有一天多一点）。所以毛主席曾经说，这条铁路是政治铁路，是正确的。

铁路早已在1979年通车青海格尔木，距拉萨只剩下1200公里的路程了，而且过去为修筑格尔木到拉萨这段铁路已做了大量的准备工作，西藏曾组建过青藏铁路管理局，还训练过列车员。但由于种种因素的影响，这段铁路的修筑工程曾经几上几下，而终于未能付诸实施。致使西藏许多人失去了修铁路的信心。

我们觉得，现在基本条件已经具备，资金除国家投资外，西藏也可挤出点钱来（即从国家援助西藏的款项中拨出一定的数字），这段铁路的工程南北两端一起动工，现驻格尔木的两个铁道兵师不解散，不外调，继续向南修，西藏组织人力从拉萨向北修，是可以在1990年或稍后一些时间修通的。

六位中央领导人都在阴法唐的信中圈阅了，并作出批示，而青藏铁路的启动仍然遥遥无期。但是阴法唐仍然继续奔走呼吁。

中央将阴法唐关于上马青藏铁路的报告批给了铁道部部长陈璞如后，时至1983年全国人大会议期间，铁道部部长的手与西藏自治区第一书记的手紧紧地握在了一起，多少有点相见恨晚。阴法唐说，我们联手，西藏从内往外修，铁道部从外往里修。

陈璞如一笑，说："阴书记，修这条路关键是要立项，只要立项，用不着你们修，只铁道部就可以。还有一个问题就是冻土问题。请你帮助我们做做一些同志的工作。"

阴法唐总是不放弃鼓与呼的机会："西藏可以做你们的坚强后盾，我们可以向中央进言。"

"好啊！"两个省部级领导的手紧紧地握在了一起。

当年夏秋之交，阴法唐到北戴河向小平同志汇报工作，邓小平主动提出了青藏铁路的问题，他一锤定音，为后来中央决策走青藏线留下历史性的一笔。

1984年2月召开中央第二次西藏工作会议，阴法唐又一次提出了青藏铁路上马的问题，而时任国务院的主要领导人刚从欧洲考察回来，得出了一个结论，修铁路不如修公路，修公路不如搞航空。如此，中央给西藏拨了五个亿。西藏虽然买了两架苏制图154，并成立了西藏航空公司。但是西藏的飞机最终没有变成神鹰，冲上九霄。青藏铁路方案又一次被搁置了。

1985年，阴法唐依依不舍地离开了西藏。此后五年间，他一直在中国最现代化的战略导弹部队，对于西藏也只是一种浓浓的情结和遥望。

90年代的第一个夏天，调离西藏五年的阴法唐，以全国人大常委会委员的身份入藏视察，走的仍然是青藏路，在接受新华社记者采访时，他重话旧提，谈到了青藏铁路。在向中央写的报告中，他又一次提到了上马青藏铁路的事情。

1994年7月15日，中央第三次西藏工作会议召开前夕，江泽民同志将阴法唐召进中南海，专题汇报西藏问题，当他走进勤政殿时，江泽民同志当着乔石、李鹏、朱镕基等领导的面说："我们的西藏专家来了。"在那次向中央政治局常委汇报会上，阴法唐在汇报中谈了青藏铁路的问题，建议中央列入2000年前的工作计划。

奔走二十载，一片老西藏的丹心，青藏高原的天地日月可鉴。时代的转门旋转到了新世纪的第一个早春，看到中央决定开发大西北，阴法唐觉得青藏铁路的历史性机遇来了。他又一次上书朱镕基总理、温家宝副总理并总书记和中央常委，呈上了《关于建议青藏铁路复工的情况报告》。在一个关键的时刻，一个老西藏的陈情，像历史的撬杠一样，拨动了青藏高原一条铁路的旋转。

2000年11月10日，党的总书记在铁道部的上马青藏铁路的报告中落下了历史性的大手笔。青藏铁路立项已成定局。阴法唐闻知后夙夜未眠，给当年一些进藏老同志打电话，千里报佳音。

一个多月后，他看到《人民日报》一篇文章《进藏铁路——勘察论证紧锣密鼓》，重提青藏线与滇藏线之争的问题，他立即给《人民日报》总编辑许中田打电话，说中央上青藏铁路已成定局，身为党的喉舌不应该再有杂音。放下电话，阴法唐仍然觉得心里有一种隐隐约约的不安，担心媒体再起争论，将青藏铁路的事情搅黄了。

于是他挥笔疾书,写信给丁关根并锦涛同志,呼吁在修建青藏铁路的方案已经定下来时,媒体不要再出现杂音,以免引起不必要的争论,而影响中央的决心。

青藏铁路,一个世纪的光荣与梦想。阴法唐老人不能再等了,雪域高原不能再等了,中国不能再等了……

上行列车
第五站　可可西里

登东山一望，
觉得西山青草弥漫。
年轻的我，
又想移到那个山峰上了。
　　　　——六世达赖喇嘛仓央嘉措情歌

可可西里的诱惑

　　一代代的青藏追梦人，在寒山圣地的守望中等待了一年又一年了。然而，一座座灵山相连的天路在诱惑，广袤无垠的可可西里在诱惑，轻盈掠过雪坡草地的藏羚羊在诱惑。

　　余绍水觉得自己是幸运的，幸运的是在可可西里，他成了冻土专家张鲁新的博士研究生。

那天在昆仑山下，余绍水找到青藏铁路总指首席冻土专家张鲁新说："张教授，我要报考您的冻土专业博士生。"

张鲁新教授霎时愣怔，凝视着性格豪爽的中铁十二局年轻的指挥长，笑了笑说："余指挥，十二局在可可西里拿到两个最大的冻土标段，千军万马上荒原，够你忙乎的了，你哪会有时间读书？"

"不瞒教授，到了可可西里，最多的就是时间，一夜一夜地睡不着啊。"余绍水解释道，"我不但读完了你的所有论著，中科院寒旱所程国栋院士的，甚至国外的冻土学专著，我也翻译过来一点一点啃完了。"

"哦！"张鲁新有点错愕，自从就任青藏铁路专家组长后，与余绍水相遇，他总带着一串串冻土问题向自己发问，没想到他会如此用心。沉吟了片刻，张鲁新说："我现在兰州大学、北京交大、西南交大、中科院寒旱所和铁科院，联合培养博士生，你选一个点吧，不过我有言在先，考取了才收。将来论文如果上不了核心期刊，也拿不到博士学位。我是不会在学术上放水的。"

余绍水仰天笑道："张教授过虑了。我本是石家庄铁道兵学院科班出身，已有管理学硕士文凭，都是自己啃下来的，绝没有假冒伪劣。"

张鲁新笑了，说："余指挥，你们中铁十二局北至昆仑山，南到五道梁，74公里两个标段，都是多年冻土，四年下来，造出一流的铁路大桥和路基，就是世界上一篇最有特色的博士论文。"

"我知道！所以才要报考您的博士生啊！"余绍水毫不掩饰自己的雄心壮志。

"哈哈！"一向严肃的张鲁新笑了，说，"我收下你这个学生。"

余绍水双手作揖道："张教授，学生先行拜师礼了。"

一个冻土专家与一个少壮派指挥长的手紧紧地握在了一起。

余绍水从第一天踏上可可西里起，心里只装着两个字：冻土。这两字如千钧重担压在了他的肩上，沉重如昆仑，施工队伍在可可西里安营扎寨之始，他就研究起了冻土施工技术了。翻阅了几十万字的冻土资料，最终决定报考张鲁新的博士研究生，他要在可可西里这一世界级的冻土地带施工时，留下自己的痕迹。他一步一步地走过70多公里标段的每一寸冻土，真正读懂了这片神奇的土地，惊讶地发现，可可西里的冻土地段有季节性冻土和多年性冻土之分。季节性的冬天冻了，夏天就化，还有晚上冻了白天就化，而多年冻土则是一年四季都在冻，却也有变化，造成一道世界级的技术难题，到了冬季，冻土在冻结的状态下就像冰块，随着温度降低体积发生剧烈的冻胀，这样会将冻土地段上的路基和钢轨顶起来，而到了夏季，冻土随着温度的升高而解冻，又使冻土地段铁道路基和钢轨沉下去，拧成麻花，影响正常通车。俄罗斯西伯利亚大铁路冻土病害率达到了45%，每小时的通车速度只有50公里。

抚摸着厚厚一本本冻土施工手册，余绍水似乎志在必得。第一年刚开工，铁道部一位领导在格尔木青藏总指掷地有声地说："五大试验段不开工，我不走。"

"十二局坚决落实孙部长的指示，清水河试验段，我们干。"他将八个项目部的经理、总工和技术人员叫到3公里长的试验段上，说，"我们在这里搞超前培训，一个项目部干活，其他的跟着边干边学，冻土试验工程完成后，都要给我留下技术总结和文章。我有话在先，谁砸了我十二局的牌子，我就砸谁的饭碗。"

余绍水将铁一院的设计人员请来主持施工，各项目部技术员都跟着干。并从局里申请了120万元，专门作为冻土施工技术科研经费，又从整个盘子中拿出了 200 万元来配套。在 3 公里的试验地段上，摆起了战场。把专家学者们搞了多年的科学实验变成巨大冻土建设工程。试验段展开后，余绍水发现，中国人攻克青藏高原的冻土难题，历经 40 年的摸爬滚打，已臻于成熟。中科院寒旱所与铁科院西北研究所 1961 年和 1976 年在风火山搞了试验观测站，铁道兵十师建筑半公里的铁路路基，采用的就是片石通风路基、片石护坡、通风管路基和遮阳板技术，后来又从美国引热棒技术等，展现出来的解决冻土的思路，就是冷却地基体，主动降温，减少传入地基土的热量，以确保多年冻土的稳定性，从而保证建筑在冻土层之上的铁道路基的稳定性。

2001 年队伍上去时，十二局就搞了清水河 3 公里的试验段。余绍水几乎每天都蹲在那里，片石堆放角度多大通风才最为合理，通风管道排列距离应该是多少，热棒深埋几米，他既按铁一院施工技术规范严格要求，同时又号召技术人员积极探索。到了冬天姗姗来临时，完成了 5000 万元的投资，路基夯实，质量无可挑剔，技术总结文章与试验段的验收一并进行，领导走过其上，对余绍水指挥的清水河冻土试验段的工程大为称赞。

冬天来了，冰雪覆盖了可可西里。施工一个夏秋季节的队伍，下山冬休了。领导特意交代，对清水河、北麓河、沱沱河、风火山、昆仑山五大试验段进行冬查。铁一院和青藏总指担当此任，对 39 个科研试验项目提取大量的数据，五大试验段总体情况不错，却也发现有的地段出现了冻胀和裂罅。而十二局的 6 标段和 11 标段，却有近 20 公里的地段，夏天是一片沼泽，而到了冬天则坚冻如岩石，是冻土地段最不稳定的。青藏铁路总指指挥长卢春房根据领导的要求，召集专家反复研究，决定进行补强设计，以桥代路，全线 555

公里的冻土，以桥代路竟然达到了 156.7 公里，占冻土地段的四分之一。而余绍水麾下的十二局指挥部两个标段特大桥已增至 20 多公里。

翌年可可西里的 3 月，中铁十二局的队伍再度上来了，余绍水兀立可可西里，觉得这是一场大战，在建的清水河特大桥，横跨可可西里冻土地段，直径 1.2 米的桥墩钻孔有 5000 多个，每个深度在 20 多米，总长度超过了 10 万米，连接起来，比喜马拉雅山主峰还要高，这也是一场攀登世界建桥技术顶峰高技术之战，因为要保持冻土地带的温度，钻孔不能加水，只能全部采用干钻法。身上流淌着铁兵血性的汉子，决定在可可西里打三场战役。

第一场战役，是总攻发起前的准备。乍看此时的可可西里，荒原静悄悄的，却是一场大战展开前的暂时的寂静。余绍水将 8 个项目部的经理召到指挥长的办公室，挥动着改变荒原的手，说："现在我们确定时间节点，4 月中旬之前，施工方案、施工队伍、35 台德国产的最先进旋挖钻机全部就位。"

随后，他以每台 10 万元的调遣费，从中原调了 35 台旋挖钻机到大荒原，几乎将中国三分之一的旋挖钻机调过来了，还嫌不够，又以一台 1500 万元的价格，购买和租赁了十几台，仅此一项，就投入 2.5 亿元人民币。这种钻机一小时钻 2～3 米,最深的钻 30 米，两天能钻一个桥梁孔，钢筋笼也在工厂加工好，钻了几十公分就开始下笼，德国旋挖钻机专家也跟着上到了格尔木，习服了 10 天就开始施工。

眺望着森林般的钻机塔架矗立在可可西里，余绍水突然有一种大莽原任我驰骋的快感，他迅速展开了第二场战役，5000 根桥桩，10 万米的长度，这在内地一年也无法完成，他却给自己的队伍下了最后督战令，2002年冬休下山之前，必须全部钻完。最多一天钻了70根孔，每根桩孔旁，浇注的泵站车已停在一旁，超声波无线遥测，发现一个错误的信号，马上停下来，塌孔，重新将钻机调出来，重搞，先卸下护筒，不让上部分的冻土坍塌。余绍水尤其注重的是施工工艺。有一天干完活后，他在野外池塘里洗手，有点刺骨的寒凉，可是回到房间，再度洗手时，却发现贮存罐里装的水，比池塘里的还冰凉。余绍水悚然一惊，说明野外的温度与贮存罐里的温度不一样，他突然想到了搅拌混凝土的水温。于是马上责令技术部进行研究，水温控制在多少，搅拌水泥后浇灌桩基为最佳。经过多次试验，得出的数据水温在3℃为宜。

余绍水认为建造世界一流的高原上的铁路，必须追求完美。十二局的桥墩浇灌完成后，专门买来了棉被盖在其上，以防止冻裂。2002年9月的一天，他到大桥工地例行检查，发现桥梁工地上有一个刚刚拆模的盖梁，便职业习惯地爬到了盖梁上进行检查，突然在表层发现几道细小裂纹，这是由于养护不及时造成的，余绍水立即将项目部经理叫过来，斩钉截铁地吐出三个字："炸掉它！"

项目部经理和总工眼睛红润了，说："余总，在海拔4600多米可可西里，多走几步都喘得慌，能搞得这样已经不容易了。再说水泥沙子都是从100多公里的地方运来的，一个墩造价十多万。"

"我得给你们一个教训。这是国优工程，一丝一毫都不能马虎。"余绍水的心突然变硬了，说，"炸，炸了没有商量。"

轰隆一声巨响，刚建不久的一个盖梁被炸成了废墟，推倒了重来。像这样稍有点小问题的桥墩，余绍水查出来后，炸掉了四个。

余绍水讲求造桥的质量，更卡着工程进度，按照时间节点完成。第三项目部的经理赵辉是他当年石家庄铁道兵学院的同班同学，桩基施工进度慢了，没完成当月的任务，余绍水一下子罚了他200万元。赵辉来到局指挥部说："老同学，通融通融，200万，可是割了心头一块肉啊。我无法向职工交代。"

"割个球！"余绍水依然那种当兵的性格，反问道，"你没办法向职工交代，就有脸向我交代了吗，我有脸向卢总交代吗？"

余绍水挥了挥手，下了逐客令："走吧，我这里不要说客，要的是干将。如果你下个月还完不成，对不起，我就送瘟神，将你的工程分给别的项目部。"

过了几天，余绍水要到第三项目部检查，发现那里的浇灌石料厂乱糟糟的，他大声喊，赵辉在哪里？

赵辉闻讯走来了，步履慢腾腾的。余绍水火了，走过去就是一脚，将老同学踹倒了，愤愤不平地说："我告诉你赵辉，你虽然是我的老同学，如果在工程管理上还给我慢三步，就给我走人，我请神容易，送神也不难，盯着你这个位子的人多啦。"

赵辉窘迫地说："老同学，我改，我改！"

"我现在不是老同学，而是十二局青藏铁路指挥长在给你说话。"

"我知道，知道！"

果然，赵辉将一切都整改好了，他在中铁十二局集团公司董事长金普庆面前大说赵辉的好话。

第一项目部总工王强也是余绍水的校友、师兄弟，1990年毕业了，小伙子聪明能干，工程上很钻研，钢筋笼编得很好，只是工地很难看，地也不平。余绍水两天前去巡查时，就将他叫到跟前说："要随时用，随时挖，如果用不完就垫好了。"

王强点头答应。说一定按余指挥的要求落实。

过了两天，余绍水再去检查，工地依然如故，乱糟糟一片，他一下子怒发冲冠，拽着王强的衣领便将他摔了一跟头。

王强脸色难堪地站了起来，说："指挥长，我错了。"

"我不是指挥长，我是你师兄弟，你这样干，还配是石家庄铁道兵学院的学生吗？你在给母校丢脸。"余绍水拂袖而去。

上车之后余绍水开始后悔了。觉得自己的性格暴躁，太容易伤同事的感情，下到格尔木时，他特意到音像店里买了好多盘京剧磁带。过去一点也不喜欢听京剧，可是从那时开始，只要一上车，他就让司机播放京剧，也像个票友似的哼开了，同事们不解说："余指挥，你不爱京剧，怎么突然感兴趣了？"

余绍水苦笑道："京剧的节奏慢，我这人性子急，想听听京剧磨磨性格。"

就连自己的房间里，他特意种了一盆仙人掌，一盆女贞子的树种的盆景。仙人掌在可可西里活得很滋润，女贞子树的盆景叶子都掉光了。

我问他："余指挥，你在房间里养花做什么，仅仅是为了点缀吧？"

"不！"他摇了摇头说，"我这个人啊，有点军人的军阀作风，脾气太暴，养花也是为修炼心性。"

楚玛尔河荒原上的草黄了，2002年秋天姗姗来迟。到了9月下旬，余绍水所率的青藏铁路十二局员工5个月完成了10.2亿元的投资量，两个标段工程已经过半，为他在2003年内结束主体，进行最后的决战，在可可西里画下圆满的句号，写下了浓墨重彩的一笔。

少帅兀立可可西里，写下了一份大手笔的博士论文，一鸣惊人。

楚玛尔河，夫妻咫尺天涯

刘正道伫立在格尔木开工典礼的队伍中，没有频频回眸。

万余名青藏铁路的筑路者是一片彩色的海洋，映衬出半个天边橙红的霞，将昆仑山下青藏铁路零公里点缀得一派壮美。

中铁十二局千余人的队伍站成一个方阵，气势如虹，像当年跨越鸭绿江的前辈。橘红色的羽绒服掩没了一张张笑脸，折射着莽昆仑的太阳。当朱镕基总理剪彩的剪刀铰下时，刘正道潸然泪下，几代铁道人祈盼已久的高原铁路大梦终于成真，他是几个月前跟着打前站的队伍上了楚玛尔河的，可可西里没有信号，好些日子没有与在家的妻子方文红通电话了。于是开工典礼的仪式刚落下帷幕，他马上拨通了妻子的手机，激动地说："文红，青藏铁路正式开工了，朱总理刚刚剪彩，我在第一时间将这个喜讯告诉你。"

"正道，我也正在看呀。"妻子说话的口音有点急促，"像你一样激动。"

"你在看，是在看电视实况转播吗？"刘正道为妻子与自己一样分享这一历史性的时刻感到高兴。

"不，我也在现场！"妻子告诉他一个惊天新闻。

"不可能，不可能，你在与我开玩笑吧！"刘正道在电话中笑了。

方文红的话却变得一本正经："正道，我说的是真的，没有与你开玩笑，我也上来了，就在开工典礼现场。"

"我不相信。"

"你不相信，开工典礼的现场是不是在播放李娜唱的《青藏高原》？"

"是啊！一点也没有错。"刘正道有点欣喜若狂了，说，"文红，这么说你没有骗我，你真的上昆仑来了？"

"是的，正道！"方文红在隐约地饮泣。

"你在哪？"

"我在十二局的女工队伍里。"

刘正道蓦然转身，朝着中铁十二局方阵的女工队伍匆匆走了过去，寻找自己的妻子。可是一切都显得徒劳，橘红色的青藏铁路羽绒服几乎将每个女职工的脸庞都映照成一株株盛开的红柳了，他在这如火如荼的热烈中寻找不到自己的妻子。

"正道！"女工队伍中突然一阵骚动，一个女人从队伍中挤了出来，朝着自己的丈夫跑了过来。

"文红，别跑，别跑！"刘正道摆手制止自己的妻子，自己竟然毫无顾忌地跑过来，然后当着众人之面，将妻子揽在怀中，喜极而泣。

相会在昆仑山下，中铁十二局的女工队伍一片嘘嘘艳羡之声。

执手相看泪眼，竟无语凝噎。方文红仰起头来，凝视着丈夫，仅仅三个月不见，还不到而立之年的他竟然苍老了许多，皮肤黧黑，脸颊呈古铜色，染上了一团高原红，最让妻子心疼的是丈夫明显消瘦了。一泓酸楚的泪水涌了出来。

丈夫拭去妻子眼角上的泪珠，说："文红，你咋也不吭一声就上来，你来了，咱们那宝贝女儿咋办啊，她才四岁。"

"我交给妈妈带！"方文红一提起女儿，思念的泪水唰地涌了出来，说，"走的那天晚上，将她哄着睡着了，我才悄然离去了。打出租车到火车站时，我是边走边哭。"

"回去吧，回去照顾我们的女儿，一家人有一个在山上挣的钱就够花了。"刘正道欲想撵妻子回去。

"不，正道，你不能撵我走。"妻子深情地说，"我专为你而来的，瞧你才离开三个月，就又黑又瘦。"

"我的体重掉了十几公斤。"刘正道告诉妻子。

"我要上山去照顾你。"方文红执拗地说。

"我们第七项目部在楚玛尔河，海拔超过4700米，是最不适宜人生存的生命禁区。"刘正道劝妻子说，"前边就是五道梁，上过青藏路的人有一句话，'过了五道梁，哭爹又喊娘'。还是不去的好。"

"去，正道，我要跟你上去，纵使哭爹喊娘，我也要上可可西里。"方文红的话语非常坚决。

已经在格尔木习服数日了，方文红觉得自己岁数也才二十六七岁，身体不错，第二天就跟着丈夫上山了，一路上心情很好，过了纳赤台，雪峰扑面而来，玉珠峰的美轮美奂令人沉醉，可是车至望昆，她便开始嗜睡，浑身上下如被莽昆仑重重挤压，胸闷得如压了一块石磨，连喘气都困难了。车过昆仑山垭口，她开始吐了，走一路吐一路，到了中铁十二局的指挥部医院，不能再往前走了，只好躺下来输液吸氧。稍有一点缓解，医生怕出事，要她马上返回格尔木。

刘正道工作实在太忙，分管的是第七项目物资供应，每天进进出出许多料，不能亲自送她下山了，只好将她抱进救护车里，由护士护送下山，方文红已经吐得浑身无力，但是她仍然强打精神说："正道，我在格尔木恢复过来后，再上来。"

"别，别，文红，打道回太原吧。"刘正道一心想赶妻子走。

"不！我还会上来。"方文红情重昆仑，不陪丈夫不罢休。

第一次上山大败而归。下到格尔木休息数天后，她特意买了不少抗缺氧的药，什么红景天、高原安、恒力抗免疫胶囊，每天早晨大把大把地吃，一周过后，觉得身体稍稍恢复了，见到局指挥部有车上去，不由分说便求人家捎上她。临出门前，她害怕车上再吐，什么东西也没有吃了，一路盘旋而行。可是车进了昆仑山腹地，又开始难受起来，胸中翻江又倒海，冷汗簌簌如雨下，面色苍白，但仍然默默地挺着，到了丈夫所在的第七项目部。

刘正道见妻子又上来了，却脸色如蜡。心疼地将她扶到卫生所，然后张罗着吃中午饭，可是方文红一点食欲也没有，勉强吃了几口，马上又吐出来了，丈夫以为油腻的不好，给她开了一瓶水果罐头，仍然还是吃什么吐什么，医生无奈，请示项目经理，当天就将方文红送下去，理由很简单，她适应不了高原生活。

方文红走的时候，哭了，但是仍然给送她的丈夫和领导抛下一句话，我还会上来。

第二次又被从可可西里赶回来了，方文红不甘心，到了格尔木市休息数日，她又琢磨着上山的行动。先是早晨起来跑步，借此锻炼了一下体魄，被基地里的医生拦了，说，方文红你不要命了，你看看整座格尔木城里，早晨哪有起来跑步的，这里的海拔可是2900米啊。

不能跑步锻炼，她就照医生讲卫生课说的，一个台阶，一个台阶的习服，先跟车到西大滩，到海拔4000多米的地方适应一下。她让汽车将自己捎到了西大滩，在那个小镇漫无边际地游走，觉得身体还受得了，到了下午，又截了一辆铁路上的车，直奔楚玛尔河。

傍晚时分，方文红赶到了项目部。丈夫下班回来，又在卫生所里见到了她，一片惊讶之状，她仍然是吃什么吐什么。刘正道摇了摇头，说："文红，青藏高原是男性的神山，属于我们男人，听话，回去吧。明天我送你下山。"

"正道,我也听说过有女性的神山啊!"方文红被折腾得筋疲力尽,委屈的泪水哗地涌出来了,说:"那项目部也有不少女工,为什么她们行,我就不行。"

"因为你的身体对高原缺氧反应更敏感。"刘正道解释道。

"不,是上苍觉得我们的感情还不够纯真,不让我留下来照顾你。"方文红哭了,刘正道也哭了。

当天晚上项目部怕出意外,要刘正道连夜送方文红下去,并给她买好回太原的火车票。

当晚到了格尔木已是凌晨时分,刘正道觉得第二天就送妻子上火车,有点不近人情,趁着自己在下边办事情,又陪了妻子两天。

方文红活过来了。人又开始变得滋润了。丈夫已经买好了回太原的车票,昨天晚上夫妻俩商量得好好的,第二天傍晚就送她走,可是次日天一亮,她就开始反悔了:"正道,我不能回去!"

"为啥?"丈夫茫然。

"我回去了就等于是青藏铁路的逃兵,这是可耻的。"方文红喃喃说道。

"你不是逃兵,是身体不适应,像你这样下山的人,青藏铁路上很多啊。"刘正道安慰道。

方文红陡然变得柔情似水,说:"正道,我舍不得你,你在楚玛尔河边一待就是四年,我都追上山来了,岂能打道回府。"

"文红,事不过三。"刘正道正色地说,"你已经三度上山,证明你在可可西里待不住。听话,回去吧!"

"不。我不回去,人家许多夫妻都上来了。哪怕就是死,我们也在一起。"方文红抛出了决绝的话。

"别这样,文红!"丈夫几乎是哀求她了。

"再给我最后一次机会,如果真的不行,我就在格尔木租个房子待着,等着你下山来侍候你。"妻子的执拗让丈夫感动。

"好!我们再上去,不过我可讲明白了,不要有心理负担,越害怕越不行,你要是将可可西里不当回事,真的就一点事也没有了。"刘正道开始给妻子做心理辅导。

"你怎么不早说啊。"妻子在丈夫额头上留下雨点般的吻。

当天上午,他们将火车票退了,方文红又跟着刘正道拉材料的汽车上去了。

也许,可可西里真的是在考验方文红的爱情坚贞。前三次上山她都是大败而归,可是到了第四次,苍天开眼了,傍晚到达楚玛尔河的时候,西斜的太阳染红雪峰,玉珠峰南麓如出浴的处子。绿了的荒原上,藏羚羊悠然信步,藏野驴朝着河边缓缓走来,一抹晚霞坠落在楚玛尔河里,河面上燃烧一簇簇荒火,半空中流动的白云,浸润余晖,被高原的晚风雕塑梳理出各种各样的造型。

方文红眺望着这一幕极地奇诡之景,被深深地感动了。一种莽原与心灵的共鸣如春潮掠过心扉,她的泪水哗地出来了。

丈夫不解,问:"文红,你为何哭了?"

"被震撼!"

"震撼?"

"是的,被可可西里的美景震撼了。"

丈夫将信将疑。

奇迹在可可西里出现了,也在方文红身上惊现。有意思的是从那天黄昏开始,她适应楚玛尔荒原了,再也不会吃什么吐什么了。

方文红在可可西里住了下来。但是余绍水指挥长已经给在可可西里施工的八个项目部的经理下了一条似乎有点不近情理的规定:

"不提供夫妻房,违者重罚!"

这条硬性的规定似有点与人性、人文关怀渐行渐远,却是最大的生命关怀。在青藏公路沿线上,过性生活猝死的事情屡有发生,甚至有的民工为了解决生理问题,与跟着筑路大军上山的流莺在洗发店里偷情时,在巅峰之时气绝身亡。

于是,方文红到了工地的实验室工作,住在了女职工宿舍,而丈夫刘正道则在指挥部里管理物资,住的是男职工宿舍。两个人同在一个锅里吃饭,在一个工地上班,却没有属于自己的夫妻生活。天幕渐渐黑下来的时候,他们就得回到各自的宿舍,度过楚玛尔河畔一个个不眠的长夜。

最幸福的时光是落日时分,吃过晚饭之后,大荒无风,方文红作为一个女人、爱人、妻子,对于丈夫爱情的表达往往归寂于荒凉和苍茫。飘雪无痕的日子,轮上两个人公休的时候,她会挽着丈夫的手,朝着楚玛尔草原、雪地踽踽而行,朝着江山无尽的天边执手而行,蓦然回首,寥廓的雪地上只留下两个人的脚印,方文红会突然变得小女人的诗意和浪漫,朝雪野里迈着太空步地跑上几步,让丈夫一前一后地追逐,像那匆匆掠过草原的藏羚羊一样嬉戏地追逐和调情,然后被丈夫一把抓到,狂热的方文红用一把冷雪擦擦自己的脸,心境渐渐地平静下来,依偎在丈夫身旁。俯瞰着默默流淌的楚玛尔河水,她仍然不失女性的温婉和幻想,问丈夫:"不是说草原上有地热温泉吗,一摊一摊的,四周开着格桑花。"

"有啊!"刘正道搂着妻子的颈,说,"听说铁轨铺到唐南,到了当雄草原就有啊。"

"有狼啸了,我们回吧!"

"真的!"

天幕渐渐落下来了。暮色中的楚玛尔河宛如一池冒出几株芦花白的秋潭，寒光点点。方文红挽着丈夫回到了项目部的驻地，一东一西，各自回到了自己的职工宿舍。

楚玛尔的夜静悄悄，楚玛尔的黎明静悄悄。一钩弯月如船，载着方文红走向爱情的伊甸园，就在这无数个静悄悄的夜晚，并没有多少诗意的她，拿起了笔，在一河之隔的咫尺，在牛郎织女星相望的银河，在一张张破碎的纸片上，给丈夫留下了一张张碎片般最有诗意的情书：

> 亲爱的正道，今天是七月七了，知道吗，是中国人的情人节啊。许多中国年轻人只会拾人牙慧，跟随着西方人过2月14日的情人节，把九朵，九十九朵，九百九十九朵玫瑰献给自己的恋人、情人、爱人。岂知，这只是舶来品，中国的情人节才是最古老的，男耕女织的牛郎织女，天各一方，彼岸相望，一年又一年，一月又一月，一天又一天，望穿秋水，只等到七月七这天，数百万只喜鹊，用洁白的翅膀搭起了一座鹊桥，牛郎织女走过了，天街水冷却有温暖，我带着咱们的宝贝女儿，脚踏轻羽，也走过鹊桥，与君相会，我们相聚的却是天天如此，一年一次。你知道吗，这鹊桥的翅膀是什么，是我在洁白的纸片上给你留下的情书，我爱你，正道，人间正道是沧桑，我知道，你的名字取自毛泽东的诗，但是今晚，在牛郎织女相会的夜晚，我虽然不能拥着你入眠，但是我会走进你的梦中，说一声，正道，我爱你，永远爱你。

夏天过去了，秋天步履姗姗地来了。中秋节到了，那天中午，方文红找了一个铁通电话，给女儿打了电话。女儿在电话中号啕，妈妈只有爸爸，没有宝宝。一听这句，她的泪水唰地出来了。哽噎难咽，哐地将电话放下，跑出十二局七项目部，哭着奔向莽原，喊道："女儿，我的宝宝，妈妈爱爸爸；更爱你啊！"

落日时分，一轮皎洁的月亮从西边的雪峰里钻了出来，如一个山西老家烙好的玉米饼，黄黄的在穹窿上飘荡。这时，十二局的中秋晚会就要开始了，刘正道走到妻子跟前，说："文红，你给咱们女儿打过电话了吗？"

方文红默默地点了点头，说："打过了。"

"几点打的？"丈夫问道。

"中午。"

"为何在中午，那时月亮还未圆啊。"丈夫有点嗔怒，说，"你为何不晚上打？"

方文红的眼泪哗地坠落下来了，说："千家万户的月圆了，唯有我们家却不能圆啊，我不能在月圆的时候打电话啊，那时女儿哭，我也哭，这个中秋节我会伤心欲绝。"

刘正道听到此，泪水也潸然而下，说："文红，你对得起我，陪我在可可西里，我们却对不起女儿啊。"

那个一轮杏黄月的中秋之夜，晚会散尽了，回到女工宿舍。方文红又在洁白的纸片上写了这样一封情书：

> 正道，今天是中秋节，万家团圆。我们却欲罢不能。一条楚玛尔河，不过数百米之宽，可是在我的眼里，却有数亿光年之远。我们曾经品尝过"天涯咫尺"的滋味，而

现在我们正经历着"咫尺天涯"的煎熬。这是理性对人性的征服。就是要征服自然，融入自然，而顺应自然规律的必需。在这恶劣的环境中，一切生命都是那么脆弱，万年的可可西里的植被比我们的皮肤更脆弱，更金贵。而只有我们铁军的后代充满了生机和活力，挺进高原，挺进楚玛尔，挺进五道梁，我们挑战生命的极限，脚踩莽昆仑，头顶蓝天，用智慧向党和人民交上一份合格的答卷。

尽管我们咫尺天涯，但这不是煎熬，这是对意志的磨砺，是人生的亮点，也是我们铁军后代的风采。

一个秋风萧瑟的下午，我到十二局采访，刘正道夫妇都参加了。方文红将一封一封未发出的信读给我们，读给丈夫听。

刘正道第一次听到妻子的情书，双手捂着脸，指缝里雨点大的泪珠晶莹落下。我也泪如雨下，为这对夫妻的情感哽咽不已。

青藏铁路指挥长的气度，请媒体监督

昆仑天穹上旋转的时针，已经指向了2002年的4月。

卢春房将青藏铁路公司与青藏总指整合在一起，已近半年了，青藏铁路的建设渐次走上正轨。当他们雄心勃勃地进入第二年的决战时刻，新华社内参竟然捅了一个惊天新闻，驻青海的记者王圣志写的内参《青藏铁路使用包工队，给质量留下隐患》，传到了铁道部（未正式发），在部机关大楼里，一下子掀起炸锅的效应。

领导看过内参后，心情十分沉重，立即拨通了仍在西宁的青藏铁路公司筹备组组长兼指挥长卢春房的电话，说："春房，一定要查清,不管有没有,都得给中央和国务院一个交代。我再说一遍,质量是百年大计,第一流世界高原铁路绝不能搞民工分包制。"

"好的,部长,我今天晚上就赶往格尔木,一定查个水落石出。给媒体、给部里一个交代。"挂了电话,卢春房当天晚上便登上西行格尔木的列车,第二天上午赶到青藏总指,他发现气氛有点不对头,从上到下,对这篇内参有严重的情绪,觉得全线职工在一线辛辛苦苦地干活,牺牲奉献,媒体的记者却从后边捅刀子,既不仁也不义,甚至有的同志提出拒绝媒体采访。但卢春房却不这么看,他觉得新华社参了一下青藏铁路,并非是一件坏事,从某种意义上说却是好事,可以借此从抓管理的切点入手,理顺青藏铁路施工过程中不尽如人意的地方。

会议的气氛有点沉闷,似乎一篇通天的内参,如一座莽昆仑压在了青藏总指每个人的头颅之上,让他们有点挺不起胸来。

"我先说几句吧。"卢春房执意要将这种氛围扭过来,说,"这篇文章我看了,记者的出发点是好的,也许有言过其实,夸大的地方,但是我敢肯定地说,青藏铁路不允许搞分包,可是有没有分包给民工队的现象呢,你们在一线,最了解情况,能不能底气十足地告诉我,青藏铁路没有分包问题?"

大家耷拉着头,没有一个人挺身而出,大声说青藏铁路没有让民工队分包的现象。

"没有异议的话,就说明基本事实是有的。"卢春房话锋一转,"看问题就得先分清主流。既然主要的是对的,这就说明记者是在帮我们查找问题,这是难得的舆论监督啊,我希望建设司与青藏办派业务人员来查清问题,我担任组长,以此为突破口,提高我们的管理水平。"

卢春房的话说得很在理，一下子将青藏总指里的沉闷气氛打破了。

随后，他马上组织了几个组，由他总牵头，深入每个指挥部，查合同，查财务账，到现场进行摸底调查，一个一个地询问施工队。在十四局的三岔桥大桥工地，卢春房在翻账本时发现，一台挖掘机1月份的台班费竟然高达60万元，而且1、2月份也没有开工，竟然会有钱划到了那个老板的账上，肯定是有分包呀。他将做账的女会计找了来，说："你跟我说实话，是不是做了假账。"

凝视着青藏总指指挥长温和的目光中有一股英气逼来，那女会计心慌了，毕竟她不到30岁，做事实在稚嫩了点，哇的一声哭开了。

卢春房这下反倒心软了，说："小同志你别哭，错不在你，当然你的责任是做了假账，丧失了原则，不过板子我得打到你十四局指挥长身上。"

随后他将中铁十四局指挥长叫了进来，说："分包的事情果然存在。我现在宣布，从今天起，马上解除合同，过去了的事我可以既往不咎，但不等于我既往不问，如果今后再发现，一定严惩不贷。"

十四局指挥长说："卢总放心，我们马上就改。"

卢春房一路查下来，除了中铁十二局余绍水没有，铁二局、铁五局、中铁二十局，都有不同程度的分包问题，汇总起来居然查出了一百多个，他当场下了最后通牒，从即日起解除了合同，初犯不究，违者重罚。

回到了格尔木，他将写新华社内参的记者王圣志找来了，说："王记者，我请你吃饭！"

王圣志一愣，说："卢总，我捅了你们问题，你们不记恨我，还请我吃饭。"

卢春房微微一笑，说："我先表个态，第一，感谢媒体的监督。第二，我来请你吃饭，就是表达我们的感谢之情，你反映的问题很及时，我一下子查出了一百多个分包的问题。已经改正了，这是我们的调查整改报告，你可以接着再发内参。"

王圣志眼睛一热，伸手紧紧握着卢春房的手说："卢总，内参我不再往上参了，理解万岁！你有如此气度，心胸如可可西里一样开阔，我愿意交你这个朋友。"

"过奖！"卢春房紧紧握住王圣志的手，"青藏铁路无小事，这是一条经济线，更是一条政治线，你在这里工作，跑基层多，接触面广，我们定个君子协定，以后你发现了问题，尽管往上边参，但是参之前，可否提前给我打个招呼。"

"我会的！"王圣志将手中的酒与卢春房碰了一下，一饮而尽。

时隔不久，王圣志真的找到了卢春房，说："卢总，我手里有一个材料想请你看看，青藏线上不仅有民工打架的事情，待遇也不能保证，有的回族和藏族住宿条件堪忧，一个人只住 1.5 平方米的面积，一天吃饭只有几元钱。"

"不可能啊！"卢春房错愕道，"青藏总指早就发过文，民工每天都有补助，这笔钱是由总指下拨的，要求每顿都必须有肉吃，这是硬性规定。住房环境，多少人住一个帐篷也有要求。"

王圣志摇了摇头说："卢总，规定归规定。好政策往往在执行环节上卡了壳，或者被和尚把经念歪了，钱也没有吃到民工的嘴里啊。"

"王记者，谢谢你的提醒。我马上带人去查。"

次日，卢春房立即组织工作组下去查。结果情况比王圣志反映的还要严重几分。

在中铁五局的站后工程现场,卢春房一一询问了民工,反馈的情况令人吃惊,民工已经一周没有吃到肉了。

卢春房脸上儒雅的微笑凝固了,说:"将你们的指挥长叫来。"

中铁五局的指挥长赶来了,见卢总站在民工中间,脸色有些不对,连忙问:"卢总,有事吗?"

"我想问问你,跟着你们五局施工的民工多少天没有吃肉?"

"每天都有肉吃啊!"指挥长不假思索就脱口而出。

"民工吃饭的时候,你去看过吗?"

"没有。"

"那你凭什么说民工每天都有肉吃?"

铁五局指挥长愣住了,说:"不是规定每天民工都有肉吃吗?"

"规定事情要抓落实,钱划到位了吗?"

铁五局的指挥长一时哑口无言。

"我现在郑重地告诉你,你的民工已经一周没沾过肉了。"

那位指挥长怔住了。

"我想问你一个问题。"卢春房饶有意味地说,"你出身是农民家庭吗?"

指挥长一时迷惑,想不到卢总突然提及了农民问题,不知如何回答才好。

卢春房神色严峻地说:"同志,我说句话,也许不中听,不把民工当人待,就是不把自己当人待。我是农民子弟,是地地道道的农民出身。我的亲人都在农村,除二哥去世外,大哥、三哥和姐姐都是老实巴交的农民,都在农村生活。不瞒你们说,我有很浓的农民情结。一看到这些民工,我就好像看到了自己的兄弟姐妹,没有自卑和掉价的感觉。中国还是农民居多的农业大国,一个国家如果忽略了农民问题，就会影响坐稳江山。一个单位如果漠视民工死活，也不会良性地发展。"

那位指挥长默默地点了点头，说："卢总，对不起，我们对民工的工作做得不尽如人意。"

"不是不尽如人意，而是感情问题。"卢春房说，"为了让你们烙印深一些，坏事变成好事，我宣布三点处理意见：第一，全线通报，让各个指挥部从你们这里吸取教训；第二，经济惩治同步，重罚10万元；第三，在劳动竞赛中扣分。"

中铁五局的指挥长瞠目结舌，愣了一会儿说："卢总，我们在民工问题上想得不远，考虑不周，交了一笔沉重的学费。下次看我们的行动。"

卢春房的脸上有了些许暖意，说："好，我回查时先到你这里。"

到了中铁一局铺架基地的现场，看到整道队的上碴民工60多个人挤在两顶帐篷里，睡觉时几乎是人挨人，没有床，睡在地上，气味难闻，卢春房的眼睛湿润了。他对常务指挥长马新安说："我不想多说，给你两天时间，全部改善。我原路返回时就来看落实情况。"

马新安窘迫地说："卢总，请放心，过去我们没有注意到，已有失察之责。马上就改，我已经打电话叫人去办了。"

"关键是落实。"卢春房抛下一句话走了。

等他返回时，再到中铁一局回访时，发现马新安当天就将问题解决了，在原来两顶帐篷的基础上，一下子增加了4顶，一个帐篷住12个人，床已铺起来了，铺盖也全部换成了新的。卢春房笑了，说："马指挥，在对待民工问题上，你们原来有问题，改正了就好。我既往不咎。"

随后，他又转身征求民工的意见："还有什么需要我办的？"

整道队的上碴民工说，这本是地方老板办的事情，青藏铁路上给解决了，非常感激了。

卢春房说感激什么，为青藏铁路建设做贡献，自然就是铁路上的事情。我这个总指挥长来晚了，委屈农民工兄弟了。你们还有什么要求？

民工们怯生生地说，晚上出去上碴天高夜黑的，经常听到狼嗥，心里碜得慌。

"这个好办！"卢总马上吩咐身边的人说，"给每个帐篷配一根电警棍。"

回到西宁，他找到了王圣志。说："你的问题反映得好啊，我走了一圈，情况比你反映的还严重啊，不过都引起重视了，该解决的我们都解决了。你看还要不要上内参？"

王圣志笑了，说："卢总在将我的军啊。写内参最终目的是促进问题的解决，既然青藏铁路指挥长亲自解决农民工的问题，我的目的达到了。这个内参就不写了。"

"好！内参不写了，但是反映问题的渠道一定得畅通。"卢春房紧紧握住王圣志的手，真诚地说，"感谢记者，对我们工作的关心和推动。"

王圣志摇摇头，说："卢总，我走过许多地方，也接触过不少领导，像如此大度地对待媒体的批评之声，实属不多。"

卢春房说："为什么要害怕媒体，这是对工作最好的监督啊，再说我们领导干部，还没有脆弱到如此不堪一击。"

从此，在卢春房的影响下，青藏总指视媒体记者为诤友和知己。

然而，对于来自民间的声音，卢春房也从不掉以轻心。

已经是2001年年底了，再过几天，元旦的钟声就要敲响了，卢春房仍然蛰伏西宁，着手青藏铁路公司与青藏总指的整合。那天下午，他突然接到远在北京的孙副部长的电话，说："刚收到了一封民工的告状信，状告中铁十四局的三岔河大桥，称这是一个豆腐渣工程，桥墩里都是石头和沙子，混凝土标号远远不够。我看了心急如焚，坐立不安，一颗心悬到了昆仑山下了，春房，你亲自跑一趟格尔木，一定要查个水落石出，不然我在北京睡不好觉，也无法向部党组和中央交代。"

搁下副部长的电话，卢春房便匆匆踏上西去昆仑的路，列车铿锵，轨道声敲击着他的思绪，无法入眠。卢春房越想越觉得不对劲，中铁十四局曾经是铁道兵老部队，也是中铁建公司集团中小有名气的施工队伍，怎么敢在青藏铁路上搞豆腐渣工程，这不仅砸自己的牌子，也是将头往昆仑山上撞啊，量他们没有这个胆，也不至于这般愚蠢。他立即打通青藏铁路中铁十四局指挥长的电话，询问有没有写信这个人。电话很快就回过来，说有，是一个帮助提供劳务的民工队的小头头。

"这个人最近与三岔河项目经理部，有过什么纠纷吗？"卢春房另辟蹊径来思考这个问题。

"有啊！"中铁十四局指挥长说，"在劳务费结算问题上有过争执。"

"好了，我明白了！"卢春房舒一口气，他觉得信中反映的问题也许掺了水分，甚至子虚乌有。但是到了格尔木后，他还需拿到科学的证据来证实自己的判断。

他将副指挥长黄弟福叫到办公室，说："弟福，这个告状的事情，你得亲自到三岔河大桥上取样，我才放心。"

黄弟福也是像卢春房一样，从一个小指挥长一步步干到大指挥长位置上的，对工程业务非常娴熟，办事又利落果断。他点了点头，说："卢总，我去，你说从哪里查起？"

卢春房胸有成竹地交代了方案，尽量扒开桥墩周遭的冻土，用钻机圆心取样，送到地方的权威实验室去化验混凝土的强度。

"没问题！"黄弟福马上带着队伍上去了。这个活可是一个苦差事，此时三岔河大桥桥墩周遭天寒地冻，早已经冻成数米深的冻土。镐挖下去只是一个白白的印子，黄弟福采取了许多现代施工手段，终于往下扒了好几米深，钻到底取样，然后送去地方实验室化验。

而坐镇格尔木的卢春房将三岔河大桥进料的水泥统计表找来，一一翻阅，换算，发现施工该投入的水泥一点也没有少。心中终于有底了，中铁十四局没有偷工减料，三岔河大桥不是豆腐渣工程。

地方的取样实验的数据很快出来了。混凝土强度完全符合青藏铁路三岔河大桥的设计技术要求。

卢春房马上打电话，向孙副部长报告一个好消息，三岔河大桥的工程质量没有任何问题，那封信有诬告之嫌。你放心睡觉吧，当然也反映出十四局指挥部的管理是有问题的，让人家捅了刀子。

所有调查和实验的数据都报到北京了。筑路专家出身的领导一页一页地翻阅，脸上溢出了轻松的微笑。

上行列车
第六站　爱到雪山上

这月去了，
下月来了；
等到吉祥白月的月初，
我们即可会面。

——六世达赖喇嘛仓央嘉措情歌

爱情海拔在无人区飙升

已是 2001 年的初冬了，兰州飞往太原的班机钻出云层，山西省平遥"橡胶大厦"总经理苏建军早就伫立在世纪初年冬日的寒风中，等待妻子张燕从青藏铁路线上下山休假。

昨天晚上，得知妻子随中铁十二集团的大队人马，走出可可西里无人区，走下昆仑山麓，在格尔木登车，转道兰州，独自飞回太原时,他几乎一夜无眠。明知妻子的航班是中午十一点才起飞,可是一大早,苏建军就驾着自家的现代牌轿车,从平遥古城出发,往太原国际机场疾驶而去。全身有种无法掩饰的亢奋和心动。

仰望云天,苏建军站立在太原机场凛冽的寒风中等了四个小时,飞机的轰鸣声终于从遥远的云层里传了出来,妻子美丽娇小的身影终于从熙来攘往的空港里走了出来,她放下手中的行李箱,径直朝着丈夫狂奔而来,在大庭广众之下相拥而泣。

跨进丈夫的轿车,车里突然响起肯尼基那首吹遍世界的萨克斯《回家》,张燕的眼泪簌簌地流下来了。机场、高楼、高速路、古城,纷纷从车窗外擦肩而过。回家的感觉真好,犹如新婚。

还是在这条平遥通往太原的高速路上,半年前,张燕的心情却一片黯然。

那是2001年6月的第一个周一,苏建军像往常一样,驾车送妻子回太原中铁十二集团中心医院上班。初夏的三晋大地风和日丽,高速路两旁的旷野里一片墨绿,桃花燃火,梨花落雪。可是张燕却默默坐在车里,一点也快乐不起来,俏丽的脸庞上尽显慵懒之色。一路上,她甚至没有与丈夫多说几句话,车进了太原城,快到自己上班的医院门口,才郑重地对丈夫说:"建军,我上青藏线的申请批准了。十天半月之内,说走就走。"

这种话,苏建军听妻子说过不止一次了,他一直以为她在开玩笑,摇了摇头:"上什么青藏线,那是超前透支生命。张燕,咱家不愁钱花。我还是那句话,快把工作辞了,回家吧,回来做专职太太,你辛辛苦苦一个月的工资,一顿饭就撮了。"

张燕小嘴一嘟,不再吭声。

小车在中心医院的门前戛然停下。张燕跨下车门,提包转身往住院部走去，丈夫按下电动车窗，大声问道："张燕，周末，是我来接你，还是你自个儿坐火车回家？"

"随便！"张燕头也不回地应了一声。

望着妻子袅娜的背影，苏建军无奈地摇了摇头，开车离去。

中心医院的女同事望着张燕每周上下班车接车送，无不投来艳羡之眸。

的确，这对金童玉女一直是在人们羡慕的目光中，一起长大、上学、相爱、结婚、生女。上苍对他们格外慷慨，社会上该有的，似乎都毫不吝啬地赐予了他们。

然而刚刚起帆的家庭之舟，很快滑入一道古老的车辙，一步步地陷入平庸，甚至沦为一片死水微澜。1997年10月，张燕生下女儿苏宇，做了年轻的母亲。其实，孩子并不要她带，刚休完产假，住在介休市的婆婆就将嗷嗷待哺的孙女接走了。她照样可以像当姑娘时一样地疯，一样地玩，上迪厅，泡酒吧。可她是一个极喜静之人，对这些娱乐场所没有多大兴趣。到了周末，或坐火车，或由丈夫来接，往返于太原、介休和平遥三点之间，三处均有豪宅，看了女儿，再去陪丈夫。苏建军也倾其所有，陪妻子吃大餐，疯狂购物，驾车到省内风景名胜观光，或利用长假一起出游，可是吃过、玩过之后，张燕总觉得心里空荡荡的，仍旧怅惘，仍旧神情疲惫，仍旧觉得婚姻里缺点什么，但究竟缺少什么，她也说不上来。苏建军以为妻子在三点之间跑累了，早在三年前就劝她辞职回家做专职太太。可是张燕却一再拒绝。她想有自己的生活，想重新换一种活法。

2001年5月30日，佳音从北京铁道部传来。中铁十二局在青藏铁路可可西里楚玛尔河段连中两个标段，投资达20多个亿。青藏高原，昆仑女神，神秘的可可西里，精灵般的藏羚羊，狂奔的藏野驴，低旋的灰头雁，神奇的自然景观，一下子吸引了她的目光，她要到可可西里无人区去感受生命历险，她要到迷迷茫茫的青藏路上去寻找婚姻的宗教。未与丈夫商量，张燕便毫不犹豫地报了名。

6月9日是星期六，张燕没有让丈夫来车接，独自坐火车回介休市看女儿。晚上苏建军驾车从平遥回来了，一见面就神采飞扬地对妻子说："张燕，我要给你一个意外的惊喜，猜猜看，是什么？"

张燕苦涩一笑："猜不着。"

"闭上眼睛。"

张燕按丈夫所嘱闭上眼睛。苏建军将一份到国外旅游的合同摊在了妻子面前，激动地说："可以看啦！"

张燕睁眼一看，先是一惊，继而摇头："建军，谢谢你的美意，我真的去不了，我要上青藏铁路。"

"别逗了，上什么青藏线。"苏建军有些扫兴，以为妻子还在开玩笑。

过了一会儿，家里的电话突然响了，苏建军操起电话一接，脸色陡变。中心医院通知张燕明天到西安报到，学习高原病防治，然后直接上青海格尔木市。

丈夫无法接受这个现实："张燕，你真的要上青藏铁路呀？"

"真的，我跟你说过N遍了。"妻子有点失望，"你不相信嘛，以为我在开玩笑。"

"这个玩笑可是开大了。"丈夫愤愤不平地问，"张燕，你是不是烦我了？"

张燕使劲摇头，脸憋得通红："我厌烦自己，厌烦这种不死不活的生活。想换个环境，建军，求你啦，成全我，让我到青藏高原上去证实一下自己。"

苏建军突然哽咽道："青藏铁路一修就是三年五载,我们可真的要天上人间,当一回牛郎织女啦。"

"冬天,我会下山来休假的。"张燕安慰丈夫。

丈夫禁不住流泪了："那也是离多聚少啊。"

凝视着丈夫第一次落泪,张燕站起身来,缓缓走到丈夫坐的长沙发前,伸手环抱住他,将头依偎在他的肩上,自己也哭了。

第二天中午,张燕就要从介休市登车前往西安。临行前,她最放心不下的是女儿苏宇,她才三岁半,一下就与母亲分别一年半载,那绵绵的心痛让张燕无法消解。她特意让丈夫开车到幼儿园来向女儿告别。

在幼儿园门口,张燕一把搂住女儿,在她的额头上亲了又亲,呢喃地说："苏宇,妈妈要走了啦!"

"走就走呗!"女儿噘着小嘴,从小跟奶奶一起生活,早就习惯了妈妈不在的日子。

"妈妈可是要去西藏——"张燕很认真地对女儿说,"一个好远好远的地方。"

女儿小手一挥："去吧,去吧。再远也远不到天上。"

"真的是在天上啊。"看到女儿一点也不留恋自己,张燕的眼眶倏地红了。

昨天晚上,接到单位的电话后,张燕将已跟婆婆睡了的女儿抱到自己房间,想陪女儿睡上一晚。可是到了深夜十二点,苏宇突然醒了,一看不在奶奶的房里,而是躺在妈妈的怀里,一骨碌爬了起来,抱着自己的枕头,就往奶奶屋里跑。

张燕跃身下床,挡住女儿的去路："苏宇,回去和妈妈睡。"

小苏宇睡眼惺忪："我不跟妈妈睡,要和奶奶睡。"

"苏宇，妈妈求你啦，别走！"张燕喉咙哽咽。

苏宇摇头："不嘛！"

望着女儿一溜烟地跑进了奶奶的房间，张燕掉了一夜的眼泪。

这时，张燕蹲下身来，脸上仍挂着泪花："苏宇，亲妈妈一下。"

看着妈妈泪水簌簌地流，小苏宇愣怔了，好生奇怪，好好的妈妈为何要哭，连忙伸出小手拭去妈妈眼角上的泪痕，边在张燕额头上亲吻，边说："老师说，好孩子不哭。妈妈是好孩子，妈妈不哭。"

张燕哭得更厉害了。

在西去列车铿锵的旋律中，张燕先到西安参加一周高原病防治学习，然后再度登程，一直往西，往西，故乡那座小城和她深爱着的亲人消失在万家灯火深处，过去那些平常平静平凡平庸的日子和故事化作遥远的烟云。

十天后，张燕跟着中铁十二局的大队人马，抵达昆仑山下的最后一座城市——格尔木。极目四顾，戈壁是透明的，蓝天是透明的，云彩垂得很低,太阳一会儿钻出云罅，一会儿被云遮雾淹。千里青藏，将千里的思恋拉成一个长长的影子，撵也撵不走，赶也赶不跑。像所有的青藏铁路人一样，张燕将一家三口的合影照片，从手袋里找了出来，用剪刀铰成一个缩微版本，然后精心贴在自己手机的背面，每天晚上睡觉前，总要拿出手机来瞅上几眼，总要给丈夫打个电话，才能入睡。

上青藏线的头一个月，张燕的任务很重，与院长和医生一起，负责给本集团数千名上山的职工和民工体检，忙碌不堪。白天自然没空给丈夫打电话，也无法接苏建军的电话。到了晚上，整个格尔木市呼吸均匀地睡着了，她刻骨的思念才刚刚开始。端着手机与丈夫在茫茫的夜空中，煲起了电话粥，同屋的女友睡了一觉醒来，见张燕还在与苏建军通电话，惊呼道："张燕，你也太奢侈了，拿手机打长途，这样下去，一月的工资就白白扔给中国电信了。再说，你这不等于白上一趟青藏铁路了吗？"

"大姐，实不相瞒，我上青藏铁路，就没有想挣这笔钱。"张燕关了手机，"我太腻味在家里那种不死不活的日子。只想上青藏线来找点刺激，看点新奇，冒冒险，也不枉此生。"

"啥？"女友瞠目结舌，"你们这些年轻人啊，让人越看越看不懂了。都是好日子给……"

"都是好日子惹的祸。"张燕揶揄一笑，"不过，一进了可可西里，手机没信号了，想打也打不通。"

每天晚上与丈夫的温馨电话热线，张燕在格尔木的一个月中，几乎天天晚上都打。到了月底，太原那边缴话费的账单出来了，近3000元，她一个月的工资才1800元，连高原补助搭进去都不够。

可是张燕觉得值，在这一个多月夫妻寄寓两地的温馨夜话中，特殊的环境，彻骨的荒凉和落寂，使她娓娓诉说与丈夫生活多年也都没有说过这么多的话，越往深说，彼此越发觉得离不开对方，越发珍惜这份青梅竹马的感情。

8月4日，终于可以踏上朝思暮想的昆仑山了。她跟着施工队伍，浩浩荡荡地向可可西里无人区挺进，越纳赤台，过西大滩，从玉珠峰前擦身而过，登上横空出世的莽昆仑，八月飘雪，雪山女神喜迎远客，在迷迷茫茫的风雪中，在飘飘洒洒的冷雨中，她看到一个个虔诚的朝圣客，三步一个长头，跪伏在天路上，一步一步地往世界屋脊磕去。只要在风雪之中不倒下，就会虔敬地磕下去，那一刻，张燕怦然心动，她看到了生命的坚韧，领悟到了精神的执着，也寻找到了自己婚姻的宗教。

第六站 爱到雪山上

张燕所在的中铁十二局的标段和指挥部，设在昆仑山与唐古拉山之间的楚玛尔平原上，偌大的可可西里无人区，横亘着不冻泉、五道梁等世界著名的生命禁区，平均海拔在4700米以上。一到傍晚，八级大风肆虐吹过，刮在人的脸上，如刀子割一样的疼。下雨的时候，滚地雷一个接一个地从山坡上呼啸而下，就像火霹雳舞一样，密布在楚玛尔河畔，吓得人们个个面如土色。指挥部的外墙之外，不时有一群野狼悠闲地漫步。子夜时分，张燕常头痛睡不着觉，就听到医院外边不远的地方，一只只孤独的野狼在长啸，吓得她用被子蒙着头。刚上山不久，她便经历了一场生命之劫。

2001年11月14日下午五点十分，昆仑山巅一道蓝色的光带掠过，接着便是一阵地动山摇般的狂啸，可可西里发生了里氏七级以上的地震，昆仑山垭口的界碑被拦腰折断，一条二三十米宽的地缝横绝莽原之上。地震那一刻，张燕正给一个患者输液，只听一阵噼噼啪啪瓶子掉下碎裂的声响，她心里一阵想吐，晃晃悠悠差点跌倒在地，但她首先想的是病人，连忙扑过去扶住输液瓶子。地壳抖动之后，才得知昆仑山发生了强烈的地震，附近的道班的房子裂了、塌了，而中铁十二局的房子采取路基通风管结构，与冻土层隔开，经受了一场毁灭性的灾难，幸运地逃过一劫。

刚经历一场生命的历险，恰好张燕下山洗澡，收拾个人卫生。已经有20多天，没与丈夫通电话了，车出昆仑山门户，到了南山口，手机有信号了，张燕便与苏建军一路讲下去，一直谈到了车进了格尔木市的十二局宾馆，仍觉得言犹未尽。

其实，张燕最想通话的人莫过于女儿苏宇。自从她走上青藏高原的半年间，每次电话打回家里，女儿都躲着不愿接。无论奶奶怎么喊，怎么劝，她就是执拗着不接妈妈的电话。她觉得妈妈骗了自己，一去青藏,一去天上,就不愿再回人间,让她等了好长好长的时间。8月份,藏羚羊产子后携幼子离开可可西里,中铁十二局专门停工一周,让藏羚羊走出楚玛尔平原预留的通道。那一周,张燕和同事们兀立在荒原上,远眺着那一群群、一片片天使般的小精灵跟着母亲,悠闲地从自己的视野里走过,那一刻,她高兴得手舞足蹈,为女儿拍下了一张张珍贵的照片。

藏羚羊过后,正好张燕下山,一下到南山口,她就拨通了家里的电话,她要将亲眼看到藏羚羊的一幕在电话里描述给女儿听。铃声响过,是婆婆接的电话。张燕指明让女儿接,婆婆在电话中喊道:"苏宇,妈妈电话,快点……"

听筒里传来女儿僵持的声音:"不,妈妈骗人。去了青藏,去了天上,就不要宇宇了……"

"苏宇,乖,听话。"奶奶哄她,"快拿着电话,妈妈给你讲珍奇小动物藏羚羊的故事……"

"不听!"女儿突然尖叫起来,电话里传来与奶奶对峙的声音,"宇宇不要藏羚羊,宇宇要妈妈,妈妈不去青藏,妈妈回太原……"

张燕又一次失败了,倔强的小苏宇始终不肯接她的电话。

"苏宇!"张燕在昆仑山下的电话中一声撕心裂肺的长啸过后,泪如雨下。

2002年6月初的一天晚上。楚玛尔河畔的十二局指挥部张燕的宿舍。一个久违的童声,终于在刚接通铁通电话线路不久的莽原上出现了:"妈妈,你想不想见我呀?"

"宇宇,是苏宇。"张燕一下子蹦得老高,"我的好宝贝,你终于肯给妈妈打电话了。"

"妈妈,你真的想见我?"女儿又在电话里重复了一句。

上行列车
第六站 爱到雪山上

"当然想，宝贝，想死妈妈了。"张燕说着语调已呜咽了。

"我和爸爸要来青藏铁路看你。"女儿的童声像铜铃一样清脆。

"啥？！苏宇，你说的是真的？"张燕惊诧了，"不是在逗妈妈玩吧？"

"张燕，宇宇说的是真的。"丈夫突然把电话接了过去，"你跟我们开了个大玩笑，然后自己上了青藏铁路，我们也如法炮制，跟你开个玩笑，这也是真的。"

张燕心花怒放："真的定下了要来？"

苏建军口吻坚决地说："已经买好太原飞兰州的机票，后天的。"

"快退掉机票，坐火车来。"张燕命令似的叮嘱丈夫。

"为啥？"

"不为啥，一个台阶一个台阶地习服，慢慢升高，对你和孩子有好处。你们才能适应这里的海拔高程。"张燕告诉丈夫。

"习服是啥意思？"苏建军第一次从妻子口中听到一个新鲜名词。

"就是台阶式地适应海拔升高。"张燕解释青藏铁路上创造的一个流行词。

"噢！懂了。"苏建军搁下电话，自己也兴奋得像喝了醇酒似的，一股热流涌遍全身，似乎有种微醺的感觉。世纪初年的第一个初冬，从太原国际机场接张燕回家时，他就发现，半年多的青藏铁路生活，妻子像变了一个人似的，尽管脸上变得红黑红黑的，过去水灵灵的肌肤让高原的风吹得有些粗糙，可是更漂亮了。眼睛里流溢出来的不再是忧郁，不再是无所事事的茫然，而是一个成熟女人的明眸，折射着对事业和对生活炽热的追求和激情。夜很深了，本来醉氧的她却神采飞扬，高度亢奋，情不自禁地给自己讲可可西里无人区的

227

绝胜之美，工作在楚玛尔荒原生命禁区里筑路大军那些感天动地的故事，说到动情处，讲到悲怆处，眼睛里竟然饱含泪水。这可是过去那个事不关己、高高挂起的小女人从未有过的啊。四个月的休假，她几乎天天陪在女儿身边，似乎要将四年母亲未给予女儿的全部浓缩补回去。母女之间的生疏和隔膜渐渐地风轻云淡。

第二年春天，当张燕再次提出要再上青藏铁路时，苏建军毫不犹豫地同意了。送妻子再踏征程的那一刻，他突然萌生了一个念头，尽管自己无缘参与这个世界瞩目的宏伟工程，但是他要上青藏铁路的施工现场，看看妻子在生命禁区里的工作环境，真正体味一下无法承受的生命之重。

苏建军将带女儿上青藏铁路看张燕的想法说给父母和岳父母听，两边的老人一致反对。说苏宇太小，才四岁半，经受不了高寒缺氧，倘若落下一个终身病痛，追悔莫及。

可是小苏宇非常倔强："不嘛，我要跟爸爸上青藏找妈妈，让妈妈带我去看藏羚羊……"

奶奶逗她："那上次妈妈打电话给你讲藏羚羊，你为什么不接电话？"

小苏宇脸一红："我以为妈妈只喜欢藏羚羊，不喜欢宇宇。"

全家人笑了，拗不过这对父女，只好放行。

6月8日，苏建军带着女儿上青藏铁路探望妻子。他们登上西行的列车，一路西进，先介休—西安，又西安—兰州，再兰州—格尔木，三千里路云和月，一路风尘，千里迢迢而来。与此同时，张燕也走出楚玛尔荒原，走出可可西里，下山迎接丈夫和女儿。苏建军专程带女儿来看她，让张燕非常感动。到青藏铁路一年多的时光里，夜晚常因高原反应而无法入睡，她得以拉开距离来审视自己的婚姻，得以从天上俯瞰滚滚尘缘，的确，在时下这个泛爱的社会，一个有钱的男人最难坚守的就是贞洁的底线，可是苏建军却心无旁骛，不为诱惑所动，对自己一往情深；在今天这个言情时代，最容易破碎的就是婚姻了，可是自己的婚姻和家庭却坚如磐石，风雨吹打而不沉船。寻遍天下，自己到哪里去找这样的好男人，到哪里去找这份青梅竹马的爱情。蓦然回首，重新激活的爱情海拔，在可可西里无人区里攀升了。

列车缓缓驶进格尔木站了，小苏宇贴着车窗的玻璃频频向妈妈招手，张燕在站台上激动地追着列车奔跑。一家人在昆仑山下空旷的小城里待了两天。每天早晨和晚上，张燕都给父女俩量血压，观察他们的反应。到了第三天早晨，苏建军突然提出要打车上山，到可可西里张燕工作的地方小住几日。

小苏宇也活蹦乱跳地说："妈妈，带我去看藏羚羊。"

张燕被他们鼓动了，马上张罗着打车。消息被中铁十二局指挥部的余绍水指挥长和师加明书记知道了。电话旋即打了过来：建军是我们十二局青藏指挥部的家属，从大后方来劳军，军功章有他的一半，坐出租车上山不安全。指挥部派专车接你们一家人上山。

情系可可西里之恋。6月12日一大早，张燕带着丈夫和女儿坐上单位派的奔驰面包车，开始登上莽昆仑，车过南山口，扑面而来的山峰染上了薄薄的雪色，小苏宇开始很兴奋，但渐渐地说脑袋眩晕，等上了纳赤台，过了三岔河大桥，海拔接近4000米时，丈夫倒是感觉正常，女儿却出现剧烈的高山反应，直喊心里难受，一阵阵地恶心呕吐。玉珠峰的绵延雪山对她失去了吸引力，刚上昆仑山时的亢奋顿失。等好不容易爬上昆仑山垭口，驶过清水河，抵达十二局在可可西里无人区的指挥部时，已经是中午十一点多了。指挥部里第一次来了一位只有四岁半的小天使,大家兴奋不已,都争先恐后来看小苏宇。可一看到小姑娘被高原反应折磨得不成样子,心疼了。指挥长余绍水和刘京亮院长叫张燕立即送女儿下山。

苏建军觉得挺遗憾,自己和女儿在张燕工作的地方只待了两个小时。在他的眼中可可西里确实很美,楚玛尔荒原空阔无边,云彩都贴到地平线上,千岭含雪,草原碧绿,雪山温暖,凝视那迷人的景色,他感到自己和张燕的人生和婚姻都在瞬间放大了。可惜为了女儿,不能久待,匆匆吃过中饭,夫妇俩便抱着女儿返程,路过昆仑山垭口时,夫妻俩在去年地震造成的残碑断碣前拍了一张合影,唯独不敢将平躺在车上吸氧的女儿抱下来,一张二缺一的合影,成了他们最大的遗憾。

6月18日,苏建军带着女儿离开格尔木返乡了。列车缓缓启动时,苏建军突然说:"张燕,你在青藏铁路干下去吧,当2006年7月通车时,我和小苏宇还来格尔木,做你们的第一批乘客。"

已经渐渐恢复过来的苏宇挥着小手:"妈妈,对不起,我这次不勇敢。等铁路通车的时候,我一定来坐着火车看藏羚羊。"

张燕笑了。

魂枕昆仑听列车长鸣

有好些日子昆仑不曾入梦来。

2004年6月11日,我仍在鲁迅文学院全国中青年作家高级研讨班学习,四个半月的学习很快就要落下帷幕,其间,一直与铁道部文联联系再度上青藏铁路采访事宜,却一直无果,唯有等待,与铁老大打交道两载了,已经习惯了这种等待。

那天上午十一点半，刚下课回到一个人独住的209房间，手机突然响了，屏幕显示是518开头的，一看就是铁道部的电话，以为联系采访的事情有结果了，按下接听，是我熟悉的铁道文联王雅丽的声音，轻声柔语，问道："是徐剑吗？"

我说是，王姐，该不是上山采访的事情有着落了吧？她说是昆仑山上的消息，却是一个不幸的噩耗。

噩耗？我有些愕然，问谁不在了？

黄杨昨天晚上十一点钟走了。王雅丽声音有点哽咽。

我也愣住了，突兀而来的消息让我有点猝不及防。沉默了一会儿，我才问，是什么造成了黄杨英年早逝？

车祸！王雅丽说就在小南川到西大滩之间的一个红柳丛的拐弯处，一辆大货车朝着他坐的吉普车冲了过来。

王姐再没有说下去，我却听到了一个生命碎裂时的颤动和声响。

"一个好人不在了。"我在电话中怅然叹道，"我曾承诺这次上昆仑时给他讲自己的爱情故事的，没有想到却让他留着遗憾走了。"

"是啊，都说好人有好报。"王雅丽感慨道，"可是现实里恰恰相反。"

一个自己熟悉的好人不在了。我不知该说什么好，这难道就是天下好人的宿命吗？是该诅咒宿命呢，抑或嗟叹好人时运多舛？

仲秋将至，我才得以重返昆仑山下采访，此时黄杨之魂远行昆仑已经整整百日了。有天晚上，中铁二十局青藏指挥的丁守全书记宴请我，安排我采访行程的青藏总指宣传部部长童国强作陪，无意中提及黄杨殉职的始末，童部长讲得泣不成声，听到黄杨夫人的深明大义，我也泗涕飞溅。也就在那一刻，我记下了黄杨夫人李英的电话号码，执意要去采访她。

见到黄杨的夫人李英时,第一个感觉是他们太有夫妻相了。圆圆的脸庞,鼻子、额头、下额的轮廓,酷似兄妹,而李英的风韵和楚楚动人处却在那双大眼睛上。知道她是一个钟表收藏迷,曾经在成都市的旧钟表市场上素有"中将"(钟匠的谐音)之衔,是一个对时间精确到了毫秒的女人,提起她的丈夫黄杨,虽然丧夫之痛已经过去一年多了,但是一双迷人的大眼睛顿时湿润了,哽咽地说,6月25日,恰好是黄杨的知天命之年,他答应我和儿子要回成都来过生日的,可是时序全在6月10日这一天错乱了,黄杨在一个错误的时间错乱的空间留在了昆仑山上,永远也走不到50岁这一天了,我们全家老小祈盼的这个日子成了一场梦,一个压在心头驱之不散的梦魇。

2004年的4月,黄杨要三度上青藏铁路了。离他50岁的生日就差两个多月了,家人准备给他提前过生日,时间约好了在4月8日,待他从北京出差回来,可是飞机晚点了,那天返回成都已是晚上九点多钟了,想改在第二天,妹妹黄萝蔓却又于当天早晨飞深圳出差。他家就兄妹两个,父母都七十好几了,一个缺席就没了团团圆圆的气氛。于是,黄杨背上行囊出门前,对妻子抛下了一个最后的承诺,到了6月25日,无论再忙,我都回成都来过50岁生日。

可是他却最终无法兑现了。

也许冥冥之中有一只上苍的手在拨动生命之钟的停摆,6月9日晚上,黄杨给李英打来电话,说明天要陪两家电视台的记者到沱沱河拍摄现场铺架,一路上手机没有信号,就不打电话了。妻子说,我掐着指头算时间,你该请假回家过生日了。

黄杨说实在对不起了,太忙了,新闻采访团熙熙攘攘而来,应接不暇。看这趟下山后吧,能不能请准假。

上行列车
第六站 爱到雪山上

李英说50岁算是大寿了,这个生日你不可小觑,我们等你归来。

黄杨说,好嘛,我办完事情就回来。这是他留给妻子的最后一句话,李英没有想到他会化作一缕英魂归来。

翌日早晨,他到图片社把朋友要冲洗的照片洗印好,一一寄了出去。然后又到理发馆理了理发,神差鬼使地把他的银行卡号密码写在小本本上,放在身份证旁边。一切都办妥当了,吃过中午饭,太阳的时光轮盘恰好定格于中天之上,一点钟他们正式出发了,黄杨仍然义不容辞地坐到了副驾驶的座位上,后座上还有两家电视台的摄像记者。那天格尔木万里无风,苍原上一片透亮,天幕蓝得眩目,极目千里,可以看到昆仑主峰上几簇白雪皑皑,直冲云天。牛头吉普风驰电掣般地往昆仑山岳里穿行,他太熟悉这座矗起山岳的每一个皱褶和生命的晕环了,他有点困乏了,迷迷糊糊的,似梦非梦,似睡非睡,冥冥之中昆仑山道两旁红柳编成的花圈成行列道绽放时,自己的生命怎么会站在这个仅存姓名队伍的影子里行进。真的到了该归去的时候了,该复活的已复活,该出生的已出生,该寂灭的已寂灭,命运之神展开了状如兰花的五指,叩响虚空在莽昆仑上久久回声,他听到了一位朝圣的失道者骤然倒下的声响。

昆仑山上下飞雨啦?黄杨霍然睁开眼睛,刚才还金箔的阳光碎片洒满沥青路面的青藏公路上,现在却细雨霏霏。他问司机过了三岔河大桥了吗?司机说快到小南川一号桥了,他朝左边远眺,一簇簇一片片红柳绿玉般点缀着的河谷里,凸现出那条横穿昆仑山腹地的青藏铁路,他向它投去了最后深情的一瞥。

车在爬坡,一道缓缓的斜坡。黄杨似又沉落于一场梦中,大梦昆仑,第一列驶过青藏铁路的旅客列车在昆仑山顶上长鸣。一声巨响在昆仑山里回响,从坡头迎面驶来一辆大挂车占道,飞掣地朝着牛头吉普撞来，如一头巨大的野牦牛撞向了一只轻灵的藏羚羊。一声巨响过后，黄杨躺在了副驾驶的座位上一动不动，一缕殷红的鲜血从头颅上涌下，如高傲雪山上冰川融化一样，汩汩而下，浸润湿了他上衣兜里的通讯录、U 盘和采访本。

收藏时间的李英这时才最终彻悟，逝水如殇，但是她的幸福与痛苦的时钟就在 2004 年 6 月 11 日下午两点三十分凝固不动了。

那天的两点三十分，车祸过后的黄杨被紧随上来的第二辆车接下来了，立即给他输氧，然后掉头而返，直奔格尔木，傍晚五时许，黄杨被送到了格尔木市的 262 医院，是解放军治疗外科创伤最好的医院，青藏总指的卫生部部长亲自指挥抢救，手术方案于傍晚六点钟敲定了，请医院最好的外科大夫主刀，一直到了晚上的十点三十分才结束，然后只过了 47 分钟，黄杨便溘然而逝了。

李英是在第二天早晨接到格尔木打来的电话，说黄杨受了重伤需要你来护理。于是她叫上黄杨的妹妹黄萝蔓坐上了成都飞往西宁的飞机，四个小时后，她在西宁机场降落，刚打开手机，在成都铁道报的男同学的电话就过来了，说李英无论什么情况你都要坚强，这个电话一接，李英隐约地感觉情况可能比她预想的还要严重，但是她从未往死亡上想。当天晚上，她与小姑子踏上开往格尔木的火车，一夜无眠，到了第二天上午十一点多钟，终于到了她所熟悉而又陌生的格尔木市了，下榻金轮宾馆，吃过午餐之后，已是下午两点多钟，青藏总指的副指挥长那有玉和才凡来了，来到了她与小姑子住的房间。两个男人不知对她们说什么好。

见两个男人缄默了好一会儿，李英觉得情况有点不妙，说："我们想去看黄杨现在怎么样了。"

才凡最先发话了，说："李英啊，你的黄杨看不到了，他已经不在了。"

李英与小姑子的眼睛怔然了，然后便是一阵号啕大哭，哭得撕心裂肺，哭得昆仑也为之动容动情，白雪茫茫的昆仑山矗立着，如白色哈达迎风飘荡，献给两个痛失亲人的四川妹子。一直流泪到了傍晚，泪流干了，情绪也平复下来了，才对一直陪在身边的童国强部长说，千里会君终有一别，就让我们去见见黄杨吧。

于是在一个格尔木夏日喋血的黄昏，天幕上的凤凰红云飘逸着美丽的翅膀，似在飞翔似如花溅泪，载着黄杨夫人与妹妹的考斯特在总后兵站部262医院的太平间门口停下，李英与小姑子迈着沉重的步伐，走下车来，走向了她们最亲近的亲人身边，当一个巨大冰柜将黄杨载出来的时候，他那恬静平淡的笑容都被昆仑山的冰霜凝固了。

"黄杨，我的爱人啊，你怎么以这样的方式来见我们啊！"李英一下子扑了上去，用自己的脸颊在丈夫已经僵硬的额头、鼻子、嘴唇上，在一片冷霜相凝处，留下人间最后的温度，带着女人的温柔与深情，给了丈夫最后的拥抱后便晕倒在地上。

"哥啊，我的亲哥啊，我来看你了，我带着爸爸妈妈的厚爱来看你了，醒醒，哥哥，你再睁开眼睛看妹妹一眼啊，你的眼睫毛上为何有霜。我的魂留昆仑山上青藏铁路的哥哥啊。"黄萝蔓说完最后一句话时，也像嫂子一样，倒在了太平间的冰柜旁。

房间的温婉终于让两个女人醒来。青藏总指那夏天般的温暖，终于将两个痛失亲人的女人的巨创抚平了。等一切都平复下来时，李英说："妹妹，爸爸虽然只有黄杨一个独子，我知道白发人送黑发人的悲痛，但是我们不能瞒老人，还是告诉他们真相吧，是你说还是我说？"

黄萝蔓说："大哥不在了，自古以嫂为母，还是你说吧。"

李英点了点头，立即操起床头柜上的座机，拨通了成都公公家的电话，说："爸爸，我是英子。"八千里路云和月一样遥远的成都，公公的声音传过来了，说："小英啊，黄杨怎么样了，伤得重吗？"

"爸爸！"李英喊出这憋了好久的心声后，痛彻肺腑地告诉公公，说，"你的爱子黄杨已经走远了。"

老公公的声音颤抖了，说："小英啊，黄杨到底走到哪里去了。"李英答道："他的英魂远行到昆仑山巅了。永远看着列车从昆仑山隧道里驶出来。"

这时李英在电话中听到了一个年逾七旬的铁二局老公安撕心裂肺地哭喊："黄杨，我的儿啊！"

今夜思君无眠，不眠在昆仑山下。到了凌晨四点钟，李英叫醒了哭了又睡，睡了又哭的小姑子，说："我思念了黄杨一夜。迷糊之中梦到他，他说他的英魂永远地留在昆仑山顶了，我们就将他的骨灰撒在昆仑山上吧。让他那双善良的眼睛永远注视着过往的列车。"

妹妹说："嫂子的想法，我赞成，明天早晨再向爸爸征询一下意见。"

第二天太阳又冉冉升起，伴着人间的第一缕炊烟，李英给老公公打了电话，说要将黄杨的一半骨灰撒在昆仑山垭口上，公公说好呀，也遂了黄杨之愿。

第三天，黄杨在四川美院雕塑系的儿子黄飔也赶来了，为爸爸送上最后一程。

6月14日中午过后。童国强陪着李英母子和黄萝蔓上莽昆仑上撒黄杨之魂，一路昆仑行一路泪满襟。站在他因公殉职的地方，李英仿佛看到黄杨的背影悄然走远了，随着逝水如斯的时间径自走远了，可是李英的故事却回到了从前。

她庆幸自己与丈夫22年的婚姻生活里不曾留下冷战的败笔，可是有一天搬家的时候，也忽然发现了丈夫的一个秘密，一包捆扎的纸包上写着"不得拆开"四个字，李英以为是一包钱呢，就想拆开看看。一看却是一个惊天秘密，记载了在认识自己之前，丈夫与心爱的恋人的故事和秘密。看完之后心里感觉如坠入府南河一样湿淋淋的，但是她没有向丈夫兴师问罪，好几个月她不对丈夫提起这件事情，直到有一天，他从青藏铁路回来了，夫妻两个到离西藏最近的一个古镇丽江休假，双腿泡在玉龙雪山淌过大研古镇的八卦溪里，她才旁敲侧击地提起那段往事，说在这个世界上，谁都有被异性诱惑的可能，她用这句话来点拨丈夫。黄杨乃性情中人，何以不懂妻子用意，他说我将自己的日记放在家中，留作一种美好的回忆，其实是为了今后写书，也是对你的充分信任，我没有什么可瞒你，我是与那个女孩相爱过，可是最终无缘，无夫妻之缘，但是我们却有夫妻缘，是四百年前佛陀的莲花座下修的，才有百年共枕眠。那轻轻地一笑，终于化解了夫妻之间的芥蒂。

可是轻轻地一笑，却带着昆仑山的彩云走了。走得好远好高啊。

今天，童国强坐在了第一辆开道车里，他知道李英此时的心情不好受，其实他也不好受，觉得有点愧对黄杨兄弟，有一天黄杨出去洗照片，但是单位却有急事找他，而他却不在，童国强急了，打了他的手机说黄杨你在哪里，跑到什么地方去了，还想不想干，黄杨也急了，在电话中与童部长争了起来。一个温和的男人第一次发怒了，让童国强有点不安。第二天喝酒时，童国强端着一杯酒，走到黄杨跟前，说我向你道歉，昨天的事，是我不对，我的性子急了一点。黄杨与童部长碰杯后一饮而尽,两个男人的友谊就在男儿的烈酒之中,化成一片醇香的厚重。

浑厚沉雄的友谊终于在昆仑山的怀里断裂,裂得那样心碎心痛。

下午两点多钟,正是黄杨罹难的时刻,壮魂而行的队伍上了昆仑山垭口,下车之后,雪好大,像呜咽的箫声在尖啸,在吹奏一曲挽歌的绝唱,儿子黄飓捧着爸爸的骨灰盒往铁五局的昆仑界碑的铁路垭口走了过去,就在抛撒和放飞黄杨之魂的那一刻,童国强代表青藏铁路的所有建设者祭奠自己的副手,未曾开口泪先流,然后颤抖地说:"黄杨我的兄弟,我知道天下没有不散的筵席,铁路修完了,我们就要散去。可是我没有想到会以今天这样的方式与你道别,你的亲人,你的至爱亲朋,我们一起来送你,雪风为你呜呼而泣,我们也为你泪如雨下,兄弟,我的好兄弟,走好,一路走好。我知道你的灵魂永远徘徊在昆仑之巅,两年之后,当第一列列车驶过昆仑山时,第一声长鸣,那是为你的一缕忠魂而鸣,我们那时会与你的家人一起坐第一趟列车经过,你会以一双深情的眼睛,微笑着看着我们驶过,是吗?别了黄杨,别了我的好兄弟,愿你的在天之灵,好好安息!"

童国强的祭奠引来哭声一片。然后便是黄杨的未亡人李英的祭语,她一边在风中往铁轨上撒下丈夫的一缕忠魂,一边饮泣地说道:"黄杨我们来了,来接你回家。我知道虽然你火化的身躯会跟着我们回去,但是你的魂儿却永远留在了昆仑山里,归去来兮,你不会走远,等第一趟列车驶过的时候,我们再来看你。回家吧,黄杨,我与儿子还有萝蔓妹妹一起带你回去。回到我们温馨的天府之国,你的灵魂和躯体不会寒冷,因为有我们不会忘却。"

一缕忠魂在妻子的手中飘荡,那个刚刚19岁就痛失父爱的黄鳃一边撒骨灰一边吟诵一夜无眠写给爸爸的诔文。

魂枕昆仑听列车长鸣!

李英母子带着黄杨的一半英魂回去了,回到了川西盆地的故里。走之前,他们没有提出额外的要求,只向青藏总指提请将黄杨写的文章和拍的照片结集出版,这一点绵薄的要求谁能拒绝,谁也不会拒绝!

黄杨魂归故里。到了6月25日,他的50岁生日那天,李英与爱子不惜花7万元的重金,在都江堰的二王庙的宝山为他购了一块安妥灵魂的栖息之穴,仰卧在青山绿荫丛中,俯瞰河谷,岷江蜿蜒淌过,那是从青海长云暗雪山流来的天上之水,融入岷江,那是黄杨他一生迷恋的天上流云,穿云带雨地落在了二王庙的宝山之上。他可以无忧了,有雪山清澈的流水悠然从脚下流过了。

墓地里站着两百多位亲朋好友。儿子黄鳃泣不成声地念着自己撰写的祭文《永别了,爸爸》:

爸爸,亲爱的爸爸,您知道吗,您回家了,回到了这片生您养您,让您深深眷恋的故乡,回到亲人、朋友、同事、战友之中,您看到了吗,有多少人来看您了。

记得吗?2002年,您拎上行囊远赴高原,从此把生命与青藏铁路紧紧地连在了一起,您对我说:"我是幸运的,修青藏铁路是中华民族几代人的凤愿,这是吸引我和众多建设者走上高原的理由,是我选择了青藏高原,拥抱、亲吻、融入唐古拉山的理由,更是我倾心奋斗的源泉。"您说的每一句话我都铭刻在心,可是当铺轨机伸出巨臂,向拉萨和唐古拉方向铺下第一批轨排时,当坚硬闪亮的铁轨与西藏古老高原"亲吻"时刻,您却倒下了,您的身与心全部留给了这段中国铁路史永远值得纪念的地方!

……

这一切,已经把您和青藏铁路熔铸在一起,形成了一段永不能割舍的青藏情结。您要等到2006年青藏铁路通车的那一天,把整个格尔木的一小段,青藏历史的一大篇大笔挥写出来,让所有的人都知晓中华女儿是何等伟大,蜿蜒铁路延伸进西藏是何等的壮观!可是您创作的青藏铁路的新闻作品和摄影作品都没有完成,都没有完成啊,您就撒手离开了我们,离开了您为之奋斗的一片热土。我们不答应,青藏铁路的叔叔阿姨们也不答应呀!您怎能不情系青藏,泪洒青藏,魂牵青藏啊!

当铁轨铺下的一瞬间,群众中爆发经久不息的欢呼声,您听见了吗?他们在感激您和那些伟大的青藏筑路人,是你们结束了西藏无一寸铁路的历史呀!

长歌可以当哭,青山可以葬魂。亲爱的爸爸,您与世界屋脊同在!您与皑皑白雪共存!您与茫茫昆仑永驻!您永远活在我们的心中!

爸爸,安息吧!

19岁大学生的祭文,让在场两百多名叔叔阿姨们悲泪滂沱!

时光不紧不慢地走过,转眼之间,到了爸爸的周年祭日,学雕塑的黄魃为爸爸雕了一个半身像,那是用一片深情融成的心雕,他想有一天重走青藏路,雕在昆仑山口列车经过的地方,雕成真爱无疆!

上行列车
第七站　穿越莽苍

> 中间的弥卢山王,
> 请牢稳地站着不动。
> 日月旋转的方向,
> 并没有想要走错。
> ——六世达赖喇嘛仓央嘉措情歌

无人区里的天地男儿

李金城并不知道150名大清帝国的官兵,穿越苍茫,走的就是今天的铁道横穿莽原的线路,只是天穹下那一个个隆起的土丘,像一座座荒冢野丘,埋葬了忠魂,却有一双双眺望中原故土的眼睛如火在燃烧。

旷野无边,雪风之中似有鬼魂在哭泣。青藏铁路线路总师李金城面临着最艰难的一仗。万里羌塘无人区横亘在他的视野里，冥冥之中，他似乎觉得将近一个世纪前，必有一群汉地英魂游荡在那片莽苍之上。只是学铁路出身的李金城并没有读过陈渠珍著的《艽野尘梦》，唯有一种心灵的感应，李金城觉得身后一群绝地孤旅，遗落在无人区的汉地英魂会保佑自己穿越莽原无边。

2000年9月10日，李金城组成一个突击队，自己亲任队长，穿越唐古拉越岭地段到土门无人区，完成定测，如果这40公里的绝地定测和物理勘探不做完，就会影响下一步图纸设计工作。

那些日子，他们住在唐古拉兵站，海拔接近5000米的地方。9月11日早晨六点，匆匆吃过早餐之后，他们便开始登车而行，顶着唐古拉飞雪如瀑的狂舞，踏雪而行，朝着无人区走近，也朝着死亡地带一步步走近。汽车艰难行进到了中午十一点，整整五个小时，才走到了步行出发点。

下车伊始，几辆小车纷纷陷进去了。李金城叫三桥车在那里相救，然后对三队和物探组成的40人的队伍说："我们要从这里测自土门的出口，眼前有40公里的莽原，必须一个白天和晚上定测通过。现在大家对表，我们就从北往南边突击，三桥车和小车绕道在南口等我们。"

站在一片隆起的土丘上，李金城的前方是一片泥泽无人区，茫茫无际，车不通行，亘古以来就很少有人从上边走过。

冥冥之中，也许只有大清王朝最后东归士兵的孤魂野鬼仍然在风中长啸。勘测队的行李和帐篷原来驮在牦牛身上，可是牦牛却不愿驮，乱颠乱跑地摔掉背上的行李，跑到河里打滚，将驮着的东西摔得满山遍野。

"我们背着徒步前行吧。"李金城望牛兴叹，"只有一个白天和晚上穿越这40公里，土门公路入口处见。"

于是，一支孤旅像一个世纪前最后的清军官兵一样，朝岭南而行，每人负重十三四公斤朝着无人区挺进，一个组一公里，在沼泽地，踩着草墩子跳跃而行，有点像青蛙的凌空一跃，稍微不慎踩塌了，就会沉入泥泽之中，深陷其中，便有生命灭顶之虞。

李金城叫人打开卫星电话，仍然是一片盲区，如果出现意外，就会一筹莫展，呼天天不应叫地地不灵了，于是，他硬性规定，每个小组只选一段，距离不能太远，如果出现意外，也好相互照应。到了下午五点多钟才走到了测量点上，大家纵线排开，前边丈量，中间打桩，后边紧跟着查定组和抄平组。无人区风雪很大，一天四季，一会儿烈日当头，一会儿暴雨如注，一会儿万里无云，一会儿狂雪连天涌，冰雹下来的时候，如玻璃珠一样的大小，将头都砸肿了，后来大家有了经验，一见冰雹如弹丸而泻，便弯下腰，抱着头让其砸在背上，就这样一步一步地往唐古拉以南的羌塘推进。

目睹此时此景，李金城吁噫感叹，整整一个多月，兰州分院十二队和三队就在137公里的望唐到安多的无人区里，历尽千辛万苦，与死神一次次擦肩而过。他清晰地记得，有一天物探队的经理梁颜忠率领38人在唐古拉越岭地带勘探，课题是进行地质和地球物理的大面积的钻探，最深的钻孔有1000米，最浅的钻孔也在50米至200米之间，用炸药激发地震波传导出来了，掌握地震异常的状况。他们只带了一顶小帐篷上来，到了天黑之时，才找到了一块干燥的地方搭起了帐篷，只有十五六立方米的空间里，一下子挤进了38人，牧民放牧的小土墙边上，挤了8个人，一个挤一个，侧身而卧，如插筷子一般紧巴。如果有谁起身上厕所了，再回去时，原来的位置就没有了，只好换着睡觉。那天晚上，既没有吃的，也没有烧的，帐篷外边雨雪交加，棕垫积了水，只好铺上彩条布，人睡在了彩条布上，身下却是一汪汪的水。

最痛苦的莫过于吃饭，开始几天，他们带着方便面和压缩饼干进入无人区，水烧到了60℃就开了，泡方便面时，外边已经泡成糊了，面心却是硬的，等泡好了再吃，方便面心未泡开，面汤已经结冰了，凑合吃一天两天还可以，可是到了第四天的时候，大家见了方便面就想呕吐，吃饭成了无人区里最难受的事情。直到有一天把高压锅带上来了，将面条与罐头混在一起煮，竟有如过年一样的感觉了。

而拉通越岭地带的40公里，是李金城率队必须打的一场硬仗。

一场暴雨过后，天放晴了，突击队趁亮往前推进，进展顺利，可是到了傍晚八九点钟，天渐渐黑下来了，乌云压得很低，几簇秋夜的寒星似乎伸手可摘。风中传来了一阵阵苍狼的狂嗥，棕熊也一步一步地向他们靠近。夜的荒原上伸手不见五指，唯见苍狼的眼闪着绿光。五节电筒射光在测量仪的棱镜上，如故乡秋夜的萤火虫，时隐时现，到了上半夜许多电筒只干了三个小时就没有电了，平时的通视距离是500米，可是在越岭地带的夜幕中，200米打一个点，棱镜靠光束连通抄平，不发射的时候就停下来，前点的手电给镜子一个信号，天又下着雨，通过步话机联系，四周一片黝黑，满山遍野就几支手电在晃动，最后没有电池了，只剩下线路总师李金城的干电池还有电，他便持着电筒前后跑，跑着跑着他的手电也没有电了。负责警卫的警官蔡建武鸣枪喊大家聚集到一起，鸣了两次枪，16个人聚集在一起。也许因为体力消耗太大，也许是因为没有带上足够的药物，跑着跑着，李金城突然瘫软在枯黄的草地上了。

"李总，你怎么了？"物探队的经理梁颜忠扑了过来。

李金城此时气喘吁吁，说："我的缺钾症老毛病又犯了。"

"药呢？药放在什么地方？"梁颜忠与三队队长一齐围了上来。

李金城长叹一声，说："也许是羌塘亡我呀，早晨我从唐古拉出来的时候，好像记得带了钾片的，可是现在却没有了，是丢了，还是我真的忘了带了。"

"李总放心，有我们在就有你在。我们轮流背你出去。"梁颜忠说道。

"老梁，你最重要的是照顾好自己！"李金城知道梁颜忠进了无人区后血压飙升到了180/140，20天吃了一百多片去痛片，比自己的状态并不好多少。他摇了摇头，说："那怎么成，我一百六七十斤的人，谁能背得动啊，还是扶着我走吧。"

铁一院公安段的警官蔡建武过来了，说："李院长，我来扶你！"

可是刚走几步，李金城的身体便浑身发软了。走几步一个跟头，却仍然边走边摔跟头，边摔边往前走。到了第二天凌晨三点多钟，终于走到一个没人住的帐篷跟前，他一步也迈不动了，对大伙说："我不能拖累大家了，建武，你们先出去吧，留一支枪给我，以防苍狼，你们找到出口再来接我。"

"不！我们绝不能扔下你！"蔡建武摇头说，所有的人都投了反对票，说要死就大家死在一起，我们绝不能扔下你不管。

李金城坦然地说："我这个人已经死过一回了，大难不死，必有后福，决不会出意外的。"

那是1996年的事情了，已擢升为铁二院兰州分院副院长的李金城在尼日利亚960公里的线路上担任总体，参与尼国铁路的恢复与改造，那时他30岁刚出头，少年得志，俨然一个横刀立马非洲的少帅。5月3日那天，前边是丈量，他在省城办了一点事情，然后叫了一辆汽车送自己到了点位上，包里背着木桩，负责埋点，后边紧随抄平组，各组之间相距不到五六公里。下午三时，他朝着与人齐高的北方灌木林独行，到了一个岔路口时，按照预先的约定，丈量组要给埋点的人留下一张纸条，指示沿此道向距离铁路10公里的公路撤离，可是李金城走到那里，什么也没有发现。尼日利亚是一个军政府的国家，社会动荡不安，中国铁路工程师执行援外工程时，须雇请当地警察持枪护卫。而且当地天气不分四季，一年只有雨季和旱季，5月份恰好是那里的旱季，气温高达45℃。尽管离公路只有10公里远，但是一块偌大的沙原，极目眺望，四周都是长满了一人多高的灌木林，视线极差，他沿着一条羊肠小道穿过林莽，走到了下午五点多钟，又返回了铁路沿线，显然他已经迷路了，而这时汗水将衣服都浸透成了一片盐碱，随身携带的水早在下午三点钟就喝干了，拧开壶盖，里边一滴水也没有了，只好往一条沟里钻了出去，开始觉得大方向不会错，但是一会儿便消失在密不透风的非洲热带雨林里。

　　暮霭沉沉，林莽里一丝风也没有了，西天的幕布上仍然有一缕缕火烧云团，宛如展翅的火凤凰，会将自己驮回故国吗？李金城有些惶恐，他将自己的包与水壶都挂到了树梢上，期待着寻找自己的人能看到此物，循迹而来。

　　天色渐渐黑下来了。一颗异国的星星在李金城乡愁的天空眨了一下诡眼，旋即坠入乌云，非洲的丛林唯有怪鸟的惊叫，凄凉一声胜似一声，在无边的寂静中让人胆战心惊，夜色好似这群怪鸟，向天空飞掠而去，于是黑暗，无尽的黑暗将它湿漉漉的暮霭披到了李金城的身上，气温并未随着夜幕的降临而降低。李金城此时虽然不辨东西南北，但凭着一个野外工作者多年的经历，他觉得顺着沟是

上行列车
第七站 穿越莽苍

可以走到公路旁边的，到了公路上他就有救了。

一个独行侠在非洲的丛林中穿行，一直走向夜的阑珊。一天没有吃饭的李金城又累又渴又饿，在死亡坟墓般的重压之下，趑趄不前，最终昏倒在地上。也不知什么时候醒过来了，继续往前爬，终于发现一间非洲部落的茅屋了，房子里有灯光，可是他不会豪萨语，无法与人家交流，看见茅屋的旁边有一缸水，他不管是做什么用的，端起来就喝，把人家的一缸水都喝完了，然后才踉踉跄跄地往公路方向爬行，曙色将明时，他已经爬到了公路边上。

这时，当地的警察和中国铁路的职工正对李金城进行拉网式的搜索，却一无所获。

林莽中起风了，被晓风吹醒的李金城突然听到了汽车的轰鸣声，车灯从远及近地射了过来，他艰难地站了起来，身子摇摇晃晃，又倒下了。原来寻找他的车子在公路上已经跑过两三趟，却未发现躺在公路边上的李金城。

车灯近了，当李金城最后一次竭尽全力地站在晓风中时，车上的人发现了他。

送到医院整整躺了三天，他才从极度的疲惫和惊惶中平复过来。

然而，冥冥之中，他那硬朗的躯壳里已经潜伏着一个病魔。

1997年回国后，有一天兰州分院举办党员活动，组织爬玉泉山。登顶之后，大家在一起喝啤酒打扑克，李金城中途去了洗手间便再站不起来了，送到兰州军区陆军总院，病因很快查出来了，缺钾导致下肢失去知觉，医生建议力戒疲劳戒烟戒酒。

而恰恰这三戒，对于烟王酒鬼的李金城更是难于上唐古拉了，在青藏铁路勘线上一点也行不通。酒可以御寒，而烟则增大肺活量，否则疲劳随时陪伴着他。

躺在牧民放牧土墙里的李金城被扶了起来，却一步也迈不动了，刚走两步便瘫软在地上，他挥了挥手说："我不能连累大家，我就躺在这里，你们找到出口后，再来接我，这是命令。"

梁颜忠摇了摇头，说："在这个事情上，你得听大家的，我们不能扔下你，莽苍羌塘，方圆几百里无人烟，扔下就是死亡。"

"你们过来！"梁颜忠叫过两个体壮个高的职工，命令道，"就是拖也要将李总体拖出无人区。"

两个职工连拉带拽，把他扶了出来，走到一处牧民放牧遗落的围栏前，找来牛粪生火取暖，这时天已经麻麻亮了。躺在荒草上的李金城问，还有多少公里没有贯通。

"李院长，还有7公里。"梁颜忠说。

李金城沉思片刻说："如果出去找出口，再返回来，又是将近14公里，杨红卫你带着6个人打通最后7公里，把这段任务完成了。"

在场的人纷纷将干粮和食物给了杨红卫等7个人。

天一亮，杨红卫便率7个人悲壮地出发了，找到了间断点，将最后7公里贯通时，却已是傍晚了。

公安段长一大早就带车停在土门公路的路口等待了，原定是早晨会合的，离约定的时间早已经过了几个小时，远望着雨中的莽苍，始终不见一个人影，他忧心如焚地伫立在荒原上眺望，冥冥之中，预感到是出什么事情了，公安段长当机立断，派两个人离开汽车，爬到东西两侧的山峦，隔半个小时鸣一次枪，以枪声召唤李金城院长他们回来。

左顾右盼，不见突击队归来。他们在无人区里整整干了30个小时，终于将40公里的地段全部测通了，他们搀扶着李金城，像一群从战场上归来的勇士一样，朝着约定的地点趔趄而行。这时已经是第二天晚上七八点钟了。

"李院长，汽车！我看到汽车了！"走到前边的铁一院的警官蔡建武激动地喊道。

九死一生的人们都朝前方看去，只见雨幕中一排汽车停在了暮霭之中。所有的人都哭了。

"我们得救了！"李金城蓦然回首，突然发现这片隆起的山丘像一个巨大的坟墓，只是他们幸运地又逃过了一劫。

三根火柴点燃生命篝火

张鲁新回到山东故里已经两年有余了。

泉城清澈甘洌的故乡水，洗濯了他粗裂脸颊上的最后一抹高原红，生活开始滋润起来，灵魂却像醉氧般的沉睡不醒，夜夜梦回青藏，每次梦的痕迹总是在冰天雪地的冻土地带上留下一行生命的轨迹。

1988年12月，山东济南国际机场破土动工，机场跑道就建在黄河岸边的滩涂之上，掘开黄土之后惊现了一道罕见的技术难题，跑道的地质结构是一层软土。与青藏高原上的冻土有些许类似之处。省里问尽全国从事这个领域研究的工程技术人员，在国内冻土学里饶有名气的张鲁新的名字被摊到了决策层的桌面上。

对于这个齐鲁才子，泉城的父老乡亲仍然记忆犹新。当年他在济南一中读书时，教育部门曾用莫斯科大学的物理学高考试卷考学生，他夺走了济南第一名，一时轰动泉城。可是这颗星很快便在齐鲁天空悄然消失，最终却崛起在青藏。

张鲁新被调到济南国际机场工程指挥部，任专家组组长，主持了"真空预压法加固机场跑道软土地基试验工程"，为最终解决机场的技术难题拔了头筹。鉴于他在地质学和冻土研究领域里的学术地位与贡献，山东方面准备挽留这个难得的人才，欲任命他担任山东地矿局副局长兼总工程师，并紧锣密鼓地将他的夫人调至济南，甚至连孩子上学都联系妥当了。

毋庸说，这对任何一个人都是一种无法拒绝的诱惑。但是命中注定，张鲁新属于青藏，而不是故乡。

那天傍晚，山东省和济南市的有关领导出席一个庆功晚宴，恰好电视上在播出的是一部80年代末期颇有影响力的电视片《西藏的诱惑》，从宗教、风情和民俗上展示那片人类最后的秘境。高亢悠扬的藏歌刚一响起，张鲁新手中的筷子便放下了。一根火柴点亮一盏长明灯，然后便是一条辉煌如长河的长明灯在闪烁，遥远的青藏路上，一个个朝圣的圣徒磕着长头，一步一步朝着圣城拉萨的布达拉宫走近，身后却是广袤无边的羌塘草原。

青藏未曾入梦来，天路却在视野中惊现，张鲁新的泪水哗地涌出来了，朝圣者一步一步走过高原，为的是一种虔诚的坚贞，他也一步步横穿过青藏，走遍500多公里的冻土地带，为的是一个皇皇的铁路大梦。

那天晚上身躯虽然浸润在故乡的温婉里，可灵魂的风马旗却在青藏高原的天风中狂奔，他总忘不了1976年那个寒春，他横穿莽苍时，几乎九死一生。是三根火柴燃起的一簇生命的篝火，重又燃亮了他命运的历程。

那年是由后来跻身院士之列的程国栋当冻土队长，探测唐古拉山以北雁石坪经沱沱河到五道梁可可西里的永冻土地带，穿越偌大的楚玛尔平原。

在距尺曲河不远的地方，有一天上午，程国栋队长派张鲁新、大胡子陈济清和李烈三个人一组,去测10公里远的一处冻土地带,取回科研数据。出发前,程国栋给了他们一张大比例的军事地图,炊事员为他们三个准备了一份午餐,三个人一听午餐肉,每人两个冻馒头,一壶凉开水。

走出帐篷前,平时爱吃糖的张鲁新特意在自己的包里装了五颗大白兔奶糖。按照正常的行程,他们上午八点出发,下午四点就能返回营地。

那是一个大晴天,旷荡的莽原上天空如海水洗过,不见一丝云彩,罡风从天堂里吹来,在那片千里枯黄的草原,卷起万顷金波,浩浩荡荡地朝着张鲁新他们涌来。张鲁新手执着一张航拍的大比例军事地图,在寻找一条河,一条横过圹埌之野无名的季节河,按预定时间应该是在中午一点左右抵达河边,取得所有的数据,然后按时返回营地。

可是在草原上吃过午餐后,初春的太阳悬在空中,已经习惯了高原气候多变的张鲁新一行三人却享受不了这阳光灿烂、万里无云的晴空,祈盼的心灵在等待,却不急不慢等来了一场劫难。

走到了下午三点多钟,也未见到那条河流。是三个人走迷路了,还是大比例的军事航拍图出了偏差?谁也未多想,只想找到那条河,到了那里就可以返程了。一直到了下午五点多钟,天上的云朵开始聚集了,那是一场大雨大雪将至的征兆,可是他们仍然找不到那条河。

"鲁新,我们不能再走了。"大胡子陈济清提醒张鲁新说,"再走下去,可能就会将小命搭上了。"

"那就回撤吧!"张鲁新最终放弃找到那条河的念头,凭着记忆,开始往回走。

翘首望天，空旷莽原上的云散云集，此时云层已经聚合成了一艘巨大的军舰，浩浩荡荡，从他们的头顶上驶过，天空开始暗淡，刚才还透明的天地一片混沌。天开始飞雪了，雪狼迈着从容的步子，不紧不慢、不急不躁地朝着他们走来，摇晃着巨大的头颅，像一个高贵的绅士在向突然闯入它的生活领地的三个男人示威，看谁的意志和忍耐在最后一瞬间坍塌。张鲁新已不止一次有荒原上遭遇苍狼了，他知道狼并非是人类的天敌，它们的紧张和奋起攻击恰恰是因为人的侵入而令其惶惑所致，与狼的对峙最好是一种陌生绅士见面时的礼仪，高傲地微微一笑，然后井水不犯河水，视而不见，各走各的通天大道。

雪风长驱。就这样与雪狼擦身而过。走着走着，天已完全黑下来了，风雪迷漫，不知何处夜归人。走到半夜一点多钟，莽原上早已经伸手不见五指，三个人不知道被命运之神抛于何处，荒草连天涌白雪，季风直往衣服里钻，已经连续十几个小时未吃过一点东西了，又累又困，找了一个避风的山坳躺了下来，陈大胡子是一个烟鬼，摸出了一支烟，衔在嘴上，想划火柴点燃。张鲁新连忙说：“济清且慢，暂时不要点烟，告诉我还有多少火柴？”

陈济清数了数，说还剩下最后三根。

"不能再动了，那可是照亮我们生命之荒火啊，留着吧，万一我们一时走不出去，可以生火取暖。"张鲁新已经作了最坏的打算。

有烟不能吸，陈济清开始哈欠连天了。

张鲁新摸摸身上还有什么可吃的，突然摸到了五颗大白兔奶糖，惊呼道："天不亡我辈啊！"

陈济清苦笑道："张工，你还这么乐观，难说今天晚上，我们就会葬身风雪之中，有来无回，做苍狼的晚餐了。"

张鲁新很认真地说："我说的是真的，我请两位吃糖！"

张鲁新先摸出三颗，每人递了一颗过去。

"是做梦啊！"陈济清感慨道。

"不是梦，是真的！"张鲁新又将最后两粒大白兔咬成了六节，分给每人两节。

"这可是救命糖丸！"陈济清和李烈接过来了，咀嚼起来。

细细舔尽了最后一小粒奶糖，身上突然有了力气。这时暴风雪渐渐地小了，厚厚的云层仍然笼罩在头顶之上，云罅裂开了一道巨大的雪沟，被暴风雪湿润熄灭了的星星重又在天穹上闪烁了，好似格萨尔王金鞍上的宝石，在夜空中游浮。雪晴后的高原静得慑人，唯有风的呼哨如长安城下的埙在尖啸。张鲁新在寥寥空宇下的无人区行走了三四年了，他有户外旷野中辨别方向的经验，尽管四处无参照物，但是冥冥之中，他觉得他们三个走的方位并未错，并未离大本营太远，但是横无际涯的大荒原也在考验着他们的意志。

陈济清说："张工，我们不能再走了，就在这个山坳里等待救援吧。"

"也许这是最好的办法！"张鲁新点了点头。

三个人蜷缩在一起，似乎在等待楚玛尔荒原上的最后时刻，等待着一场命运的劫难抑或吉人天相蹒跚来临。

冻土的大本营里，程国栋队长在帐篷里等待着张鲁新三人归来，等到了落日时分，苍莽的荒原上不见人影，等到满天飞雪，仍不见风雪夜归人。他预感到张鲁新他们迷路了出不来了，便先派一支人马出去寻找，暮色时分回来了，没有消息。已经离回来的时间超过了五个多小时了，程国栋队长急得流泪了，在荒原上作业多年了，第一次发生人员彻夜不归的事情，便将二十多人的队伍集合起来，兵分三路从东南北三个方向出动寻找，点燃火把，给陷落于黑夜中的张鲁新三人以生命的希望。三支队伍朝三个山头相向而行，在广漠的荒原上向着遥远的地平线喊着张鲁新的名字。

楚玛尔荒原寥落天涯，太遥远了，没有大山的回声。战友齐声呼唤的声音，在夜风中显得那么声嘶力竭。喊声最后变成了一阵阵牵挂生命安危的哭声，面对荒原无助的哭声。

"有人来救我们了。"李烈跃身而起，说，"我好像隐约听到山包上有人喊张工的名字。"

"我看到火光了！"陈济清翻过身，趴在雪山之上，他已经没有力气呼唤了。

"怎么办，我们总不能坐以待毙吧？"李烈问张鲁新。

陈济清从兜里摸出了火柴，说："我有办法了！点火，向他们发出火光的信号。"

张鲁新点了点头，说："好，但是不能烧冻土的数据资料，那是我们用命换来的。"

三个人不约而同地点了点头。

陈济清将烟盒撕开了，双手颤抖着，点第一根的时候，突然被一涌而来的雪风吹灭了。

"快点。三个人围成一团，挡住雪风。"紧要关头，张鲁新几乎命令自己的两个同事了。

三个人迅速围成一堵墙壁，将周遭的雪风挡在了身外，陈济清的手不颤抖了，心却怦然而跳，重重地划下了第二根火柴，划燃了，张鲁新立即将卷好的烟壳纸凑了上去，点燃了，第二根火柴点燃了生命希望的篝火。举着伸向天空，向山头上张扬、晃动和闪耀。

或者只在瞬间，手中的烟盒纸就燃尽了。张鲁新回头对李烈说：

"将冻土资料的天头地角的空白处撕下来,卷起小纸筒,不要损及其数据。"

李烈迅速将几个小纸筒做好递了过来。

三个人再次围成一团,划着第三根火柴,点燃那簇微弱的生命篝火,只在鸿蒙初辟的大荒上燃烧了三分钟,人的生命最漫长也最紧要的三分钟。

沉沉黑夜中的生命之光,终于被伫立在山顶上寻找他们的程国栋教授发现了。寻找的队伍呈扇形包抄过来了,终于在一片洼地的雪窝里找到了张鲁新三人,一场生命的历险让同事们相拥而泣,热泪滂沱在荒原。

也许因为在冻土地带里大难不死的生命体验,将张鲁新理想、热血、志向和学术方向,全都融入了这片莽苍青藏,这片冻土的大荒。

1978年青藏铁路再度下马之后,冻土队伍在不断地减员,特别是随着第一代新中国的冻土学家也是自己的恩师童伯良、周幼吾、吴紫汪等前辈退居二线之后,一直蛰伏青藏高原十多载的张鲁新异军突起了,与程国栋教授一道,成为冻土学界的领军人物。从1978年3月开始,他就担任了铁科院西北所的冻土路基专业组、冻土力学专业组副组长,主持了许多重要的研究课题。

但是,青藏铁路上马遥遥无期,风火山的观察站和试验路基在风中悚然而泣。也就在那个最寂寞的日子里,张鲁新选择离去了,回到故乡泉城,回到那片生于斯长于斯的土地,以为青藏寒梦从此会在温柔乡化作一泓逝水,以为祈求一世的青藏铁路的大梦从此会与自己无缘了。但是一部20多分钟的电视专题片《西藏的诱惑》,竟然如此强烈地撞击着他关闭已久的情感的闸门,令他相思之泪潸然涕下。

那一刻，省市领导突然发现，故乡热情的臂膀仍然挽不住游子的远行脚步。

那一刻，张鲁新也强烈地意识到自己将抚铱出齐鲁，再归青藏。

第二天早晨，在一个雪落黄河的早晨，他从故乡的人事局拿走了自己的档案，向着黄河的源头独上高原。

等待，又是一个漫漫十载等待，张鲁新在等待青藏铁路，而横穿莽苍的铁路也在等待首席冻土学家。

寒山黄河拴在马背院士的鞍上

吴天一策马走遍青藏高原。

黄河寒山千重，塔吉克族出身的人民军医吴天一手执听诊器跃身上马，从少年到壮年，年复一年，他骑着一匹青海玉树产的藏马，叮咚的马铃声散落在唐蕃古道上，撒满入藏东道、中道和西道之上，藏马步态安适。吴天一蓦然回首，漫漫40年间，挟一路风尘，挟着昆仑月、风火山的雷火，唐古拉的千年积雪，还有巴颜喀拉山的风尘和阿尼玛卿山的冰川，走遍了青海藏族居住的每个角隅，走进了寂灭与永生的灵地，登上了生命禁区的极限，也从容登上了世界高原病学的学术巅峰。

而第一步却是从青藏高原起步，似乎都在等待青藏铁路跨越世界屋脊这一天。

20世纪50年代末期，吴天一从中国医科大学六年制的军医班毕业，登上了西行的列车，一列驶往中国西部的激情列车，到解放军516医院当了一名军医，一个独立师的军医。此时，青海长云暗雪山，再也没有乡愁一片，父母弟妹沉落在海天云雾里，不知家在何处，生死未卜，他成了一个游子，失去了所有亲人的游子，相伴在身边的只有辽阔的荒原，还有一份温婉的江南烟雨般的爱情。

蛰伏在高原之上，举目是千里的枯黄和焦灼，雪风长驱的尖啸，数百里之内没有一点人间的烟火，但是从未让他绝望，相反，他却以一个医学家的睿眸，独特地发现了一片学术的厚土和高地。

第一个惊天发现是大跃进年代，为了填补青海长云寥廓无人烟，政府从河南西迁了不少农民填青海，结果到了冬季老人孩子纷纷罹患感冒，最终不治而亡，剩下的壮年人闻风丧胆，胜利大逃亡，仓皇出逃回归中原故里。

这究竟为什么？一个巨大的问号掠过年轻军医吴天一的脑际，也拉直了一个个写在蔚蓝色穹昊的天问。

1962年10月中印边境自卫反击作战，驻西宁的陆军第五十五师奉命参战，兵车西行，吴天一的多位大学同学也披上戎装出征，过昆仑，越唐古拉，掠过拉萨，往措那湖方向的喜马拉雅山南坡推进，参与第二战役，收复老国界遗落在印军手里的领土，部队一分为二，一个团过达旺河，进攻印军死守的西山口，一个团则随老十八军的王牌419部队穿插大莽林。有的同学捐躯疆场，也有的同学挥师凯旋后，告诉了另一个惊天的消息，有的战士在发起进攻的冲锋时猝死，还有的仅仅患了感冒病，却也死了人。

还有随后从山东迁徙而来的青岛知青，最终留下来的也所剩无几。

又是高原感冒，又是高原性的猝死，内地汉人在雪域高原惊人而相似的死亡，令吴天一一跃而起。于是，1963年的《军事医学参考资料》上第一次出现了吴天一的名字，他写了一篇高原肺水肿的综述论文，并提及了高原肺炎、肺充血症。

这是他迈向高原病学的第一个台阶。

1965年，在《中华内科》杂志上，他在全国第一个报道了《高原性心脏病》。

此时，他已经是一个在高原病学颇有造诣的心脏病专家了。挟着这些成果，70年代，吴天一告别了16年的军旅岁月，转业到了青海省人民医院，当了一名住院大夫。似乎会像众多的大夫一样，默默无闻，至多做一个当地名医终老杏林，妙手回春普救苍生了。

但是早已在高原心脏病学领域里颇有建树的吴天一，在等待着机会。

命运之神终于来敲门了。结束十年动乱之后，红军将领出身的老资格的省委书记谭启龙担任青海省委第一书记，踏遍黄河青山，在兰州翻车，导致心脏病犯了，省卫生厅紧急召见北京阜外医院下放在海西的专家和吴天一一起参与抢救，北京心脏病专家列了一大堆进口药，都被吴天一否定了，他从高原心脏病的角度优化治疗方案，不仅保住了省委第一书记的性命，而且还给老红军留下了深刻印象，从此将他邀为保健医生，跟随左右。

因为经常出入省委大院，得以口无禁忌地向省委领导建言，吴天一向谭启龙书记献策，说过去、现在乃至将来，都会有大批的汉族干部到青藏两省区工作，过去高山缺氧引起的疾病和死亡一直被忽略了，其实发病率很高，应该专门成立一个高原病学机构来加以研究。而青海省更是义不容辞。

谭启龙听了后笑着说："好啊，这是为老百姓办实事啊，省里一路绿灯，要人给人，要钱批钱。"

"谭书记，首先要一块牌子。"吴天一幽默地说，"国家卫生部认可的牌子。"

上行列车
第七站 穿越莽苍

"这好办,我来协调。"谭启龙作为一位在内蒙古、青海工作过的封疆大吏,凭他的影响力,很快报国家卫生部审批,国务院备案的"青海省高原医学科学研究所"便批下来了,吴天一是其中的几位元老之一,1978年先任脑内科主任,1983年任副所长,后任所长,最终成为中国第一位高原病学院士,也是青海省内唯一的一名院士。

但是院士的成功,却是从最初的高原病大普查开始的,从1979年至1985年,吴天一主持了历时六年之久、覆盖五万人之众的急慢性高原病大调查。一匹藏马,一双铁鞋,踏遍长河冷山千重,足迹遍及青海省境内的涉藏州县,对象则是对生活在海拔4000米以上的生命禁区的藏族和汉族人民群众和领导干部进行调查,长期待在藏族居住最多的果洛、玉树、唐古拉地区进行观察。1981年的元旦钟声敲响的时候,吴天一就在昆仑山下的西大滩度过的,先后为两万多例病例进行了治疗,获取了大量的数据。1979年,他又在国内率先提出了第一例红细胞增多症。

藏民族为何能雄居世界屋脊,千年不衰,他们的身体生理和生存方式,引起了吴天一的极大兴趣,他特别针对藏民族能在海拔4000～5000多米的地方生存下来,从病理、生理和红细胞的携氧量等方面作了大量的科学调查和研究。

1980年的一天,吴天一根据自己多年在青藏高原对藏族的潜心研究,写了一篇有关医学科普常识的文章《高原适应的强者》,刊在了《光明日报》上,他带着几分欣赏地昭示世人,藏族能蛰居生命的禁区而不衰落,生生息息地繁衍下来,那是一个种族经历过千万年残酷淘汰的结果,染有劣势基因的部族和群体纷纷在酷烈的自然环境优胜劣汰中洗牌出局了,一个又一个古老的部落在青藏荒原上消失,或者渐进走向了汉地,唯有这个坚韧的强者在青藏高原生存下来，可以说他们才是青藏高原真正的居民，其他任何一个民族都无法与其比肩，他通过分析细胞携氧量得出一个最后的结论，藏族在青藏高原的细胞携氧量，恰好是汉族的数倍乃至几十倍。援藏的汉族同胞欲在那块生命的秘境生存下来，须迈过一道道生理和病理的雄关。

这无疑是一篇对藏民族的研究最具学术慧眼之说。可是在当时刚向世界洞开厚厚的大红门的中国，纷至沓来的各种思潮，淹没了人们对它的注意，然而在美国的联合国大厦，却有一个人读到了这篇文章。

那天，联合国教科文组织大楼里，华裔雇员吴若兰照例打开从北京邮来的《光明日报》，这是她每天的工作之一，也是借着了解故国的一扇窗口。从六七岁跟着父母从金陵城下逃往孤岛后，祖国留给一个少女的童年眸子的最后一瞬，竟是一片风雨飘摇的江山和匆匆收拾一箱细软渡过一湾浅浅的海峡的逃难队伍，还有再后来便是安东尼奥尼镜头中褐色的毛式制服和晃来晃去的胡同。中国，青史皇皇如大吕的大汉盛唐的中国，在她的记忆中全都化作了江南泪雨烽火硝烟载不动的乡愁，沉落在了雾迷津渡的扬子江的码头上，沉落在了金陵城里条石砌成的乌衣巷里，也沉落在了哥哥那瘦削远去的背影里。唯有这一行行的方块字，虽然寒山一样坚硬，却在一股红色的狂飙之中，化解和剪却她无尽的乡思与乡愁。

吴家兄妹跟着父母逃到台湾后不久，便移居美国了。唯一失去联络的是大哥吴天一。爸爸让几个兄妹牢记住了哥哥的名字，想尽办法也要找到他，可是偌大的中国，哥哥身居何处，吴若兰托了多少国内国外的朋友，却始终无果。

读祖国大陆的报纸，既是吴若兰的工作，更是在古汉字方阵中寻找她梦中的江南烟雨，唐诗宋词中的江南。匆匆浏览过一版的要闻，继而翻阅二版，她的眼睛遽然一亮，《高原适应的强者》的标题下，突然出现一个"吴天一"的名字，一笔一画，与哥哥名字一模一样，是大哥吗？真的是大哥写的！那种血浓于水的感应，纵然隔着千山万水，也会在心中荡起回声和涟漪。吴若兰眼泪哗地涌了出来，冥冥之中，她觉得这个作者便是哥哥无疑了。她从高背椅上一跃而起，提起桌上的电话拨到了家中，对父母说，我在大陆的《光明日报》上看到了一篇文章，作者的名字与留在大陆的大哥的名字一样，想必是大哥无疑了。父母在电话那头说道，快问中国政府，帮助寻找，你哥哥究竟身在何方，帮我们找回来啊！

一封寻找亲人的信件投到了纽约中国领事馆，很快转到了文化部和外交部，作者的地址轻而易举地找到了。那天，吴天一刚从乡下普查回来，所长告诉他，你爸爸妈妈从美国找你来了。吴天一怔然了，就像在辽阔的楚玛尔荒原上第一次看到滚地雷一样，一片骇然，嘴唇都有点颤抖。已经陌生和久违了的亲情像黄河青山一样突兀而来了。他匆匆地赶到了省委大院，国家文化部的一位副部长等在电话机旁。海外华人寻子心切，一定要得到一个确切的答案，但是毕竟是二十多年的分离，少年吴天一早已经人到中年，是不是吴家真正的大儿子呢。吴天一说了自己童年时的特征，住过的地方，甚至就连身上隐秘的胎记，也毫不忌讳地告诉了对方，一切都对上了，越洋电话那头传来了父亲的啜泣之声："天一，我的儿啊，我们终于找到你了！"

站在电话机旁的吴天一也悄然饮泣。

纵使亲人已在海外，但他仍是一颗青藏高原心，吴天一却从未想过要离开这片神奇的土地。他仍旧纵马藏地，将寒山黄河拴到了自己的马鞍之上。一步一步地横穿青藏，穿越世界屋脊，走向世界高原病学的另一片山峰。

最精彩一幕是在极地高原青海的阿尼玛卿山，吴天一携着藏地风，与大和民族进行了一场高原适应性的躯体与灵魂的对决与较量，赢得非常漂亮。

那是1990年夏天，国际高原医学会确定了一个世界级的选题，在一个生活在海平面的民族与生活在青藏高原民族进行一项庞大的人体对高原适应的综合性研究中，筛选了中国人与日本人进行对照，两个队各十名队员，日方队长是日本松本市信州大学校长、高原病学专家酒井秋郎，中方队长则是马背上成长起来的高原病专家、青海省高原医学科学研究所所长吴天一，前者从海平面出发，从樱花之国而来，后者则从海拔3700米的果洛起步，大本营设在阿尼玛卿山4666米的营地。酒井先生似乎志在必得，从1985年他就带队来到了阿尼玛卿山，在当年美国人援华抗日驼峰线下4000米的地方，建立了高山试验营地。坚持了五年的试验，最终就是要登顶6282米的神山主峰，用详尽的生理、病理和内分泌取样，来佐证大和民族身体适应能力比中华民族强。但是谁坚持到最后，谁才笑得最美。

阿尼玛卿山矗立在前方，雪峰沉落在斜阳里，美如处子。每年藏族人民转湖之后，就围绕着神山转，将大把大把的金钱慷慨虔诚地奉献给它，只祈求肉身被神鹰衔去，升入天国时是一片恬静和憬然。许多人都想征服这座神山，可纷纷折戟阿尼玛卿，美国退役空军上校陈纳德的飞虎队曾经有一架飞机坠毁在峡谷里，遗落下飞机的残骸与飞行员的遗骨，永伴青山。当年世界著名的圆珠笔大王雷诺借着西北王马步芳的支持，亦想测得它的高度，差点被一场雪崩淹没。

这年夏天,中日两家的高原病专家队伍开始从4666米的大本营出发,大家携带着世界上最先进的脉率仪,海拔每上升50米,就对人的心跳、脉搏、呼吸、细胞对氧气的利用率等,进行一次全系统的测量,一步一步地朝着阿尼玛卿山走近,可是到了5000米的营地时,还未向主峰发起冲锋,酒井秋郎的队伍已经一败涂地,十个人全部得了高山病,三个送下山去抢救,另外几个呼吸困难,出现了肺水肿,而且前方不断有雪崩发生。

酒井缓步走过来向中方队长吴天一很绅士地告别,说:"很遗憾,吴教授,我不能与你一起冲击顶峰。"

"为什么啊,五载准备,功亏一篑,美丽的神山就在眼前,望而却步,酒井先生不觉得遗憾吗?"吴天一揶揄道。

酒井笑道:"雪山虽美,但我们只能望山兴叹了。吴教授祝你成功。"

"我会成功的。"吴天一淡然说,"酒井先生,你身体不错,可以与我们一起冲顶啊,为什么不上去?"

酒井摇了摇头,说:"不!我们想活着回到日本。"

日本人在中国的神山面前大败而归。

吴天一带着中方的队伍朝着阿尼玛卿山顶峰冲锋,但是这座神山真的太灵验了,只要有些许的声颤,便怒发冲冠,雪崩瞬间而下,惊天动地,卷起万堆雪浪和雾霭,蔚然壮观,却也让人脸色陡变。身边的队员开始躺倒了,首先中方队员中的党支部书记倒下了,立即进行抢救,往山下送去救治。吴天一毕竟是年过五旬的人,也觉得自己的心提到了嗓子眼了,每分钟心跳到了180次,似乎已经到了生理的极限了。

登顶无望，却也登上海拔 5620 米的地方，建立了营地，对生理与病理、睡眠、神经等所有的数据进行了测试检验后，他决定下山，此时离阿尼玛卿山主峰只有 400 多米了。但是下山之后测的所有数据却佐证了一个惊天大消息，在人类所有的民族之中，细胞对氧的利用最好，藏民族堪称天下第一。

翌年，挟着阿尼玛卿山的海拔高度，还有 1494 名的高原病治疗的病案，吴天一登上了世界高原医学的讲坛，突然有了一种在青藏高原上雄睨寰宇的高度和傲然。

也就在这一年，世界高原医学协会将"国际高原医学特殊贡献奖"颁给了吴天一。

1996 年，吴天一到美国科罗拉多州著名心肺血管研究所做访问学者，所长约翰·里福斯是国际享有盛名的高原病学专家，交手几个回合，便被吴天一那宽阔的高原病学术背景和视野吸引了，欲与他联袂攻关，学者访问日期临近时，约翰·里福斯先生十分郑重地找吴天一谈了一次，挽留地说："吴先生，你是我见过最杰出的高原病专家，留在科罗拉多州研究所，做我的副手吧。"

吴天一摇了摇头说："不！"

"为什么？"约翰·里福斯惊讶地张大了嘴，不解地说，"在第三世界国家里，你是第一个拒绝我的人，你的父亲弟妹都在美国，留在这里会很有前途的。"

吴天一笑了："我留在这里永远只是一个高级打工仔。约翰·里福斯先生，你应该非常清楚世界高原病的聚焦点在哪里。"

约翰·里福斯也笑了，说："东方吗，是你的祖国？"

吴天一自豪地点了点头，说："对了，中国的青藏高原，那里有最广阔的土地，也有最多的居住在高原的人群，是人类高原病学的一块富矿。"

"我不否认！"约翰·里福斯紧紧地握住吴天一的手说，"吴，祝你好运！"

黄河青山千重，唯我独行。携着累累成果，吴天一教授从容走进了中国工程院院士方阵，成了中国唯一的高原病院士，也是青海省唯一的一名院士。这是青藏高原对他最大的奖赏。

可是吴天一却笑着对我说，真正对他最大的奖赏却是青藏铁路高原病的零死亡率。

下行列车
第四道岔　风火山的日子

自从看见你,
我睡不着,昏昏沉沉地度过一宵。
白天找不到路通向你身边,
晚上,又不能把你忘了。
　　——六世达赖喇嘛仓央嘉措情歌

一位老人与一座冷山

80岁的周怀珍老人坐在我的对面。

金城的秋阳斜了进来,映在他红润的脸庞上,他恬淡地笑着,说我只是风火山上的一个守山人,没有什么好谈的,你们应该采访西北院的冻土专家和科技人员。仅仅一句话,我便觉得前面兀立着一座山,一座躯壳温婉内心却蕴含着冰土和烈焰的冷山。

"抽烟吗？"老人非常礼貌地询问我。

我摇了摇头，笑着婉谢。

他双手划火柴点烟，动作却有点笨拙。

我循着划火柴的地方望去，只见双手指第一关节已经突兀，似已残疾。

"周老，您的手指？"我好奇地问道。

周怀珍淡然一笑，说当年在风火山取冻土数据时，不小心掉入雪坑里，一时爬不上来，就冻坏了指关节。

轻描淡写的一句话，便让我有肃然起敬之感。

"那您就从手谈起吧。"我说。

"这些都是一堆陈芝麻烂谷子的事，你也感兴趣？"周怀珍反问道。

我点了点头。

"那年风火山的雪真大啊！"周怀珍老人思绪沉浸于那一片冷山无边的风雪之中。

雪落青藏，千山一片寂静，楚玛尔平原上只有雪风的长驱。平时在中铁西北院风火山观察站门口转悠的雪狼也不知蜷曲到哪里去了，少了它们夜色中的长嗥，风的尖啸缺乏伴奏的和声，日子就显得枯燥而又单调。又到了每天"828"观测和取样的雷打不动的时候了，早晨八点，中午两点，晚上八点，44年间风火山的观测站的几代守山人，从未缺失过一个观察数据。

那天已是风雪黄昏，飞了一天一夜狂雪，仍不肯停歇，风火山静默在一片混沌之中，夜的黑帐正在从遥远的楚玛尔平原落下，周怀珍穿上皮大衣准备出门，新分来的徒弟孙建民说："师傅，雪这么大，还是等明天雪停了再去吧。"

周怀珍摇了摇头，说："这是风火山观测站第一代人定下的一条铁律，我当时举过手，发过誓，'828'雷打不动，纵是下刀子也得去。"

孙建民说："我陪师傅去。"

周怀珍说："外边太冷，你初来乍到，还是我一个人去吧，路熟一会儿就回来了。"

掀开厚厚的棉帘子，周怀珍的身影钻入了风雪漫天的绝地里，数据观测点最远的在一公里多的对面半山坡的路基上，要穿过河谷，再爬上一片山坡，四野茫茫，长驱的漠风吹起雪雾弥漫，他惊叹这天的落雪，将风火山的沟沟壑壑、山山岭岭化成了一片如蒸在笼屉里的白馍。周怀珍朝着莽原走去，一步一步地走入旷野之中，终于找到了几个数据点，照表格所需，抄下了一行行数据，转身再往回走时，天已经完全黑下来了，高一脚浅一脚，四处是雪，不知何处是坑哪里有沟，正往山下走的时候，突然一个跟头，摔进了雪窝里，一下子被雪埋到了胸部，一点也动弹不得。他想喊，可是这里离观测站房子还有几百米远，雪风又大，谁也不会听见的。远眺着夜像一只棕熊张开饕餮的大口，欲将风火山吞噬而下，一个命运的长夜悄然降临。

守望风火山二十载了，自己最终也会凝固和葬身在风火山的冰雪之中吗？

回望自己留在风火山雪野上的足迹，周怀珍的一生，似乎都是与冻土连在一起的。

这个出生于甘肃天水的汉子，20世纪50年代中期招入当时的西北干线工程局的一个处（即铁一院的前身）当了一名普通的测量工，所从事的工作就是扛着棱镜拉链子，摆镜子，让一条条开往西

下行列车
第四道岔 风火山的日子

部的铁路从自己的脚下走过。随后参加了德令哈到海晏专线的定测。1958年青藏铁路第一次定测，就跟着苏联专家搞地质普查，首次发现了在冰层之下存在着一个永冻层，但是范围有多大，永冻层究竟有多深，谁也不知道，只知道冰层以下三四米就是冻土层。于是他们就在风火山钻孔了，钻了70多米，仍然是千年冻土层，第四普查队则在唐古拉打了一个200米深的孔。苏联专家早晨开车上山，晚上再回格尔木，一看从孔中取出来的冰块，惊叹道，你们这个冻土，我们俄罗斯大地没有，西伯利亚的冻土是高纬度的，只是季节性的，而中国却是高海拔低纬度的。永远的冻土，全世界绝无仅有。

苏联专家走了，中国人研究冻土的观测站却在风火山上矗立而起。周怀珍刚从铁一院调到铁科院西北研究所，就上了风火山观测站。

周怀珍与王建国、李建才坐在一辆苏式卡车上，从兰州出发，颠颠簸簸地沿着慕生忠将军开拓的青藏公路，在有路无路的荒漠上走了四天三夜，从梦幻般的青海湖一掠而过，越大柴旦，过盐湖，抵达昆仑山下的最后一座城市，像一个小镇的格尔木市，然后朝着天路上昆仑，往格尔木以南300公里外的风火山缓缓驶去，从拂晓时分一直走到了夜晚，头痛欲裂，胸闷呕吐，凡此种种传说中下地狱的感觉都经历了，几顶棉帐篷，就开始了风火山守望的日子。第一任是一个叫宋锐的工程师，他一般是开春之后的5月份上来，到了10月份就下去了，将风火山一个漫漫冬季寂寞的日子留给了周怀珍和他的两个同事。

可是沉默的风火山似乎不再寂然，对于突如其来的闯入者，并不欢迎，突兀地表现出了过激的反应。有一天，住在棉帐篷里的周怀珍下午去测试点观察取样，只见荒原上，斜阳正在天边作着无数次重复的滑翔，恋恋不舍地朝着荒原的尽头坠落，晚风吹过，飘来一团云簇，似是被太阳烧成了瓦灰色，飘荡到了风火山顶上，却不见下雨，厚厚的云团之中，蓦地撕裂一道云罅，先是一道蓝色的弧光划破荒原，继而，一个闷雷轰隆一声，从穹窿上抛了下来，抛下一团团霹雳火，粉红色的，像燃烧的铁环滚动一样，一个接一个从风火山滚了下来，一下子将周怀珍吓得趴倒了，喊道："妈呀，这不是二郎神踩着火球从天上下来了吗！"

滚地雷从风火山顶上一个接一个滚了下来，焦灼了一片片青草，如一条黑色的丝带挂在风火山的山坡之上。

周怀珍觉得这是一种楚玛尔荒原上的奇异之兆，询问过无数的气象地质学家，却没有给他一个满意的答复。

住了六年帐篷，到了1966年风火山的房子盖起来了，终于可以有砖砌的房子住了。过了一个冬季，到了夏天，房子靠灶的一角，突然陷了一个大坑，而另一边则胀了起来，此消彼长，冰锥几乎将房间给顶翻了，其实屋子也发生了大面积的裂罅，直到1974年改为通风管道作地基，所有的房子都是盖在了一排排空心的通风管道之上，才使风火山上的房子一劳永逸地固定了下来。任凭地震、滚地雷、冻土热融、冰胀，都对其无可奈何了。

冬季来到了风火山，日子漫长而又寂寞。风火山观测站两边道班三分之二的人员都轮换下山了，唯有周怀珍他们三个则要守着风火山。从10月一直到来年5月份，不会有人上来，此时的青藏公路上，来往的车辆也就稀少了，除了一两周可以看到总后兵站部的兵车南行外，整个冬天几乎看不到人影。青菜运上来要吃过一个冬天，几天之内就烂完了，吃不到一点青菜，每天就是萝卜干泡饭。有一年冬季，煤烧完了，向道班上去借，道班上的煤也用尽了，只好扒开积雪，拾牛粪来取暖。而此时风火山的地表温度已经下降到零下30℃，区区一小堆牛粪，只能给屋里带来一丝丝暖意。

煤没有了，袅袅炊烟不再，雪狼却悄然而至。那个冬天，道班上的工人狩猎时，打了一匹野马，将吃不完的野马肉挂在房子的梁上，血腥的味儿随着季风飘散，雪狼闻腥而来，而风火山观察站和道班院子的土围子都没有门，夜间，风火山死一样的寂静，七匹雪狼大摇大摆地走进院子，闪烁的绿光，如灵火一样在夜色中跳荡，飘来飘去，饿狼的长嗥凄厉尖啸，声波传了过来，似在啃啮房子的门窗，让屋里的人战栗。而夜间上厕所则要走出房子，穿过院子前庭，走100多米，显然要横穿狼群而过，周怀珍叮嘱两位同事，出去上厕所时，要一起挺身而出，两个人手持枪杆，赶着狼，另外一个才敢进茅厕方便。那群恶狼在道班和风火山观测站的院子围了四天，白天蛰伏在院子外边的山上，晚上悠然地走了进来，一直围了四天四夜，野马肉的飘香令其垂涎欲滴，直到飘香散尽，连一碗残羹也未得到，才心有不甘地离开了。

苍狼看似走远了，其实不然，它们只是潜伏在离风火山不远的地方，伺机寻找机会。有一个日暮黄昏，周怀珍与王建国一起去一个钻孔里取试验数据，也许太专注了，他们并未发现观测的钻孔旁边伫立着两只雪狼，虎视眈眈地注视着他们，随时准备等对方的破绽之处，然后扑上来，捕获最大的猎物。但是雪狼也有恐惧感，毕竟从未与人类有过真正的绅士般的决斗，对方手中的利器，让其有点不敢贸然出手。而今天两人手中却无枪口黑洞洞的家伙，周怀珍还未抬起头，王建国已经惊叫了，喊道："周师傅，狼，狼，狼……"

"狼在哪里？"周怀珍抬起头来，离钻孔只有三四米远的地方，鹄立着两只苍狼，人与狼对峙着，一比一，狼有利齿，而周怀珍他们手中却只有一支笔一张纸,环顾四周,连个防卫的土块都找不着。一场勇气与毅力的博弈已悄然展开,看谁最惶恐,露出破绽,给对方以可乘之机。

"吼!"周怀珍拉着声音吆喝着,驱赶着,那色厉内荏的夸张神情,最终还是将苍狼吓住了,快快而去。

周怀珍与王建国虚惊了一场。回到风火山观测站时,背脊心的汗水都渗出来了。

黄昏将逝。而今天掉入雪窝时周怀珍却孤立无援了。他有点后悔,当时应该叫徒弟孙建民跟着自己一块上来的。现在茫茫雪原,孑然一身,如果像那天与王建国在一起时一样碰上雪狼,那真的就葬身狼腹了。

周怀珍觉得意识在一点点流失,谢天谢地雪风将他冻醒了,唯有自救,方可活命。他摘下了手套,将身边的雪一点一点地扒开,为自己挪开身子开出一条雪道,可是此时的风火山气温已经骤降至零下30℃了,赤手扒雪,不啻是将手让锋利的锐器割下,开始手冻得发红、发胀,后来则麻木了,等半个小时后,周怀珍为自己扒出一条生之路时,他双手的指关节,全都冻僵了。回到宿舍,没有任何医疗设备,等过了几天到沱沱河兵站要药时,指头已畸形,恢复无望了。

春天来了。灰头雁在天空中掠过,一片片羽毛翩然而下,是带来家乡的消息了吧。来年的5月,铁科院西北研究所的科技人员上来了,这时周怀珍他们三个人可以轮流换下去休几天假,到兰州的家里处理点事情。

妻子是一个能干的女人,看到守山的丈夫回来了,像一个野人,连说话都不利落了,见冻掉了第一骨指的秃手,泪水哗地流出来了。

做了满满一桌菜，到街上买了老白干，要给丈夫接风。这时在风火山从不流泪的周怀珍热泪纵横，抱愧地说："对不起啊，嫁了我这个守山郎，真的做了牛郎织女了，孩子你拉扯着，就连买米买煤的事情，我都帮不上啊。"

一看丈夫落泪了，周怀珍的妻子倒不哭了，她给自己斟满了一杯酒，说："孩子他爹，我不知道你在风火山上做什么，但是能在那荒无人烟的地方守着二十多年，你是个真男人。我这辈子嫁给你，无愧也无怨。"

"谢谢！"一个普通家庭妇女的话，却让周怀珍动情动容。在家小住了几天，他又上山，此去又是经年才返。

孙建民是1978年被师傅周怀珍带上山的，那年他刚好23岁，跟着师傅守了八年的寒山，当了八年的光棍，他真的有点受不了那份慑人的寂然和孤独。1986年的一天，他实在忍受不住了，觉得自己再待下去，就会疯了，悄悄地瞒着师傅，截了一辆车就逃回兰州去了。

春天蹒跚而来。三个月后，师傅突然找到兰州来了，一见面便是道歉，说你当了风火山的逃兵，不是你的错，而是我周怀珍的错，我对你关心不够。

师傅这么一说，孙建民反而感到不好意思了，脸色一片赧然。说："对不起师傅，我辜负了您的厚爱。"

周怀珍摇了摇头说："是师傅做得不好，师傅对不起你和你的家人。不过，我观察了西北所那么多年轻人，能从我肩上接过风火山站长资格的，只有你。"

孙建民惊讶地说："师傅，我可是风火山的逃兵啊，你还未将我逐出师门？"

"年轻呀,谁不会犯个小错,动摇一下。再说你在风火山已经守了8年,人生能有几个大好年华里的8年啊,已经了不起了。"

"可师傅你守了22年,从壮年守到了老年啊,我8年算什么。"

"建民啊,守山并没有什么意义,而在那些平淡的日子里我们留下的100多万个风火山的冻土数据,才是最有价值的,等有一天列车从风火山穿越而过的时候,你才会觉得我们今生今世没有白活。师傅一辈子守山的价值就在于此啊。"

"师傅,我错了,我跟你上山。"孙建民热泪纵横地说道。

一个老人与一座寒山。周怀珍守到60岁的时候下山了,前后加在一起,他在风火山上守了22年,而他的徒弟孙建民则守了27年。

2001年,当青藏铁路开工之际,78岁的老人周怀珍被中央电视台请到了风火山,当擅长煽情的主持人倪萍问老人有何感受时,周怀珍激动得泣不成声,说:"青藏铁路终于上——马——了,我有幸活着看到了这一天,可是我们许多兄弟却没有看到啊!"

父子两代人的风火山

父亲王占基罹患癌症去世的时候,王耀欣才十几岁。

少年丧父,本是人世间十分痛心的事情,可是王耀欣却没有痛彻肺腑之感,从记事那天起,父亲就是一个遥远模糊的记忆,遥远得就像他守望着的风火山一样,表情冷漠,冷漠得近似陌生,近似无情,好像就连灵魂躯壳也都是永冻层了。

父亲虽然是铁科院西北所冻土室的党支部书记,后来又做了副所长,可是在儿子的印象中,父亲心中只有两个字:冻土。而没有婚姻、家庭、妻子、孩子,这些连接成血水相依的亲情,都被他身上从风火山挟来的漠风寒雪冻土给凝固了。他像一只候鸟似的,春天一缕暖风刚化融黄河上的冻冰,凌汛排山倒海地奔涌大河,他便像嗅到春讯一样,独上昆仑冷山行,一直待在风火山上,直到来年春节鞭炮声在兰州城里响起,才会风雪之夜除夕归。家里的事情什么也指望不上,全靠从北京城里远嫁边域的母亲素手张罗。所以孩子的读书、工作,统统都给耽误了。

王耀欣毫不掩饰对父亲感情的疏离。他觉得父辈这代人真可笑,一代虔诚的理想主义者,在风火山守望了二十载还嫌不够,1980年病入膏肓,癌细胞从胰腺上转移全身,恶魔般地啃噬着他的骨骼,疼得脸色苍白,冷汗簌簌地往下流,所里的领导来看他时,不交代家里的后事,不询问儿子如果考不上大学如何生存和工作,居然关心的是风火山周怀珍他们还有什么困难,还乐观地说1978年青藏铁路下马只是暂时的,总有开工的一天,可惜他看不到了,最后请求单位的领导,等他死了以后,将他的骨灰葬在风火山之上。活着看不到列车驶过风火山,死了也要听到列车穿越时的长鸣。

"葬我于冷山之上",竟然是父亲留给这个世界的最后遗言。送别父亲的时候,王耀欣一滴眼泪也没有。母亲好伤感,说:"你这个小子,真是一只白眼狼,父亲养育了你,你怎么对父亲一点感情也没有。"

王耀欣说:"我哭不出来。我说这句话,也许妈妈会痛断肝肠,其实父亲是一个不负责任的男人,是的,我承认他对得起那片冻土,无愧风火山的兄弟们,但是他不是一个称职的丈夫,也不是一个合格的父亲,我绝不会再走他的路。或者面对他的魂灵,我欲哭无泪,真的哭不出来了。"

母亲听了以后,不啻是一场青藏高原造山运动般的摧毁。

这场摧毁似的疼痛一直疼了二十载。2001年的夏天，就在青藏铁路正式上马时，中国铁道建筑报的总编辑朱海燕叩响了王占基家的门，只听屋里传来了一个苍老的声音："谁啊！"

朱海燕说："是我，一个从北京来你们家采访的记者。"

"哦！北京老乡来了，请稍等。"屋里的京腔圆润，可是等了一刻钟，那漫长的等待中，他感到了蹒跚的步履好艰难，终于迈到门口了，门咯吱地开了，一个面色苍白、像麻秆一样瘦弱的老太太站在朱海燕跟前。

"您就是王占基的夫人？"

"是啊，有什么不对啊？"

"没有，我还以为找错了。"

"没有错，我那冤家已经走了二十年了，留下我这个孤老婆子，空守岁月。"

"那好，我专程从北京为王占基而来，可以跟你谈谈吗？"

"当然，请进！"

朱海燕跟着老太太进去了，望着她的纸一样薄的身躯，蓦地觉得一阵风就可以将她吹倒。

刚落座不久，突然有了旋转钥匙的声响。

王耀欣匆匆地回家了。见家里多了一个中年男人，感到几分突兀。母亲说这是北京来的朱记者，专门来采访你爸爸的事迹。

"我爸爸不要记者，不要宣传。人都死了二十年了，宣传什么？这样的世道，宣传有何用，我早就看淡了。"王耀欣流露出不屑一顾的玩世不恭的态度。

朱海燕说："耀欣，你应该感到骄傲，你有一个了不起的爸爸。"

"我爸爸，再别提他，我恨他。"王耀欣冷漠地说。

朱海燕一头雾水，不解地问："为何恨你爸爸？"

王耀欣吸了一口烟，说："作为一个父亲，对我们一点责任都没有尽到。其实最伟大的是我的妈妈。"

"哦！"朱海燕悚然一惊，说，"你妈妈如何伟大？"

王耀欣说："我妈妈不仅把她的丈夫送上了高原，也要让我上高原。知道吗，我马上就要到风火山上的中铁二十局当质量监理了。"

朱海燕问："你愿意去吗？"

"咋说呢，如果从挣钱的角度，我想去。"王耀欣犹豫了片刻，说，"假如从生命质量的角度，我不想去，不想重复父亲英年早逝的悲剧。"

朱海燕的心灵被震颤了，这样的一个家，这样的父子之间竟然迥然不同，然后笑着说："我只是为一个葬身在风火山的英魂而来，不仅为王占基，因为他是四十年间中铁西北研究院的一面旗子，一缕忠魂，至今仍在风火山上飘扬。"

"那你与我老妈谈吧，我对父亲的故事和风火山的话题不感兴趣。"王耀欣站起身来拂袖而去。

于是，朱海燕就面对着王占基的未亡人，他在等着北京城里远嫁兰州的姑娘吴文英，一个垂垂老矣的老妪，如何评价她的丈夫。

"我最恨他！"吴文英第一句话便让朱海燕怔然了。眼睛瞪得很大。

"你不要惊讶！"吴文英平静地说，"我们结婚生孩子，他没有管过我，身边就是五元钱。我家是北京的，有钱，他支援灾区，是支援风火山的工人，后来，我跟着上了兰州，1980年他死的时候，我才44岁，他却弃我而去。我恨死他了，在风火山上，狼吃了他我也不去。我不是为他就不会落下这身病，还有关节炎，刚才我为何那么慢给你开门,我是关节炎,刚才是跪着爬过来,给你开门的,你别见笑啊。"

朱海燕一听泪水唰地流出来了。

一座寒山上,亲人流的泪水可以成冰,可是却在青藏铁路开工后的那个秋天,渐次融化了,融成一片亲情恩爱的热山。

王耀欣是这年的夏天从兰州到风火山上当质量监理的,那完全是母亲的意思,年轻时将丈夫送上山,晚年又让儿子去。恩爱情怨皆为了一座山。也许是鬼使神差,上山那天,他去文具商店里买了一台望远镜,别人问他为何带一台望远镜上山,他说是准备远望藏羚羊和楚玛尔平原上的苍狼。

监理点住的地方,可以远远地看到中铁西北院守候的风火山,每天傍晚下班后或者早晨未上班之前,他总要打开望远镜的镜头,远眺风火山的主峰,欲在那山坡上寻找什么,一直很失望,两三个月,拉到眼前的镜头里总也没有一个隆起的土丘。每天的遥望却一直找不到他想要的东西,一份亲情,一份血浓于水的父子之情。然后他仍然执着,一下班就打开望远镜镜头盖,又接着寻找下去。又一个日暮黄昏,他换了一个角度,在寒山落照中,一抹彩虹过后,突然彩虹的尽头却是一个荒冢,那一刻,他的心都快要蹦出来了,是它,是老爸的坟,确凿无疑了。

但是远望爸爸冻土相掩的小屋,王耀欣却望而却步。

他要走近风火山,走近已经葬身冻土二十年的爸爸。究竟他以怎样的魅力和人格被人记起。最让风火山人难忘的是1967年,十年内乱的凄风苦雨风涌神州大地,因为派性斗争,所里似乎将风火山上的周怀珍、黄小铭他们忘却了,已经四个月不送补给了。菜早就没有了,只剩下少量的面,从纳赤台拉来的水已经告罄,只好吃冰雪融化的水，人的身体受到了极大的伤害。王占基听到后拍案而起，不顾造反派的反对，毅然带着车队，将粮食蔬菜和饮用水送到了风火山上，拯救了四条濒临危亡的生命。他在山上干了五个月，直到10月，将所有的资料都拿到手了，然后拉回兰州封存，将风火山珍贵的冻土研究资料保存下来了。

春天来了，王占基早已经厌倦了"文革"年代的造反和内斗，唯有上青藏高原才有心灵的安静，唯有风火山的冻土才能化尽一个狂热年代心灵的躁动，打钻孔，炸冻土坑，他亲自插雷管，放山炮，为抢救和保护风火山七年来的资料而尽自己的绵薄之力。

也许是因为在风火山住得太久，一住就是二十载的时光，年年岁岁，他一住就是八九个月才下山。常年的风雪之寒，使他的身体已经耗尽了最后一点残灯膏血。1980年，当改革开放的一个新时代向他走来时，他已身染沉疴，时日无多了。弥留之际，对着看他的院领导说："我一生最遗憾的事情，就是活着看不到青藏铁路穿越风火山的那一天，我死后，请将我的骨灰埋在风火山的主峰，我要看着列车从我的脚下通过。"

1980年11月，年仅51岁的他罹患胰腺癌，溘然长逝。按照最后的遗愿，铁科院西北所的领导将他的骨灰一半埋在了风火山之巅，另一半却安葬在了兰州的公墓里了。

也许因为在风火山当监理的缘故，经历了缺氧胸闷和高山反应的王耀欣才渐次读懂了爸爸那一代人的不易，他们没有氧气，没有从格尔木拉来的半成品副食品和拣净的蔬菜，更不敢奢望在风火山设有高压氧舱，完全是用生命之躯与恶劣的自然环境相搏，最后战胜了自己，也融入了自然，对于这代人的理想主义情结，他由衷陡生了一种敬意，一种英雄主义的高山仰止。

一步步地走近风火山，也一步步地走近父亲，心里的距离突然在望远镜的聚焦中一点点缩小，最后归零于感情与亲情的刻度。

那个星期天，轮班休息的王耀欣蹚过没有路的荒原，朝着这座寒风渐渐蚀食的冷山走去，终于站在了那堆土丘前，隔着一个寒凉的世界，他在父亲的坟前骤然长跪不起，未语泪已先流。说："爸爸，从少年时代起，我就想走近你，可是你却拒人千里之外，在千里之外的风火山，心中除了这座寒山，再没有妈妈和我们兄弟姐妹。我那时感觉你像风火山的冻土一样坚硬冰冷，我一直恨你，拒绝你。可是当我在风火山上生存了两年时，我终于真正读懂你了，我好悔啊，风火山并不远，也不高，可是走向你的路，我却走了整整二十年，才走到你的跟前，对不起爸爸。原谅我是一个不孝的儿子。"

王耀欣与风火山观测站人员掘开了那个荒冢，果然是爸爸的骨灰盒深埋在了冻土之中二十载了。

2002年8月8日，就在世界上第一高隧风火山隧道即将贯通之际，王耀欣根据母亲的提议，从风火山返回兰州城，将爸爸另一半骨灰背了回来，与风火山的一半合在一起，一起安葬，让一个完整的灵魂，永远雄卧在冷山之巅，看着火车从自己的脚下驶过。

中铁二十局青藏指挥部指挥长况成明听说王耀欣要为爸爸重新刻一块墓碑，说："王所长是风火山上的功臣，这块墓碑，就由二十局掏钱制作吧。一定要做得气派高巍，体现我们后代对老前辈的尊敬。"

王耀欣没有拒绝。

立碑安葬那天，风火山风和日丽，苍穹一片蔚蓝，一簇簇白云染着斜阳，化作一片七彩的云霞掠过天空，只为一缕忠魂而舞。王占基的两处骨灰合在了一个新的骨灰盒里，中铁建青藏铁路指挥部、中铁西北科学研究院和中铁二十局青藏铁路指挥部等众多单位参与了这一隆重的仪式，坟前祭烧的冥纸化作一只只黑色的蝴蝶，萦绕于坟前不散。

王占基不幸，死于壮年。

王占基有幸，父子两代人都在风火山留下了自己的一段历史。一段等待列车越过山岭而来的历史。

风冻的感情炽烈如焰

在兰州城里别过周怀珍老人，迤逦而上青藏高原，我最想见的一个人便是他的徒弟孙建民了。

一个人守着一座冷山，身后默默地跟着一条黑狗，蛰居在风火山上，远眺日出日落，风起风静，雪落雪晴，日复一日抄着各种观测数据，数着自己每天的日子，一数就是二十七载，比他的师傅周怀珍还多待了五年，人生已近知天命之年，大半辈子的岁月，都埋到了风火山的冻土里边去了，有关一个男子的青春期的躁动、情感、婚姻、家庭，乃至性，是如何在冷山之上从容应对的，不能不引起了我无尽的遐想。

见到孙建民时，黄昏将至，风火山乌云笼罩，天空好像要飞雪了。我说在兰州见过他的师傅周怀珍了，周师傅要我代他向弟子和风火山的坚守者问好时，孙建民眼眶有点红润了。是不是人到了高海拔的生命禁区，情绪容易激动，还是千里捎来的问候之语，却有亲情无边，触摸到了孙建民情感最脆弱的一隅了。

"看看你和职工住的地方？"我突兀提出了一个要求。

孙建民苦涩一笑，说："我可是27年没有在风火山洗过澡，那味道你受不了。"

"男人嘛，味道就该特殊一点，才与众不同，那才叫男人。"我揶揄道。

"哦！"孙建民转身回望了我一眼，有点讶然。

不过，走进孙建民的房间，我所有心理准备都在一瞬间坍塌，一股难以抑止想呕的异味迎面扑来，既有浓烈的膻味，还有很久不通风房间腐蚀味混杂其间，再加上身上衣服久不洗濯的油腻，一个刚踏进去的人，哪怕多待几分钟都会感到窒息。

偌大房间空空如也，有个氧气瓶摆在床前，房间里除了睡觉的床，几乎没有别的东西，桌子、床头柜、沙发、衣柜等，统统与家的温馨有关的东西，似乎都与风火山无缘，可是孙建民却将观测站视为家，在这里待了27年。

退出他的房间，我们找了一个小会议室坐了下来。我单刀直入进入采访，我的第一个问题让他有点突然，当初为何当了风火山的逃兵，跑回兰州待了三个月，不想再来了？

孙建民愣了一下，回答却大出我所料："想女人！"

看着我惊讶的神情，他突然有点痛快的感觉，然后话题委婉一转，说："作家，绝非我故弄玄虚。我说的是大实话，在风火山上守了八年了，那年我都快30了，还光棍一条。再待下去，恐怕要在风火山上当和尚了，所以我不告而别，搭着青藏兵站部的军车，先逃到格尔木，然后再逃往兰州，我当时连头都不回一下，发誓绝不会回风火山，对得起自己的良心了，毕竟我将一个男人最美好的青春都掷在这座山上了。"

"后来怎么又上来了？"我反问道。

"感动！"

"为何感动？"

"过了一些日子，周怀珍师傅从风火山上找来了。见面就向我道歉，说：'对不起啊建民，我这个师傅不合格，只会将你当作风火山的一头牦牛使，对你的个人问题关心不够。找对象的事情，我发动大家都来给你做红娘。'"孙建民似乎沉落到了一段早已经褪色的往事，说道。

我禁不住捧腹笑道："周师傅也够直爽的了。"

孙建民感激地说："他那个热情劲，整个就是我们西北人的古道热肠，恨不得将自己的心都掏给你，还嫌不够。把单位上的老老少少都发动起来了，只一句，帮我的徒弟找对象。"

"对象找到了吗？"我好奇地问道。

"找对象又不是到市场上买东西，看中了就能成交的。"孙建民的目光投向了风火山的窗外。

"那你为何还是跟着师傅上山了？"我急于想得到一种答案。

"师傅带我去看了两个人。"孙建民已经平静得多了，说，"那两个人的事情，让我懂得了什么是风火山人。"

"请你详尽谈谈！"我觉得掘到了一口风火山的深井。像情感的冻土一样，掘到底可就是青藏高原地心里的烈焰。

孙建民点了头，思绪重又回到了当年。

那个夏天兰州城的血色黄昏，师傅带着徒弟相了一个又一个对象，一看小伙子一表人才，工作又是铁路上的，但再问常年在风火山上守山，对方的家庭和女子就不干了，悻悻而归。两个人从外边走到了铁科院西北研究所的大门口，师傅指了指蹲在门口修自行车的一个人，问："孙建民，你知道他是谁吗？"

孙建民摇了摇头，说："不知道，我只听别人说他是哑巴。"

师傅的语气很平静："他是我们风火山上张子安的儿子,老张与我在风火山守山观测冻土有好几十年了。"

"师傅,你说修自行车的哑巴是张子安的儿子?"孙建民反倒惊诧万状了。

"是啊,"师傅说得非常肯定,"你听别人讲过他儿子是如何哑巴的吗?"

孙建民摇了摇头,说："我一参加工作就跟着师傅上山了,与张老铁人在一起,他从不摆家里的龙门阵。"

一说起门口这个哑巴,师傅的心情一点也轻松不起来了。他说："那是一个很遥远的故事,当年我与张子安,就是被称为张铁人的在风火山收集观测数据,大伙最盼望的事就是送东西的车子上来了,四五个月来一趟,不但有米有菜有肉,最重要的是每个男人心情快要崩溃时,有一封家书,一封慰藉心灵的家书。张子安老家在四川,媳妇是乡下的,他先收到的是一封信上说一岁的儿子病得好厉害,身子烧得像个火球一样,哪种办法都想尽了,就退不下烧来,让他请假早点回来,带到县城或者地区的医院看看。信很短,尽是错别字,猜着读。意思明白了,再后则是两封十万火急的电报,一封说儿子病情危险,命在旦夕。再一封说儿子死了。老张读着电报便坐倒在地上,眼泪就落下来了,伤心欲绝,男儿有泪不轻弹,一旦伤心,就像风火山的棕熊失去爱子一样地悲号。未接到家书的人开始很失落,一看张铁人这样,庆幸自己没有收到信。

"到了夏天,勘测和科研的大队伍上山了,张子安有个把月的假,回老家去看看妻子和爹娘,刚跨进家门,只见一个咿咿呀呀的孩子在叫,妻子出来了,他问这是谁家的孩子,妻子说我们的儿子啊,张铁人问我们的儿子不是死了吗,怎么变出一个小哑巴了。妻子抹着眼泪说:'子安啊,你咋搞的,给你写信拍电报,就没有一点音信,孩子在我怀里死了,我就找来了一个木盆,把他放了进去,抬到家门前的这条江里了,想着他爸爸就守在江的源头,喝的都是同一条江水,生不能父子相聚,魂总可以顺江而上吧,找他的父亲去吧。刚顺水漂出不远,婆婆于心不忍,扑到江水中一把把木盆抓回来了,将小孙子抱回去,放在竹床上,也许命不该绝,第二天早晨居然活过来了,但却成了一个哑巴。'

"'儿子!爸爸对不住你。'张子安将儿子搂在怀里,亲了一个遍,吓得小哑巴哇哇乱叫。哑巴没有上过学,长成少年时,张子安将他们母子接到了兰州,让他跟着修自行车的老板当伙计,干了许多年,现在自己谋生讨口饭吃。

"你知道吗,有一年大雪将风火山的门口冻住了,怎么也推不开,快到了八点钟正式观测时间,张子安抱着仪器,穿着棉大衣从窗子里滚了出来,他说,哪怕天上下刀子都要观测啊。"

张子安离自己那么近,孙建民没有想到他的故事居然绕过风火山的高天流云长江大河一样,让他震撼不已。

走进了西北研究所的家属院,周师傅说:"建民啊,我还想再带你去看一个人,一个小女孩。"

谁家的小女儿?孙建民茫然不解,师傅真是与众不同,像翻阅一本风火山的观测资料册一样,带着他一页一页地走进人的情感世界。

周怀珍告诉他是风火山上的第三任站长朱良恩的女儿啊,人家老朱可是文化人啊,南京的大学毕业后,从江南支边到了大西北,后来当上风火山第三任观测站站长。有个春节就在山上与我们一起过的,把患有精神分裂症的妻子和六七岁的小女孩扔到了家里,那小姑娘啊,既要照顾母亲,收拾家务,做饭给妈妈吃,还得去上学。

到了春节的时候，妻子的病犯了，女儿实在没有办法，写了一封信，恳求爸爸下山来帮帮她，她实在应对不了母亲的病情。

信捎到了风火山，朱良恩一句话不说，低头抽了一个晚上的闷烟。第二天照样主持和分配工作。

到了夏天，朱良恩临时回去开会，到学校去接女儿，给女儿买了好多好吃的。女儿把东西扔在马路上，背过身去朝着大路往前走，不理爸爸。朱良恩追了上去，一个劲向女儿道歉。女儿哭了，说爸爸："我和妈妈最需要你的时候，你在哪里？"

"我在风火山上啊！"朱良恩回答说。

"那你为什么不下来呀？"女儿不解地问道。

朱良恩答道："我带班，怎么能下来啊！"

妻子的病时而好时而坏，时而清醒时而错乱。朱良恩回到兰州时，恰好妻子的病稳定了，她指着丈夫对女儿说："我写信，你爸爸不下来，女儿自己写，恳求你爸爸，他也没有下来啊，风火山的男人都这样，生活在魔山上，都成了六亲不认的风火魔王了。"

朱良恩只有苦笑，他无法给妻子与女儿做解释……

"我怎么在山上没有听过这些故事啊？"孙建民邃然问道。

"风火山的男人啊，都是一群爷们，爷们自然有爷们的侠骨柔情，谁会说这些婆婆妈妈的事情。你没有看过朱良恩凡在办公室里提起这段事情，就一句不吭啊。那是一种男人心痛，痛彻肺腑啊。"周师傅一句话将男人情感世界托了出来。

暮色中的兰州城万家灯火渐渐亮了起来，孙建民望着家属楼而却步，说："师傅我不上去了，我回去收拾一下东西，明天就跟你上风火山去。"

"你相对象的事情还没有着落啊。"周怀珍感叹地说。

第四道岔 风火山的日子

"以后再说吧！"孙建民觉得与张子安、朱良恩比，他那点儿女情长终身大事，实在不值得一提。

孙建民跟着周怀珍上山了，从此再没有下来了，一守就是 27 年。

那个夏天，孙建民第一次领略了风火山的滚地雷滚到了自己住的房屋前，就在王占基墓地的那座山上，滚地雷从风火山的顶上咔嚓而下，一个粉红色团团火球，朝着他们住的房子滚了下来，突然钻到伙房的烟囱里边去了，竟然奇迹般地钻了出来，也未引起爆炸，却让人有点胆战心惊。而冰雹砸下来的时候，居然有鸡蛋那样大，人若躲闪不及，便会砸一个鼻青脸肿。

有一天他跟着师傅观测回来，只见一只狼就在院子里坐着，仿佛就在自己的家里，丝毫没有闯入别人庭院的担忧和害怕，瞅着他们一动不动，好在两人手里都拿着枪，周怀珍已经见怪不怪了，朝着孤狼大声吆喝，将狼赶出了院子，自己和徒弟才返回屋里。

过了一些日子，风火山的一头棕熊将小熊丢了，老棕熊来山下转了一周时间，才悻悻而去，那些日子，孙建民仍然跟着师傅上山，只是手里的枪一时也离不开了。

坚守到第二年大队伍上山来了，可以暂时替换周怀珍几个下山了。周师傅带着孙建民他们下山回兰州休假，到格尔木城里要住旅社，由于将近十个月没有洗过一次澡，头发披在肩上，长长的，浑身一股难闻的膻味，熏得人都有点待不住了。他们三个人在山上，一年就是四立方水，从纳赤台拉过来，200 多公里的路程，水比油还金贵，根本舍不得用来洗澡，服务员一看他们的打扮，便将工作证扔出来了，说不给你们住。

"为啥？"周怀珍有点茫然不解。

"你们像威虎山的座山雕，不能住我们这里。"

周怀珍苦涩一笑，连忙将旅社的经理找来了，说明情况之后，得到经理允诺，才找到了暂时栖身之处。

"那年下山，你的婚姻大事终于瓜熟蒂落了？"我仍然关心的是孙建民的婚姻。

他摇了摇头，说："连旅馆里的服务员都将我们看作座山雕，哪个姑娘会嫁我。"

我沉默，不知该问什么好，但是我仍然想知道孙建民的婚姻大事。

或许他早已经窥透了我的心思，说，他的第一次婚姻很失败。一直到了31岁时才结婚，那段婚姻对他来说既是一种幸福更是一种痛楚，有点不堪回首。他从未对前妻说过一个不，毕竟婚前婚后，两个人待在一起的时间屈指可数，反倒感激两个人在一起的时候，前妻所给予他的幸福时光，但是分多聚少，尤其是有了家有了孩子之后，全部的家务都压在一个女人身上，一年在一起的时间不到一个月，换成哪个女人都难以坚守得住的。因此，当妻子向他提出离婚的时候，他一点也不觉得突然了。

心痛了好久之后，孙建民才有了自己的第二次婚姻。

"你的第二次婚姻幸福吗？"

"幸福这个词多奢侈。记得你们有位作家说过婚姻就像穿鞋子，合不合适，夹不夹脚，个中滋味，只有自己知道。"孙建民的回答一下子变得像个风火山上的哲学家和诗人。

我已经明白了孙建民的意思了。

2000年6月，孙副部长上山来到风火山视察，看了风火山观测站40年间留下来的1200万个冻土数据，感叹地说："风火山观测站对青藏铁路功不可没！"

上行列车
第八站　哀兵必胜

黑字写的明誓，
雨水一湿就熄灭了。
没有写出的心中情意，
谁也擦它不掉。
　　——六世达赖喇嘛仓央嘉措情歌

血书赢得一座寒山

冷山热雪。

一座寒山连着一群守山人与一支部队的命运。

青藏铁路第一轮竞标时，中铁二十局拿下风火山标段的胜算其实并不大。可是他们只能成功不许失败，否则就无颜面对躺在青藏一期千重冷山上的先辈们。

红土岭一样的风火山，连同它垭口飞扬的经幡，一如奔突流淌的血魂，悄然地蛰伏在这支当年铁道兵十师后代的血脉里。

铁道兵老兵出身的董事长余文忠，伫立在当年饮马青藏的地图前，血也开始热起来了。中铁二十局似乎与青藏铁路有一种冥冥之中的命运相约，此前，他们已经三上三下青藏线了，那时余文忠只是一个兵。

第一次上青藏线是1959年秋天，昆仑山上已经开始飞雪了，时为铁道兵十师的47、48团官兵和49团的一个营，刚从酒泉到柳园和清水的中国第一个航天城的铁道支线上撤了下来，就进入了青藏一期锡铁山到格尔木一线的隧道群，但只进到格尔木，雪水河下边的乃吉里尚未全线开工，仅仅干了一年半，到1960年12月，天灾人祸，饿殍遍野，新中国的第一次青藏大梦魂断昆仑。部队移防到了河北易县，执行一次国防工程任务。

第二次上青藏是1963年，修的是兰青线的一条延长线，西宁到哈尔盖，海晏到克土的221厂的铁路专线，那是中国第一颗原子弹横空出世的地方，可惜今天除了一座高耸入云端的原子弹制造基地纪念碑外，便是一片工厂废墟的残垣断壁了。但是当年46团、48团在那里一直干到一声东方巨响颤动万里戈壁，震撼了世界，才撤至成昆铁路，会战大西南。

时隔十年，青藏之梦又重现在铁兵十师的五更寒里。1973年3月，时任铁十师副师长的姜培敏率领打前站的队伍进至青海乌兰，修建青藏铁路一期哈尔盖至格尔木862公里的路段，铁道兵上来的是铁七师和铁十师，十师担任了最艰难的396公里，天峻县东面的关角隧道横亘在垭口4200米的山上，此前西宁铁路局工程四队已经在进口打了一公里，出口切进了几十公尺，困难时期封闭隧道口下山了，47团上去了，打开封口，在那里干了4年，留下了56名英魂，永远游弋在关角的山上，俯瞰着列车从脚下缓缓驶过；而铁十师在青藏一期线则留下两座烈士陵园，128名官兵魂归冷山，一枕青藏风雪，远眺着温柔的烟雨江南和秋高气爽的北方。

铁十师最浓墨重彩的一笔，是70年代中期，铁十三连在风火山留下了一条永远不通火车的半公里长的铁道路基。往事已被青藏的漠风吹散了，却在中铁二十局的后代心中留下了不可磨灭的青藏情结。四上青藏高原，拿下风火山标段，成了梦寐以求的皇皇铁路大梦。

但是，觊觎风火山的岂止是一个中铁二十局啊，世界第一高隧毕竟集政治、经济乃至地理文化效应于一身，谁拿下了这个项目，都将受益无穷，十九个参加青藏铁路竞标的工程局跃跃欲试，竞争激烈。因此，风火山标段最终花落谁家，能不能握在中铁二十局的手中，余文忠心里也没有一点底，不过他终究是老军人出身，深谙中国大型工程的竞标，不仅比的是硬实力，软实力也是一个不可或缺的筹码。

余文忠转过身来，坐到了高靠背的大班椅上，抓起了写字台上的电话，拨通了集团公司各个处党委书记的电话，建议在全局1.3万多名职工中开展我为投标作贡献的活动，让铁道部和竞标委员会知道中铁二十局全体职工心系青藏铁路的夙愿和未了情。

夏军民听到这个消息后，就琢磨着做一件一鸣惊人的事情。他是建工处的团委书记，曾经有过18岁当兵的历史，父母是60年代中期从江苏支援新疆的知青，他从小在新疆建设兵团里长大，1989年到了新疆奎屯的高炮团当兵，复员时分到了中铁二十局，可心里一直对大西北情有独钟，祈盼着有一天能够重上青藏高原，一展当年铁兵后代的风采。

"我要换一种新颖的方式来表达自己上青藏的决心！"夏军民对处里的人说。

"怎么个新颖法？"同事们不知道他要玩什么名堂。

夏军民说："写血书。"

"傻帽！"有的人神情袒露出一脸的不屑，"都什么年代了，还写血书，又不是上战场。"

夏军民说上青藏铁路，对一支铁兵的后代来说，就是上战场啊。

那天他到商店扯了一块二尺多的白布，到了单位的卫生所，将自己的手伸了出去，说请帮我抽两管血。

女护士不解地问："你要献血？"

夏军民摇摇头说："我要写血书。"

女护士愕然，说："你有什么血海冤仇要申，可找领导谈谈，何必采取这种极端方式。"

夏军民痛苦地闭上了眼睛，说："我不是要申冤，而是要为上青藏铁路写血书，表决心。"

夏军民伸出胳膊，让护士抽了两管血，带回办公室，展开白布，挥笔写了一首诗："昔日高原铸辉煌，今日请战上青藏。甘洒热血写春秋，誓与青藏共存亡。"然后拍了照片，折叠起来，找了一个信封，写上北京铁道部傅志寰部长收，便骑上自己的摩托车，跑到了邮电局，以特快专递的形式寄往首都北京。然后独自去了渭南，参加青年团员集训班学习。

世间的事情也就这样凑巧。就在开标前的头一天，中铁二十局局长余文忠与郝副局长一起到铁道部拜会傅志寰部长，想作最后的努力，请铁道部领导看在当年铁十师喋血关角，魂系青藏高原历史上，将第一轮投标的标的倾斜给中铁二十局。刚在傅部长的办公室落座，秘书拿着特快专递进来了，递给了傅部长。

"什么东西？"傅志寰问秘书。

秘书摇头道："不知道，是从咸阳寄来的，指名寄给您的。"

傅志寰摆了摆手："拆开看看是什么名堂。"

秘书撕开了特快专递，掏出来一看，一块白布上写着一封血书，脸色陡变，说："部长，是血书。"

傅部长顿时也惊讶道："上边写着什么内容？"

"昔日高原铸辉煌，今日请战上青藏。甘洒热血写春秋，誓与青藏共存亡。"秘书念道。余文忠局长与郝副局长也面露惊奇之色。

"哈哈！"傅志寰部长笑叹道，"老余啊，你们这思想工作已经做到我头上来了，真是及时雨啦。"

余文忠也一头雾水，说："傅部长，纯属偶然，我们也不知来拜访您的时候会看到中铁二十局普通职工请战的血书，真是天意啊。"

"不是天意，是好事啊！"傅志寰感慨地说，"这样的单位不让它中标，还让谁中标，这样的同志不让他上青藏线，还让谁上？"

余文忠忐忑不安的心情顿时轻松了不少，他突然觉得关键的时候一封关键血书，终于让中铁二十局在共和国部长心中留下一个重重的情感砝码。

傅志寰对秘书说："马上将这份血书拍照，彩印几份存档，血书感人，下不为例。电告各工程局，一律不准写血书，其他局就是写了血书，也不能中标。"

一位曾经是军人的热血之书，却在最后的时分赢得了一座冷山。2001年6月1日青藏铁路开标时，中铁二十局如愿以偿地得到了风火山。

6月3日，中铁二十局的人还沉浸在中标的喜悦之中。这天集团公司人事处的一个叫李向阳的干事，突然通知建工处人事科，说让夏军民来局里，局长要见他。

夏军民跃上自己那辆带电动加力的自行车，心里忐忑不安。集团公司的董事长召见自己这样一个名不见经传的小人物，是不是自己犯了什么错误了，思来想去，觉得自己并没有犯什么错误啊，也从未与局长打过交道。他小心翼翼地骑车到了中铁二十局的大楼前，将车停好，步履轻轻地掠过大堂，乘电梯上了人事处，向通知他的李干事报到，然后怯生生地迈进了余文忠的办公室。

"你就是夏军民？"余局长有点意外，这个年轻人身体干瘦干瘦的，却有男人的清秀之色。

夏军民站在局长面前有点手足无措，立即像当年当兵时见连长一样，啪地一个立正说："报告局长，我是夏军民。"

"坐，坐！"余文忠走了过来，拍了拍夏军民的肩膀说，"你可是为二十局立了一功啊！"

"局长，这话从何谈起？"夏军民受宠若惊。

"就是你的那封血书啊！"余文忠感叹道，"最后一天，我们忙着拜会各位菩萨，请人家高抬贵手，给中铁二十局一份活干，最后见傅部长时，竟然看到了你写的血书，此情可鉴青藏，这真是天意啊！"

余文忠仍然沉浸在激动之中，向自己麾下一个无名之辈的年轻人详尽地描述了那天在傅志寰部长办公室的所见所闻。末了，他站起身来，说："年轻人，我为你倒一杯茶，位卑不忘局忧，你们可是二十局的希望和未来。"

"局长！"夏军民呷了一口局长给自己泡的茶，恳切地说道，"作为六处的年轻人，我斗胆进言几句。"

"你可以随便说，不要自谦。"余文忠鼓励这个年轻人。

"我们六处过去在青藏一期时，当时编制是50团，搞的是青藏线的运输，"夏军民喃喃说道，"这次上山后，能不能多给我们六处一点活。"

余文忠没有想到这个年轻人给自己提的唯一要求，竟然是为处里的几千号人的命运和生存着想，说："我考虑一下。"

"谢谢！"夏军民已经感激涕零了。

"年轻人，上风火山上好好干吧！"余文忠欣赏地看着这个瘦削的年轻人。

夏军民骑着他的电动自行车回到了处里，也许因为抽血之故，他查出了轻微的肺结核，住了十五天院，六处的书记黄锦波专程来看望他，征求他的意见，任命他为六处机械一队党支部书记了，职务正科级。

我在中铁二十局风火山指挥部宣传办公室里单独采访夏军民的时候，记下了他的故事，一个多小时的采访，我数度缺氧，也数度跑出去吸氧，一位出身于外地的小同乡，二十局的才子唐相彦一直陪在我左右。采访接近尾声时，我突然向夏军民发问："你写血书的真正动机是什么，真的如一些报道里说的那么崇高吗？"

"徐作家，你也是军人，实不相瞒，当时根本没有想那么多，纯粹就是一闪念。"夏军民仍然有军人的豪爽。

"我欣赏你的真实，属于军人的真实。"我站起身来，与这个瘦瘦的年轻人握手告别。

青藏铁路

置之死地而后生

节令刚蹒跚进入初冬,风火山落下了一场又一场大雪。别的施工队伍都下昆仑山冬休了,唯有况成明带领的二十局风火隧道队还蜷曲在山上。天寒地冻,风雪弥漫之中,他蓦然觉得,自己的命运方舟,正驶向一条冰河。

那天他驱车下到格尔木,给家里打电话时,却听到了妻子的嘤嘤啜泣。是年之夏,他刚将妻子和儿子从安徽老家淮北接了过来,在咸阳古城安了一个家,将一座古城和一片陌生抛给了妻儿,没有为他们撑起一片湛蓝的天空,便远行青藏高原。

携子在咸阳栖息的妻子最近惴惴不安,不知是丈夫在山上清退了一些民工包工队,断了别人的财路,还是其他什么原因,最近孩子上学时总有幢幢黑影掠过少年的星空,有时莫名其妙的电话也会打进家来,让妻子有些胆战心惊。多么希望冬天到了,丈夫可以回到咸阳桥边,为自己遮风挡雨,可现在却回不来了,又继续留在风火山坚守。

搁下妻子的电话,况成明眼眶湿润了,心里涌动着一股巨大的酸楚。从自己当上中铁二十局指挥长那天起,身后便褒贬不一,飞来的唾沫星都快冻结成一条河了。自己何苦啊,拼死拼活地守望在风火山上,几乎没有落到一句温婉相慰的好话,而家庭的后院却有一个风火山的滚地雷直奔而去,让他无法释怀。

血书赢得了一座冷山,但是走上风火山的中铁二十局并未旗开得胜。

余文忠董事长慧眼相中了况成明,让他当中铁二十局青藏铁路的指挥长，就看重他的敬业、坚韧、果断和聪明，却忽略了一个坚硬的现实，毕竟况成明缺乏当大指挥长的历练，此前他只是局里一位安置科长，后来在神木至延安的神延线上当过局指的副总工程师，跨入新世纪之后，在宝天线上当过常务副指挥长，还未打过真正意义上的大战。而这回在风火山单打独斗挑大梁，确实是要令他苦其心智劳其筋骨，才能修成正果，大器晚成。

然而，况成明觉得自己的头三脚踢得似乎并不漂亮，有许多可圈可点之处。

首先是安营扎寨的第一次过招，小临帐舍建造便让中铁十二局的余绍水抢尽了风头，中铁十二局建在清水河的通风管上的院宅式建筑，投入大，自成一格，自然也成了青藏线上的一道风景，参观者络绎不绝，领导更是称赞有加，偏偏中铁二十局的却不尽如人意，大会小会批，况成明有一肚子的苦水，说与何人听？风火山离格尔木300多公里，海拔4905米，一块砖运到风火山就八角钱，一斤沙子也值五角钱，他觉得在这上边投入太多必然影响整体效益，因此，建在风火山上的局指建筑档次不高，而各个施工队，大多住的是棉篷，烧的又是煤炉，而青藏铁路上的以人为本已经提到了一个很高的层次，领导担心煤气中毒，或燃烧缺氧窒息，凡来风火山铁道部的领导和青藏总指，总是将中铁十二局的临舍作为一个参照的标准，风火山的帐舍就显得蓬头垢面了。

第二脚是世界第一个高隧的掘进，况成明又撞到冻土上了。青藏总指要求在2001年下山之前，风火山隧道出入口掘进要突破200米大关，完成投资3000万元，客观的原因是图纸来得太晚了，到了10月16日，铁一院的施工图纸才送到了中铁二十局的手里，眼见离下山时间不到两个月。事先考虑得不周，调上来的各种运输车辆和钻机几乎都是清一色的内地干活时租赁的，在青藏高原施工不是频频趴窝，就是马力不足，像辆老爷车一样吭哧吭哧，严重影响了施工进度。青藏总指的领导三天两头来，眼见进度甚缓，也不顾石家庄铁道兵学院的学兄学弟之谊，劈头盖脸就是一顿修理，最后懒得修理了，车过风火山，连停都不在中铁二十局停了。弄得况成明如履薄冰，战战兢兢，不知如何是好，最后确定冬季队伍也不下山冬休了，漫漫一个严冬就守在风火山施工，到了年关，完成掘进150米。

第三脚施工管理踢得也很沉重，中铁二十局青藏铁路上唯一实行一级管理的指挥部，管理方法与体制独树一帜，指挥部直接管理到了施工队，中间没有项目经理这个层次，一有问题就直接捅到了局指，牵扯了领导许多精力，却进展甚缓。

一时间，身为指挥长的况成明开始在各级领导心中的形象动摇了，在他的身后，嘈杂声四起，有说换指挥长的，有说将二十局风火山洞口分一半给别的局的。

况成明一时陷入了命运的绝境，如同他每天直面的风火山极地绝域一样，趟不过这道山岭，便意味着人生的彻底失败。

一个人在最关键几步的时候，需要有人扶掖，有人矫正，甚至有人鼎力相助。在况成明命运最黯然的那个冬季，有一个人对他的看法却始终不渝，那就是中铁二十局的局长余文忠，他亲自为况成明做后盾。

"成明，我觉得你行！"余文忠睿眸投向了况成明，给了他鼓励，更给了他自信。

"局长，我的第一仗打得不漂亮，给局里丢脸了。"况成明的心中很难过。

余文忠摇了摇头,说:"队伍没有从风火山溃败,就算站住了,立住了。我相信你会知耻而后勇,哀兵必胜,在风火山上打出铁十师当年的风采来。"

"谢谢局长,我给领导添乱了。"况成明显得十分内疚。

"谢什么,领导就得给自己的部下撑一把红伞,为他们遮风挡雨。"余文忠感慨地说,"不过,要痛下决心背水一战,让风火山作证,为中铁二十局青藏之魂,也为你自己。"

"我会的!"况成明隐忍地吐出了三个字。

随后,余文忠又找北京铁道部和青藏总指的领导,真挚地作出解释,承担领导责任,并一再恳求,假以时日,况成明将会成为一个出色的指挥长。因此,换指挥长的说法,可要暂且搁一搁,再给他一次机会,也给我们二十局一个机会。如果到了明年6月,情况仍不好转,中铁二十局青藏指挥长再换人也为时不晚啊。

青藏铁路指挥部尊重了中铁二十局的意见。

手中只有最后一次出牌的机会了,况成明不能输,只能赢,他执意要在风火山上证明自己,证实自己也是一个血性的汉子。

在全体机关职工干部大会上,况成明神色凝重地表态说:"我们已经没有退路,如果到了6月份,风火山的局面得不到根本扭转,我就自动辞职,卷着铺盖走人。"

他没有给自己留后路,其实已经没有退路。唯有在风火山上背水一战了。

春天还挂在灰头雁的翅膀上,朝着青藏高原南回归巢。况成明蛰伏在风火山上干了一个漫长的冬季,青藏沿线的施工队伍还未上山,他就大刀阔斧地更换了自己施工队伍中的硬件设施,将不适应青藏铁路施工的平原机械设备统统淘汰下山了,斥资一个多亿,以每辆70万元的价格，一下子进了55台北方大奔驰，作为运载的一个重要工具。以800多万元一台，购进了4台德国"宝尔"旋挖钻机，发电机、空压机都统统换成了国际名牌沃尔沃的，一下子便将施工机械的现代化程度提到国际高科技前沿地带。

管理一直是风火山的一个弱项。况成明要转动手中的指挥棒，在风火山上叫响"能者上，平者让，庸者下，青藏线上不用闲人"的口号，让每一个中铁二十局参加修建青藏铁路的人员心里清清楚楚，今天工作不努力，明天努力找工作，不爱岗就下岗，不敬业就失业的道理。大凡身体不适合的，从指挥部领导到普通的职工，劝其下山。仅局指挥部就下去了四名副指挥，换人之频，为所有的施工单位力度最大。第一高隧刚开始由两个处负责施工，随后改为出口收归局指挥部直接管理，对执行一级管理不力的队长、书记，况成明频频换将，然而每个上山的队长书记身后都有一定背景，动错了神经，可能最终颠覆了自己，可是况成明颇有点我不下地狱谁下地狱的气魄，陆桥队、机械一队和隧道队第一任队长不力，工程进展甚缓，于是换了第二任，仍不见起色，忍痛换了第三任，人不错，可是能力却大打问号，施工管理总是慢三拍，最后痛下决断，对不起走人。迅速搬走这块石头，换成了第四任队长，才渐入佳境。

中国自有请神容易送神难的说法，况成明一而再，再而三地端了别人的饭碗，甚至将一些分包的工程也一锅端了，无疑将自己置于风火山的冰雪风暴之中。

2001年11月，况成明还蛰伏在风火山上，望着风火山寒雪一片，挟风狂舞。这时一封封告状信已经进了北京城，飞到中国铁道建筑总公司的领导的办公桌上，点名道姓地告况成明对职工生活漠不关心，白天上山，晚上下山，有亲戚在包工队，诸如此类，一直列了十大罪状。总公司纪委的李处长千里迢迢地来了,在青藏线上一一找人谈话,结果风火山上的现实与告状信出入很大啊,谁说况成明不关心职工生活了,青藏沿线第一座大型的制氧站就是在他的主导下完成的,可以往坑道里弥散式供氧,隧道里还设置了氧吧间,干活体力消耗大,供氧不足时,可以坐到氧吧间里吸一会儿氧气,体力就很快得到恢复了。况成明患有眼疾和休克性低血压,下了山,血压是100/70,还算正常,但是一上山,血压只有80/60,每一次晕倒时,医院院长都催促着送他下山。他说:"我们都是老兵出身,轻伤不下火线,这是军队留给我们的光荣传统。"

李处长在中铁二十局青藏指挥部谈了一个遍,扼腕长叹,说真金不怕火炼,举报虽说是件坏事,但是我们却查出了一个好干部。

但是况成明却欲哭无泪,组织上还了自己一个清白,却掩不住内心的锥心喋血之痛。妻子来电话时哭哭啼啼,娘俩在那座陌生的城市里,一个黑色的梦魇惊现在儿子心灵湛蓝的天空,妻子提心吊胆,一天到晚地守着,快有点支撑不住了,祈盼着丈夫早一点归来。

春节将至,况成明从风火山上下去,回局里汇报工作。咸阳桥头,风雪夜归人,妻子朱玲华带着儿子早早地站在了机场进港接人的地方。仅仅半年多未见,只见丈夫脸庞上白皙肤色变成一脸黧黑,人瘦了一大圈,两个颧骨突兀出来,面黄肌瘦,相拥的一刹那间,夫妻俩也不禁哽咽饮泣,泪如雨下。

年十五尚未过完,况成明就急不可耐地要上山了。妻子劝道:"成明,咱不要再去了,上青藏铁路身体遭罪不说,心里还要承受那么多委屈,老婆孩子也跟着担惊受怕。"

况成明摇了摇头,说:"不,这是我的第一次,也是最后一次机会,如果我真的把事办砸了,那么这辈子就是咸鱼再也翻不过身来了。"

妻子看看丈夫,有点不认得了,恳求道:"过完元宵节再走。"

况成明说:"不行,山上还有那么多弟兄在等着我。"

告别了妻子和儿子,况成明朝着风火山千里而行,二月桃红春汛,倒是一个好兆头,他要为自己,为二十局的命运和荣誉,进行最后一战。

羞涩的勇士

隧道队队长已经换了好几个了,却一直未寻找到理想的人选,况成明忧心忡忡。

那天,局指副指挥长兼总工任少强对况成明说:"况指挥,我给你推荐一个人选。"

"是谁?"况成明已经让任少强接过风火山出口施工队队长的职务,选副手当然要尊重任总的意见。

任少强说:"罗宗帆,你认识的,过去都是47团的老兵。"

况成明在搜索记忆,说:"想起来了,是1981年入伍那批四川兵,当年他们入伍到关角隧道时,已经贯通了。"

任少强说:"对啊,可惜那年代我还在读书呢,自然没有这种幸运了。"

况成明说:"在我的印象中,罗宗帆是搞机械出身的,对架桥很在行,打隧道恐怕并非他所长吧。"

"一点问题都没有,他曾经在好几个项目上给我做过副手,如今是西安绕城高速公路项目部的副经理,打隧道架桥都是一把好手。"任少强掩饰不住对罗宗帆的欣赏。

况成明点了点头:"既然任总如此看重,我没有意见。你是风火山出口的施工队队长，副队长的人选，你说了算。"

"好！就这么说定了。"

2001年2月4日，罗宗帆正在西安绕城公路项目部主管产河特大桥的调装，全长11.5公里，调40米长的箱梁。兜中的手机突然响了，是任少强打过来了，说："宗帆，风火山隧道，你上不上？"

罗宗帆打了一个激灵，一点犹豫都没有，立即答道："行！"

那天从架桥的工地上走下来时，罗宗帆早已心驰神往，梦回青藏，步履迈得好大，恨不得一步跨越昆仑，跨上风火山。遥远的青藏铁路之梦原以为离自己越来越遥远了，却想不到一念之间竟然会这么近。16岁当兵的岁月，他去的就是青藏第一期，成了主攻关角隧道的铁十师47团的二营四连的一个兵，可惜当时关角已经全线贯通，他因有些腼腆，岁数又小，说话时羞涩得像个姑娘，被连长选去当了通信员，可是从老连长的口中他听说了许多关于关角隧道的传奇，其中遇上了大塌方，115名官兵全埋在了坑道里，师长姜培敏亲自组织指挥抢救，竟然无一人伤亡。自从1984年离开关角下山之后，人虽然不在高原，却总是冰雪千重昆仑入梦来，挥之不去的青藏情结折磨了他好多年了。

匆匆收拾了一下东西，他就赶回咸阳去，与妻子雷惠芳和两岁的女儿告别。妻子一听他此去青藏铁路，拦着不让走，说大小子刚去世不久，小女儿才两岁，青藏咸阳隔着千山万水，此去经年何时才能归啊。

罗宗帆给妻子做了一个晚上工作，筑路人的妻子从来都是深明大义的，晚上抹着泪不让丈夫走，但是到了第二天别离时，没有一个人会拖后腿。

2月24日，罗宗帆从咸阳启程，直奔格尔木，坐着列车驶过自己当年修的关角隧道，恰好是傍晚时分，他倚在窗前，感慨万千，关角两边的山峦被缓缓驶过的列车抛在身后，斜阳温暖冷山，英魂之火不灭，他默默地举起手来，向这片冻土上埋葬的忠魂，行了一个曾经当过铁兵的老兵的军礼。26日晚上一点多钟抵达了昆仑山下的指挥部，在山下边习服了三天，便搭车上了工地，风火山迎接他的是一场满山遍野的狂雪飞舞，凛冽的寒风卷着雪花直往衣服里窜，罗宗帆从队部往坑道口上坡走了十多米，脚便飘起来了，身体也虚空了，这时风火山第一高隧，进口只掘进了100米，出口才掘进80米，直觉告诉他，风火山之战，将是他人生中最难的一场生命之战。

任命很快下来了，罗宗帆为出口施工队的副队长，队长则为指挥部副指挥兼总工任少强，但是一线具体施工组织，非罗宗帆莫属了。整整一周时间，罗宗帆一句话也没有说，就在风火山工地转来转去，别人跟他说话，他只是羞涩地一笑，本来就黧黑的肌肤，俨然一个藏族同胞，只是那英俊的脸庞强烈地辐射出巴蜀之地的印痕，使人顿生怀疑，这个一脸恬静的男人是否拿得下风火山工程。罗宗帆毫不理会背后投来的怀疑目光，奔突在血脉之中的是大巴山人的坚韧和淳厚，足以让他在风火山上横刀立马。或许因为自己也是农家出身，走进民工的帐舍时，他突然有了一种亲近感，队里四百多号人，除了三十多名正式的干部和职工外，其余都是民工，蓦然之间，他觉得这群纯朴的西部汉子是最终依靠的兄弟。

一周时间刚过，罗宗帆就出手了。他将铺盖行李一卷，从队部搬到出口的工地值班室。工程部长和总工不解，说："罗队长，队部的条件好一些啊，你不必搬到值班室去。何况队部离工地只有十几米。"

罗宗帆摇了摇头说："我必须住到洞口去。再说这十几米的坡度，爬得气喘吁吁，半天缓不过劲来，我得将体力留到隧道里用。"

住到风火山洞口督战的罗宗帆出手不凡。任少强来了，听过他的汇报后，颇为满意说："我相信罗宗帆会不负众望，只忠告你一句话，要注意安全、质量、后勤和民工的吃住。"

罗宗帆点头道："任总放心，我不会让局指领导失望的。"

整整准备了一个春天，4月的冰雪尚未化尽，罗宗帆就开始甩开膀子大干了，这时进口的施工队队长任文侠向出口下了挑战书，看谁的进度快，谁最先完成任务。

罗宗帆淡然一笑，不想回应，觉得现在说什么都为时过早，看结果才是最重要的。

任少强说："你写迎战书，有来无往非礼也。"

罗宗帆说："写就写，我保证出口队能笑到最后，笑得最好。"

"好！就要你这句话。"任少强紧紧地握着罗宗帆的手，似将风火山一样的重担压在了他的肩上。

罗宗帆果然不负众望，过去架桥是他的长项，隧道干的很少，他就一天24小时盯在工地，困了，一天至多睡4个小时，打风钻、装药、放炮，他都亲自过目，一排山炮放过，排完烟尘后，他便第一个排险，然后施工队进去，最紧张的时候，三天三夜不睡觉。果然隧道队进出口劳动竞赛，罗宗帆的出口施工队得了第一名。

况成明拿着红包来到了风火山出口，对罗宗帆说："你干得不错，我要重奖你和你的队员。"

随后，出口队的每个干部职工第一次得到了两三千元的奖金。

可是罗宗帆心里却掠过一丝的不安，他觉得在第一线的民工才是风火山真正的脊梁，他要尽自己所能，给民工以极大的关爱，将浓烈的中国农民情结施惠在他们身上。

2002年8月的一天下午三点多钟，风火山垭口的北方跟跄走来两个青海土族汉子，衣衫褴褛，蓬头垢面，走到风火山隧道的出口地方时，已经两天没有吃饭了，坐下去就爬不起来了。身边围了一批民工，罗宗帆闻讯从值班室走了出来。拨开人群，走到跟前，问道："你们是从哪里来的？"

"青海互助县！"两个民工仰首看了看站在他们跟前一个皮肤黝黑的南方汉子，倏地觉得希望降临了。

"叫什么名字？"

"马进元！"

"张海涛！"

罗宗帆点点头，扭头吩咐，马上让炊事班做饭，先让两位老乡吃饭。

马进元仰起头来说："领导，一顿饭只能解决一时的温饱，还是给我们一个活干吧，一家人的嘴都扛在我们肩上了。你是好人，我们沿途找了好些单位了，没有人理我们。"

"先安排吃饭！不要吃得太饱。"罗宗帆对队里的工作人员说，"让杜医生和何护士来看看，检查一下身体有什么问题。"

"谢谢！我们真的遇上活菩萨了。"张海涛喃喃说道。

"先别谢，吃过饭后到帐篷里躺一会儿，好好休息。"罗宗帆安慰道，"今天晚上别找我，我在洞里边忙得很，明天十点钟再来。"

罗宗帆善待的是两个素昧平生的民工，但是却温暖了站在旁边的一群民工。

第二天上午，马进元和张海涛真的找来了，见了罗宗帆便深深地鞠了一躬，说："罗队长，谢谢你的救命之恩，请收下我们兄弟俩吧。我们会卖命干的。"

"我相信！"罗宗帆二话不说，接过他们的身份证看了看，作了详尽的登记，便安排两个人到了搅拌站，他要考验一段，确定两个民工仅为打工而来时，再让他们进洞作业。

罗宗帆的义举，让风火山出口施工队的三百多个民工嘘嘘感叹，说："跟罗队长干，纵使拼上一条命也无怨无悔。"

其实，真正的拼命三郎仍旧是罗宗帆。蛰伏在风火山上半年多了，最痛苦的不是高海拔缺氧，而是折磨了他许多年的痔疮，工作一累就脱肛而出，让他坐卧不安。到局指医院开了无数次药，也未见好转。在风火山攻坚最紧张的日子里，罗宗帆觉得长痛不如短痛，执意要自己做手术，切除外痔，从此了断病根。

那天晚上，他找了一片剃须刀片，拿来一瓶烈酒，事先将自己的外痔清除干净，然后将剃须刀片在火上烧红消毒，然后躬下身去，伸出左手捏住外痔的脱落部位，牙齿咬住一块干毛巾，伸出右手，拇指和食指捏渐渐冷却的刀片，朝着外痔部分哗地一掠而过，只见下肢一阵强烈地颤动，焦灼的痛觉遍及全身，冷汗簌簌流下。外痔被割下来了，冷汗如雨，血滴哗哗地在流，他迅速将一瓶烈酒往自己的肛门处浇了下去，然后抓了一把盐敷了上去，血未止住，罗宗帆就蹲在一个洗脚盆上，任鲜血如泉涌般地流淌，一个晚上流了大半盆。疼痛难忍，有好几次，他的手都触摸到了电话，他完全可以拨通卫生所杜医生的电话，让他们来帮助自己，可是最终他还是放弃了，他觉得自己命不该绝，一定能挺过这一关。到了破晓时分，血止住了，流血的地方结痂了，三天之后，竟然奇迹般地愈合了。

罗宗帆愕然。后来我听到这个故事也觉得愕然。

离风火山世界第一高隧全线贯通的日子越来越近了。8月14

日那天凌晨一点多钟，一块危石从空中坠落而下，砸在了小松牌挖掘机的油管上，掘进工程顿时停顿下来了，掘进班找到了罗宗帆，寻遍风火山，却没有一个油管配件，罗宗帆只好跑到局指，连夜敲开了任少强总工的门，他想了片刻，说离指挥部30公里的五道梁302石场有一台小松挖掘机，现在唯一的办法就是拆那台机器上的油管来临时替代。罗宗帆不由分说驾着沙漠王皮卡就要往那里奔驰而去，任总说，深更半夜，我跟你去。恰好这时一直待在风火山拍摄的东方时空的记者也自告奋勇，紧随着他们一起往五道梁方向疾驶而去，他们从沙石堆里冲了过去，找到了采石场的李场长，此时已是子夜两点多钟了，野外的气温骤降至零下10℃左右，他不由分说，钻到了履带底下开始拆油管，天寒地冻，呼啸的寒风从荒原上掠过，一会儿手便冻僵了，但是如果油管卸不下来，风火山隧道按时贯通的时间节点就会受到影响，罗宗帆就躺在冰冷的冻土上，整整干了两个半小时，才将油管拆了下来，返回到二十局指挥部时，已经是早晨五点多钟，东方时空的记者受不了一夜的折腾，回房间休息。罗宗帆对任少强总工说："你回屋休息吧，我装上就可以接着挖掘了。"

　　任少强说："宗帆你辛苦一夜了，我陪着你，说明你并不孤单，看着你装上，挖掘机轰鸣声响了，我也就放心了。"

　　早晨七点半钟，终于将挖掘机修好了。刚出了两个小时的碴，发电机又突然坏了，洞里全黑了，挖掘机又停了下来。罗宗帆此时刚躺下，一听说洞里停电了，一跃而起，又将另一台发电机拆了，等安装好最后一个零件，隧道重新灯火辉煌时，他连拿扳手的力气都没有了。

　　东方时空的记者拍下了罗宗帆在风火山和楚玛尔平原上的一个

不眠之夜。

2002年10月19日,世界第一高隧风火山隧道的进出口贯通只剩最后7米,最后一炮让谁来放,中铁二十局指挥部原想给进口,陈文珍副指挥长从不喝酒,那天将一瓶珍藏已久的醇酒都准备好了,况成明指挥长和任总工都上来了。

领导的意图欲将这最后的辉煌留给进口,可是时运不济,他们的钻杆只有4.5米,一炮却不能炸通。

"天助我也!"罗宗帆出口的钻杆是5.5米,他挥手道,"把钻杆加长到6米。"

果然,进口打不成了。罗宗帆的出口施工队加长的钻杆打到了6米,罗宗帆点完了最后一炮,只听轰的一声巨响,震荡了亘古的莽原,长度1338米,轨道水平海拔4905米的风火山隧道全线贯通了。

罗宗帆点燃了鞭炮,集团公司副总兼青藏铁路指挥部党委书记陈文珍在中间插了一个小旗,巧妙地将进出口各分成一半。

那天晚上,况成明专门摆了酒宴,犒劳风火山的英雄。他举着酒杯,来到罗宗帆跟前时说:"宗帆,人都说你说话像大姑娘,可我却认为你才是风火山上真正的勇士。"

罗宗帆并非只是架桥掘隧的一介武夫,而内心却有无尽的浪漫。也许因为家在咸阳,隔着千山万重,他最喜欢远眺风火山的落日,红红的,悬在天穹之上,像小时候家乡那盏菜籽油灯,奄奄一息地吐着粉红色的火苗,萦绕在遥远的地平线上,像远方故乡村子里飘来的炊烟,勾起孤身在风火山的他无限的乡愁,因此,休息时,他尤其喜欢晚上八点钟之后,独自一人爬到风火山出口的隧道上方看落日,仿佛那喋血天幕的地平线有诗情画意般的乡愁和思念,那一刻他坐在山坡上，躺在斜阳温暖的雪野里，什么也不想，只想让自己的心情在一种不急不慢走来的辉煌中融化，落日光环仿佛妻子和两岁的女儿在倚门等着他回家。

那个血色黄昏，余晖未曾退尽，穿着红色羽绒服坐在洪荒里遥望夕阳的罗宗帆被天幕上的彩云晚霞迷眩，不知世界有何物。忽然，一阵苍狼的长嗥，将他从沉醉中惊醒，他的视线从斜阳落到了半山坡上，五匹狼渐渐朝他靠近，相距不到40米，顿时惊出一身冷汗，他跃然而起，朝着山下就跑，五匹狼穷追不舍，离他不到20米，值班室的调度恰好出门看到了，惊呼不好了，罗队长被狼围住了。

话音刚落，在帐篷里休息的40位民工全部出来了，手握着铁锹，朝着罗宗帆跑的方向迎了上去，要为自己的队长堵起一道铁墙，严防豺狼的奇袭，这时罗宗帆已经被苍狼追至一个深坑里边了，如果不是民工及时赶到，拿着锹齐声撵走了野狼，那天晚上，罗宗帆便会凶多吉少。

"谢谢！"罗宗帆抱拳鞠躬向民工们致谢，"救命之恩当没齿难忘。"

"不用谢，罗队长，应该说谢的是我们！"马进元、张海涛也在其中，说，"是你不嫌弃少数民族，给了我们挣钱致富的机会啊。"

此时罗宗帆感到自己的真心付出，得到了民工兄弟的真情回报。

2002年11月1日，风火山的民工已全部下山回家冬休了，罗宗帆一时走不开，一直在风火山隧道口，待到月底才匆匆下到了格尔木，刚走进中铁二十局青藏指挥部的院子，马进元和张海涛就扑过来，抱着他的腿哭。罗宗帆悚然一惊，问道："进元、海涛兄弟，为何而哭，是谁欺负你们了，是不是没有拿到钱？"

"拿到了，拿到了。"两人抹去欢喜的泪水说，"一个月拿到

2800元，将近两万元的收入，这是我们这辈子挣得最多的，孩子念书的钱全有了。"

"那为何要哭？"罗宗帆不解地问道。

"我们高兴啊！一直在山下等着恩人啊。"两位纯朴的土族汉子说，"等了二十多天，终于将罗队长等到了。"

罗宗帆的眼泪唰地流出来了，说："兄弟，等我干啥，你们两个应该快回去看家人啊。"

"我们只想表示一点心意。"马进元、王海涛将两袋水果和一袋散装的水果糖递了过来。

罗宗帆大为感动，说带回去给你们的孩子吃吧。

"罗队长，若不收下，我们就不走。"两位土族汉子执拗地说。

"好，好！"罗宗帆真挚地回答，"你们等我二十几天的情谊，我收下，这水果，我就拿你们一个，剩余的带回家里去。"

两个汉子点头同意了，最后怯生生地说："罗队长，能不能将你家的电话号码留给我们？"

罗宗帆很干脆说："没问题，我现在就留给你们。"

与土族兄弟依依别过后，他让司机驾着的皮卡车将他俩送到了格尔木火车站，列车缓缓开动之时，罗宗帆抛给土族兄弟最后一句话："将来有工程，我们再上青藏高原。"

况成明终成正果

况成明否极泰来是从傅志寰部长到风火山视察开始的。

2002年8月份，世界最高隧风火山激战犹酣，出口频频换将，最终调罗宗帆上山当了副队长，施工才开始渐入佳境，掘进的速度和质量开始让人刮目相看了，但是况成明要洗刷当初的哀兵之耻还有待时日。

又是一个一岁一枯荣的轮回，当楚玛尔平原的萋萋芳草枯黄风火山时，况成明和中铁二十局青藏铁路指挥部被重新认识的一天姗姗来临了。

那是2002年的秋天，一个收获的季节，况成明接到了青藏总指的电话，说铁道部傅志寰部长要来风火山隧道视察。部长的行程很紧，以看风火山隧道为主，在中铁二十局指挥部只待20分钟，简要听一听情况汇报。

况成明立即将傅部长前来巡视的消息报告了咸阳大本营，中铁建总公司李国瑞书记和二十局余文忠局长、局党委周玉成书记决定上山来陪傅志寰视察。

搁下电话，况成明突然有了一种如释重负的感觉，因为风火山的一切均已经走上正轨，形成了一个良性循环的趋势，风火山可以为自己作证的时刻不紧不慢地走来了。

傅志寰部长是上午十一点钟走近风火山世界第一高隧的，领导和青藏铁路总指挥卢春房也陪着走了进来，此时风火山1338米的隧道，离最终贯通仅有一二百米了，圆满竣工指日可待。

傅志寰部长是搞科研出身的，况成明展示中铁二十局风采，便是在世界高原病历史占有一席之地的卫生保障系统，青藏铁路上的第一座高原制氧站，直通到了风火山隧道掌子面上，弥散式供氧，在隧道氧吧里，傅志寰接过吸氧面罩，深深地吸了几口，刚才有点昏沉的脑袋渐渐清醒了，放眼看去，掌子面上的钻眼和扒碴有条不紊地进行，未见疲惫和痛苦之感。接下来看的隧道施工，更是吸引共和国部长的眼球，一流的施工和工程质量，已被覆的隧道表面光滑如墙，虽然经过冻土膨胀冻冰地带，却不见渗水等现象。傅部长大加称赞说："过去在修青藏公路与川藏公路时，因为缺氧，几乎是一公里一个英魂的惨烈牺牲，换来了一条天路。而青藏铁路上马一年多了，高原病一直保持了死亡零纪录，青藏总指功不可没，风火山的中铁二十局大型制氧站也立了头功。"

一言功垂风火山，傅部长的赞誉，让上上下下开始重新认识中铁二十局青藏铁路指挥部了。风火山作证，将世界第一高隧交给中铁二十局是成功的。

傅志寰说："风火山上实施的弥散式供氧，世界上独一无二，你们可以申报铁道部科技进步奖。"

"谢谢部长！"蒙受了许多委屈和不快的况成明心中一阵酸楚，一泓泪水湿了眼帘。

仅仅因为有了傅部长的这句话，况成明立即张罗着申报铁道部科技进步奖的事宜，果然这项成果得到了铁道部科技司的肯定，经过专家评审鉴定，风火山隧道弥散式供氧，具有国际先进水平，荣膺铁道部科技进步二等奖，并列入了2002年全路高技术十大科技进展之一。

捧着这个沉甸甸的奖牌，况成明将目光投向了极地之巅，他感到世界第一高隧的工程质量，也有望竞逐鲁班奖。

从刚刚切口那一天，他似乎就有点志在必得。

上行列车
第九站　越岭之战

光明的太阳,

你是我的爱人。

什么乐土我也曾经到过,

如今才遇到你这个博爱之神呢。

——六世达赖喇嘛仓央嘉措情歌

救火队长段东明

中铁十七局董事长瞿观鄞在办公室里踱步。

俯瞰着刚从非典的惊惶中平静下来的太原城,他突然发现中铁十七局的梦魇日子也开始了。

刚搁下电话,青藏铁路总指一位常务指挥长的话犹在耳边,几乎是最后通牒了:如果到 2003 年 8 月 31 日,十七局青藏指挥部还修不通唐古拉便道，就给我撤队伍，让别人来干。

"董献付啊董献付，这是咋搞的！"瞿观郸拍着桌子自叹道，"十七局的唐古拉工程来之不易，你咋给我掉链子？"

寒山冰雪入梦来。中铁十七局对青藏高原，可是有一种未了情啊，但想不到重上青藏铁路时，却一波三折，起了个大早，赶了个晚集。

还在2000年秋天，一听到青藏铁路即将上马，瞿观郸断然拍板，先遣组马上进抵昆仑山，租下了格尔木机务段的一栋楼，重新装修，购买了两台三菱越野车，作为攻克青藏铁路的前方基地，他们的目光早已投向了可可西里。

在中铁十七局人的眼里，自己是最有资格上青藏铁路的。他们的前身铁七师当年修青藏一期，干的就是德令哈到格尔木的400公里，当年参战的许多老兵仍在筑路的队伍中，西格段铁路沿线的山岗和青青的牧场上，就埋葬着铁七师遗留的一个个英魂，因此局指霍世禄书记带着先遣组到了格尔木做的第一件事情，就是将沿线的一个个英烈重新集合，把当年在青藏一期西宁—格尔木段牺牲的108名官兵的遗骸迁到了格尔木烈士陵园，重新入土为安，竖起了一个巨大的碑碣，刻上了108名官兵的名字，雪风浩荡，英魂永存。

随后，他们就瞄准清水河的第六标段，摆出志在必得的决战之态。当年他们已经在这里做过桥涵试验，对于修好青藏铁路经验颇丰。尽管如此，瞿观郸仍然不敢掉以轻心，派局里总工程师段东明上山探路，住在五道梁兵站，自己也到了昆仑山下督战。段东明带着队伍，冒着高寒缺氧，在海拔4700米的生命禁区，几乎是一步一步走过了30多公里的标段，看的时间很久，探的也非常细致，等所有的技术参数拿到手时，已经是五一长假了。而局里则分成宣传鼓动、后勤保障、资料整理和卫生保障四大板块，紧锣密鼓地展开竞标工作，将当年所有干青藏铁路的技术资料都调出来了，卫生保障手册印刷到人手一册，万事俱备，只待标落十七局。

2001年6月1日在北京竞标，在竞逐清水河的第六标段时，有中铁十七局、大桥局、铁三局和中铁十二局，谁都认为中铁十七局稳操胜券，最终却败给最后一匹黑马——中铁十二局，输在报价仅比人家多了100万元上，仅以0.1微小的分值落败，同住在一座太原城里，同是当年铁兵的后代，同在朝鲜雪野筑起一条炸不烂打不垮的钢铁运输线，但是十七局却觉得是一场惨败，落标的消息传来，他们甚至觉得连太原城里的阳光也黯然了。许多人当场哭了，呜咽成一片，半年多的心血付之东流。瞿观鄞一连好几天吃不下饭。

第一期投标败北，痛失可可西里，中铁十七局唯有瞄准唐古拉越岭最后一战了。

倘若第二度投标再失败，就会愧对当年在连湖至格尔木的铁路官兵了。瞿观鄞最终确定以青藏铁路最艰巨的唐古拉标段作为竞标目标，不管经济效益如何，政治效应却是巨大的，以后可以凭借着唐古拉的品牌效应，承揽更多的工程。因此，十七局总工程师段东明再度率众上山，一步一步地蹚过唐古拉之岭，横穿无人区，走完他们要投的地段，很快拿出了一份适应于越岭之战的标书，终于如愿以偿，唐古拉越岭地段花落十七局，同时100多公里的便道，也额外奖给了他们。

2002年3月，满山遍野的杏花弥漫在太原城，在最后出征的动员会上，中铁十七局董事长瞿观鄞将中铁十七局青藏铁路指挥部的旗子授给了局副总工程师董献付，任命他为指挥长，带着一、二、三、四处的队伍上山，在唐古拉极顶上留下十七局筑路人的痕迹。

第一仗是便道施工，全长137公里，青藏总指决定，既是施工的便道，也作为今后维护铁路的便道，须达到等级公路的标准。十七局按照四处、一处、二处和三处的布局，一路越岭排开，逶迤成一线，但是有很长一段时间，却空守帐篷望野岭，一筹莫展，因为便道的图纸姗姗来迟，到了9月10日，才开始交付，施工的黄金季节已接近尾声。9月25日展开便道施工时，唐古拉的天气骤变，一片黑云一片雨，一阵狂风一场雪，冰雹挟着冷雨嗖嗖而来，气候一天十八变，刚刚填好的便道路基，一阵狂风暴雨过后，成了一片稀泥和沼泽，只好挖掘搬走重来，便道进展甚微。干到11月22日时，唐古拉的气温降至零下42℃，冻土比岩石还坚硬，挖掘机铲了下去，只留下一个白色印痕，队伍被迫下山冬休，以期明年再战。

青铁总指要求来年夏天修通137公里的便道，可是非典过后，便道仍然遥遥无期。紧邻十七局标段的十八局频频反映，便道不通，车进不去，影响了其施工进度，青藏总指对十七局青藏指挥部下了最后通牒，如果在8月底之前，还修不通唐古拉越岭便道，那就卷着铺盖走人。

"这个董献付啊！"瞿观鄞对贻误战机的麾下战将多少有些失望，只有另择良将了。

"东明吗？"瞿观鄞拨通了十七局总工程师段东明的电话，他知道此时段东明正在乌鞘岭隧道救火，那里的施工也出了一些问题，但唐古拉越岭之战，非这位干将去不可了。

"是我，董事长。"段东明的声音已经在电话里显现了。

瞿观鄞不说唐古拉，却问乌鞘岭："东明，情况怎么样？"

"董事长放心，施工都理顺了。"段东明在电话中兴奋地说，"施工进程和质量都赶上去了。"

"好！"瞿观郹喟然叹道，"东明真是一个好救火队长啊，不过现在的燃眉之火可是烧在唐古拉啊。"

"唐古拉？"段东明在电话里惊讶问道，"董副总不是干得挺好的吗？"

"董献付在唐古拉是吃了不少苦头，但干得并不漂亮！"瞿观郹在电话中感叹道，"青藏总指已经下最后通牒，8月下旬唐古拉便道不开通，就撤队伍。"

"哦！"段东明此时才知道唐古拉情势不妙了。

"你马上过去组织'8·31'攻坚仗，这是便道通车的最后时间节点。"瞿观郹在电话中命令道，"我交代完工作就赶过来，这可是十七局的背水一战了。"

"董事长，你就在家坐镇指挥吧。"段东明深切地说，"唐古拉海拔太高，就交给我吧……"

"坐镇指挥！东明啊，我早已经坐立不安了。"瞿观郹显示了自己的决心，"你先去，我随后就来唐古拉坐镇督战。"

8月1日，段东明从乌鞘岭回师兰州，坐上西去格尔木的列车，三上青藏，稍事习服后，便朝着唐古拉赶了过去，对于中铁十七局来说，绝地之战，仅剩下最后30天了。他到工地转了一圈后回到唐古拉兵站的指挥部，发现问题颇多，局指在上承下达上考虑欠周，上与青藏总指沟通不够，下与项目经理部联系不畅，40多公里的地段没有电话，全靠汽车两头跑，出了问题，对项目经理部斥责过多，竟然不知他们后勤补给不善，有时仅靠吃方便面度日，管理渠道也比较混乱。

弄清了便道剩余的工作量，段东明开始重排工期，他从8月31日开始倒计时往后排，每天干什么，完成多少土石方量，桥涵建到什么程度,一切责任到人,谁完不成任务,就打谁的板子,确保"8·31"便道按时竣工,确保十七局的信誉不再受损。

"先将铁路工程全面停下来,全力突击便道!"段东明到了唐古拉的第一个举措就是一切为便道让路,"再调八百人上山,充实力量,全线铺开抢一条路。"

力挽狂澜唐古拉,段东明上山数天之后,中铁十七局的便道施工终于进入了一个正常有序的轨道。

8月15日,中铁十七局局长瞿观鄞上到了唐古拉兵站,坐镇指挥抢通便道。段东明看到瞿总已经年逾五旬,住在海拔近5000米的唐古拉兵站,呼吸都很困难,劝他下山:"瞿局长,这里有我和局指的其他同志,你就下山吧。"

瞿观鄞摇了摇头,说:"东明,哪天便道开通,我哪天下山。"

"唐古拉海拔太高了,你的身体……"段东明善意地劝道。

"没事的。我哪怕就是成天躺在唐古拉兵站里,也是对全线职工一个鼓舞啊。"瞿观鄞苦涩一笑道,"何况,带着氧气瓶,我也可以上山啊。"

段东明说服不了局长,只好与十七局局指的负责人各把一段,确保"8·31"那天正式开通。

八月的唐古拉天空虽不时地飞过一群群灰头雁,却已经进入了一个多雪多雨的季节。一片云就是一场雨,一阵风掠过一场雪。

最悲壮的一幕是一处所在的唐古拉上,在安多图二九下坡的地方,海拔逾4950米,有一段三公里多长的便道,一天下了24场暴雨,推土机推来的泥土,全部化作了泥浆,公路不能成型,只好将其铲走,重新从十八局的石料场运来石头。用钢筋拢编成路基,将石头填进去,再覆盖上泥土,用压路机碾压,可是雨仍然在下,暴风雪也不时涌来，偶尔太阳也会从云缝中挤出来，情急之下，一处的项目经理部经理派人从安多县城买来了三万平方米的彩包布，一卷30多米，铺开了连接在一起，足足有三公里多长，将垫上泥土的路基全都铺盖上彩条布，防止雪水雨水往下渗透，等太阳出来的时候，就揭开彩条布，让太阳暴晒。有一天晚上十一点多钟，突然狂风大作，电闪雷鸣，一道道曳着蓝色弧光的闪电，如金蛇狂舞般地撕开黑幕，飓风将小石头压着的彩条布吹了起来。眼看着一周心血、重新碾压的便道路基又要泡汤，一处100多名筑路人全都上去，就连甘肃山丹招来的十来名女民工，也都跟着爬上了路基，从200米远的地方搬石头压彩包布，天太黑，雨又大，温度已经骤然降至了零下，许多工人和民工的衣服都给寒雨淋湿了，冻得瑟瑟发抖。项目经理一看抬石头的人群，天黑路滑，行动太慢，彩包布仍在暴风雨中飘荡，如注的雨水在往路基上渗透，连忙下令用人的身体压住彩包布，不让雨水下渗。

于是，黑夜唐古拉之上浮现惊心动魄的一幕，100多名筑路工人和民工，30米一个，一路排开，矗立在彩条布覆盖的公路之上，或立、或坐、或爬，如松，如钟，如石，用身子压住了彩包布，不让其随风飞扬。风雨中的唐古拉之上，风仍然在刮，雷仍在轰鸣，闪电白昼般地瞬间照亮莽原，雨水顺着人的衣领往身子里钻，没有一个人退缩，就是那十来名普通的女民工，也背靠背地坐在了彩条布上。一个百名普通人组成的英雄群雕震撼了山神。

这时，夜幕中突然有四五只狐狸和棕熊不紧不慢地溜过来了，也许人们太关注自己身下的彩包布了，没有一人注意到狐狸和棕熊就在身边巡弋，而唐古拉山上的精灵似乎也被人类这种罕有的壮举震慑了，不敢贸然侵入人类的领地，只有几双萤火虫一样的眼睛在悄然闪烁。

寒夜五更长，在唐古拉之上，每一分一秒都是那样的漫长，一百多人一直坚持到凌晨四点多钟，风小了，雨停了，一项目部经理才唤人回撤。当时已经有不少人冻僵了，连站起来的力气都没有了，大家搀扶着，手挽着手，回忆刚才经历的一幕，禁不住热泪盈眶，相拥而泣。

雨过天晴，公路保住了。段东明看"8·31"完成主体没有一点问题，便对董事长瞿观鄞说："瞿总，我们该下山去向青藏总指汇报了。"

瞿观鄞点了点头，说："这项工作应该做，但时间是不是非得安排在现在？"

段东明看到瞿观鄞董事长已经在唐古拉山蹲了十多天了，怕他的身体承受不了，有意让他下山舒缓几天，于是变着法动员董事长下山。

瞿观鄞被他说动了。于是一同驱车下到了格尔木，先向青藏总指常务指挥长王志坚，后又向青藏公司党委书记兼指挥长卢春房汇报。当时对于十七局耽误便道施工的战机，下边曾经盛传三条路选择，第一是撤队伍，第二是限制半年不许铁路投标，第三是换指挥长。瞿观鄞与段东明商量，准备了后两条作为接受惩罚的方案。

但是听说8月31日能够完成工程主体，9月6日保证铁道部领导视察的车辆通过便道，仍然有着军人血性的卢春房对这支"哀兵"唐古拉之役的绝境逢生，尤为满意，何况中铁十七局所在之处是世界海拔最高的地方，纵使躺着也是一种奉献啊。

青藏铁路总指挥越宽容，中铁十七局局长越觉得心里有愧，说："我们还是选择换指挥长这条最轻的处罚吧。"

"好啊！"卢春房宽宏大量地笑了，说："我们尊重中铁十七局意见，原本是准备打重板的，既然你们已经考虑提出了方案，我非常赞成，我们不发通报了。按你们的安排办。"

"谢谢！"瞿观鄞紧紧地握住卢春房的手，说："感谢卢总给了十七局最后的机会。"

"不！"卢春房摇了摇头说，"是最后的时刻，十七局在唐古拉山上自己拯救了自己，也证明了自己。"

驱车驶离青藏总指，瞿观鄞问段东明说："你看换下董献付去，谁能做第一指挥长？"

段东明摇了摇头，说："不好说，掐着指头算了算，似乎没有太合适的。"

瞿观鄞说："我倒有一个热门的人选，就是不知人家愿不愿去。"

"是谁呀！"段东明急不可耐地询问。

"远在天边，近在眼前。"董事长揶揄一笑。

"你是指我？"段东明惊讶地问道。

"对，就是你，怎么样东明？"瞿观鄞充满信任地对段东明说，"我已经与薛总通过电话了，将你留下来渡难关。"

"哦！"段东明没有一丝的犹豫说，"在山上我倒没有什么反应，请领导定吧！"

"好，那青藏铁路中铁十七局的第一指挥长就非段东明莫属了。"瞿观鄞感慨系之。

8月30日，唐古拉山上137公里的越岭便道主体全线铺通，除个别桥梁护栏未装完之外，已不影响行车，中铁十七局在唐古拉山召开了表彰大会，瞿观鄞当众宣布，十七局总工程师段东明为第一指挥长。

段东明从"救火队长"摇身一变成了青藏铁路十七局领军之帅。

9月5日，段东明陪着瞿观鄞驱车从137公里的唐古拉便道驶过，沿途检查了一遍，瞿观鄞转了一圈，八瓶氧气都耗光了，直抵安多县城。这是他在唐古拉山上的第二十天。翌日，铁道部领导在中铁建总公司党组书记李国瑞的陪同下，从便道穿越唐古拉山，直奔拉萨。

唐古拉作证，十七局人在最后的时刻证明了自己。

香巢筑在唐古拉最高处

阎卓秀伫立在海拔最高的帐篷前，俯瞰着铁道部领导的车队从便道驶了过去，泪水簌簌地流了下来，那碎裂的泪珠映着唐古拉日日夜夜。

那咸咸的泪水，先是耻辱之泪，中铁十七局曾经折翅唐古拉，137公里的便道，令他们差点仰不起高傲的头颅，继而则是欣慰的泪，"8·31"的最后突击之月，终于让唐古拉山上的十七局越岭人一洗耻辱。

欣喜的泪水，化作一阵破涕为笑。阎卓秀上唐古拉的那天就是笑着偷着跑来的。

青藏铁路报名时，她与丈夫曹春笋都写了申请，要求上唐古拉山，可是却未被真正批准。他们只能望山兴叹，以为此生将与青藏铁路无缘了。可是有一天机会却来了。

机会来得突兀，当时唐古拉山上第三项目部已有一个姓周的项目指挥长，出自唯楚有材的三湘四水，三处进了一千多万元的机械设备，让他来主管，可是才到格尔木，他那肥胖的身体就开始报警了，上了唐古拉，血压水银柱一个劲地飙升，一想要在唐古拉的越岭地段待四五年，男人的雄胆崩溃了，也不告别便匆匆走了，局指只好让高泽辉上去顶替那个周姓的项目经理。高泽辉上到唐古拉后，望着自己一千多万元的设备，觉得应该选一个称职的机械队长。曹春笋自然成了最理想的人选。

"春笋！我有事相托。"跑到格尔木才打通信号的高泽辉拨通了曹春笋的手机。

话还未说完，曹春笋已经在电话那头急不可耐说我知道高总要托我什么了。

"托什么？"高泽辉反诘道。

曹春笋在电话那头诡秘一笑，说："托我上唐古拉当机械队长。"

"呵呵！"高泽辉笑了，"知我者，春笋也，怎么样，你对这个差事满意吗？"

"我已经期盼已久了。"曹春笋如是说。

"好！"高泽辉高兴地跃了起来，"春笋，马上就上山来。"

2002年7月份，曹春笋只给妻子阎卓秀打了一个电话，便风尘仆仆地往唐古拉赶去了。

丈夫远行唐古拉，妻子也牵挂着高原，阎卓秀在青藏铁路选人时就写过申请，苦于领导不准，只好作罢。如今在西安至安康线上的她已经坐立不安了，她向处里的领导申请，欲追随丈夫上山，可是领导仍然摇了摇头，说："你已经搞了十多年的地质化验了，是台柱子，不能走啊。"

阎卓秀好生失望，便给高泽辉项目经理打电话，说："高总，我也要上山。"

高泽辉起初不解，说："你们家春笋已经上来了，再让你也来，我于心不忍，再说我这里是要干活的人，不养闲人。"

阎卓秀急了，说："高总此言差矣，我可不是闲人，我有十几年的化验经历啊。"

高泽辉一听乐了，说："我正好缺这样一个人，真是得来全不费功夫啊。"

于是，阎卓秀来了一个不告而别，从西安坐上火车，直驱兰州，然后换车至格尔木，到了高泽辉的麾下，此前十七局一个女同志也没有上来，她成了千百男人之中的唯一的唐古拉的雪莲。

融入了唐古拉怀抱，海拔高得惊人，5072米，却不能与丈夫在一起同住。因为唐古拉的帐篷太紧张，不能给阎卓秀单独安排一个帐篷，于是她便与三项目经理部工程部实验室主任何新阶、袁复安、黄海涛、吴传模等一群男同志住在一个30多平方米的帐篷里，只在帐篷的一隅，挂一块彩条布，就算是一堵墙了，隔开了一个女人与一群男人的疆界，每天晚上，他们坐在一起打扑克，一直玩到天色晚了，才回到各自的床上休息。两个多月的时间，阎卓秀与几位男人同住一个帐篷，听着男人的鼾声度过了一个个难眠之夜。

因为唐古拉山只有一个女人，所以没专为阎卓秀设立女厕所，每次方便时，她就带上一个小纸牌，上边写着"有女同志在"，男同志见了连忙退了回去，但是蹲在厕所里方便的阎卓秀也心惊胆战，既怕男同志突兀而入，更怕苍狼突然闯入，因为山坡上总有一只只苍狼徜徉周遭，毫不顾忌地光顾他们住的地方。因此晚上就不敢上厕所，只能尽量少喝水。最令她惊讶的是晚上睡觉时，要生炉子，可是到了第二天早晨起来，睁开眼睛一看，吓了一大跳，炉子下沉了一半，帐篷中间都是一片泥水了。雪风呼啸而入，帐篷的温度早已降到了零下10℃，就连氧气瓶也冻成了冰瓶，根本无法吸氧。

阎卓秀与四个男人待了两个多月后,终于可以与丈夫曹春笋住到一起了。在海拔逾 5000 多米的唐古拉无人区时,他们筑起一个小小的香巢,一个棉帐篷搭起来的小屋,但是欢乐在唐古拉山却冻成了冰点。

刚开始上山的时候,阎卓秀的高山反应并不强烈,可是到了 11 月份,满天的飞雪覆盖唐古拉,一天几十场的暴雨、冰雹,空气稀薄到了无法生存的地步。一到晚上,阎卓秀就觉得肚子胀,连饭也吃不进去,一天勉强吃一顿饭,却不知饥饿的滋味,最难熬的日子却是晚上,胸口憋得慌,竟然扯到了背部,疼痛难忍,痛得实在受不了,便伏在床上嘤嘤哭泣,可丈夫却照顾不上她,每天晚上将近十一点钟才能回到帐篷里,见妻子泪流满面,痛不欲生,便说:"卓秀,你回去吧,反正你上山,也是没有经过处里允许的,没有人会说你。"

阎卓秀摇了摇头说:"不,将你一个人放在这高寒缺氧的地方,我不放心。我要陪着你,哪怕成天躺在帐篷里,也在所不辞。"

"卓秀!"曹春笋的心中涌动一股暖流,将妻子揽在怀里,轻轻地抱了抱,这是他们在唐古拉山上唯一的表达夫妻亲近的方式。

"过几天,我陪你下格尔木去待几天。"曹春笋说道。

按照中铁十七局青藏指挥部的规定,夫妻都在唐古拉的,干两个月可以到格尔木的招待所里休息十几天,洗洗澡,休整一下,也借机过一下夫妻生活,但是曹春笋上山来后,就没有专门到格尔木休整的时间,阎卓秀又一个人承担十几项化验任务。

阎卓秀苦笑了一下,说:"你那么忙,哪里会走得开。还是等冬休下山回太原再说吧。"

"你趴下,我给你搓后背。"见妻子憋得泪水汪汪,已经很疲惫的曹春笋俯下身来，伸出双手，给爱妻搓背，一直搓得她不再憋气了，静静地睡熟之时，曹春笋抬腕一看，已经凌晨两三点了。

阎卓秀似睡非睡，人在唐古拉之上，情思却飞到了平遥古城，她与曹春笋的相识相爱，多少有点现代年轻人穷追不舍的浪漫。

阎卓秀在大同机车厂一个铁道职工家庭长大，1993年从石家庄铁道学院毕业后，分到了中铁十七局的大京九线上，家里就她一个宝贝女儿，父母并不希望她常年跑野外，只想周转一下，然后调回大同。可是到平遥三公司报到时，从郑州机械学院毕业的曹春笋从名单中一眼看到了阎卓秀的名字，便异想天开地认定，此人将来可成为我妻。未见面，八字还没一撇，回到家里竟大言不惭地告诉在太原农牧场当养鸡工人的母亲："大同有个女的叫阎卓秀，说不定我们能成。"

这一切，阎卓秀都惘然不知。

坐着大轿车到了太原十七局机关大楼，稍事休息就登车前往大京九，阎卓秀刚下车，曹春笋就迎着走过来了，问："你叫什么名字？"

阎卓秀一愣说："阎卓秀。"

曹春笋诡谲一笑，说："我认识你。"

阎卓秀摇了摇头，觉得眼前这个男人白白净净的，长得倒也帅气，可一点印象也没有。登上南去列车，她才知道他叫曹春笋，可接下来的主动进攻方式，让她顿生反感。当时一路同行的是三女七男十名大中专学生，曹春笋是个见人熟，一上列车俨然一副阎卓秀男朋友的派头，又是帮着背包，又是提东西，大家坐的硬座，阎坐在里边，他就坐到外边，不让别人染指。车过一个小站，曹春笋一纵跳下车去，大兜小兜买来了许多吃的，全都堆在阎卓秀的跟前，她不闻不问，不理不睬，一点也没有动，曹春笋见阎卓秀不吃，便全都扔到窗子外边去了。

到了大京九的线路上，阎卓秀留在了项目部实验室，曹春笋分到了十队，两个人隔着一条赣江，阎卓秀觉得这回可以躲避开曹春笋了。一江相隔，却隔不住一个痴情男人的爱情宣示，每天过江上了工地，曹春笋情不自禁要跑到化验室或宿舍里问候几句，作大胆的爱情表达。面对一个有点近似死皮赖脸的追求者，阎卓秀多少有点拒绝和反感，她毕竟是刚来的大学生，一参加工作就谈恋爱，怕别人说闲话，再则曹春笋只是一个中专生，而自己是一个大学生，从门当户对的角度，阎卓秀也未将他作为情定终身的一个目标。可是曹春笋依然我行我素，给众人形成一种印象，阎卓秀就是他的女朋友。这种纠缠终于让她有点后怕了，春节将至，她便回家了，告知母亲自己身后的痴情追求者，母亲一听马上就投了反对票，说我们就你一个独生女，不能在工程单位，调回来吧，母亲马上着手办调动的事情，机车厂答应三四月份就办理。父亲听了觉得无所谓，说难得天底下还有这样的男孩狂热地追求自己的女儿，只是觉得行为古怪了一点。

春天来了。南雁北回，阎卓秀这只北雁又朝着大京九飞去了，回到赣江边上，等待着一纸调令回故乡。曹春笋仍然如故，每天都来看阎卓秀，风雨无阻，早晚不误，仿佛一日不见如隔三秋。有一天，阎卓秀听说离井冈山不远的地方有座千年古刹，香火很灵验的，想去抽支签，烧炷香，预测一下自己与曹春笋今生来世的因果前尘。一大早便搭上八队的一辆车去了，路程很远，中午时分，曹春笋从赣江那边过来了，不见伊人归，坐立不安，几次站到高处遥遥眺望，却不见阎卓秀坐的车子回来，他只好悻悻然回去了。傍晚时分，刚下班他又从江那边赶过来了，坐在院子里苦等，天黑时终于见到车驶进了院子，曹春笋疯狂地跑了过来，看到阎卓秀时，脸上那副焦急等待神色，胜于关心自己的亲人，那一刻，阎卓秀被感动了，细节决定成败，从那一刻起，阎卓秀开始接受这个对自己呵护备至的男人了。

于是，当母亲厂里的调令和曹春笋期盼的目光凝视着自己时，阎卓秀选择了一生可以依偎的一个坚实的臂膀。

1994年11月，他们在三峡工地的一条专用公路的工地结婚时，曹春笋和他的工友们将一幢三层的职工楼里里外外都披上了红，红色的大幅披挂，从屋顶垂到了地下，窗上门上贴满了红喜字，就连屋顶上也是红旗飘飘，等穿着红色新娘嫁衣的阎卓秀跨进自己成为一个真正女人的门槛时，望着四周红红火火的热烈，她醉了！

情醉唐古拉。阎卓秀夫妇将自己的香巢安置在唐古拉山越岭地段的最高处。

高泽辉经理见阎卓秀高山反应大，立即让曹春笋陪她下山，休整习服几天。从此他专门作出了硬性的规定，在山上两个月的都必须下到格尔木去休息十几天，再上山来工作。下山之前，医生来体检时，阎卓秀有发烧的症状，可是也十分奇怪，车至五道梁时，海拔则下降300多米，她便有到了苏杭的感觉，而车至可可西里，居然不发烧了。

在格尔木休息几天后，阎卓秀又跟着丈夫上来了。整个2002年至2003年，他们是唯一一对在唐古拉之上的夫妻。

工程部实验室的工作实在忙，每天晚上几台电脑同时开机，将一天要化验的数据整理出来时，已经是凌晨三四点钟，阎卓秀回到自己住的帐篷时，发现曹春笋还未回来，便道的施工，让十七局一时陷入窘迫之境。自己加班回来了，丈夫仍然在搅拌工地蹲着督导。

最害怕的是一个人躺在床上时，帐篷漏风，空荡荡的，外边总有犬吠和狼啸的声音四起，因为食堂的垃圾场就在附近，总有苍狼光顾，草原上的流浪狗也加盟其中，那尖啸的长嗥不知是狗还是狼，但是阎卓秀宁愿相信是狼。雪风掠过天际，雪风吹进帐篷，雪花吹到床上，呜呜的风中有狼的长啸，帐篷有口子，她担心狼会钻进来了，只好把菜刀藏在自己枕头底下。睁着眼睛看着帐篷的口子，随时准备与闯入的雪狼一拼，一直等到丈夫回来时，她才如释重负地松了一口气。

到了唐古拉山上，曹春笋太忙了，时序逆转，不再是他为妻子操心，更多时候，却是阎卓秀将一颗心悬在唐古拉之上，令她彻夜不眠。

有一天晚上，已经过了十二点了，还不见曹春笋回来。工友们说十一点开完会他就驾车朝着安多县方向走了，去接一个机械队的工班班长，下午四点多钟，曹春笋上工地时，只见一辆到拉萨串亲戚的藏胞的卡车坏了。以前无论是在青藏公路的大道上，还是唐古拉的越岭便道上，抑或是从未有路的无人区，只要遇上藏族同胞的汽车抛锚在路上，曹春笋都会情不自禁地下车，帮着修理，那一天藏胞的卡车坏在没有道路的无人区，曹春笋发现后，钻到车里修理了一个小时，仍然不见好转，茫然四顾，荒原上没有路可行，便派工班班长送藏胞一家人到安多。晚上十一点多钟，曹春笋开完会后，仍然不见工班班长回来，他既怕车熄火，更怕工班班长迷路身陷无人区，四处都是冰湖，夜间的气温已降至零下40℃，如果夜间车陷冰湖，就会被冻死，或者遭遇野兽围攻，他也没来得及向领导请示，便独自驾车去找工班班长了。终于在一个冰融的冰湖找到了工班班长，发现车已经身陷湖中，他设法去救，可惜由于夜暗天黑，自己的车也深陷湖中，两台车都不敢动弹了，不然冻冰一化，就会车沉湖底。好在离十七局五公司工地比较近，曹春笋朝山冈一看，野狼眨着一双双绿眼。他往五公司的驻地走去，带来了吃的东西，找来拖车的钢绳，只是因为夜晚太黑，只好待到早晨天亮再说。

起初阎卓秀以为丈夫加班了，突击越岭便道的时候，加班是寻常之事，如今越岭铁路标段已展开全面攻关，机械队长自然是一线领军人物，他们已经习惯了两个人见不到面的日子，但是那天妻子的心却一片惊惶不安，到了四点钟，有人回来了，外边叫叫嚷嚷的，她想可能是出事了，但没有往丈夫身上想。迷迷糊糊睡到了天亮，她一起床，就去问出了什么事情了，知道不知道都在摇头，后来不知是谁冒了一句，说深更半夜的到哪里去找，如果路上遇不到藏胞，这么冷的天，不冻成冰雕，也说不定成了群狼盘中餐了。

曹春笋一夜不归，阎卓秀心急如焚，虽然孤坐工程实验室里，但是她此时已经是心绪茫茫连浩宇了，无尽的无人区，牵走了她的心魂。而且流言蜚语也不时传来，有的说曹春笋送牧民喝醉了，有的则说是进了安多县城潇洒去了。然后等天亮过后，高泽辉经理找到陷入冰融湖里的曹春笋时，从不流泪的高经理，抱着自己的弟兄哭了。

一场生死劫后，中午见到了丈夫，阎卓秀悬在唐古拉的心终于落到了雪地上了。在众目睽睽之下，她将丈夫紧紧地拥在怀里……

轮椅上的父爱重如唐古拉

2002年之初夏，康文玉被批准上唐古拉山时，已年近五旬，成了中铁十七局越岭地段岁数最大的一位职工。

被任命为一项目部办公室主任那天傍晚，康文玉很高兴，但事先并没敢告诉家人，而只让妻子包了一顿水饺，拿出了一位战友送给他的一瓶杏花村酒，破例喝了几口，已经有好些日子没有喝酒了。

"文玉！这么多年来，我还是第一次见你笑。"抱病在家的妻子康香莲苦涩一笑，说，"遇上什么喜事了？"

"岂止是喜事，是双喜临门。"康文玉抿了一口酒说，笑得很灿烂，小眼睛眯成一条缝。

"双喜临门？"妻子有些不解。

康文玉故作深沉地说："咱们的儿子一楠考上北方交大，算不算一喜？"

"当然算了！"妻子点了点头，说，"这倒不牵强，应该算我康家今年第一件大喜事，还有一喜呢？"

"从唐古拉而来啊！"康文玉将上青藏铁路的通知书摆到了妻子和女儿跟前。

"你要上唐古拉？"妻子的神色一片惊讶。

"不行吗？"康文玉反问道。

"你都五十开外的人啦，真要把这把骨头扔在唐古拉山上吗？"妻子的眼泪唰地出来了。

"香莲，没有这么恐怖！"康文玉安慰道，"当年青藏第一期，我们的蜜月就是在格尔木度过的，就是在那里怀上蕾蕾的。"

"别给我提格尔木！"妻子的神情突然严肃起来，"如果不是格尔木，蕾蕾也不会这样。"

"扯到哪里去了！"康文玉望着瘫坐在床上，除了右手和脑袋，双腿和左手都残了的爱女康蕾蕾，心中有一种挥之不去的隐痛，其实，妻子说的未必是实情。蕾蕾患格林巴利症，与当时怀孕在青藏高原的关系并不大，而是在乡下错过了服免疫药的机会。但他不便再勾起妻子永远的痛，换了一种口吻说："香莲，上青藏线对咱家绝对是一个好的机会。"

"我知道是个机会！但你五十挂零了，你这把岁数的人还有谁上去？"妻子原是村里的民办教师，进城后，起初还开了两个服装门市，生意很红火，可是自从如花似玉的女儿罹患格林巴利病，突然瘫了半边身子，心情颓然，无心恋战商场，带着女儿看遍全国的名医，医了一个倾家荡产，自己也恍恍惚惚得了精神抑郁症。家徒四壁，就连两个孩子读书的写字台，都是捡来的，沙发坐得都陷成一个坑了，全家人的衣物就装在几个编织袋里，无一件值钱的东西，丈夫一上青藏线，家里几乎就失去了顶梁柱啊。

"没有事的，我人瘦，上唐古拉能适应。"康文玉笑呵呵地说。

可是那年上唐古拉前，日子过得一直拮据的康文玉，突然变得阔绰起来，令妻子和女儿有点不认识了，一下子向朋友借了两万元，给女儿买了一台电脑和打印机，为妻子买了一台大彩电。

康文玉就在妻子、女儿的期盼和眷恋中，走向了青藏高原，走向与西藏只有一岭之隔的唐古拉岭山，一到了山上，父亲与女儿的联系中断了。但是在山岭上生活两个多月，总有下山的时候，到了格尔木的基地大本营休息时，他就上街给家里打电话，女儿喜欢文学，在埋头写散文和小说，缠住爸爸就不放电话，问爸爸的身体，问西藏的蓝天白云，雪峰草地，还有那一个个筑路人惊天动地的故事。

"蕾蕾，爸爸这是长途电话。"康文玉舍不得将唐古拉辛辛苦苦挣来的钱，都扔给了中国电信，说，"等我回来，给你讲三天三夜。"

"三天三夜不够，青藏铁路人的故事够讲一千零一夜。"蕾蕾在电话那头说着。

"好！我给你讲唐古拉山下一千零一夜的故事。"爸爸答应了。

2002年的冬天，康文玉下山，回到太原城里，那个简陋的小室，醉氧的感觉尚未消失，却有一室温馨和亲情相拥，妻子从十年前女儿患病的精神刺激中渐次平复下来，女儿就缠着自己讲故事，关于西藏，关于青藏铁路筑路人的故事。

康文玉在醉氧，说着说着就睡迷糊过去了，醒了再接着讲，迷迷瞪瞪地给女儿讲了许多有关唐古拉那座神山之上，今生来世，朝圣者游客与筑路人的故事。那片神奇的土地，那些雪山胜景，在女儿的心中描述了一片天国美丽，短短数日，康蕾蕾一篇篇关于西藏的奇幻神秘和深情的文章，在她那只唯一灵便的右手里一挥而就，发到了博客网上，引起了一片共鸣。

"蕾蕾真棒！"康文玉夸耀的笑声中，总有一种苦涩的沉重。

康文玉与妻子香莲是在山西应县木塔下长大的，"文革"期间，康文玉本是县城一中数一数二的高才生，1977年入伍到铁道兵七师，"文革"结束后第一次恢复高考，他曾经考进师里前三名，可惜时运不济，在最后考试那天，他居然得急性肝炎，等出院时，震撼莘莘学子的高考已经落幕，他只能望着军校大门兴叹了。不取功名唯有成家了。1980年第一次回山西应县探亲，趁着自己还穿着军装，连忙将对象订了，别人介绍了当民办教师的康香莲，仅仅认识了七天，给了人家五百元钱，便"交易成功"，纯粹是一场先结婚后恋爱的经典翻版，然后带着新娘远去格尔木的青藏一期工地，播下爱情的果实——蕾蕾，康家从此与昆仑山结下了不解之缘。

翌年女儿呱呱落地，取名康蕾蕾。

女儿在一天天长大，活泼聪颖，人见人爱，上小学后，成绩一直在班里年级名列第一。但是十岁那年，一天起床上学的康蕾蕾突然一声惊叫："妈妈，我站不起来了！"

那一声惊叫，将母亲的心叫碎了，也将一个小家的欢乐和温馨震裂了。

妻子盘了自己经营的两个服装门市，带着女儿到处看病，大同、太原、北京走了一圈又一圈，上海、广州跑了一趟又一趟，专家诊断是格林巴利综合征，预言可能要永远躺在床上，蕾蕾背弯了，身高永远在1.3米凝固了。从此辍学在家，只能跟着弟弟一楠学日语和英语，后来读到高中的弟弟忙于高考，康蕾蕾就靠听广播学英语。

收获的季节姗姗来临。那年12月6日，康文玉刚从唐古拉山上下来。女儿突然说："爸爸，你回来就好，送我到太原城里考英语四级。"

"好啊！"康文玉从破旧的沙发上一跃而起，那是女儿第一次与在校的大学生一起同试，他抑制不住心中的激动，说："我们坐什么车去？"

"当然是像春天郊游一样，用三轮车驮着我去。"女儿幸福地说，"可是一楠弟弟到北京念大学了，没有人蹬三轮。"

"爸爸就可以蹬三轮啊！"康文玉感慨地说，"不过，这回得坐出租车，到城里有十几里路，蹬三轮，去晚了会耽误考试。"

康蕾蕾兴奋地点了点头。长了22岁了，有生以来第一次能坐出租车，她能不高兴吗。

第二天早晨，天刚刚亮，位于城郊的街道行人稀少，冰雪将路面冻起了一层冰，碎霞洒在路面，光亮光亮的。康文玉早早地起床了，站在凛冽晨风之中，等了很久时间，终于等到了一辆出租车，将女儿从楼上背了下来，抱进轮椅上，然后与妻子一起推到路边，再将蕾蕾抱进车中，轮椅放在车的后备箱中。穿过清风，从太原城的大街疾驰驶过，第一场冬雪后的太原城清冷的街道开始在晨风中热闹起来了，蜷曲在出租车后座上的康蕾蕾像一个好奇的女孩，看着车窗后边的人河匆匆擦肩而过，她突然有一种穿过命运隧道的感觉。

在车上出租车司机听说这个残疾的女青年只上过小学三年级，硬凭着顽强的意志，念完了大学英语的全部课程，与在校大学生一起竞逐四级考试，心中顿生敬意，而且听说是平生第一次坐出租车时，一种莫名的悲悯和酸楚油然而生。

出租汽车在考试的大礼堂前戛然停下，康文玉递过来车费。司机摆了摆手，说不用了，就当我为慈善事业献一次爱心。

言毕，司机一步跨出车门，帮着抬轮椅。当看着康文玉推着女儿融入冬阳，身上披上彩霞时，突然在后边抛下了一句话："老哥，你养了一个好闺女。"

那天早晨，一个残疾姑娘，一个轮椅，后边伫立着身材单薄的老父亲，当他们一起走进偌大的英语四级考试教室时，七百多考生不禁肃然起敬，一个与他们并不站在一条地平线上的人，终于在同一条跑道上起跑了。

康蕾蕾不负厚爱，待第二年父亲再度上山前，她的四级考试通知来了，成绩合格，予以通过。

三上唐古拉了，康文玉那天出门前，女儿突然仰起头来说："爸爸，我也随你去格尔木。"

"蕾蕾，又说傻话。"康文玉摇了摇头说，"格尔木海拔将近3000米，你的身体适应不了。"

"不会的，我在妈妈肚子里踢打时，就适应那里了。"康蕾蕾幽默地说，"再则，我喜欢文学，如果能到青藏高原那块神奇厚土上，寻找到青藏铁路筑路人的素材和故事，对我一生的写作都会有影响。"

"不行蕾蕾，听爸爸的话。"康文玉郑重其事地说，"趁早打消这个念头。"

康蕾蕾跟爸爸一起走的念头暂时打消了，但是那埋藏在心中的青藏情结却飞扬起来。

到了春天，温婉的春风刚将中国北方吹绿时，康蕾蕾就与妈妈上路了，当年爸爸妈妈在青藏铁路一期的西格段德令哈到格尔木的神奇土地上，孕育了自己，而今天她要紧随爸爸的脚步而去，去探寻青藏铁路筑路人的辉煌步履。

于是，在西行的列车上，便出现了凄怆的一幕，一位青丝已染白霜的中年妇女，推着自己的女儿出太原城，转道西安，入兰州，然后一直往西，走的是当年文成公主远嫁的路，朝着城垣一样崛起的莽昆仑南方，朝青海境内的最后一座城市格尔木走去，就像她当年千里寻夫一样，远行昆仑山下，搭建一个寒山冻土上的香巢，寻找一份爱情的归宿。而今，命运竟然这样残酷，却让推着自己坐卧轮椅的女儿，再寻夫上唐古拉，追寻一种青藏铁路人的博大和伟岸。

但是在唐古拉山极顶的康文玉并不知道妻子和女儿来了。

当山下的电话打到了唐古拉兵站时，指挥部通知康文玉，妻子康香莲携女儿千里寻夫到昆仑山下时，康文玉悚然一惊，自言自语道："我们这个丫头和孩子他娘，就是与众不同。"

一项部经理得知此事，立即派车将康文玉送下山去。又是百日不见了，凝视着刚从唐古拉下来的丈夫又黑又瘦，康香莲哭了，康蕾蕾也与父亲喜极而泣。

"先住下吧！"康文玉拍了拍妻子和女儿的肩膀，"如果身体适应，就在昆仑山下住下。"

康文玉连忙张罗着找房子，向外包队的包工头租下了一间小平房，一个火炉子，一张大床，就将一对寻夫寻父的母女安妥在了昆仑山下。

"爸爸，这里真是一方圣地，太美了！天这样的蓝，云那样的低，简直就在梦中。"坐在轮椅上的康蕾蕾远眺着窗外的昆仑雪峰。蓝蓝的苍穹，低垂的白云，将她迷醉了，开始构造自己梦幻的文学世界。

凝视着女儿清纯眸子泛起的感动，康文玉蓦然觉得，青藏高原的这片天空，这条铁路，与康家有一种难分难解的情缘血缘了。

然而，下山陪妻子女儿的时间毕竟很短暂。每两个月，康文玉能到山下来一次休息几天，住到了妻子与女儿那间小平房，那些日子他突然感到生命也安详起来了。太阳刚从昆仑山腹地跃了起来，挂在高高的杨树之上，他就推着女儿出门了，看东边的雪峰，天上云卷云舒，朝阳如火，点燃了雪峰点燃了云团，在湛蓝色的天幕上时而如玫瑰喋血，时而似牡丹怒放，时而如枣红马奔驰，时而如金凤凰浴火，看天看云看山看戈壁，坐在轮椅上的女儿突然觉得戈壁小了，人生胸襟大了，昆仑矮了，女孩的心志高了，到了夜静的时候，一家三口人谁也睡不着，蕾蕾就缠着爸爸讲唐古拉山青藏铁路筑路人的故事和爸爸自己的故事。

当康文玉讲唐古拉一天24小时下24场雨，一公司的3公里长的便道总是不能成型，有一个晚上，暴雨滂沱，狂风四起，将彩条布吹起来了，一公司所有的人都冲到便道上去了，就连民工队里的女人也加盟其中，康文玉与一个姓孙的职工一起搬石头，从200多米的山坡上往下搬，风高夜黑雨大，人绊倒了，爬起来继续干，最后所有人的衣服都淋湿了，精疲力竭，抬不动石头，庞尔林经理命令大家原地坐下，用身体压住彩条布，数百人就像一个个武僧一样，盘地而坐，在零下10℃的夜幕中坐到了凌晨四点，雨住风停之时，唐古拉山上的风雨群雕终于将一条路保住了。父亲讲得很平静，女儿的眼眶里却泪花滚滚……

最惊心动魄的一幕是2002年10月的一天，当时便道的图纸刚到，测绘班长黄运河带着四个人到远离工地20多公里的地方去测道，天早已经黑了，人仍未回来，康文玉叫上皮卡车司机黄剑峰去接他们。只见五个人分在五个点上，他们专注地测着便道的走向，半山坡尾追着五匹狼，离他们只有十五六米远，却浑然不知。坐在皮卡车上的康文玉和司机发现不好，不敢告诉他们，怕引起惊惶，人跑散了，引来群狼攻击，便喊道："运河，快叫兄弟们上车。"

"康主任，我们就剩最后一点了，干完再走。"黄运河从夜幕中传来了回声，却不知危机四伏。

康文玉发火了："运河，少给我废话，快上车，明天再来吧，有的是活给你干。"

黄运河带着兄弟们悻然上了车，嘴里仍然嘀咕着埋怨之词。

"剑峰，打开车灯！"康文玉吩咐道，"让运河他们瞧瞧！"

皮卡车发动了起来，远灯一射，半山坡的一群狼依稀可见，闪烁着绿眼，已经围到他们皮卡车周围了。

黄运河等四个人顿时吓出了一身冷汗，司机脚踩油门，绝尘而去。

康蕾蕾听到这一幕，眼睛里跳荡着一种奇谲的神色，这种儿时的天方夜谭，离父亲，离自己却是这样的近。

过了几天，父亲要上唐古拉了。康蕾蕾艰难地站了起来，要送爸爸出门。

"蕾蕾留步！"康文玉关爱地叮嘱。

可是当妈妈起身送爸爸走出小院时，康蕾蕾终于站起来，艰难地挪了出去，十米、二十米，每迈一步，仿佛是一次生命灿烂的逾越，望着父亲的背影融进昆仑，融进了唐古拉，父亲对她的爱重如昆仑，重如唐古拉。

康蕾蕾十岁那年，格林巴利综合征发作，麻痹到自己的肺部，躺在床上再也站不起来了，瘫软如泥，只有右手可以动弹。父亲不能接受这个残酷的现实，他觉得凭着父爱强大的魅力，能让女儿站起来了。于是，每天清晨六点，他便将女儿抱了起来，双腿分别捆绑在自己的腿上，自己迈一步，让女儿跟着自己朝前迈一步，一步，一天，一月，一季，一年，日复一日，年复一年，风雨无阻，冰雪无阻，清风中永远只有这对父女在艰难地挪动。

有一天，女儿突然说："爸爸，我可以迈步了。"

那一刻女儿哭了，爸爸流泪了。

随后，康文玉朝着整个院子大喊，朝着自己家的门窗大喊：我女儿能走了。

人们听到了一个大男人锥心喋血的哭声。

唐古拉上的无名雕像

2005年春节的初四，中国北方纷纷扬扬下了第一场春雪。

我恰好就是这个雪花飘落的时刻，闯进太原城采访的。春节长假还没有过完，中铁十七局大楼里冷冷清清的，连暖气也没有开，显然过年的人还未上班。好在去年十月车过唐古拉兵站时，留下了指挥长徐东的电话,很快便联系到他了,于是我的整个太原采访行程,都由他和局里的宣传部部长秦峰陪同。

因为都是一群当过兵的人,三盅两杯烈酒,便可找到军人的话语和故乡,初次见面的陌生感,都在军语的刚烈和豪迈中化作一片烟云。

接下来的几天采访,徐东总是源源不断地给我输送采访对象,找了一个又一个,套间的小客厅里总是坐得满满的。

终于有一次,小客厅的人突然稀落下来,就剩下我和他。我说:"徐总,谈谈你吧!说说你在唐古拉的故事。"

"谈我!"徐东摇了摇头,说,"徐作家,我哪够资格进入你的书啊,还是继续采访我的兄弟吧,他们真的辛苦,还不失铁兵的风采。"

"现在不是没有人吗,轮到你啦。"我恳切地说。

徐东摇了摇头,说:"我真的没有什么好说的,给你讲几个我们项目经理的故事吧。"

二项目部是整个十七局五个处最高的地方,海拔高达5200米。刘新福原来是局指工程部部长,2003年下到二公司当项目经理,那年他刚好32岁,毕业于石家庄铁道学院。刚上山的时候,体重有140斤,可是到了二项目部那地方,海拔太高,缺氧,再好的东西也都吃不下去,还整夜失眠,一年下来体重减了三十多斤,只剩105斤,又黑又瘦。那一年冬休回到晋城,敲开家里的门,爱人见是一个陌生人站在门口,吓了一跳,说你敲错门了,啪地将门关了。刘新福伫立在门前,按着门铃,大声喊道,开门啊,我是新福。已经走进客厅的夫人一听,声音是丈夫的,人却不是。蓦身转了回来,打开门仔细一看,是她的新福啊,眼泪哗地流出来了,哽咽道:"新福，是你啊，你咋变成这样了！"夫妻相拥而泣。

2004年春天来了，刘新福又该上唐古拉了，在晋城上班的妻子小袁说："新福，我要陪你上去。"刘新福愣了，说："那怎么行，孩子怎么办，再说那里海拔太高了，你住着受不了的。"媳妇说："你甭管，受不了我也去。"刘新福摇了摇头，说："你去做什么？"他媳妇说："洗衣做饭。"刘新福笑了，说："我们那里的饭是食堂专门做的。""那我就专门侍候你。"女人爱一个男人真是不顾一切地，她利利落落地办妥了停薪留职，把四五岁的孩子扔给了老人，跟着刘新福就上山来了，住在唐古拉山海拔最高的一个点上，一间帐篷，一对夫妻，成天守着空山，就为了给丈夫洗洗衣服，按时叫他吃药，他累的时候给他捶捶背，按按头。

小袁在唐古拉山上一住就是八个多月。千里追夫上唐古拉，中国就有这样一群铁嫂。

这个故事不错。我点了点头，说下一步可以安排采访刘新福。

刘新福现在是二公司的副经理兼总工了，住在石家庄。

我记下了刘新福的联系电话。仰起头来问徐东："继续啊，还有精彩的吗？"

"当然有啊！"徐东说，"唐古拉山是离天国最近的地方，我们讲一千零一夜的故事。"

我点了点头："请不妨讲来。"

徐东沉吟了片刻说：一公司经理庞尔林上唐古拉之时，体重为140斤，当2003年8月31日便道突击通车后，锐减到了105斤，瘦得不成样子，他的妻子温春梅是大同铁路二公司的技术员，9月份她准备上唐古拉去探望丈夫，将12岁的孩子扔给了父母，只身坐飞机去拉萨，父亲不放心，特意将她送到了太原机场，在成都转机飞往拉萨。机翼之下,横断山脉的皑皑雪峰令她醉迷青藏,恨不得马上就飞到丈夫身旁。飞机缓缓下降,朝着贡嘎机场,近地俯冲而下,降落在雅鲁藏布江河谷。突然空降在海拔4200米的地方,血往上涌,脚踏轻羽,提着东西走下舷梯,艰难地步出港厅,她便给丈夫打电话,其实此时丈夫就站在离她几米远的地方,早已认出了她,可是她认不出丈夫来了。春天离家时丈夫还是一个大腹便便的人,而现在早已经瘦得脱了形骸,骨瘦如柴。当丈夫伫立在她跟前,挡住了她的去路,她却没有认出来,夺路而四处张望,寻找丈夫。庞尔林从后边追了上去,大声喊道:"春梅,我是尔林,你不认得我了吗?"

温春梅蓦然回首,只见后边站着一个又瘦又黑的男人,酷似丈夫年轻时候的轮廓,但她又不敢相认。

"春梅,怎么不认识了,我是尔林啊。"庞尔林笑着说道。

温春梅一愣,丈夫的声音一点也不假,但是人已经瘦得脱形了。她哇的一声哭了出来,说:"尔林,真的是你吗,瘦成这样,我一点也认不出来啦!"

"春梅,不是我是谁啊。"庞尔林调侃道。

小车往拉萨方向驶去,温春梅一边走一边默默流泪,她没有想到仅仅六个月不见,丈夫便瘦成这样。在拉萨习服了几天,便跟着庞尔林上了唐古拉山上,住了一个月。开始十天尚能勉强坚持,到了后二十天,躺在床上,全靠输液度日。丈夫成天在工地上,晚上则在他们住的帐篷外边开会,她躺在里边看电视,一点心情都没有。丈夫白天上班了,她一个人在炉子旁煮大烩菜,白菜、豆腐、土豆一锅烩,煮一个上午,中午丈夫回来时,他们仅以饮料碰杯表示一下。在唐古拉山生活了一个月,温春梅的体重由140斤,骤降到130斤,夫妻之间的欲望降至了零点，被冰雪凝固了，没有一点表示夫妻心情的感觉和冲动。

我低头记录时，心里涌动一股热流，敬意油然而生。

沉默了一会儿，我仰起头问徐东："两个经理的故事固然感动人，但仍然有重复意象，能不能讲一个独特一点的？"

"可以！"徐东有关唐古拉的天方夜谭，如秋夜的繁星一样，数不胜数。

"就说说帮我看房子的藏族保安吧。"徐东接着说：2002年的冬天，唐古拉山上的施工队伍都下山冬休了，二公司将他们的六栋房子和机械交给从安多县雇来的贡嘎等四位藏族保安看守。有一天夜晚，唐古拉山狂风肆虐，昏天暗地地刮了一天一夜，将三栋房子的顶盖掀了个底朝天，滚到山谷里去了，四名保安被唐古拉上咆哮的山风赶到一隅，听着划过夜幕的巨响，却束手无策。第二天风停了，工地上的三栋房子已惨不忍睹，一片残垣断壁，贡嘎觉得自己很失职，没有保住工地上的建筑。决定将这个消息通知二公司冬休的负责人。

而这时他们是住在唐古拉的无人区里，距青藏公路的唐古拉山口有100多公里路，当过小学教师的贡嘎决定走出去，穿越无人区，将消息通知山下的人们。他揣了一包风干牛肉，便上路了。旷野茫茫，一望无际的雪原，不辨东西南北，贡嘎凭着多年的生活经验，朝着安多方向走去，空阔的大莽原上留下了一行脚印，晚上就睡在雪窝里，狼的嗥叫划破寂静，贡嘎不怕狼，他还没有听说过狼伤人的故事，可是他却怕棕熊，如果遇上唐古拉山上的棕熊，自己必死无疑。因此晚上睡觉时，他搭了一个雪窝子，扒开积雪，下边埋着干草，趴在地下，用雪将自己埋起来，手中紧握着一把藏刀，准备随时与朝他扑来的棕熊和雪狼搏斗。饿了就啃几口牛肉干,一个人在莽原上踽踽独行,整整走了三天三夜,走到了安多县城,挂通了太原城二公司负责人的电话,告诉他们唐古拉山的房顶被风卷走了。

这传奇悲壮的一幕,感动中铁十七局的许多筑路人。

当我请徐东叙述着唐古拉山上的传奇故事时,中铁十七局的宣传部部长秦峰进来了,他指着徐东说:"徐作家,坐在你面前的这个人就是一个传奇人物。"

我有点惘然:"传奇,徐指挥奇在什么地方?"

"他当年在铁兵当警卫班长时,曾与一个穷凶极恶的罪犯狭路相逢,当人家的冲锋枪对着他时,在两米之内,他一枪击毙罪犯。"秦部长娓娓道来。

"还有这回事?"我有几分惊讶。

"都是一些陈芝麻烂谷子的事情了,好汉不提当年勇,二十多年了,就不提它了。"徐东谦逊地说。

"还是说说吧!"我仔细地打量,也许应验了一句俗话,真人不露相。徐东不苟言笑,刚毅的脸庞上,本身就蕴含着一部传奇。

徐东终究没有讲自己。他觉得这与青藏铁路无关,再说那是一件已被昆仑山的风尘掩埋了的故事。

但引起我兴趣的恰好就因为它在莽昆仑之下,而且也想诠释一个徐东这个公安处治安科长出身的办公室主任,会当上十七局青藏指挥部的指挥长的原因。

上任伊始,唐古拉便道突击开始了。中铁十七局董事长瞿观鄞看到二处的三座桥一时通不了,立即派董献付坐镇8号桥,党工委书记霍世禄派到9号桥,转头对刚上任两个月的指挥长徐东说:"徐总,你去6号桥。"

徐东到了6号桥一看，桥身长100多米，桥梁还八字没有一撇，仍睡在安多桥梁基地里，他带了13台大奔驰车越岭而去，穿梭无人区，运载桥梁，要走130多公里，每辆车拉三根梁，重达70多吨，一根梁价值15万元，三根便是45万元，因为车宽路窄，吨位又重，车子行驶得很慢，徐东驾一辆牛头吉普警车在前开道，从早晨八点出发，一直走到晚上九点钟，因为连着一周都在运载，驶到海拔5000米的地方，司机严重缺氧，脑子反应迟钝，走着走着，有的司机在行驶途中便瞌睡了。有一天车队行驶到了安轮公司的门口，他看到一辆大奔卡车在走S形路，觉得有些不对劲，连忙下车站在路的左边观察，一看情况不妙，连忙叫自己的司机按喇叭，大卡车司机幡然猛醒，踩了一脚刹车，避免了一场灾难。他将司机一把拉了下来，问到底怎么回事，司机说瞌睡了。徐东脸色发紫了，说："你知道吗，这一根梁是15万啊，三根就是45万，千万不可儿戏啊。"

尽管徐东处处提醒，但是高山缺氧导致司机反应迟钝是无法避免的。有一辆车还是滑到路边上去了，他叫来一辆重车，将其拖了出来，然后往安多方向走，到了第二天晚上十一点多钟才将梁拖到了唐古拉，保证了桥梁按时吊装。

也许因为少时投身军旅，脱下军装20年了，徐东的身上仍然流淌着铁兵的血性，疾恶如仇，眼睛容不下半粒沙子。2004年8月的一天晚上，三项目部有一个民工患了轻微的肺水肿，送到了中铁十七局医院，医生熊志新作了处理，需要下送格尔木。敲开徐东的门，说："徐指挥，三公司来了一个民工，需要下送，请问领导如何安排？"

徐东绝不因为病号是一个民工便掉以轻心，说叫你们副院长派车。

熊志新大夫点头出去了，第一趟未找着，又楼上楼下地找了几趟。只好又找到了徐东的屋里，说，没找着，却神秘地做了一个手势，指了指隔壁的房间。

徐东明白了，张副院长他们在打扑克，将门反锁了。他一跃而起，穿着毛裤和毛衣，趿着拖鞋便冲了过去，敲了敲门，不开，里边却有动静。便飞起一脚，将门踢开了，只见几个人正在打扑克，徐东火了，脸一横，说："副院长，怎么回事，找了半天，人命关天呀！"

另外一个人说："不是安排好了吗！"

"安排个球！"徐东将茶几掀了一个四脚朝天，副院长红着脸出去了，连忙赶去派车送病号。

徐东愤愤不平地往自己的屋里走，觉得脚冻得慌，才发现自己赤着脚，拖鞋也不知飞到什么地方了。

2005年元旦，徐东才从唐古拉山上回到了太原城，晚上他想出去找山上的弟兄们喝酒，被夫人吴桂珍堵住了，吴桂珍过去从不沾酒，见丈夫要出门，说："且慢，徐东，我来陪你喝！"

徐东怔然，说："你哪会喝酒。"

妻子幽默地笑着说："徐东，别小看人啊，士别三日当刮目相看。"

妻子系上围裙，走进厨房，顷刻之间便做了一桌菜，拧开一瓶汾酒，夫妻俩你一杯，我一杯，徐东醉了，从不喝酒的妻子也有点微醺，却笑着说："徐东，三年唐古拉山上，你吃了多少苦，只有我这个当妻子的明白，喝吧，一年之中难得醉一回，醉了，心里也痛快！"

"为唐古拉岁月干杯！"徐东将酒杯举了起来。

上行列车
第十站　走向巅峰

> 白色睡莲的光辉，
> 照亮整个世界；
> 格萨尔莲花，
> 果实却悄悄成熟。
> 只有我鹦鹉哥哥，
> 做伴来到你的身旁。
> ——六世达赖喇嘛仓央嘉措情歌

唐古拉之南空降 101

卢春房在下一招险棋。

日子在一天天流逝，望着青藏铁路修通的时间即将过半，铺轨架桥的铁轨刚越过楚玛尔荒原，向着沱沱河挺进，他以为等中铁一局铺架到了安多,再让中铁十一局的铺架队伍乘坐临管的列车上去,接着往拉萨方向铺架,为时已晚,2006年底基本铺通的计划就有点悬了。

那些日子,住在昆仑山下,晚上总睡不着觉,躺在床上思考着明天的工作,脑子飞速地旋转,偶然打开电视,尽是美军对伊拉克城郭的狂轰滥炸,硝烟滚滚,空投101师的场面铺天盖地,给了他很大的触动和震撼,指挥一条铁路的建设,如同指挥一场大战,善出险招者,方能出奇制胜。

一个大胆的计划在他脑子里孕育,按青藏铁路的施工流程图,安多铺架基地要等铁路铺过唐古拉后,才能将铺架大型设备运过去。现在能不能提前进入角色,在铁路列车尚未开通之时,从陆路将中铁十一局和中铁一局一部投过去,这样中铁一局一部从安多往唐北方向铺架,与从昆仑山方向铺架过来的队伍汇合,而中铁十一局则从安多往拉萨方向铺架。由中间朝着唐古拉山南北相向而进,加快铺架步伐。

卢春房掂量已久,觉得走的虽然是一步险棋,但胜算的概率很大。从2001年年底整合两支队伍,将青藏铁路公司和青藏铁路建设指挥部党委书记、总经理和总指挥部指挥长的重任一肩挑之后,就像过去在每条线路上担任指挥长一样,他最看重的就是施工组织设计。上任伊始,他对青藏铁路的工期安排、投资安排、质量措施和技术方案花得心血最多,理得清清楚楚,而技术方案更是潜心研究的,千里青藏铁线,哪些是重点,哪些是控制,早已成竹在胸。在昆仑山、三岔河、清水河大桥、风火山隧道和长江源大桥等项目上,确定了32个重点,几乎每一次汇报,每一次到工地检查,他都要亲自过问进展和落实情况。而控制的重点则是工期,如今青藏铁路的路基工程接近尾声，铺轨架桥成了重中之重，冻土地带有80公里改变设计，以桥代路，这样无形之中增加了80多公里的桥梁，若等通过铁道运上去，再进行铺架，架100米的桥，等于铺三公里的轨道，一天架100米，80公里的桥，就等于要增加800天的工期，而青藏铁路冬季又不能施工，对按时竣工无形中增加了巨大的压力。

启动安多铺架基地已刻不容缓，但是空降中铁十一局过去，就意味着要将架桥机和火车头大卸八块，从公路运输，翻越唐古拉山风险系数很大。青藏公路的桥梁能不能承重，会不会因为超宽影响运输，这一系列的问题，卢春房事先都考虑过了。2003年上半年，全国仍笼罩在一片非典的阴云之中，他的空降方案便开始酝酿了，让青藏铁路总指的副指挥长那有玉和青藏公司的张克敬进行调查，咨询西藏交通厅的有关部门，拿到青藏公路每座桥涵的承重数据，这时，中铁一局和十一局的工程师也参与计算，很快算出了数据。

卢春房摇了摇头说："你们算的只能供参考，我要青藏公路建设管理局的数据。"

在等待的日子里，他叮嘱那有玉和张克敬："到西安、武汉和兰州咨询调研，大件运输的车体的重量、轮重、行走时速及承重，将这些综合的因素，都要考虑进去，计算道路和桥隧的承重量，看哪家运输公司能够做大件运输。"

高效率的运作，短短的时间里，所有的数据都出来，青藏公路的桥涵可以承重超大件运输。

"好！"平时温文尔雅的卢春房抑制不住内心的激动，说，"我向孙副部长等部领导报告。"

孙副部长听了卢春房的方案后，点头赞同。

可是方案一出，当时在铁道部机关争论却很大，毕竟这在铁道建筑史上是前所未有的，担心自然也就多，铺架机可是几百吨重的庞然大物，再说让汽车背着火车头过唐古拉山，是不是风险太大了。建设司副司长张梅与卢春房共过事，了解他的性格和能力，对机关有的部门说："别再讨论可行性了，卢春房干这个事比我们内行，他早就论证好了，万无一失。"

2004年的阳春三月，内地早已寒山春暖，杜鹃啼血，而青藏高原上仍然千岭披雪，一片死寂。但是中铁一局已经将一个个机车头和铺架机从已经铺好的铁路上转运到了秀水河，在一片露天工地，大型龙门吊矗立在了千古莽原之上。

3月1日，中铁一局铺架队队长王保卫和书记张树广带着队伍，上到了海拔4580米的秀水河工地，搭起帐篷，专门对总重130吨的东风四型机车头进行解体。

队伍刚在秀水河扎下营盘，卢春房就带着青藏总指副指挥长那有玉赶来了。他对那有玉说："你给我盯着，看着铺架机和机车解体，运过唐古拉，每个步骤都要考虑周全，绝不能出一点差错。"

"卢总放心！"那有玉点了点头，他知道卢总的领导风格，大事情上登高望远，一览众山之小，可是到了抓落实时，又非常注重细节。

卢春房对那有玉的表态颇为满意，转身对中铁一局指挥长马新安、十一局三处项目经理李阳叮嘱道："架桥机分成几件解体，解体过后尤其要注意大臂弯曲变形。运输过程中，一定要及时给司机供氧，准备好干粮和水，行车的速度控制在一个小时15公里，跑两天时间，第一天秀水河到沱沱河，第二天沱沱河到安多，选天气好的时候翻越唐古拉山。"

张树广带着人在秀水河解体第一辆机车，当时中铁一局有5台机车要解体运至唐古拉，中铁十一局则有28个机头解体，经试验后，他们要以一天两台的速度，将列车机头大卸五块，分解成车体、柴油机、油箱等五个部分，即使这样，最重的车体仍然有78吨之重。他们垫伏在秀水河的荒原上对一个庞然大物"动刀"，白天的温度达到了零下20℃，七级大风遮天蔽日，将楚玛尔平原吹得天昏地暗，张树广带着弟兄们早晨八点钟起来干活，中午吃过晚饭后也不休息，北风掠过，吹在肌肤上如刀割一样疼痛，暮色时分，狂风刚停歇下来，狼却悄然而至，有一天司机叫他们回去吃晚饭，刚跨进车里，车灯一亮，发现有只狼离他们只有十几米远了，蓦然回首，令他们惊悚不已。晚上回到帐篷里才吸点氧气，舒缓一天的疲惫。

在狂风中整整干了十天，10号那天装车成功，第一辆大型运输车将东风四型机车头正式运往了安多基地，一天两台机车，源源不断翻越唐古拉而去。3月18日，第一台机车在安多中铁十一局铺架基地安装试车成功。

从3月1日至6月15日，在105天的时间里，全部机车头和铺架机解体运到了安多铺架基地，160节平板，也都如数运到，真正做到了人不碰皮，车不碰漆。从2004年6月份起，中铁十一局向拉萨方向铺架，中铁一局则向唐古拉山北麓挺进，到了年底，安多向拉萨方向铺了200公里，向唐古拉方向铺了40多公里。

消息传到北京，铁道部领导对卢春房说："春房，干了一件非常漂亮的事情。"

然而，卢春房并没有沉醉空降101的喜悦之中，青藏铁路的路基建设已近尾声，铺轨架桥已逾一半，此时他考虑最多的却是青藏铁路的运营问题。

浏览卢春房的人生阅历，乍一看，他给人第一印象似乎是一个铁路建设专家，其实不然，在他的经历中，曾与铁路运营生产打了很长的交道。还在中铁十一局当副处长、处长时，他就管过宝鸡至中卫，京九线上赣州至吉安等监管线上的运输生产，因此对运营一点也不算是外行。出任青藏铁路公司筹备组组长的第一天，对运营的管理模式、机构设置、人员编制就一直在他脑海中酝酿。有很长一段时间，他吩咐西宁分局和青藏公司拿方案，但一次次研究，仍然没能走出传统路子，对青藏线高寒缺氧的特殊性认识不足，依旧是这个点设段，那个地方派人，车（车务）机（机车）工（工务）电（电话）车（车辆），五脏俱全，站上要盖很多房。翻阅这些运营方案，卢春房摇了摇头，将有关同志找来，给了他们一个原则，说："宁可在山下多盖房，不要在山上多设站；宁可在山下多住人，不要在山上放人；上边条件艰苦，不适合住人。"

然而方案出来后却引起一场轩然大波，一些生产单位考虑要在沱沱河设行车公寓，卢春房坚持不干。说："宁愿挂着一个车厢，跟着车走，也不能将列车员中途放在沱沱河，那里海拔超过了4500米，已经是生命的禁区，车厢里有氧，这对人也是一种关怀与爱护。"

铁道部的一位机务老专家却认为生产单位的意见是合理的。

卢春房说不行。

那位老专家坚持己见。

卢春房反问道："你到沱沱河住过吗？"

老专家摇了摇头说："没有。"

"好！你认为那里好，你住几天试试。"素来与人为善的卢春房针锋相对，不是为自己的尊严面子，而是为了普通乘务员的生命健康。

第一个大的运营方案出来，张克敬拿着给卢春房汇报，卢春房首先问编制多少人？

张克敬说："按照铁一院设计编制 9000 人，我们根据卢总定下的原则，减到了 5000 人。"

"太多！"卢春房惊愕道，"这条线上，最多 3000 人。"

"还要压下去 2000 人！"张克敬愣怔了。

卢春房坚定地点了点头。

卢春房亲自主持研究，与北方交大联袂，搞出了一本《青藏铁路运营管理模式研究》，构思出了一种青藏铁路运营管理的新模式。

2005 年 1 月初的一个傍晚，卢春房在青藏铁路驻北京办事处的办公室接受了我的又一次采访，向我描绘了青藏铁路运营的图景，他说："青藏铁路将来只在几个主要的站点上派人管理。一些小站安装世界最先进的控制仪器，采取远程监控无人管理，列车路过某些站点时，专门在站台上设有观景台，让游客拍照片，中途不下人，车厢里实行弥散式的供氧，游客坐在车厢里，不再会有高山缺氧的恐惧和窒息感了。"

我被卢春房勾画的图景所陶醉，开玩笑地说："2006 年正式开通时，我能成为你们的第一批旅客吗？"

"欢迎啊！"卢春房笑着说，"你在为我们青藏铁路写一部皇皇大书，理所当然要成为我们的第一批客人。"

首席冻土科学家与十二名指挥长博士生

张鲁新是幸运的。

幸运是在他的生命之旅已步入壮年，被任命为青藏铁路专家组组长，首席科学家，可以一展数十载冻土研究的学术成果。

2001年青藏铁路上马时，孙副部长决定在青藏铁路总指成立专家咨询组，谁来当组长，他问铁道部工管中心主任施德良，可否有合适人选。

"有啊！"施德良笑了笑说，"孙副部长，我这回可是要举贤不避亲啊。"

领导儒雅一笑，问道："你举贤的是你什么人？"

"我的老同学张鲁新！"施德良坦荡地答道。

"有印象！"领导点了点头说，"我在几次论证会上，听过他的发言，对冻土很了解，很有见地！"

"那我们就报了！"施德良趁热打铁地说道。

孙副部长点头同意了。

2001年6月29日，张鲁新正式被邀为青藏铁路总指挥部专家组组长，负责重大技术问题的咨询与决策。

也就在这天下午，在他一生中出入了多少次的昆仑山下的南山口，朱镕基总理站在青藏铁路的新线的零公里处正式宣布，青藏铁路正式开工时，本是性情中人的张鲁新泫然泪下，辉煌的青藏铁路大梦，终于在自己人生壮年之时梦想成真，多少代科学家都没有等到这一天，唯有蛰伏在青藏高原二十多载的张鲁新等到了，从此，他的人生也翻开了新的一页。

最辉煌的一页莫过于作为青藏铁路的首席冻土专家，他又是中国科学院、兰州大学、北方交大和中国铁道科学院的博士生导师，未曾想到，漫漫青藏铁路，竟然有12名年轻的指挥长和总工程师，报考他的冻土专业的博士研究生，这些人并非浪得虚名，个个都是铁道工程的干将。回顾中国的学界，有哪一位博导像张鲁新奢侈和幸运，能将自己一生研究的冻土理论变成一个巨大的旷野实践工程，将青藏高原变成了一个偌大的实验室。

张鲁新翻阅报考自己博士生的名单，几乎囊括了中国铁路界年轻一代的精英，有青藏铁路总指挥的总工程师赵世运、中铁十二局青藏铁路指挥长余绍水、中铁三局指挥长刘登科、中铁十六局青藏铁路指挥长程红彬、中铁十七局指挥长段东明、中铁十八局指挥长韩黎明、中铁二十局指挥长况成明，他们都奔着一个世界级的课题而来，青藏铁路550公里的冻土地段，彻底解决了中外铁路史的一个顶尖的难题，建成了一流的世界高原铁路，中国人便站在了世界冻土学的巅峰上。那是含金量很高的冻土工程学博士啊。

第一篇镌刻在可可西里的"博士论文"，便是张鲁新门下的三个弟子余绍水、刘登科和况成明完成的。2001年开工之后，三个指挥长按照铁一院的设计，将张鲁新等一代代冻土学家的理论变成了一个巨大的工程模型，在清水河、北麓河、风火山等五大试验段展开了片石通风路基、通风管、遮阳板和热棒等三十九项施工试验，把张鲁新和程国栋院士等导师孜孜追求了几十年的冻土学理论变成了一个巨大户外试验项目，取得第一手的实验数据，其中片石通风路基和通风管道的技术，就是程国栋等一大批中国冻土学家的学术成果的工程运用，而热棒技术，则是将美国的输油管道吸纳降温技术洋为中用的。这完全是新技术、新工艺和新材料在青藏铁路冻土地段的具体运用。但是这些技术在五大试验段必须经过一岁一枯荣的检验。

温暖的夏季被漠风吹散了，青藏高原的冬天挟着狂雪而至。山上的施工队伍陆续回内地冬休去了，以待明年春天再度上山而战。楚玛尔平原一片寂然，雪落无痕，只有风的咆哮。而张鲁新从

上行列车
第十站 走向巅峰

2001年至2003年冬季都守望在了昆仑山上,按照孙副部长的要求,进行冬季调查,他与赵世运、李金城、包黎明、李林等,几乎是一步一步地走过冻土地带已筑的路基,足迹留在了冻土北界到唐古拉山的南麓。经历了一个夏季和冬季,尤其2002年是一个暖季,雨水大,在冻土地段筑起来的铁路路基开裂、沉降比较明显,他担纲完成了冻土区路基变形检测及其数据分析工作,对反思设计、改变设计、补强补墙设计提出了一些非常有益的建议。

2003年新年的钟声敲响,而此时张鲁新仍然待在格尔木,那是青藏高原上最寒冷的日子,北风呼啸,野草凋零,莽昆仑山上风雪凄迷。1月7日那天,他与铁一院青藏铁路总体李金城登上昆仑山,莽原上的气温骤降至零下30℃,寒雪飘飘,朔风四起,如迷雾般地席卷旷野。张鲁新迈着沉重的步履走向清水河的冻土工地时,觉得气短胸闷,头痛欲裂,每走一步都十分艰难,李金城劝他坐到车子里边去,可张鲁新摇头拒绝了,坚持与小字辈的铁一院的设计人员走完了全程,把已建路基的病害摸了一个清清楚楚,拿到了第一手的数据,写出了《冻土区路基变形检测和裂缝的调查数据分析》等八篇学术论文。

两个冬季的调查,带队的是张鲁新的博士生、青藏铁路总工程师赵世运,他们分成了11月至12月,翌年的3月至4月份两次进行,设计、施工和监理等三方派人参加,一路迤逦走来,看到了路基经过两个冬夏之后,建在冻土界的路基有的开裂、变形沉降、冻胀,不少地段路基下沉坍塌,冻胀丘、冰锥、冰漫此起彼伏,涵洞大量开裂下降。

冻土地段的路基变形病害向张鲁新和他的学生赵世运敲响了警钟,两个人都没有下山,在办公室猫了一个冬天,分析和消化这些数据资料，这时，张鲁新和离他办公室最近的大弟子赵世运开始对过去积累的一些资料进行梳理，开始对治理的方法进行了全面的思索。

"张教授，我们需要一张全方位透视青藏高原的地质图，要从整体上来治理冻土了。"身为总工的赵世运向博导提出了想法。

张鲁新点了点头，说："过去得到的冻土数据，是几十年间积累起来的，但青藏高原的气候环境毕竟发生了很大变化，要有新的思考。"

赵世运说："这件事情，我们请铁一院来做。"

很快，接到通知的铁一院院长林兰生迅速找到国土资源部的有关部门，购进了法国卫星拍摄青藏高原的地质图片，这份三米多长的卫星照片，对青藏高原的地貌一览无余，雪峰、湖泊、冰川、河流、沼泽、河谷、低洼积水处，在卫星图片上清晰裸现。而铁一院多年在冻土地界上收集的数据已相当完备。

2003年3月份，赵世运独坐在会议室，看着那张卫星图片沉思了20天，在会议室相邻的专家组组长办公室墙壁上，也挂着一张一模一样的青藏高原卫星照片，张鲁新也伫立在图前凝眉沉思，每天不是赵世运走进导师的办公室，就是张鲁新主动过来与赵总工讨论，渐渐地对铁路路基穿越冻土区时发生新的变化形成了一个共识，那就是冻土区的工程不仅仅是路基高度就能解决的，路基出现不良现象，水是冻土的最大天敌，铁路的建设改变了冻土环境的地面地表水文条件、水纹走向，而从纵向看，青藏高原的地形、地貌、地质分布，气温变化大，冻土地界的情况错综复杂，因此他们在考虑550公里的冻土界路基施工时，将自然变化的因素纳入其中。

一篇对青藏高原冻土有全新认识的"博士论文"似乎在这20

多天的炼狱中孕育而生了。师生俩达成的共识却是大系统理论。

第一，从气温的变化，蓦然发现从昆仑山至唐古拉气候是逐渐变化的转暖的过程，550公里的冻土地界，沿线气温分布不同，冻土特征也不同这样对冻土便形成了常年与季节、稳定与不稳定之分，550公里的冻土段因多年冻土地温不同分为四类，气温而构成了四大温分区，$0℃ \geqslant TCP \geqslant -0.5℃$为高温极不稳定冻土区；$-0.5℃ \geqslant TCP \geqslant -1℃$，为高温不稳定冻土区；$-1℃ \geqslant TCP \geqslant -2℃$，为低温基本稳定冻土区；$TCP \leqslant -2℃$，则为低温稳定冻土区。而根据冻土的含冰量，又将多年性的冻土分成了低含冰量冻土（少冰、多冰）和高含冰量冻土（富冰、饱冰、含土冰层、厚层地下冰）。

第二，海拔成了一个关注的重点，青藏高原的海拔每升高100米，气温就会下降1℃，但就是在同一个海拔高度，山区和低洼地方，地温的分区是有差异的。

第三，厘清冻土地带的水的水纹走向。水往低处流，低洼地段，河流纵横交错，水的热浸湿对冻土的威胁最大，但是地湿带又是零乱的，有的是融区，有的是高融区，有的山峰是高温高寒暖区，地质支离破碎，含冰量与地暖分区交织，大量的病害出在这些地方。

第四，青藏高原是喜马拉雅造山运动隆起的一座年轻的高原，地震断裂带比较多，断裂带下有泉水出入，冰漫、冰锥突兀，横亘在铁路线路之上。

第五，雪山与洼地，斜坡地带，容易滑塌。

第六，青藏高原虽然高寒，却是强辐射的，白天太阳辐射是正温，晚上则是负温，反复冻融，对路基的结构有巨大的影响，呈现在路基上，阳面会导致融沉变形，阴面则冻胀，路基纵向开裂。

然而，对他们启发最大的是中国科学院寒旱所关于全球变暖的报告，程国栋院士和他的学生马巍等年轻一代冻土学家，从全球气候变暖的视角上探讨青藏高原的冻土退化，一个惊人的现实凸现在面前，从70年代至90年代，青藏高原的年平均气温在 $0 \sim 0.5℃$ 之间，冰川在退化，多年冻土在逐渐变薄和变暖，青藏铁路冻土的起点西大滩一带的气温上升了 $0.2 \sim 0.3℃$。惊仙谷多年的冻土下限20年间上升了15米，年平均地温升高了 $0.5 \sim 0.8℃$。550公里的冻土地段，在自然改善状况下，昆仑山西大滩的冻土北界向南退化了 $0.5 \sim 1$ 公里，而万里羌塘无人区的南界则向唐古拉山方向退化了 $1 \sim 2$ 公里。

张鲁新和赵世运从青藏高原冻土地带，从不同含冰量的地貌、地质、冰量、地温、地湿各种组合上，一一揭示出来哪种组合对路基的侵蚀最厉害，哪种组合对冻土的改变危险性最多，分别列出了重点，并研究出几份有分量的冬查后青藏铁路路基变形分析数据和对策报告。并对冻土路基通过冻土之上提出了新的设计理念，对冻土措施由被动降温转变到主动降温，设计由静态转变为动态设计，治理由单一措施向科学综合措施解决转变。从认识冻土的理念、设计思想到施工手段和技术，都是一次跨越式的提升。

春天姗姗来临了。2003年的3月，孙副部长上山来了，面对青藏铁路沿线巨大的沙盘，青藏铁路指挥部总指挥卢春房亲自主持了汇报，张鲁新和赵世运将一个漫漫冬季写就的"大地"冻土博士论文向孙副部长和卢春房作了一个多小时的汇报，铁一院院长林兰生和副院长李宁也在现场。张鲁新和赵世运讲得非常仔细，核心只有一个意思，对于550公里的冻土地段，要对症下药，什么地段采用什么样成熟的技术。对地质复杂低洼汇水的地段，应该采用以桥代路的方式，而对于冻土相对稳定的地段，则应该采取科学的综合措施，如块石路基、碎石护坡、通风管、热棒和保温板、保湿板组合等。

领导颔首称道，欣然接受了他们的观点，高度评价两个冬季路基冬查收获颇丰，认为青藏铁路总指挥部总工赵世运和他的博士导师张鲁新提出的设计改进方案，更贴近550公里冻土的实际。于是，他要求铁一院要紧紧围绕建设一条安全可靠的世界一流高原铁路，转变设计和建设理念，吸收冻土专家的最新研究成果，对原有的设计进行反思和修改。

随后，领导让张鲁新和赵世运陪着，又多次到兰州铁一院进行巡视，给大家打气和动员。

新的一轮设计开始了，在低洼汇水的地质复杂冻土极不稳定的清水河、五道梁、沱沱河、通天河盆地，采取了以桥代路，由此整个青藏铁路桥的公里，由过去的127公里，又增加了50多公里，接近180公里，尤其数张鲁新的博士研究生、中铁十二局指挥长余绍水指挥的第六、第十一标段增加最多。

而在其他冻土地段则采用了综合治理措施，由过去的被动降温变成主动降温，块石路基、通风管、碎石护坡和热棒、隔热板组合。块石路基、通风管碎石护坡其设计的主旨就是不堵死冷空气渗入地下的通管，继续保持地下温度的不变。而热棒则是受国外工程实践的启发使用的一项无源制冷技术，从美国引进的一项高科技，热管里装有不定液态氨，当路基周遭的冻土温度升高时，气体会变成液体，冷却地下的冻土，形成一种巨大的冰箱效应。

张鲁新引以为豪的是，他的冻土研究的成果，正是因为有了青藏铁路沿线的余绍水、刘登科、况成明、段东明和赵世运等12名指挥长和总工博士生的具体实施，终于在青藏高原写就了一部厚重的博士论文。

2003年7月，中国科学院领导带着一批中科院院士来视察青藏铁路冻土区工程，欲从科学家的视角来判定这个世界级的科学难题。恰好这时，张鲁新身染沉疴，卧床多日输液，一听到这个消息，他将手上的输液针头一拔，就像当年驱车百里风火山上等共和国部长一样，毫不犹豫地陪着中科院的领导和院士们上昆仑，穿越可可西里，再上风火山，考察青藏铁路冻土施工工程和技术。随后，他有备而来，将自己的看法和一生所学，都浸透在了一篇《青藏铁路建设设计和施工过程对冻土问题的认识、回顾与思考》的汇报里，以极高的学术分量和见地，得到了中科院院士们的认可，称其是一篇"科学性很强的报告"。

如今，青藏铁路的冻土主体施工已落下帷幕，余绍水等不只通过了博士论文答辩，还和自己的导师张鲁新教授一起，以及他的12名弟子，在苍茫青藏的冻土界交上了一份合格的博士论文。

青藏铁路高原病零死亡

行将逝去的黄昏，将青海长云燃烧成一片橙黄色的海。

也许因为生命之旅已步入暮年，吴天一院士时常喜欢在夕阳西斜的傍晚，独自鹄立于六楼的阳台上，远眺西天。落霞缠绕着雪山，渐渐地将一座边城的喧嚣融化成一片波澜不惊的青海湖，半个月亮从戈壁上冉冉升起，宛如格萨尔王耳垂上的金色耳环，挂在西宁城郭之上，一颗颗怯弱的星星，渐次勾勒出深邃银河的边缘，飞流直下，与人间骤然点着的万家灯火连成一片。

吴天一喜欢碎霞渐渐消失时的壮烈，喜欢边城灯火点燃时的温馨。

挟着这种愉悦,他踅回书房,显得有点急不可耐,打开电脑页面,用流利的英语,娴熟地敲下了一行字:致美国加州大学圣地亚哥医学院约翰·威斯特教授。刚才伫立在阳台上远眺黄昏,一篇关于青藏铁路高原病零死亡纪录的医学论文已酝酿成熟,他要给坐世界高原病学第一把交椅的约翰·威斯特教授写信,推荐给他主编的《高原医学与生物学》杂志,告诉他,世界高原病学最大的宝库在青藏高原,告诉世界,中国人在青藏铁路创造了一个人类奇迹——高原病死亡零纪录。

借着这个奇迹,他觉得第六届世界高原医学会学术会议主办权应该属于中国,应该在中国的青海和西藏两地召开。

他要用这篇论文说服约翰·威斯特教授,还有本届年会的主席,曾经攀登过珠穆朗玛峰的美国科罗拉多州的著名高原病专家皮特·哈卡特教授等世界同行。

迄今为止,世界高原医学会学术会议已召开五届了。

第一届,1994年在南美波尼维亚的拉巴斯召开,海拔仅为3600～4200米。可是站在世界屋脊上的中国人缺席了。

第二届,1996年在南美秘鲁的古城库斯特召开,海拔仍然没有逾越人类生存的禁区。有着500多万人口生存在高海拔低纬度的青藏高原的中国人仍然缺席。

第三届,1998年在日本长野的松本县举行,只有一个中国人与会,就是吴天一。在中国仅提交大会的两篇学术论文中,吴天一教授第一个作大会发言,讲的是藏民族在青藏高原的适应性,他们已经在那里生活了五万多年了,优胜劣汰的结果,强者留下来了,成了最适应在高原生存的一个群族,与汉族相对照,他们的细胞携氧量是世界上最好的，那就是一个生物学的模型。在大会上引起了极大轰动，中国的留学生听了后很激动，认为吴教授为中国人在世界高原医学会上赢得了一席之地。

第四届，2000年在南美智利的海滨城市阿来卡举行，原因在于紧邻智利海拔较高的矿区。

第五届，2002年在西班牙的巴塞罗那举行，就因为沾了阿尔卑斯山的光。

风水轮流转，这回该轮到了中国了。吴天一教授手里有充足的理由佐证，高原病的喜马拉雅在中国。全世界生活在海拔3000米以上的人群中，患慢性高山病、高原心脏病、高原红细胞增多、眼睛充血的有4%，在中国仅汉族患这种病的就有25万人之多。而在青藏铁路上，却创造了一个历史性的神话，高原病死亡零纪录，这是最能体现中国政府的人文关怀和人道主义精神的。

吴天一是《高原病学与生物学》杂志的编委，第六届世界高原病学术会议开幕前夕，要专门特邀嘉宾撰写有分量的学术论文，约翰·威斯特教授特意发邮件给吴天一，请他撰写学术文章。

就以青藏铁路高原病零死亡作为选题，吴天一在转瞬之间便将论文的方向确定下来了。青藏铁路开工前夕，孙副部长亲自造访，青藏总指党委书记、总指挥卢春房也经常来看望，而青藏铁路指挥部的医院院长丁守全、段晋庆以及他们的指挥长，凡出差路过西宁，总不时地前来拜访，向吴天一请教，甚至就连那些患了高原病，下山回到内地的普通工人，也不时打电话到他家咨询治疗方案，吴天一义不容辞地当上了青藏铁路高原病的医学顾问，在青藏铁路的卫生保障、高原病预防和治疗方面提供了许多非常有价值的建议和意见，不少举措为青藏铁路高原病死亡零纪录立下大功。

吴天一提交给世界高原医学大会的论文，题目定为《急性缺氧对人体的损坏》。他简要地描述了世界屋脊的环境地貌和生态状态，阐释了缺氧对人的影响，引证青藏铁路自2001年6月29日开工以来，四年之间，在1149公里的铁路沿线，从昆仑山至唐古拉山上，海拔4000米以上的生命禁区占全线80%，有10万人次在上边施工，因为卫生保障措施得当，三级医疗体系健全，抢救设备都是针对高原病采购的世界一流先进医疗设备，虽然屡有高原病发生，却无一人死亡，堪称中国人创造的一大人类奇迹。

写到这里，吴教授也不禁喟然感叹，英文写就的医学论文是不允许有感情色彩的，但是目光一投向青藏铁路，那些默默战斗在高原一线的普通医务工作者的形象，便在他的脑际浮现，尽管从年龄上，他们是晚辈，却是自己的莫逆之交，段晋庆、丁守全、丁太环、刘京亮、董维亚、徐英等一批年轻院长和医护人员，在他的心中都是一群英雄的白衣天使。

在吴天一教授心中，印象深的人要数中铁三局医院的院长段晋庆了。一个受过很好的医学专业训练和学历教育的年轻人，很有高原病的专业眼光，是青藏铁路第一家装备了高压氧舱的医院，也是1000多公里青藏沿线的一个三级医疗点。能在两个多小时内，将肺水肿、脑水肿病人从海拔4000多米的地方降至海平面上，这可谓是抢救高原病的诺亚方舟。青藏铁路零死亡纪录的创造，除他们各个医疗点按时巡诊，及时发现病人，下送之外，高压氧舱的全线装备，则是拔了头筹。

从与段晋庆的交谈中，吴天一院士早已风闻，段晋庆的夫人是太原理工大学的研究生，跨洋过海，拿到澳大利亚悉尼大学和新南威尔大学的双份奖学金，早已经为丈夫到海外求学和镀金安排好了广阔灿烂的前景。可是当中铁三局让段晋庆上青藏高原沱沱河当院长时,他的女儿正要中考,他没有摆一点个人的困难,毅然上山来,发挥自己的专业学术水平,很快将一个普通的指挥部医院建设成了三级医疗点,并成了中央首长和铁道部领导上青藏线视察时特派的保健医生。2002年的冬休,他带着女儿到了澳洲住了三个多月,一家三口在海外其乐融融,大多数人都预见段晋庆不会回来了,但是春天将至的时候,他还是毅然归国了,他是一个有责任感的男人,他不能放着沱沱河的几千弟兄不管。离开悉尼国际机场的时候,段晋庆一直与妻子说话,企图分散她的注意力,可是妻子就在他进港隔离一瞬间,泪流满面。他在沱沱河待了三年,救过高原病患者无数,完全有资格在世界高原病学的讲坛发言。

还有那个再普通不过,被人家称为老大姐的女护士丁太环,一个初期上去时与男同胞们住一个帐篷的白衣天使,正是他们撑起了青藏铁路的一片天空。

吴天一的键盘敲过,留下一段历史一个奇迹的浓缩。

在论文的后边,他谈及了藏医藏药对于高原病的防治,谈到了青藏高原的土生物链条,牦牛、藏羚羊、高原鼠兔随着青藏高原的隆起,它们就开始适应了,其历史与藏民族的生存生活一样悠久。

子夜时分,吴天一教授敲下最后一行英语字母时,自己难以抑制内心的激动。邮件很快发到大洋彼岸,在世界高原医学界引起极大震动,身处美国内加罗弗吉尼亚州的州大学医学院的约翰·威斯特教授也受到了强烈的冲击,看完论文,他马上给吴天一教授回邮说,太棒了,这是中国的奇迹,更是人类铁路史上的奇迹。随后,他立即写了一个编者按和论文提示,格尔木—拉萨铁路建设对高原医学的巨大挑战,提示称:吴教授提出的青藏铁路这么高的海拔、路段，在世界铁路建设史上实属罕见，这样的环境，有三分之二的里程在海拔4000米之上，工人缺氧的问题如何解决，另外火车运行的缺氧问题，建站以后如何管理，中国人作出了有益的探索，是近年来高原医学领域里的一个重大突破。

吴天一的论文和约翰·威斯特教授的提要发在《高原医学与生物学》重要位置上，这是一本高原国际病学的核心期刊，中国在青藏铁路的高原病零死亡的纪录，在国际上引起了一片轰动。世界高质网站纷纷下载，点击率非常之高，全球的高原病学专家纷纷向世界高原病学学会发函，千载难逢的机会，世界高原医学学会决不能与中国的青藏铁路失之交臂，一致同意，第六届世界高原医学学术会议在中国召开，重点就介绍中国筑路工人在世界屋脊上卫生保障和高原病的预防和治疗。唯一的要求是，要看实际的，要到青藏铁路的现场看看。这下子让吴天一教授为难了，青藏铁路毕竟涉及国家的经济、政治、军事、战略，不是随便能让外国人进入的。

带着这种疑虑，吴天一教授给孙副部长打了电话，陈述了情况。

"让他们看！这是向世界展示中国的最好机会！"孙副部长一锤定音，说，"没有什么不可以看的，青藏铁路当雄路段可以向外国人开放。"

但这毕竟涉及一百多名外国人，铁道部也不能全说了算，吴天一教授怀着忐忑不安的心情等着外交部的批件，不日，外交部的批件很快到了，说这是宣传青藏铁路卫生保障的绝好机会，也是向世界展示中国人道主义和人文关怀的一个窗口。

吴天一激动不已，由衷感受到了融入世界潮流的中国的从容和自信。

2004年8月12日至19日，第六届世界高原医学学术会议在中国青海、西藏两省区召开，会议分成两截，前四天在青海西宁，后四天在西藏拉萨。全世界21个国家和地区的136名高原病学专家与会，中国这次派出了强大的阵容，有200名代表参加，提交了258篇学术论文，占会议提交论文的72%。美国科罗拉多州高原研究所著名高原病学家、世界上只有四名攀登过喜马拉雅山的医生之一皮特·哈卡特任大会主席，吴天一与约翰·威斯特为大会主持人之一。

第一天的主持人与执行人是吴天一，重头戏是高山病在中国的报告，他用流利的英语在陈述。第二天下午是专题会，由约翰·威斯特教授主持，内容是青藏铁路的环境和卫生保障，由丁守全介绍风火山卫生保障的奇迹，同步翻译是专程从美国纽约请来的译员，丁守全娓娓道来，谈及二十局医院在海拔4905米的风火山世界第一高隧施工中，怎么认识和解决缺氧的最大课题，最主要的办法就是与北京科技大学合作，研制了大型高原制氧站，将氧气管引入隧道，在掌子面上弥漫式供氧，下边则设有氧吧，施工的工人随时可以吸氧，有效地解决了高原病的发生。

接下来是铁道部劳卫司作了全面介绍，一系列的劳动卫生保障措施非常到位，仅高原病的防御和治疗，青藏铁路各指挥所的医疗设备的投入将近一个亿，使高原病的死亡率始终控制在零，获得了国际高原病学专家的好评。

8月16日会议由青海西宁移师拉萨。头两天谈的是藏医藏药对高原病的防治和世界屋脊上最适应高原的土生动物。第三天安排参观当雄草原的中铁十三局的工地，12辆大轿车穿过堆龙德庆，浩浩荡荡越过羊八井，往当雄草原驶去，沿途的青藏铁路正在施工，却预留了3000多个动物通道，青青的牧场也并未受到破坏。到了中铁十三局的驻处，虽然天空中飞扬着毛毛细雨，但是中英对照的展板仍然引起了国际高原病学专家的强烈兴趣。吴天一教授最关心的是有没有高压氧舱，走进指挥部医院他便询问。

"有啊！"指挥长热情地介绍说，"我们一上来就购买了高压氧舱。"

"一次进多少人？"吴天一教授问道。

"8个人！"

"好！"吴天一点头道，"我们高原病所能进去20人，需要200万元，8人舱至少也得投入五六十万了。"

有不少外国专家第一次见到高压氧舱，不知其用途，吴天一教授一一解释介绍，就像飞机在高空中飞行一样，高压氧舱将大气压力增至海平面，如果遇上肺水肿、脑水肿病人，只要将海拔下降至2000米，危重的病情就缓解了。现在当地海拔只有4300米，配置了高压氧舱，对高原病人就是一个保护神。听说在青藏铁路上的每个指挥部医院都有一个高压氧舱时，外国专家非常惊讶，有的未见过，亲自走进去戴着氧气面罩吸了一会儿，连声称了不起，当看到十三局的医院还配备有世界上最先进的多普勒超级心电仪时，佩服之至。

随后，他们专门调阅了十三局医院的病人档案，参观了整洁的食堂，看到几公里外仍然有野生动物悠然走过时，伸出大拇指说：中国OK！青藏铁路OK！

年轻少帅为青藏铁路画下历史句号

2004年5月，青藏铁路的路基主体渐入尾声。

铁道部党组决定让青藏铁路有限公司党委书记、青藏铁路总指指挥长卢春房参加铁道部与清华大学联袂举办的硕士班，脱产学习一年，以备后用。

铁道部领导征求卢春房，问谁接他的班最合适？

"黄弟福！"卢春房脱口而出。

5月20日，铁道部党组正式宣布，黄弟福接替卢春房出任青藏铁路总指指挥长。这时黄弟福年仅42岁，比自己2001年擢升为正局还年轻三岁，真可谓是有志不在年高啊。然而，当卢春房西辞昆仑，班师京城，将一副沉甸甸的担子压在这位刚过不惑之年少帅肩上时，他知道黄弟福会为青藏铁路画下一个历史性的句号。

出生三湘之地，总有一种楚人不输的坚韧和执着，每当命运之神来敲门时，黄弟福总会抓住上苍、时代赐予的每一次机会，轰轰烈烈地干出一番事业来，让命运、同事和领导刮目相看。

1979年，年仅17岁的黄弟福从故乡常德五中考入长沙铁道学院，学铁道工程专业，这意味着他的一生，将与逶迤神州的新铁路干线结下不解之缘。1983年毕业后分到了铁五局的二处，正好赶上当年铁道部南攻衡广，干了两年后，仅凭着二处几个上海籍职工提供的一点信息，他们便开始进军大上海，最早开拓地方市场，参与当年上海主要领导主导的黄浦江引水工程，一下子拿了8.6公里一个多亿的项目。当时年仅23岁的黄弟福是一个助理工程师，那时，十年"文革"造成高等教育断代，工程技术人才奇缺，作为"文革"后毕业的年轻新一代大学生，在一线施工单位更是凤毛麟角，领导非常器重，放手让他干。黄弟福也是初生牛犊不怕虎，精力旺盛，虽然学的是铁道工程，但是在施工队眼中，这个年轻人仿佛什么都懂，土建、机械、设备安装，遇到问题就找他请教。其实对于这个年轻学子来说，也是新问题。他只能说一句，让我考虑考虑，明天答复你，然后便跑到上海书店里去买书，当天晚上看上一夜，弄通了，第二天现炒现卖，回答问题有板有眼，让人不得不佩服他的负责和钻研精神。

黄浦江引水落下帷幕，黄弟福所在的项目部因为干得出色，时任上海市委书记的江泽民同志专门接见中铁五局二处的代表，年轻的大学生位列其中。

进军大上海的第一个工程让中铁五局名声大噪，随后他们又轻而易举地拿下了30万吨乙烯工程、污水处理厂和星火开发区市政工程，26岁的黄弟福被提拔为副分处长兼项目负责人。翌年，当上了分处长，做了项目指挥长，独当一面，率领的四五千名职工，拿下了浦东开发、地铁、星火开发区、桃浦开发区立交桥、陈桥污水处理厂等五大项目，为中铁五局二处每年创利税逾千万元，更重要的是他率领的队伍一流施工质量和速度，为中铁五局在大上海打出了品牌，颇得上海市建委和公用事业局的青睐。

大上海地下工程水网纵横，地铁施工地下水很大，排水问题成了许多工程队一块心病，面对纷纷涌上的水柱手足无措。中铁五局二处竞标拿下了地铁东段工程，两公里多长，218米涵道，跨度又大，横亘在一个水网之上。面对不断汹涌而出的地下水，黄弟福灵机一动，采取两级降水，中间一部分用钢板托，从四周往下挖，水都降到别的地方去了，施工的地基里穿着胶鞋可以随便走。上海建委的领导十分惊讶，让设计院的同志都到黄弟福的工地上参观学习，按照他们的标准确定施工工艺。

指挥地铁沉井施工更是黄弟福的一个绝活。当时上海地铁搞了十多口沉井，但是对于不少施工单位来说，展开沉井施工如履薄冰，有时几个月沉不下去，令人一筹莫展，有的沉下去了却超了标，设计单位给施工队的标准是，沉井的误差不能超过10公分。黄弟福精确计算，精心指挥，结果只在三四公分的误差之内停住了。公用事业局的领导觉得简直不可思议，带着技术人员来参观，问黄弟福，你怎么控制得这么好？

黄弟福谦逊一笑，说："我们从来不打无准备之仗。受领工程任务后，对于施工中的各个技术环节和可能出现的问题早就预见到了，并有一系列的处置措施。"

大上海的垂青之眸投向这个年轻人。以后，凡建委和公用事业局在施工中遇到什么难题，便来找他去解决。他去了，很快就拿出方案，按他制定的方案办，往往非常灵便。

上海建委一度动了心思，要挖走这个工程奇才，黄弟福摇了摇头说："我的志向就是修铁路，中国的铁路人均公里数太少了。"

或许正是凭着在大上海的业绩，1992年，刚至而立之年的黄弟福被提升为二处副处长，上大京九，1997年提为中铁五局党委副书记，时年35岁，成为整个铁道系统最年轻的局级干部。

刚当上局党委副书记的黄弟福，甚至连办公室门还不认得，就去了内昆铁路，出任中铁五局内昆线指挥长，负责昭通地区越岭地段的40多公里的工程。都是一些灯泡状的地形，地质异常复杂，他指挥的工程却干得漂漂亮亮，给时为中国铁道建筑总公司副总经理兼内昆线指挥长的卢春房留下了深刻印象，一条穿越大西南的铁路第一次将黄弟福与卢春房的命运捆在一起了，让他领略了卢总遇到难题时的从容不迫和专业精湛。

所有准备，似乎都是为了等待青藏铁路大显身手的这一天。

2001年8月份，内昆铁路总体完工，黄弟福回到了贵阳的局指机关，参加部党校在职学习班，回到贵阳时，恰好铁道部工管中心主任施德良来检查内昆铁道的项目，局里派黄弟福陪同前往工地。此时，青藏铁道已经开工，暂时由工管中心代管。施主任到处物色人才，而像黄弟福这样的青年才俊更是他锁定的目标。

在去内昆铁路的途中，施德良说："弟福啊，像你这样的干将，再窝在贵阳这个地无三尺平的地方，水太浅了。"

黄弟福半是揶揄半是认真地说："施主任是不是给我物色了好地方啊。"

"当然，一个人啊志当存高远，古话说得好，海阔凭鱼跃，天高任鸟飞啊。我觉得现在中国铁路的最大战场应该在昆仑山上，那才是中国铁路的昆仑啊。"

"你说的是青藏铁路吧，不是已经开工了吗？"

"人才匮乏啊，正在招兵买马，那是一个世界级的工程，需要破解世界级的难题，工程一结束必然有一批青年俊彦脱颖而出。弟福啊，就缺你这样的人才啊。"

黄弟福怔然，说："我大学毕业一直在南方施工，从未去过大西北，青藏高原高寒缺氧，怕适应不了。"

"工管中心项目多，两年一轮换。"

"这倒可以考虑，不过要征求一下家里的意见。"

"那就说定了。弟福，欢迎你加盟我们工管中心，我到北京等着你的好消息。"

黄弟福点点头。从昆明送走施德良主任，返回贵阳，他征求妻子的意见。当过人事科长、现在在中铁五局做人事工作的夫人只说了四个字："一切随你。"

黄弟福立刻给施德良打电话说："路上说过的话算数。"

"好！"施德良说："我为工管中心又选了一位干将。"

黄弟福就这样朝着昆仑山，朝着唐古拉走去，此前苍莽青藏，对于他来说永远只是一个遥远的梦幻。

2001年9月2日，黄弟福来到了青藏铁路总指挥部，出任副指挥长兼党工委书记，负责队伍的管理和职工的思想政治工作，民工队伍的生活管理和对外宣传。当时，整个青藏铁路只有唐北开工，青藏两省的民工后来都纷纷上来了，最多的时候达到一万多名，身体、生命安全是他思考最多的事情。"青藏无小事，事事讲政治"。黄弟福奔波于青藏两省区之间，做了大量的协调工作。然而，他始终扭住不放的仍然是技术培训，先后在格尔木搞了好几期指挥长、总工培训班，专门对冻土施工技术培训，一期一百多人，请铁一院的设计人员和张鲁新教授讲课，他也结合自己当指挥长的经历，提要求，传帮带，组织到现场实地见习，为建设一条世界一流的高原铁路培养了一大批急需的工程人才。

或许因为负责第一个方面的工作，事情都做得漂漂亮亮、利利索索，颇受卢春房总指挥的青睐。2003年唐古拉山以南全线开工，卢总将黄弟福叫到自己的办公室，吩咐道："弟福，现在唐南是重点，全线开花，你坐镇拉萨，担任拉萨指挥部指挥长，工程上的事情，我不担心，只嘱托你一句话，那里是人烟密集，民族、宗教、环保，哪一件事情都不是小事。"

"卢总放心，我会做好的。"黄弟福非常干练地回答。

阳春三月，黄弟福便将自己的指挥重心挪到了拉萨。果如卢总所言，唐古拉山以南地方，铁路横穿羌塘，从措那湖侧身而过，进入安多，然后直下藏北重镇那曲，再沿念青唐古拉山而下，展现出雪域上最美丽的当雄草原，人口众多，牛羊如云，眺望着青青的牧场，蓝蓝的湖水，白白的云彩，对环境、湿地的保护在他心中升腾，如何让当地的藏族同胞参与进来，把青藏铁路当成是为他们造福的吉祥路，得到他们的支持和理解，更是黄弟福亟待要做的事情。

黄弟福到拉萨不久，便发生了一件事情。那曲地区扎仁镇的一个镇长和书记，有一天中午喝了一瓶青稞酒，血涌脑门，脾气也大了，说中铁十九局就在我们地盘上修铁路，应该让他们安排活。镇长很横，在十九局车辆驶过的便道上一横，不让车过，十九局的司机很气愤，打了那个镇长，此事非同小可，一下子捅到了自治区和拉萨指挥部来了，黄弟福很重视，一方面要十九局弄清情况，亲自带肇事的人向藏族同胞道歉，请西藏自治区扶贫办帮助做工作，平息一场大火。随后他从扶贫的角度，从安多、那曲、日喀则、山南招来了一批批藏族民工，每月工资保证2000元，一天补助50元生活费。令西藏自治区领导和藏族同胞大为感动。

理顺了与地方的关系，唐南的路基工程几乎一路朝前挺进。到了2003年冬天将临时，从安多到拉萨的铁路主体已尘埃落定。黄弟福干练、卓越的组织协调才干镌刻在无边的羌塘草原上，也给卢春房指挥长留下了深刻的印象。

然而四载寒山万里，一年数十次翻越唐古拉，往返于格尔木和拉萨之间，使本来身体很好的黄弟福也形销骨立，第一年下山体检，他身体的五项指数超标。第二年到南京体检，七项超标。未上青藏线时血压均在60/115之间，而现在却在90/130之间高居不下。刚到格尔木时，十几天睡不着觉，第一次住沱沱河时，一夜无眠，第二天晚上至多只睡上两个小时。有一次他刚从外地回来，一位常务副指挥长没有通知他第二天上唐古拉，毫无准备。第二天早晨就说上山，而且直奔唐古拉。到了唐古拉兵站时，头痛欲裂，连车子都下不来，只好坐到车里吸氧，那天就没有干成活，晚上返到沱沱河兵站住了下来。

2004年春季开工，他飞往格尔木，刚下了飞机将行李带进办公室，突然之间，天旋地转，大汗淋漓，脸色苍白，浑身在颤抖，如打摆子一样抽搐，被一位进来请示工作的同志发现了，连忙叫来医生，扶回宿舍吸氧。

纵使如此，为青藏铁路画下一个圆满句号的重担历史地落在黄弟福肩上。而此时，中铁一局的铺轨工程正从雁石坪方向和安多方向，向唐古拉之巅会师，中铁十一局从安多一步步推进拉萨，黄弟福再次将自己的指挥部重点转向拉萨，重点组织了唐古拉山以南的铺轨决战，于2005年年底全线铺通。在9月1日西藏自治区成立四十周年的喜庆日子时，仅剩下最后40公里了。而当我的书稿进入二校时，10月15日拉萨方向传来佳音，1142公里的格尔木至拉萨段正式铺通。美国现代旅游家保罗·泰鲁在《游历中国》一书中说"有昆仑山脉在，铁路永远到不了拉萨"的预言破灭了。一个大国标志和尊严的铁流穿越万山之祖而过，横亘在世界屋脊之上。

黄弟福是一个行事低调的人，记得我第一次到青藏铁路采访时，他是副指挥长兼党工委书记，提出要采访他，他淡然一笑，指着总指挥卢春房和常务副指挥长王志坚，说他们才是主角，我只是一个跑龙套的，没有什么好谈的。他接替卢春房成为青藏铁路指挥长，仍然避而不谈自己，两次采访都是谈别人的故事，很少提及自己。

青藏铁路通车的日子一天天临近了。黄弟福忧心的还是550公里的冻土地带。应该说中国解决冻土的工程技术也是世界一流的，可是在他看来，90%的地段不会出问题，但是担心的仍然是那10%，国外冻土铁路的病害率是30%，而中国的已经降到最低了，因此到了冬天是冻胀期。在下山冬休期间，他又组织搞了一遍普查，进行补墙设计，力争将问题解决在零管试运营阶段，因为正式通车后，铁道部要求时速在100公里，那时冻土出了问题，想停也停不下来。

孙副部长一再问黄弟福，路基和隧道有没有问题，他的回答是：我们的工程是按着建设一条世界一流的高原铁路来承建的，会不会有问题，只待历史和时间证明了。

2005年3月11日，趁黄弟福来京开会，我又一次抓住了他，请他谈谈今后的青藏铁路运营。他说："青藏铁路确定的是高质管理模式，实现无人化管理，在海拔高的地方，车站不放人，放人成本太高，生活也非常困难，而是采用设备的高可靠性和无人化管理，34个车站，只有9个站有人，而无人照看的地方，至多雇一些当地的保安看守。"

我问他："格尔木方向驶往拉萨，哪9个车站放人啊？"

"第一站自然是格尔木。"黄弟福掐指数来，"然后是南山口、不冻泉、沱沱河、安多、那曲、当雄、拉萨西、拉萨！"

"那其他无人站台呢，如果旅客想下来看看风景呢？"我问道。

"像昆仑山、可可西里、唐古拉等著名景区，我们都设置了观景台，中途可以停车几分钟，旅客可以下来拍照留念。"

火车长鸣，我看到逶迤苍莽的铁流缓缓驶过羌塘，驶向当雄草原，朝着拉萨开进。

上行列车
第十一站　融入荒野

那洁白的牙齿，那轻盈的微笑。
那月亮的眸子四周轻轻地一扫。
眼角里传来的羞涩的目光，
把我这个年轻人看得心跳。
　　　　——六世达赖喇嘛仓央嘉措情歌

一草一湖总关路

越野吉普在当雄草原疾驶，车窗玻璃上，念青唐古拉的雪峰和牧场，云彩般的牛羊匆匆擦肩而过，将一幅幅美轮美奂的绝地风景抛到了身后。

这是 2004 年的 10 月 7 日，我六次进藏采访行将结束的时刻，要去一个地方，一个梦幻般的地方，那就是历代达赖喇嘛圆寂后，摄政王和大活佛都从拉萨来这里观看湖象，寻找达赖转世灵童的圣湖——纳木措。前五次进藏，每次都有机会来纳木措拜谒神山圣湖，可最终还是放弃了。心中默默地埋着一个祈愿，最美的风情，最神奇的秘境，须留在最后，一如戏至高潮时，压轴出现的人才是高人名角。

不过，这次刚到格尔木，我就对青藏铁路总指的才凡指挥长说，到了拉萨，请派车送我去一下纳木措。这不仅仅因为此次西行，也许是自己最后一次进西藏采访了，一个早该亲近和融入的地方，应该与它会晤了。还有一个重要的原因，就是当时青藏铁路欲从纳木措边上通过的，最终采纳了绕避方案，让它千古的神秘和神奇永留在亘古时空之中……

青藏铁路拉萨指挥部的吉普车，穿过当雄县城，左拐，沿着一条蜿蜒的山道，往念青唐古拉山脚下缓缓驶去，掠起一路风尘。

我们乘坐的车子几经盘旋，朝着念青唐古拉的腹地横穿而过，念青唐古拉，又称唐拉秀雅，或雅秀，连绵数百里，横亘于当雄草原上，主峰当拉山，海拔7117米，苍苍莽莽一片雪峰，俨然一个个披白袍、戴白冠、骑白马的格萨尔王武士方队，俯瞰着万千苍生。穿越念青唐古拉垭口，岭之北一片白雪莽苍，与雪山下的纳木措圣湖蔚蓝色连成一片，交相辉映，如一颗巨大的蓝宝石镶嵌在青藏高原上，我坐在车中一声惊呼，纳木措，这就是纳木措啊，美死了！

我庆幸青藏铁路指挥者超凡的远见和环保意识，未将铁路从纳木措环湖而过，避绕了数十公里之远，隔着一座雄浑的念青唐古拉山脉，从另一个侧面表明一个开放的中国，逐渐融入了人类文明的轨道。

其实，中国人的环保意识，也是随着中国国力的增强而渐次突现出来的。

　　1998年的长江大水，一条江牵动13亿中国人的心，也让国人第一次领略了滥砍滥伐遭受的惩罚和报应。于是，退耕还林，退草还湖，开始了新一轮保护母亲河和我们家园的行动。

　　青藏铁路开工之时，在南山口零公里处，出席开工典礼仪式的国务院总理以一以贯之的领导风格，谈及青藏高原的生态时，他脱稿讲了一大段，要求所有的铁路参建者，认真贯彻国务院加强保护青藏高原生态环境的精神，十分爱护青海、西藏的生态环境，十分爱护青海、西藏的一草一木，精心保护我们祖国的每一寸绿地。

　　也就在那一刻，领导升腾起一个理念，保护青藏高原生态不惜血本。因为他明白青藏高原上一草一木，已经长了数万年了，是在严酷的环境中生存下来的，在世界屋脊上，与人类形成一个不可或缺的生态链，一旦遭受破坏，那便是灾难性的，永远也无法恢复。

　　"春房，青藏高原的生态举世瞩目，世界各国的眼睛都在注视着我们。如果我们铁路修成了，而生态被破坏了，那就是千古罪人。"领导将青藏总指指挥长卢春房叫了过来，说，"这些天我一直在琢磨，我们不但要设工程质量监理，还有环境监理。"

　　"这个主意好！"卢春房笑了说，"举凡国内施工，设环境监理的，青藏铁路还是第一家，我们马上落实。"

　　"环境投资经费还要提高，起码要占整个青藏铁路投资总额的3%～4%。"领导饶有意味地说，"纳木措是西藏的圣湖，林周黑颈鹤可是稀世之鸟，我们的铁路线路能避让，就要尽量避让。"

　　卢春房点了点头，说："我们正在做方案，绕开林周黑颈鹤保护区，铁路起码要延长30公里，投资就多了三个亿了。遗憾的是可可西里和三江源避不开了。"

"纵使避不开，也要选择扰动最小、影响最小的线位通过。"领导的眼睛遥望着昆仑山，"我们要在世界面前崛起一个环保的昆仑，生态的青藏，过些天，将国家环保总局、水利部、国家林业局、中国科学院和青海西藏两省区的专家都请上山来，请他们出谋划策。"

"我赞成！"卢春房建议，"在青藏铁路上，就得实行环保一票否定制。"

数日之后，中央几个部局和省区的环保、水利、林业的专家纷纷上山来了，不仅来了一次，而是先后三度上山，对可可西里、长江源、纳木措、林周黑颈鹤保护区进行了科学考察和调研，对自然保护区和野生动物通道等敏感问题，编写了专题报告，对高原植被的恢复与再造技术展开现场试验。

在专家的建议下，青藏铁路避开了纳木措自然保护区，绕道回避了林周黑颈鹤保护区，对于路基施工填土，采取分段集中取土的方案，取土场都在线路200米以外，植被稀疏的地方，挖掘时，先将表面的熟土推开放在一旁，等取土完毕后，再回填覆盖，便道尽量缩小，使其尽量恢复植被的生长能力。

2001年夏天，可可西里清水河试验段刚开始施工时，领导到中铁十二局工地巡视，只见他们的施工便道两旁沿途插上了一排排小红旗，直通取土场和路基工地。

下车之后，领导问中铁十二局指挥长余绍水，这小旗子有何功用。

余绍水答道："作施工便道的标识，忠告司机只能沿着小旗子拉起来的道路行驶，车不能随便驶入荒原。"

"好！这个点子好。"领导感叹，说，"青藏铁路沿线的工地，都应该如此效法。"

于是，铁道部领导走一路，讲一路，表扬中铁十二局的环保意识已经渗透到普通职工心中了。领导倡导，立即在青藏高原上卷起旋风般的响应，每个指挥部都学十二局，将彩旗插遍辽阔的楚尔玛平原，插至沱沱河、开心岭、雁石坪，插至唐古拉无人区，直下当雄、拉萨，如满天的经幡在飞扬。

有一天，中铁三局沱沱河试验段的草地上出现了两道深深的车辙，指挥长刘登科来检查时，蓦然回首之间发现了，仿佛是两道车轮碾碎了自己的心房，谁干的？

问遍施工队，没有一个司机敢站出来承认。

"司机碾了草坪，是你队里领导督导不力。我要让你们永远记着草原的伤痛。"刘登科将施工队的领导叫到跟前，"既然没有人认账，板子就该领导挨，司机罚两万的款队里出，另外队长、书记各罚两千。"

"刘登科罚得好！"温文尔雅的领导听说后，连声称道，"青藏高原的皮肤是长了几万年的，一旦损伤，几百年几千年也恢复不了。如果植被破坏了，就会损坏冻土，最终危及铁路，这是一环扣一环的生态链条。"

共和国部长说一声好，整个青藏线上一片肃然，环保由被动渐入自觉的境界，融入每个人的意识之中。

这种故事，也曾发生在青藏铁路总指挥卢春房身上。

有一次，他到安多车站检查，因为车站上没有路，看到草坪上有车碾过的痕迹，一向温和的卢春房质问十八局指挥长韩利民："是不是你们的车压的？"

韩利民一脸窘迫，环顾左右而言他。

卢春房神情肃然，郑重地说："韩指挥长，不是你压的更好，你在这施工,有责任教育你们送材料和路过车辆的司机,不能压草坪,你守土有责,如果下次我来检查再发现车辙,拿你是问。"

韩利民尴尬地点了点头,他知道卢春房是一个说了就会落实的人,再不敢怠慢,以后十八局的环保一直做得不错。

2003年5月,卢春房到西藏那曲北边秀岗的一个地方检查,要爬上一个大斜坡,前边是一片尚未返青的草原,四周水网密布,铁路从半坡上穿过,青藏总指的越野车要朝山坡冲上去,被卢春房制止了,找了一个路旁停下,径自往海拔4600米的山冈上艰难地爬了上去,那个斜坡有20多度,每个人都气喘吁吁,朝上边爬了100多米,检查完工作后,大家往下走。司机见卢总下来了,出于好意,驾车想去接他,碾着草坪冲了过来。卢春房大声呵斥,司机没有听到,在他跟前戛然停下,打开车门,请卢春房上车。

卢春房顿时恼怒了,斥责道:"谁叫你开上来的,你压了草坪了,知道吗?"

司机是从格尔木一带招来的,说:"我从小在草原上长大,草原未返青时,不怕压。"

"谁说不怕压,"卢春房的脸色一下拉了下来,"你能上来,别的司机也可以开车上来,压个几十遍,你说怕不怕压。"

"卢总……这!"司机觉得自己做错了。

"你开下去,我不坐你的车。"

司机的脸唰地红了。

进入唐古拉以南的羌塘地界,草场渐渐绿了。各个指挥部在路基取土时,先将草坪整块整块地取了出来,放置在一边养了起来了。在唐古拉、安多、当雄、羊八井,中铁十八局、十九局、十三局、铁五局、铁二局都养了许多草坪。

而就在这个期间,卢春房恰好率中国铁道考察团到西德和法国考察高速铁路,在法兰克福至科隆的路上,列车穿过森林相掩的草地,看到路基两边都是绿草护坡和草坪水沟,穿越沼泽、湿地时,甚至预留了青蛙通道,人与自然巧妙地融为一体,其生态的保护之好,令人赏心悦目,有醉入花园之感。

回到格尔木,他给拉萨指挥部的黄弟福打电话说:"国外的生态保护确实走在我们前边了,我看了德国高速铁路的自然水沟,很受启发,当雄铁五局那一段草场,自然生态好,也可以搞草坪护坡和水沟啊。"

黄弟福说:"我已经让铁五局做试验,把草坪取出来养着,路基建成了再迁回去,效果很好,正准备向你报告拍板,在当雄一带全线展开。"

"真是不谋而合。"卢春房大力支持说,"你们放手干,有条件的地方,都可以做草坪水沟与边坡草坪。"

黄弟福果然按卢指挥长之嘱,搞了100多公里草坪护坡与水沟,路基边坡植草成功,既节约一大笔钱,又与青青的牧场融为一体,成为当雄草原上的一个环保亮点。

青藏铁路驶离安多时,经过一片清澈湛蓝的措那湖,原来铁路的走线紧贴湖边而过,后来,青藏总指决定绕避,尽量离措那湖畔远一些,负责这个标段施工的十九局在措那湖边建起了挡墙,并在湖边种植了几万平方米的草地,将铁路与湖光草场融为一体。

融入旷野,我朝着神秘的纳木措圣湖迤逦而去。从山间溯着一条红土山道缓缓而下,穿过一片整洁的藏族村落,此时,已经中午一点多钟了,再左拐,从念青唐古拉岭北环湖而过,一步一步地走近圣湖,阳光从堆积在雪山之上的云缝里钻了出来,透过贴着棕色膜的车窗玻璃，那一簇簇云团渐次变成了紫红色了，令我一阵惊讶。环湖走过，我们直奔纳木措彼岸的扎西岛，越野吉普穿过经幡飞扬、一块巨石与山崖劈成的天堂之门，在一嘛呢石前戛然停下。跨出车门时，从嘛呢石摆放的牦牛头中间远眺，一个清澈宁静与雪山连成一片如蓝宝石的湖面浮现眼前，我们急不可耐地朝湖边走去，也许因为进入了冷秋，游人不多，湖边上有几头白色或黑色的牦牛供游人拍照，牦牛的主人望着稀少的游人，无望地守在这片神灵圣湖前发呆。我伫立湖边，波光如镜，湖水清澈见底，湖底小石子清晰可见，雪风掠过，卷起一圈圈涟漪，直扑岸边，如磬钟梵鼓一声声轰然如雷。

纳木措，蒙古语又称腾格里海，湖面海拔4718米，语意"天湖"，是世界上海拔最高的一个大湖，总面积1920平方公里，它不仅是寻找达赖转世灵童的圣湖，到了羊年，成千上万的朝圣客熙来攘往到这里转湖，或徒步行走，需十多天，若三步磕一个长头的膜拜，则要历时三个月。我的身后就是扎西岛，转身仰望，高不过数百米，因湖面海拔也逾4700米，我们登岛而望湖，直至落日时分。

走下扎西岛的时候，橙黄色的太阳钻进云层，浮游湖面，圣湖彼岸的念青唐古拉雪雾涌起，云罅中闪耀着温婉的夕晖，落霞好似一面面在雪风中狂舞的经幡，在我的头顶上猎猎狂舞。我念着六字真言"唵嘛呢叭咪吽"走下神山，走向圣湖。

所幸，青藏铁路远远地绕避纳木措几十公里而过，否则将是一个历史性的败笔。

神山灵物父女缘

中铁一局铺架项目部领班叶东胜和妻子袁晓丽要上昆仑山了，

将 11 岁的女儿叶靖琦留在咸阳城里。

临出征前,叶东胜征询女儿的意见,说我们一家人要分离四年,爸爸妈妈都不在身边,你有什么要求尽管提。

叶东胜曾在 21 集团军当过兵,在部队没当上军官,将女儿当作自己的兵。从两岁半就对女儿实行军事化管理,上床睡觉前要将鞋子摆齐,按时熄灯,第二天早晨按时起床,被子要叠成豆腐块,女儿做得不好,他的巴掌就往屁股上拍了过去。有一次真的将女儿打重了,女儿嘟着小嘴说,叶东胜,你把我打疼了。"军阀式"的作风和培养,使女儿自理能力显著提升。她早已习惯父母在铁道上东奔西走、聚少离多的日子。不过这回毕竟一走就是四年,她仰起头来说:"爸爸,我有一个要求。"

叶东胜的回答很干脆,说:"女儿,纵是要月亮,我也给你摘来。"

"月亮我不要。"叶靖琦摇了摇头说,"可我喜欢青藏高原上神山圣湖的风光和精灵一样的动物,你每年下山,必须给我带风光和动物的照片。"

叶东胜舒了一口气:"我答应你。"

女儿伸出小手指与爸爸的手钩在一起。叶东胜笑了,说:"还真拉钩啊,身为人父,我哪敢骗女儿啊。"

目送着女儿欢天喜地去上学,叶东胜转身来对妻子袁晓丽说:"给我取 2000 元钱来。"

妻子一听丈夫要取夫妻俩一个月的工资,急了,问:"干啥用?"

"买照相机。"

妻子摇了摇头,问:"你真的要与那丫头片子一块疯啊?"

叶东胜点头说:"靖琦那么喜欢大自然,喜欢西藏的神山圣湖草地,还有那些小精灵,上去四年,我不想再留遗憾。"

妻子再没有说话，转身给丈夫取来了2000元钱，她知道丈夫说的不想留遗憾是什么意思。

叶东胜出身于中铁一局一个铁路职工家庭，父子俩都与青藏高原有缘。西格段第一期工程时，父亲便参加了德令哈地段的路基工程，染了一身病，最后罹患肝癌而亡。父亲咽气时，叶东胜站在病榻前，没有掉一滴泪，他是独子，面前站着妈妈、姐姐、妹妹，一夜之间他成了家里唯一的男人，得擎起一片天，男儿有泪不轻弹，现在就更不能落泪了。当兵回到咸阳后，民政局给好几个工作单位让他挑，他说我还是子继父业，当一个铺轨架桥的工人吧，踏遍青山人未老，铁轨伸向哪里，就走向哪里，人在天涯。

天涯游子就得承担常人无法想象的忧伤和沉重。1998年过了春节，叶东胜与妻子袁晓丽依然回到南疆铁路的库尔勒—喀什线上，这时，丈夫已经提升为铺架队的领工，轨排装在轨道车上，不断往戈壁深处延伸，离开铺架基地已经200多公里远了。5月14日那天，南疆戈壁上的天空晴得阳光暖暖的真好，但是叶东胜心中的三春晖一样的慈母太阳却陨落了。母亲只有48岁，是一个家庭妇女，平时患有高血压，就是舍不得去看大夫，舍不得吃药，她说我是铁路工人的老婆，知道孩子们挣这点钱不容易，攒着吧，靖琦学习成绩好，上好中学、好大学，要花好多钱。就这样默默地挺着，挺到生命之灯熄灭前最后一个早晨，突然一头栽倒在地，送到医院，她一直瞪着一双大大的眼睛等待爱子，可最终只撑到了下午两点钟，便撒手人寰，至死也没有闭上牵挂的眼睛。

咸阳的电话当天傍晚打到库切来了，是妻子袁晓丽接的，妹夫的话说得很委婉，说嫂子，请告诉哥哥，母亲的病情有点不妙，能回来就抓紧时间回来。袁晓丽是心思细密的女人，觉得妹夫话中有话，连忙给远在200公里外铺轨的丈夫打电话，手机没有信号，只能坐在电话旁，通过刚建成的小站一个一个地往下传，从下午就坐在那里打到了深夜，外边狂风肆虐，大雪纷扬，茫茫戈壁漫天飞雪，她不知丈夫何时能归。第二天见丈夫坐在一辆大货车的车棚上，出现在了库切的铺架基地里，夫妻俩就这样忐忑不安地踏上归乡路。一直往咸阳城奔去，整整走了五天五夜，过了哭爹又喊娘的咸阳桥，走近那间曾经温馨的破旧的老屋，叶东胜才发现母亲不在了，他大声喊着："妈妈你在哪里？！"

妹夫说："哥，我带你去看！"叶东胜跟着妹夫跨进了一辆出租车，直驱医院，他朝着住院部大步流星地走过去，妹夫说母亲不住前楼，而是在后边，叶东胜一愣，三转两拐，跟着妹夫坐电梯下到地下室，穿过长长的甬道，仿佛从人间来到了地狱，灯光暗淡，阴冷的黑风嗖嗖地刮了过来，偌大地下室里摆着一个个抽屉似的冰柜。妹夫将一个冰柜抽屉拉开了，只见母亲静静地睡着，脸庞上凝固了牵挂，一双慈目尚未全部合上。

"妈妈，你不孝的儿子来看你了！"叶东胜扑了过去，饮泣着喊道，用手抚摸母亲的脸，一片冰凉，儿时将自己相拥入怀的暖意尽失。他躬身跪下去，试图两次将母亲抱起来，可是却发现妈妈的身体已经僵硬了，任凭他如何贴近，母亲再也不能给他慈母般的抚摸。

"妈妈……"沉默的叶东胜像一只痛失母亲的幼狮一样悲嚎，"你为何不等我见上最后一面，我知道你有许多话要说，生为人子，我一点孝心也没有尽到啊……"

叶东胜俯首在母亲身上哭泣时，霍然发现母亲的耳朵边凝结了一层白霜，他伸出指头，一点一点地扫，想把母亲耳里的霜凝全都扫出来，让母亲的脸暖和一些。可任凭他用手扫，母亲耳朵里的白霜，总也扫不尽，这时他才真正意识到，母亲踏着秋霜露白永远地走了。

伫立在母亲的灵前，叶东胜第一次，也是最后一次恸哭了一场。

叶东胜把对母亲无法挥发的爱，全都倾注到了女儿身上。

到了昆仑山下的中铁一局铺架基地，妻子袁晓丽在轨排厂当航吊工，而叶东胜则是铺架队里的一位领工员，带着他麾下的那个作业班，从昆仑山下南山口的青藏铁路零公里开始，乘坐一列宿营车，一个轨排一个轨排，一根桥梁一根桥梁，朝着雪水河、纳赤台、西大滩、昆仑山、可可西里、楚玛尔河、五道梁、不冻泉一步一步推进。

铺架队实行三班倒，叶东胜干一个班时，就有一个白昼和夜晚的轮休。于是，他端着那台国产海鸥单反相机，徜徉在纳赤台上的红柳丛中，踯躅在西大滩的玉珠峰下，镜头对着燃烧的红柳和胜似闲庭信步的雪狼。

路轨铺到了西大滩，玉珠峰连绵的山岭早已落雪，皑皑白雪铺盖着一座座山外寒山，雾霭散尽，惊如天人、酷似一位身着白色裙裾的处子，羽扇纶巾，亭亭玉立在朝云暮雨、碎霞长风之中，诱惑着一批批从她的身边匆匆而去的过客。几年前北大登山队的五名青年学子欲登上玉珠峰，结果遭遇雪崩，魂断昆仑山上。

"我将玉珠峰绝顶最美的风光拍下来，谁愿上山，跟我到玉珠峰顶留下中铁一局的足迹。" 2002年的9月中旬，叶东胜悄然筹划登顶事宜，归喜军、唐小东、王军强报名到了他的旗下，也组成四人登山队，没有登山鞋，没有登山服，没有户外登山训练，凭的就是一腔热血，凭的就是对大自然的酷爱。听说他们要去攀登玉珠峰，队里的小卖部无偿提供了五个人的吃喝，全队40多个人一一将名字签到了队旗上，希望他们将中铁一局青藏铁路铺架项目部的旗子插在玉珠峰顶上。

9月中旬一天，天麻麻亮，叶东胜扛着队旗，挎着照相机，便开始进山了。他并非奢望最终登顶，而给自己四个弟兄提了一个要求，尽量往上爬，能爬多高爬多高，站在西大滩上远眺，玉珠峰近在眼前，也就是几个雪坡相连，屈指可数。可是叶东胜和四个兄弟一进山了，才发现一个雪坡一公里，山上有山，岭含蓝天，那莽苍的白雪全都冻成了冰壳，像一个鸟蛋把昆仑山包裹起来了。尽管他们没有穿专业的登山鞋，衣服也只是中铁一局自己定做的，但是他们在寒山缺氧的环境中锤打出来的强健的体魄，深入玉珠峰腹地，叶东胜被唯余茫茫的雪国景色倾倒了，一边走一边拍照，白色的雪狐在前方轻灵一跃，狐步翩跹，昆仑苍狼悠然尾随而来，离他们不远不近，走得不紧不慢。他趴在雪地上，用镜头留下了一个个激动人心的瞬间。

到了下午三点，离玉珠峰主峰还有400米，太阳西斜，雪风从山那边吹来，卷起千堆雪。叶东胜看了看表，如果最终冲顶，400米的距离还有一个多小时，下山就要摸黑了，而且还可能在玉珠峰上冻一夜，帐篷睡袋这些必备的东西，他们都没有。

"找个地方，将中铁一局的旗子插上，证明我们来过玉珠峰。"叶东胜吩咐大家。终于找到了一个椭圆形的冰堆，将一面中铁一局的旗子插了上去，打开背上来的啤酒，庆贺了一番，在队旗下一一照相，然后下山。

斜阳已经挂在了西岭之上，开始下山的路，还能享受着阳光嫣红，乱云飞渡的晴空，享有着一种融入和征服的心情。可是等夕阳躲到山后边时，他们下山的路却成了阴面，冻成了一片光滑的冰带，一步三滑，走下来非常艰难，只好小心翼翼地往下走，远不及上山时那样快捷，到了晚上九点钟的时候，天色渐渐地黑了，连手电也没有带一个，叶东胜觉得这样走下去，他们到了天明也走不到驻地，立即叫大伙扔掉手中的东西，坐在冰坡上往下滑。

已是晚上十点了，铺架队长见叶东胜他们还未下山，着急了，立即派出几辆车前去寻找，在他们登上入口的地方，所有的汽车都发动起来，远灯全部打亮了，照射着他们下山的路，晚上十一点多钟，叶东胜一行终于安全返回，食堂专门为他们炒了几个菜，以示庆贺。

数日之后，叶东胜将玉珠峰拍的照片，寄给了女儿靖琦，她被这种美丽的风光诱惑了，给爸爸妈妈打电话时，一个劲地吵着要到昆仑山，到可可西里看看。

2003年的暑假，叶东胜与妻子商量，靖琦这般喜欢青藏高原，喜欢神山上的精灵，就让她来南山口的铺架基地度一个暑假，夫妻俩奢侈了一回，让女儿独自坐着飞机过来。那时，叶东胜铺轨已经到了楚玛尔河了，正在穿越可可西里，由于山上太忙，他没有时间下昆仑来看女儿，恰好有一天，一只浮在半空中歌唱的百灵，突然在晴空中折翅莽原，脚和翅膀受伤了，但是它仍然不停止嘤鸣。叶东胜路过时，偶然发现了这只受伤的小鸟，孤独地在寒风中凄厉地鸣叫，便将它捡了起来，装进一个报废的空气离心器里，权当鸟笼，他知道女儿爱鸟如生命，就托一个下山的人带下去，交给靖琦，并附有一张纸条：百灵鸟翅膀和腿伤痊愈之日，便是放飞之时。

靖琦得到这只美丽的百灵，爱不释手，怜悯情怀油然而生，她找卫生所阿姨要来红药水和药膏，精心地擦拭疗伤，认真地喂养。百灵鸟的伤势一天天好起来了，早晨傍晚，就开始在笼中歌唱了，小靖琦算好了日子，等着爸爸下山来的时候，就一起放飞百灵，让它与百灵妈妈一起去团圆。

爸爸从楚玛尔河下来时，女儿听说昆仑山有雪豹出入，希望能看到爸爸亲自拍到雪豹的图片。

　　无独有偶，就在叶东胜与妻子女儿相聚几天后，重返回可可西里时，有一个休息日，他到荒原上拍旱獭，不经意与远处的雪山靠近了，走到一座雪峰的下风口，有一低洼处，离自己不到50米远，有一只动物独行山冈上，叶东胜以为是一匹藏野驴，悄然抵近拍摄。簌簌而行的脚步声，惊动了那只野兽，它跃身一起，像闪电一样划过雪坡，朝他扑了过来。跳跃的光带恍然凌空时，叶东胜脊背上的冷汗吓出来了，这只动物根本不是藏野驴，而是他从未见过的雪豹，背脊是棕色的，肚皮上有一块块白色的斑纹，与动物园里见过的豹子相差无几，就是可可西里的雪豹了，百年一遇啊，胆大过人的叶东胜对准镜头，想将这只罕见闯入自己视野的动物拍了下来。

　　也许他太心急了，也许他太好奇了，悄然走近这只庞然大物时，在雪地上匆匆走过的雪豹，惊讶地发现自己的栖息地走来了入侵者时，如猎隼似的凌空一跃，朝着雪坡下的叶东胜，冲了下来。蹲着拍摄的他一看大事不妙，扭头就跑，一口气跑了500米，蓦然回首，那只雪豹在阳光下又大摇大摆地往雪坡上反身入山了。不行，非要抓拍到它的镜头，叶东胜爬过山冈，想从另个山头上居高临下地堵住雪豹，拍摄它在雪野上漫步的画面，朝它徐徐逼近。最终还是被雪豹发现了，这时雪豹脚下生风，掠起一片白雪，朝着叶东胜风驰电掣般地扑过来了，叶东胜明白雪豹这回与他玩真的，转身就朝着雪线下跑，他人高马大，又受过系统的军事训练，体力尚佳，一口气又跑回出300多米，朝着铺轨的地方跑了过去，一脚踩空，踏到了旱獭的洞里，一个跟斗摔倒了，手中的照相机也摔得老远，铺轨的弟兄们发现他了，喊道："叶领班，咋事嘛，这么慌张，脸都白了？"

　　"雪豹，山上有雪豹！"叶东胜气喘吁吁地惊呼。

胡国林、王志平等四个轮休的兄弟，听说是有雪豹，拿着照相机和望远镜跟过来了，人多胆壮，心有余悸的叶东胜也不怕了。他挥了挥手说："咱们一定要拍到雪豹，好给孩子和家人们看看。"

这时，奔跑的雪豹离他们将近有一公里，五个人悄然追了过去，离开500米的地方，用望远镜一看，那雪豹足有一张床那么长，像头小黄牛一样高，见人撵了上来，它便往雪山上撤退，与叶东胜他们的距离保持在500米之间，从一个山沟尾随至另一个山沟，但是雪豹就是不让他们近身，叶东胜只好望豹兴叹，悻然而归。

回到昆仑山下时，女儿两个月的暑假就要结束了，他将自己拍到的雪豹照片拿给靖琦看，女儿高兴了好些天。

叶东胜在青藏高原上拍摄了3000多幅照片，铺架项目部党委副书记邹宗统觉得他花销不小，每个季度都要给他报销七八百元的胶卷冲扩费，支持力度很大。叶东胜的铺架队伍正一步步向唐古拉挺进，他说等四载青藏铁路落下帷幕，他要在咸阳城里举办一次青藏铁路风光和动物图片展。

神山灵物父女缘，跃然青藏间。

藏羚羊轻灵跃过莽原

楚玛尔河的六月飞雪渐渐停了下来。

2002年6月2日日暮黄昏，太阳坠落到地平线下了，云罅中射出一道追光，西边的天幕像从一个瓶子中倒出来的番茄酱，染成一片柔红。

中铁十二局青藏指挥部七项目部书记邬泽满坐车上了路基，楚玛尔莽原上飘浮着几缕暮霭岚烟，天穹仍然透亮，极目远眺，极地之处，莽原与云天接在一起。驾车的张师傅眼观八方，突然发现路基以东的地平线上，碎霞中飘动着一片浮云，或成点点浮光，或为簇簇红柳，或像天马横空，像湖水一样溰漫着，隐隐约约，朝着路基方向涌动。

"邬书记，你瞧，那是什么，像涨潮的湖水漫过来了。"张师傅惊呼着，一脚将刹车踩住了。

邬泽满的头朝挡风玻璃处伸了伸，远眺荒原，只见那片浮云，那片潮水，渐次放大，从遥远的地平线上漫向了路基，让人看得有点眩目，他边看边吩咐道："张师傅，调头，回项目部拿望远镜。"

吉普车追逐着晚霞绝尘而去。

过了一会儿，邬泽满又下到路基之上，望远镜里，远方那片浮云渐次清晰，千万只藏羚羊云积成黑压压的一片，每只藏羚羊都没有角，屁股一片白色，像片片白云在流动，领头的几只藏羚羊如尖兵伸向远方，如潮汐一样涌了过来，又调头回去，彷徨着，试探着，来来回回，向路基靠近一点儿，又惊惶地退了回去，熙熙攘攘，反反复复，任意张望，犹如一只只惊弓之鸟，遇有风吹草动，便逃之夭夭。

"是产崽的藏羚羊，清一色的母羊，有近万只之多啊！"邬泽满感叹道。

张师傅接过邬书记手中的望远镜一看，惊呼道："天啊，有这么多啊，全都是白屁股，怎么这么胆小，来来回回横着跑，朝前啊！"

张师傅的自言自语提醒了邬泽满，他立即回去给中铁十二局青藏指挥部余绍水打电话，说有几千只藏羚羊，堵在铁路路基的东边，焦急地张望，很慌乱，不知怎么回事。

"我们不是预留了藏羚羊通道了吗？"余绍水询问道。

"可这些小精灵不敢过呀！"邬泽满答道。

"你们守在那里，我马上赶过来。"余绍水叮咛道。

邸建玄总工也给局指党工委副书记师加明打电话，让他过来看看。

一会儿，中铁十二局青藏铁路指挥部的领导纷纷赶到了楚玛尔河的路基之上，身材魁梧的余绍水跳下车来，风风火火地走到路基边缘上，问道："藏羚羊在哪？"

邬泽满朝着一指："就在前边！"

余绍水接过部下递过来的望远镜，只见近万只母藏羚羊去意彷徨，潮水般地堵在路基一侧，踯躅不前，远眺黄昏下奇特壮观的风景线，一向干练果断的他也坠入云里雾里，迷惑不解。他转身对身边的七项目部经理李庆光说："这里的施工暂时别停，我到索南达杰保护站询问情况，究竟是怎么回事。"

余绍水驱车朝离七项目部不远的索南达杰保护站驶去，恰好保护站里的达吉·戈玛才旦在值班，已经是老熟人了，余绍水率领的队伍一到可可西里就拜访过他们，还捐了数万元钱帮他们安装了卫星电视转播台。未经寒暄，余绍水便向他们反映在路基的东边有大批的藏羚羊，不知怎么回事。

"啊哟，是藏羚羊要从这里通过，到卓乃湖去产崽。"达吉·戈玛才旦解释道，"每年这个季节，它们都从太阳湖而来，往卓乃湖大迁徙，这是一条长途产仔的通道。有几千里啊。"

余绍水不解，问为何从东到西跑这么远去产崽。

达吉·戈玛才旦解释道，藏羚羊从扎陵湖到卓乃湖的千里产崽通道，是一个亿万年形成的生物链，从喜马拉雅山造山运动形成时，就存在了。藏羚羊主要栖身地是青海的南部、西藏北部和新疆西部海拔 3000 米至 5000 米的荒原上，20 世纪初有百万只之多，体形优美，身姿敏捷，时速可达每小时 80 公里。但自从 20 世纪 80 年代，欧美贵妇人竞相追逐以藏羚羊绒做成的"沙图什"披肩后，一条价值几十万美元，它便成了猎杀的对象。如今已锐减到了五万只。但是它们仍然执着从青海南部和藏北的扎陵湖一带，往可可西里腹地的卓乃湖产崽，迁徙的途中，恰好是春天交配的季节，一场嬉戏的追逐过后，怀胎的藏羚羊腹部渐次地隆起，就像怀孕的母亲去医院分娩一样，卓乃湖却是最好的产崽之地，因为卓乃湖的水和周围的草乃至土壤含有丰富的维生素和盐分，母藏羚羊吃了草，喝了湖水后，特别下奶，供幼仔吃绰绰有余，由于奶水过剩，雌藏羚羊浑身难受，就在草地上打滚，奶水四溢，饱胀感消失后，藏羚羊也就舒服了，但是遗落在萋萋芳草的奶水和羊膻味，引来各色各样的群鸟和别的动物，它们将藏羚羊的奶视为最美的佳肴，鸟粪和动物的粪便，又使卓乃湖的青草长得极其茂盛，成了产崽期间藏羚羊的主要食粮。这种由藏羚羊产崽所引起的鸟与其他动物的生物链，千万年间轮回传承，万千年亘古不变，其中任何一个环节断裂，物种就会灭绝，人类生存的生态环境也将最终毁灭。

余绍水点了点头，终于明白藏羚羊在路基以东驻足不前，原来穿越可可西里腹地是它们每年夏天必经之途，青藏铁路在楚玛尔河设置动物通道时，考虑更多的是藏野驴、灰狐狸和棕熊，未曾想到楚玛尔河才是藏羚羊的唯一通道。沉默了片刻，余绍水问达吉·戈玛才旦，为何藏羚羊不敢逾越路基。

"这种情况，我们也是第一次碰到。"达吉·戈玛才旦颇觉茫然。

"跟我们到现场看看，一起想办法。"余绍水邀请达吉·戈玛才旦和他的同事们一起上了七项目部的路基。

达吉·戈玛才旦接过望远镜一看，惊呼道："尽是白屁股，都是母藏羚羊，瞧，肚子都隆起来了。"

余绍水感到会不会是彩旗的问题，立即通知工地所有的人员，拔掉路基跟前所有便道上的彩旗，藏羚羊朝路基方向靠近了300米至400米，又踌躇不前。

"怎么回事，这藏羚羊到底怎么回事，为何这样胆小。"余绍水有些焦虑不安了。

"余指挥长，我有句话不知该说不该说。"达吉·戈玛才旦突然走到余绍水身边。

"请不妨讲来，只要能让藏羚羊顺利通过。"余绍水心胸宽阔地说道。

"恕我直言！"达吉·戈玛才旦坦陈了自己的忧虑，"可能是你们施工的机械轰鸣声，让藏羚羊有恐惧感。"

"哦！"余绍水沉默了，达吉·戈玛才旦的一句话让他有点进退两难。他挥了挥手，说，"先回去吃饭，总能想出一个万全之策。"

余绍水虽然人回到了中铁十二局的指挥部，可心仍然牵挂在藏羚羊迁徙的通道之上。停工，这两个字却有千钧之重压在他心上，停多长时间藏羚羊才能越过路基，青藏铁路可是工期为上的，每天的时间都是倒计时，停工影响了工期，这可是他这个指挥长吃不了兜着走的，再说，六七个项目部都横在楚玛尔河通道上，一停工，两个经理部加在一起近2000人，一天损失就达到1200万元，这可是一件棘手的事情啊。

吃过晚饭，天还未黑下来，楚玛尔荒原上一片寂静，暮色将至，西边遥远的地平线上燃烧的金帐缓缓垂下，黑夜将临。余绍水又叫上公安处长，驾车上了七项目部的路基，让司机熄火关了车灯，一个人在路基上看，藏羚羊仍然在离路基不远处徘徊，就像一个个欲去医院分娩的母亲，走投无路，灰蒙蒙的一片在流动，渐渐地被黑暗吞噬，它们会在夜的冷风中伫立多久？此刻，黑夜拉长了一个巨大的问号，在叩问着他的心扉，停工，还是不停工？到底要停多少时间，如果他一旦下了停工的命令，两个项目部经济损失最终又让谁来补。但是夜风之中，却飘来了藏羚羊凄怆的咩叫，这叫声突然唤醒了一个铁血男儿的柔情世界。

余绍水几乎是夜里十一点才回到了指挥部，他对办公室主任说，马上通知六、七项目部的经理和书记来局指开会。

办公室主任一愣，知道余指挥长已经下了停工的最后决心了。

晚上十一点多钟，六项目部经理孙永刚、书记王电锁，七项目部经理李庆光、书记邬泽满先后走进了会议室。局指总工邸建玄，党工委副书记师加明，一位副总工师和管环保的处长全部到会。看大家落座后，余绍水马上拍板，掷地有声说了一句话："六、七两个项目部全部停工！给藏羚羊让道！"

望着指挥长，所有的人都怔住了。

"这个决心下得很痛苦，很悲壮！"余绍水说，"我站在路基看了半天，看到藏羚羊跑过去，返回来，就是不敢逾越路基的痛苦样子，心里实在不忍心，这可是天堂里的精灵啊，就像一个个孕妇要到医院生孩子，被红灯挡了，这是对生命的亵渎，太残酷了。达吉·戈玛才旦说得好啊，这不单纯是一个藏羚羊产崽的通道问题，而是动物与自然，自然与人类的一个千年万年的生物链，大家想想，如果藏羚羊的产崽之道阻塞了，物种灭绝了，总有一天，人类也要遭到万劫不复，天上黄河，流过我们家门口的长江之水就会干涸。因此，无论多大的经济损失，我们十二局人担着。我宣布，从６月３日零时起,六项目部、七项目部工地上所有机械、人员全部撤下来。给藏羚羊让出通道。"

李庆光问了一句,正在打桥墩孔的"贝尔"旋挖钻也撤吗?

"不但旋挖钻撤!"余绍水斩钉截铁地说,"包括推土机、压路机、装载机、大型自卸机,统统撤下来,连彩旗也全部拔掉!"

会议散了,李庆光回到七项目部向全体职工宣布局指的决定,所有的职工都哭了,李庆光也跟着哭了。

6月3日凌晨四时,六、七项目部工地上所有机械全都撤下来了,楚玛尔河20公里的地段内恢复了属于可可西里的亘古死寂。静得只有寒风的呼啸,掠过千古如斯的莽原。

第二天早晨,楚玛尔荒原上下了一场大雪。白茫茫的一片,伸向遥远的天边。党工委副书记师加明按余绍水的要求,带着各个项目部的书记,组成了保护藏羚羊巡逻队,戴着红袖标在藏羚羊通过的地方巡逻。师加明与两个人悄然潜伏在路基旁边的寒雪中,荒原上飞舞的狂雪将他掩埋了,与白雪连为一体。早晨五点多钟,天蒙蒙亮了,也许是骤然消失的机器的轰鸣,让藏羚羊找回了惯有的寂静,飘雪掩埋了路基,曙色将至,只见一只领头的藏羚羊轻灵地爬上了路基,像一个侦察兵似的四处张望,觉得没有什么危险了,又悠然地走下去,与藏羚羊的王后窃窃私语。一会儿,几只游动的前哨上来了,战战兢兢,试探着爬过路基,向路西方向轻车熟路地走了下去,一拨又一拨的藏羚羊爬上了路基,眺望着前方穿越路基的前卫哨是否跌落陷阱,随后又反身暂了回去。

师加明将拳头擂在雪地上,差点喊出了声来:"快过啊,藏羚羊!"

埋伏在一旁的一个警官说:"师书记,我从后边去赶。"说着便跃身要起。

"兄弟，使不得，你一赶，就前功尽弃了！"师加明一把拽住了他的手。

三五成群，几只体壮胆大的藏羚羊又爬上来了，一只牵头，站在路基上转悠了一会儿。然后迅速地跃下了路基，朝着广袤的可可西里蹿了过去。

"一只、两只、三只、四只、五只……一群，两群……"那个警官分外激动，大声说，"师书记，过去了，过去了！"

"嘘！"师加明提醒他小声点。

中铁十二局整整停了七天工。数万只藏羚羊分成一个个酋长部落，在天麻麻亮的拂晓，在暮霭如潮的黄昏，悄然越过路基，向着可可西里腹地卓乃湖千里跃进。

摸清了藏羚羊过路基的时间，在接下的一周时间里，每当早晨六点至十点，晚上七点至十点，他们就将横穿楚玛尔河的青藏公路的车辆都挡住，所有上青藏的人都给藏羚羊让道。

到卓乃湖产崽的藏羚羊过去了，余绍水马上下昆仑山到了青藏总指，向卢春房总指挥建议，将楚玛尔河藏羚羊越过路基的斜坡，不像原先修得这么陡，改成阶梯样的，缓缓而上。

"好，绍水，这个建议好！"卢春房点头许诺，"马上让铁一院修改设计。"

一个多月，楚玛尔河路基上的斜坡，纷纷变缓了。

翌年的6月2日，中铁十二局在楚玛尔河的主体工程已落下了帷幕，只有零星的线下工程，但是余绍水仍然下了停工一周的通知，给藏羚羊让道。

藏羚羊还会不会像去年那样在路基前犹豫不前，青藏总指指挥长卢春房专门从格尔木上山来,站在楚玛尔河畔,极目远望,只见这群天堂的精灵翩然跃过路基,向着卓乃湖轻灵而去,再没有了胆怯,再没有了彷徨。卢春房笑了!

青藏铁路

铿锵的旋律穿越在诗里

这是一部近二十年前写就的书了。它经历了时间、读者的淘洗，仍然活着，不断被再版，并被翻译介绍到国外，还不时被一些评论家提及。记得前几天，一位认识不久的作家，拍来她书架上的书，我的作品有六七部之多，《东方哈达》居然买了两部，这不能不说作者的幸运，抑或是读者的厚爱。

一个作家终极写作的目的，就是百年过尽，人的躯壳已经寂灭，但是书还活着，并延续他的青春与生命。青藏铁路这部书，出版至今，已年满十八岁了，它还会不会再活五十年，一百年，甚至更远，我想它会的。

这是我中年变法的一部书。彼时，我的《大国长剑》一挑三奖，囊括了首届鲁奖、中宣部"五个一工程"奖和中国人民解放军文艺奖。新著《鸟瞰地球》《水患中国》再次荣膺中国人民解放军文艺奖和中国图书奖，参与编剧的电视剧《导弹旅长》恰好热播。可是，我却陷入中年作家的危机，觉得写作无意义，在不断制造文字垃圾，今生来世，留不下什么东西。时隔十年、二十年后，其作品会销声匿迹。恰好，那是2004年三月初，我入鲁迅文学院中青年作家高研班学习，当了十多年的专业作家，第一次接受正规文学培训，且课程设置是大文化课，政治、军事、历史、哲学、时政、艺术、美术，甚至小品皆讲。彼时，从外省来的作家皆急于写作和结识大刊主编，我却一个字也不想写，静静地读了四个月的书，纳博科夫、卡尔维诺、博尔赫斯、索尔仁尼琴、鲍里斯·帕斯捷尔纳克、伍尔芙、茨威格、芥川龙之介、三岛由纪夫等世界级的大家纡徐向我走来，或许命中注定，这是中年作家的一次涅槃。

鲁三的学习，对于一位成熟的中年作家来说，其实就是点破一层窗户纸，薄薄一层，舌头一舔就破了。我不知道这种开示是敬泽主席，还是我的导师雷达点醒的。抑或是民间说书人刘兰芳，或者纳博科夫。总之，我的文本意识就在那一瞬间更生醒了。这就是一位作家中年文学变法之道。大道朝天，能否取到文学的真经，其实就是作家的天灵盖能否开悟。

这年秋天，我随玛拉沁夫、崔道怡先生去竹林七贤放浪山野之地焦作采风，神游山水间，看了七贤卧于青石上晒太阳，翻开大襟衣服，捉虱子之状，皆为其心驰神往。那天傍晚，在大明王朝沦落焦作的后裔的王子所创造的天籁般的音乐前，我与玛拉老人喝酒，自叹酒力不及老人。忽然电话响了，是铁道部文联打来的，让我回去参加青藏铁路的最后一次采访，将终结我连续四年最后一次上高原的采访历程。

那天上午，我坐飞机飞往西宁，下午便联系采访了青藏铁路生命保护神吴天一院士，一位塔吉克族贵族子弟出身军医，从小受到汉文化的影响，从新疆来到内地求学读书。那天他的讲述，让我知道藏族是青藏高原上适应性与抗缺氧最强的民族，这是千万年优胜劣汰的结果。那一刻,让我想起而立之年,跟随一代封疆大吏阴法唐中将进藏,在江孜和日喀则高反,差点小命休矣的往事。幸哉!青藏铁路因用了吴天一院士的学说,普及了高原病防治知识,并不惜代价安装了制氧系统和高压氧舱,才真正跨越了世纪之年的门槛,令筑路工人逃过了生命一劫,创造了高原病零死亡的奇迹,也成就了人类工程史的一个神话,打破美国冒险家工程师怀特的预言"有青藏高原在,有昆仑山在,中国人的火车进不了拉萨"的谶语。

我朝着拉萨走去。当天晚上,坐着火车去格尔木,车过关角隧道,夜半时分醒来,也许是英雄喊魂吧,当年铁道兵七师在此修铁路牺牲的烈士,于猎猎秋风中依次出现在我眼前,让我遽然一惊。喊魂、叫魂,英雄何在?青藏铁路一期建于"文革"年代,技术太落后,全凭官兵以生命之躯,与雪山隧道肉搏,修通了从西宁至格尔木段,却为之付出生命的代价。仅关角一役,就有一个排的官兵以血肉之躯筑成最后的地下长城,为青藏列车通车,为青藏铁路二期上马功不可没啊。可是他们的忠魂却埋在雪山之巅,坟茔朝东,遥望江南,甚至北方平原的麦田。那一刻,我以为是英雄托梦于我,君为谁而梦,为战友,写作家,英雄高原独行,新一代铁道兵后代,血书而夺风火山标段,开始了另一场决战,面对新老英雄,我觉得有义务写好他们与这条天路。

次日清晨,天亮了,车过盐湖,我蓦地醒了。下床洗漱,然后坐在走廊上,朝阳正红,晨曦初照,从昆仑山斜照下来,映在车窗上,犹如一朵朵鲜艳的玫瑰。我坐于窗旁,极目盐湖风光,晶莹的盐,皆是天地之泪凝结,人类或许正是由太多的苦泪、喜泪、甜泪,铸成了丰富的人生。彼时,我对于青春与梦想、生命与灵魂、死亡与再生、爱情与幻灭有了重新的认识与理解。春风徐徐,古道西风,走过唐蕃古道的文成公主、金城公主，抵达天竺大唐遣唐史刘元鼎，还有从羌塘与可可西里区归内地的陈渠珍、西原孤魂，青海湖边风雪迷茫中消失的六世达赖喇嘛仓央嘉措，皆在我的前方，寒山我独行。可是，如何处理1300多年历史时空中的吐蕃与中华的关系，让我费尽琢磨，经历了战争杀戮，公主和亲，最终成为打断骨头连着筋的一家兄弟的故事，将归于中华民族命运共同体。这些汉藏民族的青史断章，如何与青藏铁路联系起来，开始浮然而现，一如此时昆仑山巅的太阳，让我想到那天站在格尔木南山口，青藏大道伸入寒山云端。风中，冷雪飘飘，一条天路宛如一条挂于莽昆仑上的哈达，遂有了书名《东方哈达》，可是筑天路与历史的结构，一时无解，我陷于苦思。此时，阳光普照，一列下行列车从格尔木方向铿锵驶来，与我坐的车窗擦身而过时，倏地，一个激灵掠过心域：就用上行列车与下行列车来结构青藏铁路吧。上行列车写修路的故事，写孙中山当铁路总监的梦想，毛泽东遥望大河上下，盼望骑马而行，带上一箱书，考察河源，还有邓公与长者决策青藏铁路，如此一站一站地写筑路的故事；而下行列车，则以列车道岔为标题，将文成、金城公主和亲，吐蕃兵丁在石头城与大唐官兵血战，哥舒瀚一战功成万骨枯，等等，加上慕生忠将军带领驼工赶着骆驼修筑青藏公路的故事，皆浮现于脑海。于是乎，青藏铁路两厢的历史传奇一一呈现出来。从意象上，一条挂在昆仑、唐古拉上的哈达，便展现了青藏铁路神秘、诡谲多姿的地理风情、人物风光、宗教民俗，这样写，便可以称左右逢源，山高八面风，天马纵笔，纵横捭阖于天地雪山之间。

时间过得真快，转眼间，青藏铁路的采访写作，已过去二十年的时光，但是雪山哈达，香草美人，神王道歌，踏寒雪而去，在八廊街留下一行行脚印。众生说仓央嘉措的六字短歌是诗，是情，喇嘛说尊者的诗是道歌，仰天一吟，白白的月亮变成了观音菩萨的脸庞，照耀大地、天路和磕长头的朝圣者，真是如此吗？我一直在拷问灵魂，上青藏高原，于内地作家而言，回不去的地方，成了诗的远方，回得去的地方，便是乡音未改、炊烟袅袅的故乡，这就是乡愁啊！

往事并不如烟。列车飞鸣，惊起藏羚羊一片，此为天下神物，飞落人间，那是地球的精灵，飞上云端。坐着火车上拉萨，躺在卧铺上，过昆仑，过可可西里，观景太累了，翻翻《东方哈达——青藏铁路全景纪实》这部书，翻翻新版的《青藏铁路》，会发现书与诗，人与景，景与物，皆天地人一体地融入芤野，沉入生命王国，倩谁诗兴观群怨，为谁而歌、而吟、而兴、而叹、而观、而怨、而诵一条长长的天路？！

是为后记！

2023 年 3 月 1 日写于上海浦东